MÉMOIRES DE DEUX JEUNES MARIÉES

BALZAC

Mémoires
de deux jeunes mariées

PRÉFACE, DOSSIER ET NOTES DE GISÈLE SÉGINGER

LE LIVRE DE POCHE

Classiques

Ancienne élève de l'École normale supérieure, Gisèle Séginger est professeur à l'université Gustave-Eiffel, directrice de programme scientifique à la Fondation Maison des sciences de l'homme de Paris et membre honoraire de l'Institut universitaire de France. Elle est responsable de la revue en ligne *Arts et Savoirs* et de la collection « Formes et savoirs » aux Presses universitaires de Strasbourg. Elle a publié des éditions de textes de Balzac, Flaubert (notamment dans les *Œuvres complètes*, Gallimard, « Bibliothèque de la Pléiade »), Barbey d'Aurevilly, Zola, plusieurs ouvrages sur Flaubert (*Flaubert. Naissance et métamorphoses d'un écrivain*, 1997 ; *Flaubert. Une éthique de l'art pur*, 2000 ; *Flaubert. Une poétique de l'histoire*, 2000 ; *L'Orient de Flaubert en images*, 2021), Nerval (*Nerval au miroir du temps*, 2004) et Musset (*Un lyrisme de la finitude. Musset et la poésie*, Hermann, 2015). Elle a coordonné le *Dictionnaire Flaubert* (Honoré Champion, 2017, 2 volumes).

Couverture : Philip Hermogenes Calderon, *La Lettre* (détail), 1866.
© The Maas Gallery, Londres / Bridgeman Images.

© Librairie Générale Française, 2022,
pour la préface, le dossier et les notes.
ISBN : 978-2-253-10428-5 – 1ʳᵉ publication LGF

AVERTISSEMENT

Notre texte a été établi sur l'édition Furne[1] de 1842, dernière édition contrôlée par Balzac : *Œuvres complètes, La Comédie humaine*. Première Partie. *Études de mœurs*. Premier livre, « Scènes de la vie privée », tome II. Les corrections manuscrites de Balzac sur son exemplaire (« Furne corrigé ») sont indiquées dans les notes, à l'exclusion des corrections de ponctuation et d'alinéas (peu nombreuses). Les modifications, envisagées par Balzac pour une édition ultérieure, sont en nombre réduit. Les plus notables sont le remplacement de M. de Saint-Héreen par Canalis[2] et quelques transformations de dates (p. 317 et 332). Mais Balzac n'a pas achevé l'harmonisation du texte en fonction de cette nouvelle datation. Nous avons modernisé l'orthographe de quelques noms ainsi que de quelques graphies (grand-mère pour grand'mère, entracte pour entr'acte, etc.). Nous modernisons également le système de dialogue.

---

1. Deux autres éditeurs sont associés à l'entreprise : J. J. Dubochet et J. Hetzel.

2. Voir note 1, p. 119.

Une comparaison de l'édition Furne de 1842 et du « Furne corrigé » est accessible en ligne sur le site eBalzac : https://www.ebalzac.com/genetique/03-memoires-deux-jeunes-mariees/furne/furne-corrige. Le feuilleton de *La Presse* (1841-1842) et l'édition Souverain (1842) sont consultables sur Gallica.

Sauf exception, les références aux autres œuvres de *La Comédie humaine* (abrégée *CH*) renvoient à l'édition de la « Bibliothèque de la Pléiade », sous la direction de Pierre-Georges Castex, Paris, Gallimard, 1976-1981.

Les lettres à Mme Hanska (*LH*) sont citées d'après l'édition établie par Roger Pierrot, Paris, Robert Laffont, « Bouquins », 1990, 2 volumes.

Les citations de la correspondance (*C*) (hormis les lettres à Mme Hanska) renvoient à l'édition de Roger Pierrot et Hervé Yon, Paris, Gallimard, « Bibliothèque de la Pléiade », 2006-2017, 3 volumes.

PRÉFACE[1]

Mémoires de deux jeunes mariées est une œuvre patiemment méditée, entre 1834 et 1841. Balzac a hésité sur l'orientation à lui donner, roman philosophique ou étude de mœurs. L'histoire initiale d'une quête mystique de l'amour, qui aurait pu avoir sa place à côté de *Séraphîta*, se transformera finalement en scène de la vie privée[2]. Tandis que Balzac rédige dans ces années-là de nombreux romans, ce projet est plusieurs fois abandonné, retardé, mais toujours repris, comme s'il devait emprunter à tous les autres une part de sa substance. Il n'est donc pas étonnant que le romancier ait réservé à cette œuvre longuement mûrie une place de choix dans *La Comédie humaine*, dont la publication intégrale débute chez Charles Furne en 1842. Balzac place en première position deux

---

1. Les abréviations *CH, C, LH* désignent respectivement *La Comédie humaine* dans la « Bibliothèque de la Pléiade », la *Correspondance* de Balzac dans la même collection, et les *Lettres à madame Hanska*, dans la collection « Bouquins » chez Robert Laffont. Voir Avertissement, p. 8.

2. Voir « Genèse et histoire du roman » dans le Dossier, p. 389-400.

nouvelles de 1830, *La Maison du Chat-qui-pelote* et *Le Bal de Sceaux*, qui abordent l'un des sujets majeurs de *La Comédie humaine* : le mariage et l'amour. La première met déjà en scène deux jeunes mariées : l'une a épousé par amour un artiste et ne trouve que le malheur ; l'autre a accepté un mariage de raison avec le commis de son père, qui fait prospérer l'entreprise familiale, et elle trouve un bonheur paisible. Après les deux nouvelles, Balzac place les *Mémoires de deux jeunes mariées*, bien qu'ils aient été achevés plus tardivement, et publiés en volume, chez Hippolyte Souverain, en janvier 1842, quelques mois seulement avant le lancement de *La Comédie humaine*[1].

En 1830, les opinions de Balzac étaient plutôt libérales. Il avait même exprimé, dans la *Physiologie du mariage* (1829), des idées assez audacieuses pour l'époque, préconisant par exemple le mariage à l'essai. Mais, en 1832, Balzac s'est rapproché momentanément du parti légitimiste du duc de Fitz-James, et il a alors écrit deux longs articles politiques pour l'organe *Le Rénovateur*[2], de même tendance. Toutefois son conservatisme est tempéré par quelques propositions sur la nécessaire réforme

---

1. Les deux nouvelles sont parues la même année aux éditions Mame et Delaunay-Vallée.

2. « Essai sur la situation du parti royaliste », paru dans *Le Rénovateur* (journal légitimiste) en deux livraisons (26 mai et 2 juin 1832) ; « Du gouvernement moderne », aussi rédigé (en septembre) pour *Le Rénovateur*, n'y parut pas et resta inédit jusqu'en 1900. Les deux articles sont repris dans *Œuvres diverses*, Paris, Gallimard, « Bibliothèque de la Pléiade », 1996, II, p. 1047-1083.

de l'aristocratie, que l'écrivain emprunte à Napoléon. Le narrateur de *Ne touchez pas la hache* (*La Duchesse de Langeais*), en 1834, se fait l'écho de ce légitimisme hétérodoxe, dans un long exposé politique, qui semble avoir déplu à *L'Écho de la Jeune France*[1], où paraît le début du roman. Balzac n'adhère pas du tout à une conception passéiste de l'aristocratie, dont il observe les effets néfastes sur la vie privée, jusqu'au sein des familles divisées. Dans une lettre du 23 septembre 1832, il avait déjà indiqué à son amie Zulma Carraud ces deux principes majeurs de « [s]a politique » : « La destruction de toute noblesse hors la Chambre des Pairs ; [...] la reconnaissance des supériorités réelles » (*C*, I, p. 646). La représentation d'une noblesse sclérosée dans *La Duchesse de Langeais*, dans *Le Lys dans la vallée* ou encore dans *Les Rivalités en province* (*Le Cabinet des Antiques*), roman paru en 1838, ne laisse pas de doute sur les réticences de l'écrivain à l'égard des ultra-royalistes, ce qui ne l'empêchera pas de déplorer les effets de la Révolution dans les *Mémoires de deux jeunes mariées*, et encore dans la dernière partie de *Béatrix* (1845)[2], où il résume sa pensée sur

---

1. Le début du roman paraît en avril-mai 1833 dans la revue légitimiste *L'Écho de la jeune France, journal des progrès par le christianisme*, qui suspend la publication après le long exposé politique attaquant l'égoïsme de l'aristocratie. Balzac est mécontent de la revue qui ne l'a pas laissé faire les dernières corrections, mais il n'est pas exclu aussi que celle-ci ait reçu des protestations de lecteurs.

2. *Béatrix ou les Amours forcés* a été publié en 1839 (H. Souverain). La seconde partie paraît en décembre 1844 et janvier 1845 dans *Le Messager* sous le titre *Les Petits Manèges*

1789 en une formule saisissante : « En proclamant l'égalité de tous, on a promulgué la *déclaration des droits de l'Envie* » (*CH*, II, p. 906).

Dans notre roman, ce sont ces « droits de l'Envie » qui font trembler le duc de Chaulieu à l'idée que la Restauration puisse échouer. Il prévoit « un état de choses horrible », une « jalousie universelle », et même un soulèvement général : « les classes supérieures seront confondues, on prendra l'égalité des désirs pour l'égalité des forces ; les vraies supériorités reconnues, constatées, seront envahies par les flots de la bourgeoisie. On pouvait choisir un homme entre mille, on ne peut rien trouver entre trois millions d'ambitions pareilles, vêtues de la même livrée, celle de la médiocrité. Cette masse triomphante ne s'apercevra pas qu'elle aura contre elle une autre masse terrible, celle des paysans possesseurs [...] voulant toujours plus, barricadant tout, disposant de la force brutale[1]... » (p. 141). En 1834, dans *Ne touchez pas la hache* (*La Duchesse de Langeais*), Balzac semblait encore imaginer une réforme possible de l'aristocratie, et espérer un sursaut ; au début des années 1840,

---

d'une femme vertueuse, puis en volume chez H. Souverain, en mai 1845, sous le titre *La Lune de miel*, et enfin l'ensemble du roman prend place dans *La Comédie humaine*, en novembre 1845, sous le titre *Béatrix*.

1. Balzac a entrepris un roman intitulé *Les Paysans*, qu'il laisse inachevé à sa mort : il devait présenter sans complaisance un monde de paysans, âpres au gain et rudes dans les conflits. Sa veuve se chargera de le terminer et de le publier en 1855.

l'influence de 1789 lui semble définitivement irré-
médiable et l'aristocratie bien morte. En 1834, avec
l'aide des Treize, Montriveau parvenait encore à tirer
la duchesse de Langeais de sa médiocrité et de son
égoïsme ; en 1841, dans *Mémoires de deux jeunes
mariées*, son homologue, Macumer, meurt et, en dépit
de son égoïsme, Louise ne survivra pas.

Quoi qu'il en soit, malgré l'évolution idéologique
de Balzac, malgré ses doutes croissants sur l'avenir de l'aristocratie, les difficultés du mariage et les
erreurs ou les malheurs de la femme qui étaient déjà
des sujets de prédilection avant 1832, et même encore
plus tôt, dans *Sténie* (1821), le sont toujours dans les
années 1840. D'autant que Balzac, qui considère alors
le mariage et la famille comme les fondements de la
société, rêve lui-même de se marier. En 1838, endetté
comme Marie Gaston dans le roman, il en faisait déjà
la confidence à Zulma Carraud : « Une femme de
trente ans qui aurait trois ou quatre cent mille francs
et qui voudrait de moi, pourvu qu'elle fût douce et
bien faite, me trouverait prêt à l'épouser ; elle paye-
rait mes dettes, et mon travail en cinq ans l'aurait rem-
boursée[1]. » Plus longuement encore, il explique ses
aspirations à Mme Hanska[2], en 1840, à un moment

---

1. Lettre à Zulma Carraud, septembre 1838 (*C*, I, p. 362).
2. En février 1832, Balzac reçoit la lettre d'une mystérieuse
admiratrice. Intrigué, il répond et une idylle se noue avec la belle
comtesse polonaise, Ewelina Hanska. Il la rencontre pour la première fois en septembre 1833, à Neuchâtel où elle séjourne avec

où il ne pouvait encore envisager son avenir avec elle puisqu'elle était mariée :

> Moi qui veux me marier, qui le souhaite et qui ne me marierai peut-être pas, car je veux me marier, enfin, vous savez ! Mais ce que vous ne savez pas, le voici – par avance, j'ai la bienveillance la plus absolue, et la volonté de laisser l'être avec lequel j'aurai à cheminer dans la vie, heureux comme il voudra l'être, de ne jamais le choquer, et de n'être sévère que sur un point, le respect des conventions sociales. L'amour est une fleur dont la graine est apportée par le vent et qui fleurit où elle se pose. Il est aussi ridicule d'en vouloir à une femme de ce qu'elle ne nous aime pas que d'en vouloir au sort de ne pas nous avoir fait des yeux noirs, quand nous les avons rouges, à défaut de l'amour, il y a l'amitié, l'amitié est le secret de la vie conjugale (*LH*, I, p. 503).

Elle est veuve en 1841. Dès lors Balzac pourrait l'épouser ; mais, avertie des dettes de son amant, et soupçonnant ses frasques sentimentales, la riche comtesse polonaise hésitera pendant plusieurs années. Balzac est donc ravi, en 1842, lorsqu'elle lui écrit son admiration pour *Mémoires de deux jeunes mariées* : « Vous êtes si bien tout pour moi qu'il m'a semblé

---

son mari. C'est le 26 octobre 1834 que, répondant à sa jalousie (« Croyez-vous Madame, que j'ai beaucoup de temps à perdre auprès d'une Parisienne »), il lui envoie une présentation précise de l'énorme « monument » auquel il travaille (*LH*, I, p. 204).

que je n'avais fait que les *Mémoires de deux jeunes mariées* quand j'ai lu ce que vous m'en dites. Ce livre a brillé, en éclipsant tous les autres[1]. » Par le sérieux de ses idées, le roman serait-il un gage dans la conquête d'une épouse ?

Un pilier de La Comédie humaine

En 1842, lorsque les *Mémoires de deux jeunes mariées* paraissent en volume, Balzac est enfin prêt à publier le monument considérable, à trois étages, qu'il avait présenté à Mme Hanska, dès 1834, comme pour mieux la séduire par sa puissance de démiurge, bâtisseur de mondes[2]. Il achève *Mémoires de deux jeunes mariées* à un moment clé de son entreprise. Ce roman, encore plus profondément que les deux nouvelles qui le précèdent, pose les bases d'un monde. Balzac a déjà publié chez divers éditeurs environ soixante-dix romans depuis 1829, qui entreront progressivement dans les dix-sept volumes de l'édition Furne, entre 1842 et 1848. Dans *Mémoires de deux jeunes mariées* l'écrivain renforce l'*effet monde* de *La Comédie*

---

1. Lettre à Mme Hanska, 14 octobre 1842 (*LH*, II, p. 603).
2. Lettre à Mme Hanska du 26 octobre 1834. « Les *Études de mœurs* représenteront tous les effets sociaux […]. Alors la seconde assise sont les *Études philosophiques*, car après les *effets*, viendront les *causes*. […]. Puis après les *effets* et les *causes*, viendront les *Études analytiques* […] car après les *effets* et les *causes* doivent se rechercher les principes » (*LH*, I, p. 204).

humaine : il y intègre de nombreux personnages déjà
créés depuis 1829, et que le lecteur retrouvera encore,
au fil de sa lecture ou de sa relecture, dans les volumes
suivants de l'édition Furne. On y voit par exemple des
mondaines comme Diane de Maufrigneuse, croqueuse
d'hommes, habile à défendre son indépendance, et
Mme d'Espard qui a fait interdire son mari[1]. Henri de
Marsay arrive dans *Mémoires de deux jeunes mariées*,
à un moment stratégique, à l'Opéra, dans la loge où
sont réunis pour la première fois Louise de Chaulieu
et Felipe de Macumer, vers lequel il se penche pour
lui chuchoter à l'oreille une mise en garde. Habile
en intrigue, c'est lui qui déniaisait déjà Paul de
Manerville, roulé par sa femme et sa belle-mère,
dans *La Fleur des pois* (1839), que Balzac rebaptise
d'ailleurs *Le Contrat de mariage* dans *La Comédie
humaine*, mettant ainsi en évidence le lien entre les
deux romans.

Après la publication des *Mémoires de deux jeunes
mariées*, Balzac fait aussi réapparaître ses deux
héroïnes, soit dans la réédition Furne de romans plus
anciens, soit dans de nouveaux romans. Ainsi le nom
de Louise de Macumer est évoqué en 1842 dans la
réédition Furne de *Madame Firmiani* (1834). Lorsque
Balzac compose la dernière partie de *Béatrix*, qui

---

1. Dans *L'Interdiction* (1839), la marquise d'Espard, séparée
de son mari, veut le faire placer sous tutelle, au prétexte qu'il dila-
pide sa fortune, alors qu'il veut restituer les biens spoliés par son
arrière-grand-père au détriment d'un protestant.

paraît en 1845, il y place une réplique de la duchesse de Granlieu qui met en garde sa fille Sabine contre son exemple : « L'amour n'est pas le but, mais le moyen de la famille ; ne va pas imiter cette petite baronne de Macumer » (*CH*, II, p. 888). Dans l'édition Furne de *La Fausse Maîtresse*, Renée est devenue l'« une des reines de Paris » (*CH*, II, p. 199), après la mort de son mari. Elle réapparaît aussi dans un roman quasiment contemporain des *Mémoires de deux jeunes mariées*, *Ursule Mirouët* (1841-1842), et plus tard dans *Modeste Mignon* (1844).

De roman en roman, Balzac crée des échos thématiques et surtout une illusion de réalité : les personnages semblent avoir une destinée indépendante, au-delà de telle ou telle fiction. Plusieurs personnages secondaires des *Mémoires de deux jeunes mariées* ont déjà parfois beaucoup circulé d'un récit à l'autre, comme l'écrivain d'Arthez et le médecin Bianchon, ce dernier étant si souvent cité que, selon la légende, Balzac à l'agonie, et perdant pied entre la réalité et la fiction, l'aurait appelé à son chevet[1] ! Certains personnages ont, dans *La Comédie humaine*, une biographie lacunaire voire

---

1. L'anecdote est relatée, dans « La mort de Balzac », par Octave Mirbeau, qui la tenait du peintre Jean Gigoux, amant de Mme Hanska. Sur les instances de la fille de celle-ci, Mirbeau renonça au dernier moment à publier ce récit dans son livre *La 628-E8* (Paris, Fasquelle, 1907) et le texte ne parut pour la première fois qu'en 1918, dans une édition anonyme et à petit tirage.

mystérieuse, comme lady Brandon, la mère de
Marie Gaston, à peine évoquée dans *Mémoires de
deux jeunes mariées*, et dont l'existence tragique
ne sera d'ailleurs jamais élucidée. Le monde de *La
Comédie humaine* a des zones d'ombre qui créent
un effet d'infini et de totalité inépuisable : grâce aux
Mémoires de deux jeunes mariées, Balzac renforce,
dans *La Comédie humaine*, à la fois le système des
personnages reparaissants et l'organisation paradoxale de lacunes contrôlées. L'écrivain donne ainsi
l'illusion d'un monde si vaste qu'on ne peut jamais
le connaître complètement. *Mémoires de deux
jeunes mariées* participe d'une dialectique de la tota-
lisation et de l'ouverture, ces deux tendances n'étant
pas opposées mais complémentaires. La vie et l'origine de la famille de Marie Gaston doivent rester en
partie mystérieuses pour que l'univers balzacien,
comme le monde véritable, puisse défier le désir de
connaissance du lecteur. *Mémoires de deux jeunes
mariées* contribue plus généralement à la poétique
dynamique de *La Comédie humaine*, qui est animée
par une tension entre le déchiffrement des signes (la
visée explicative du roman balzacien, qui traque le
« sens caché » [*CH*, I, p. 11] des choses) et l'opa-
cification de la représentation, qui tient en éveil la
curiosité et le désir du lecteur, jouant parfois de sa
frustration.

Les *Mémoires de deux jeunes mariées* abordent les
principaux thèmes des « Scènes de la vie privée »,
et même de l'ensemble de *La Comédie humaine*,

jusque dans ses études philosophiques et analytiques. La mystique amoureuse de Louise échoue, mais elle rappelle quelques aspirations de *Louis Lambert* (1832) ou de *Séraphîta* (1834)[1]. Les souffrances des jeunes filles éduquées au couvent et sacrifiées par leur famille font écho aux analyses de la *Physiologie du mariage*. Le roman analyse une société en crise, à un tournant entre la Restauration et la monarchie de Juillet. Par la fiction et les réflexions parfois divergentes des deux héroïnes, ce roman donne le ton critique et l'orientation politique de l'ensemble de *La Comédie humaine*.

Bien que Balzac ait davantage apprécié l'action de Louis XVIII que l'ultra-royalisme de Charles X, l'accession au pouvoir d'un roi légitimé par les Français à l'issue d'une révolution le réjouit encore moins : aux yeux du romancier, c'est l'esprit de 1789 qui monte sur le trône ! En effet, ce souverain est le fils d'un régicide, du duc d'Orléans, surnommé Philippe Égalité, qui siégeait pendant la Révolution du côté de la Montagne et avait voté la mort du roi. La monarchie de Juillet ramène des principes de la Révolution de 1789 qui portent atteinte au prestige et à la raison d'être de l'aristocratie. Dès 1835, le nouveau pouvoir programme, par une loi, la disparition à terme de tous les majorats, qui étaient constitués pour préserver la richesse et le prestige des grandes

---

1. Sur les liens du roman avec les *Études philosophiques*, avec *Louis Lambert* et *Séraphîta*, voir le Dossier, p. 427-430.

maisons[1]. La hiérarchie sociale semble ébranlée et, de surcroît, l'objectif du mariage aristocratique se trouve mis en cause. Dans les *Mémoires de deux jeunes mariées*, la constitution de majorats, au détriment des deux héroïnes, est un ressort dramatique de l'action, et même son point de départ. C'est en fait toute la conception du pouvoir politique et de l'ordre social (hiérarchique ou égalitaire) qui est en jeu. La question du majorat se pose dans la vie privée, mais cette question est plus largement révélatrice d'un état social et politique.

La fiction prend donc part au débat idéologique de l'époque. Balzac ne raconte pas la révolution de 1830, entre la première partie qui se termine en 1829 et la deuxième qui débute par une lettre de 1834. Il ne le fait pas davantage dans les autres romans de *La Comédie humaine*, puisqu'à l'histoire des faits il préfère celle des mœurs, plus novatrice[2], comme il l'explique dans l'Avant-propos. Les amours de Louise suivent la transformation politique et en reproduisent métaphoriquement la signification : c'est au lendemain de la révolution de Juillet que la jeune veuve d'un mari et d'un régime monarchique déchu prépare le refuge où elle ne tardera pas à se retirer avec son second mari. La vie privée suit les changements politiques. Les

---

1. Voir Dossier, p. 416-424, et note 1, p. 339.

2. Se posant en pionnier, Balzac oublie Voltaire qui avait ouvert cette voie et l'historien Michelet, son contemporain, qui faisait aussi une place aux mœurs et aux mentalités.

erreurs de Louise et sa mort sont les symptômes d'une crise. La jeune femme tient son prénom du roi guillotiné en 1793 et de Louis XVIII, le dernier souverain qui ait vraiment trouvé grâce aux yeux de Balzac[1].

L'Avant-propos de *La Comédie humaine*, contemporain des *Mémoires de deux jeunes mariées* par sa rédaction, analyse les tenants et les aboutissants du grand choc idéologique de l'époque dont notre roman se fait l'écho : la pensée du droit divin et de l'autorité (du père dans la famille, du roi dans l'État) est confrontée à une conception post-révolutionnaire qui traduit, pour sa part, l'égalité des droits dans un système politique lié à l'élection et au consentement. Balzac défend la famille en montrant son importance du point de vue religieux et politique. Résume-t-il alors une pensée que les *Mémoires de deux jeunes mariées* auraient déjà illustrée quelques mois plus tôt ? Aurait-il écrit un roman à thèse ? Certains critiques ont tenté d'y repérer la présence d'un « discours auctorial[2] » et l'Avant-propos de *La Comédie humaine* paraît encourager cette lecture. Le roman semble faire la part belle aux idées conservatrices, défendues tantôt par Louise tantôt par Renée, comme elles le seront,

---

1. « Louis XVIII, éclairé par la révolution des Cent-Jours, comprit sa situation et son siècle, malgré son entourage, qui, néanmoins, triompha plus tard de ce Louis XI moins la hache, lorsqu'il fut abattu par la maladie » (*La Duchesse de Langeais*, *CH*, V, p. 936).

2. Christèle Couleau-Maixent, *Balzac. Le roman de l'autorité*, Paris, Honoré Champion, 2007, p. 71.

dans les œuvres suivantes, par d'autres personnages (Mme de Mortsauf par exemple dans *Le Lys dans la vallée*) ou par des narrateurs (dans *La Duchesse de Langeais* ou dans *Béatrix*). Toutefois, les *Mémoires de deux jeunes mariées* se distinguent, et retiennent de ce fait davantage notre attention, par leur forme épistolaire, que Balzac emploie pour la seule fois dans *La Comédie humaine* et de manière paradoxale. Le genre choisi trouble quelque peu l'homogénéité de la pensée politique dans ce roman d'un légitimisme bien moins orthodoxe que ne le voudrait l'Avant-propos.

Écrire à la lueur de « vérités éternelles »

Balzac a été souvent critiqué pour des romans qui semblaient banaliser l'adultère, voire l'autoriser à condition que les convenances sociales soient respectées et que les amants ne s'affichent pas. Les couples adultérins, discrets mais acceptés de tous, sont légion dans *La Comédie humaine*, et la plupart des maris trompés ne sont guère affectés, trop contents de mener leur propre vie à leur guise. Il n'est d'ailleurs jamais de bon ton de dévoiler ses sentiments – Louise le découvrira très vite (p. 97) –, même la jalousie la plus légitime. Le duc de Chaulieu ne s'étonne pas le moins du monde que son épouse accueille aussi souvent le poète Saint-Héreen et il n'est pas scandalisé lorsqu'elle annonce qu'elle ne l'accompagnera dans son ambassade d'Espagne qu'à condition qu'il soit du voyage. Un poète peut bien faire office de secrétaire d'un ambassadeur, l'exemple ancien de Du Bellay à Rome est connu. Par contre, la duchesse s'abstient prudemment de sortir et de rejoindre son poète les jours de pluie pour préserver les apparences et la dignité de son mari. Cette sorte d'« élégant divorce », selon l'expression de Balzac[1], est fréquent dans *La Comédie humaine*, mais s'il satisfait aux convenances sociales, il heurte les principes de l'Église : peu de temps avant l'achèvement des *Mémoires de deux jeunes mariées* et la rédaction de l'Avant-propos de *La Comédie humaine*, les romans de Balzac sont condamnés par un décret du 16 septembre 1841 et la mise à l'Index sera confirmée par les décrets des 28 janvier et 5 avril 1842, puis encore après la mort de Balzac le 20 juin 1864. Son œuvre restera à l'Index jusqu'en 1900 ! Dès le 19 novembre 1841, le journal *La Presse* publie donc une annonce de la parution prochaine des *Mémoires de deux jeunes mariées* en défendant le caractère édifiant et conservateur du roman : « C'est, en un mot, un éclatant démenti donné à toutes les théories nouvelles sur l'indépendance de la femme, et un ouvrage écrit dans un but essentiellement moral […][2]. »

L'éditeur Hetzel (associé à Furne pour la publication de *La Comédie humaine*), sans exiger positivement un Avant-propos qui aille dans ce même sens, insiste tout de même auprès de Balzac afin qu'une

---

1. *La Femme de trente ans*, *CH*, II, p. 1094.
2. Voir Documents, p. 463.

préface présente et justifie la réédition de romans, souvent attaqués. L'écrivain pense d'abord à Nodier, avec lequel il avait dialogué en 1832, dans la *Revue de Paris*, sur une question philosophique, puis, en avril 1842, il penche pour George Sand[1]. Or les idées de la romancière sur la condition féminine, le mariage et la religion étaient assez radicalement différentes des siennes. Mais les discussions entre Balzac et l'écrivaine sur ces sujets ont eu un rôle stimulant dans la genèse des *Mémoires de deux jeunes mariées*[2]. Il s'était rendu en visite chez elle, à Nohant, en 1838, et à son retour, il s'était empressé de relater sa visite à Mme Hanska, en évoquant les discussions passionnées[3]. Malgré leurs divergences, Balzac disait déjà sa profonde admiration pour la romancière. C'est sans doute en souvenir de leurs échanges de 1838 qu'il choisit de lui dédicacer les *Mémoires de deux jeunes mariées*. Dans la lettre de remerciements qu'elle lui envoie, en février 1842, elle évoque à son tour son intérêt ancien pour l'œuvre de son confrère et un projet d'article qu'elle pensait écrire déjà depuis longtemps. Balzac lui en fournit donc l'occasion quelques semaines plus tard, sans craindre le jugement d'une amie aux idées si différentes des siennes. La préface aurait sans doute problématisé de manière dialogique

1. Lettre à George Sand du 12 avril 1842.
2. Voir « Genèse et histoire du roman » dans le Dossier, p. 389.
3. Documents, p. 447-450.

les enjeux de *La Comédie humaine*. Mais George
Sand tombe malade et le 24 juillet elle est obligée de
déclarer forfait. Sa lettre de février 1842, à propos des
Mémoires de deux jeunes mariées, fournit toutefois un
indice intéressant de sa réception de l'œuvre de son
confrère, moins moralisatrice qu'il ne le croit : Balzac
montrerait dans ce roman le contraire de ce qu'il voulait démontrer[1] !

C'est finalement Balzac lui-même qui rédige
l'Avant-propos, motivant par la raison d'abord scientifique l'entreprise de *La Comédie humaine* : chercher
« le sens caché » (*CH*, I, p. 11) du mouvement social,
donner une représentation complète du réel, sans
aucune censure morale. Il ne craint pas de se réclamer de Bonald pour présenter un ensemble de romans
qui révèlent à quel point la société est éloignée de ses
préceptes. Défenseur de l'ordre social, Balzac ne pouvait que déplorer la mise à l'Index de ses œuvres. Il
convient de garder en mémoire ce contexte lorsqu'on
aborde les réflexions de l'Avant-propos, qui mettent
en exergue une pensée conservatrice, dont on verra
que la présence est quelque peu brouillée dans les
réflexions des deux jeunes mariées.

Dans cet Avant-propos, dont il achève la rédaction
le 8 août 1842, il définit la mission de l'écrivain, en
se plaçant sous l'autorité du philosophe monarchiste
et catholique : « "Un écrivain doit avoir en morale et
en politique des opinions arrêtées, il doit se regarder

---

1. Lettre de George Sand à Balzac, Documents, p. 466-467.

comme un instituteur des hommes ; car les hommes n'ont pas besoin de maîtres pour douter", a dit Bonald » (*CH*, I, p. 12). Il enchaîne aussitôt avec cette longue profession de foi :

J'écris à la lueur de deux Vérités éternelles : la Religion, la Monarchie, deux nécessités que les événements contemporains proclament, et vers lesquelles tout écrivain de bon sens doit essayer de ramener notre pays. Sans être l'ennemi de l'Élection, principe excellent pour constituer la loi, je repousse l'Élection *prise comme unique moyen social*, et surtout aussi mal organisée qu'elle l'est aujourd'hui, car elle ne représente pas d'imposantes minorités aux idées, aux intérêts desquelles songerait un gouvernement monarchique. L'Élection, étendue à tout, nous donne le gouvernement par les masses, le seul qui ne soit point responsable, et où la tyrannie est sans bornes, car elle s'appelle *la loi*. Aussi regardé-je la Famille et non l'Individu comme le véritable élément social. Sous ce rapport, au risque d'être regardé comme un esprit rétrograde, je me range du côté de Bossuet et de Bonald, au lieu d'aller avec les novateurs modernes […] (*CH*, I, p. 13)

Balzac place au centre de sa réflexion politique la question du mariage. Il s'appuie sur Bonald, plusieurs fois cité quelques mois plus tôt dans *Mémoires de deux jeunes mariées*.

Balzac avait eu la tentation de se présenter à des élections législatives en 1831 et en 1832. Il avait

finalement renoncé à l'idée d'une carrière politique.
Toutefois, en 1835, il rêve d'une alliance de revues
qui permettrait de fonder un « parti des *intelligen-
tiels*[1] ». Il achète donc *La Chronique de Paris*, dont
le premier numéro paraîtra le 1er janvier 1836. L'idée
selon laquelle l'intelligence serait au xixe siècle un
nouveau pouvoir avait déjà été développée dans le
Traité de la vie élégante et dans *La Peau de chagrin*,
en 1831 (*CH*, X, p. 103-104). Il défend aussi bien sûr
cette idée auprès de la comtesse Hanska, le 26 octobre
1834 : « Nous avons atteint à l'ère de l'intelligence.
Les rois matériels, la force brutale s'en va [*sic*]. Il y a
des mondes intellectuels et il peut s'y rencontrer des
Pizarre, des Cortès, des Colomb. Il y aura des souve-
rains dans le royaume de la pensée » (*LH*, I, p. 202).
Il compte bien être l'un d'eux. Mais l'alliance des
patrons de presse qu'il imagine en 1834 n'aura pas
de lendemain et Balzac, de plus en plus endetté, sera
contraint de revendre son propre journal. Toutefois,
il ne renonce jamais à exercer une influence sur son
époque. Il le fera par le roman : dans la célèbre lettre
du 26 octobre 1834, où il présente le plan de la future
Comédie humaine, il s'imagine lui-même en souverain
du « royaume universel de la pensée » (*LH*, I, p. 202).
Il est convaincu que les véritables conquêtes se font
désormais par les idées, par la plume. Il se fait donc
un devoir d'éclairer et de conquérir des consciences,
comme le montre l'Avant-propos de *La Comédie*

---

1. Lettre à Mme Hanska du 11 août 1835 (*LH*, I, p. 265).

humaine. Dans cette perspective, on peut considérer les *Mémoires de deux jeunes mariées* comme un *acte de résistance*, contre l'évolution sociale du monde post-révolutionnaire.

Balzac publie en effet son roman à un moment où il n'est plus possible d'ignorer le délitement des valeurs monarchistes. Louis-Philippe est au pouvoir depuis plus de dix ans. Il a engagé des réformes qui favorisent l'esprit d'égalité[1]. Guizot, l'ancien opposant de la Restauration, est devenu l'homme fort du régime en octobre 1840. Les valeurs bourgeoises et les idées d'égalité gagnent du terrain. Les *Mémoires de deux jeunes mariées* montrent cette influence sur la conception du mariage. Jeune duchesse, héritière de la princesse de Vaurémont, Louise a dans le sang l'audace et l'indépendance du siècle précédent, et elle paraît d'abord s'évader de sa condition de femme. Il n'en va pas de même de Renée, obligée par son manque de fortune personnelle de jouer la carte des valeurs louis-philippardes et de miser sur l'enrichissement familial pour acquérir une *position*. Tandis que Louise prend en main son destin et *marie* Felipe (selon l'expression désuète, mais significative dans son cas), Renée *est mariée* à Louis et se retrouve très vite prisonnière de sa condition de mère : femme au foyer, plus bourgeoise qu'aristocrate, elle assure bien des tâches que les familles nobles ou simplement aisées confiaient à des nourrices et à des serviteurs, comme si elle

_____

1. Voir Dossier, p. 416-428.

espérait retrouver une paradoxale liberté dans l'acceptation de son asservissement. Adepte de Bonald, Renée prétend bien devenir une sorte de sainte de la maternité, une Jeanne d'Arc du mariage. Dans sa mystique du dévouement, elle renonce tout à fait à elle-même, passant parfois des journées sans réussir à achever sa toilette. Elle ne vit alors plus que *par procuration*, d'abord les succès de son mari puis surtout ceux de ses enfants.

Louise, quant à elle, aristocrate de vieille lignée, consciente de son rang, se délecte de la pensée de Mme de Staël, qui était pourtant favorable à la Révolution. Son désir d'indépendance est stimulé par la romancière. Dès l'Empire, Mme de Staël avait en effet déploré la situation des femmes et réclamé des droits à la hauteur de leurs talents, souvent supérieurs à ceux des hommes comme on le voit dans *Corinne* (1804) : la poétesse réfugiée en Italie réussit à dominer par son art et son charisme toute une société d'hommes mais elle est tout de même rattrapée par sa condition de femme, sa trop grande liberté n'étant pas un avantage pour contracter un mariage. Mme de Staël est un véritable modèle pour Louise, si bien que la jeune fille la croit toujours vivante en 1823.

Sous la monarchie de Juillet, les revendications féministes et les ouvrages sur le mariage se multiplient. Fourier critique la répression sexuelle de la femme et les saint-simoniens s'en prennent au mariage bourgeois et à la tutelle de l'homme sur la femme. En 1832, on peut lire chez Prosper Enfantin : « La

procréation doit [...] être le fruit du plus grand amour ;
de l'amour qui fait le mariage de deux êtres, égaux
parce qu'ils sont complémentaires l'un pour l'autre[1]. »
Inversement, Scribe qui produit à partir de la fin de la
Restauration une série de pièces sur le mariage, souvent rééditées et rejouées sous la monarchie de Juillet,
ainsi que le livret d'un opéra-comique sur le sujet en
1841[2], écrit dans *Malvina, ou Un mariage d'inclination* que le mariage de raison qui préserve la propriété
est le seul viable : « il ne s'agit pas ici de romanesque
[...] il s'agit de ménage ; et, en ménage, chère amie,
il faut du positif[3]. » Ce bon sens bourgeois n'est pas
incompatible avec un autre courant plus réformateur
et soucieux de l'adaptation de la femme à sa fonction.
Louise fait allusion avec un peu de dédain à ce genre
de lectures féminines : « Ce que j'ai lu de la littérature
moderne roule sur l'amour, le sujet qui nous occupait
tant » (p. 85). Sans doute Balzac pouvait-il penser, en mettant ces propos sous la plume de Louise,
aux romans de Mme de Charrière, de Mme Cottin,
de Sophie Gay, de Mme de Genlis ou encore de la
duchesse de Duras, dont les idées sur la nécessité de
former la femme, de développer son jugement et de lui

---

1. *Morale, Réunion générale de la Famille*, Publications saint-
simoniennes, avril 1832, p. 62.

2. *Le Mariage de raison* (1826), *Le Mariage d'argent* (1827),
La Main de fer ou le Mariage secret (opéra-comique, 1841).

3. Barentin à Malvina, acte II, scène 12, Paris, Pollet, 1828,
p. 50.

inculquer le sens des responsabilités avaient été aussi formulées, en 1826, par Pauline Guizot (l'épouse du futur ministre), dans *Éducation domestique ou Lettres de famille sur l'éducation*.

Mais ce féminisme est bien modéré par rapport aux ambitions de Germaine de Staël, qui défend la position des femmes artistes, ou par rapport à la révolte de George Sand, plus radicalement tournée vers le féminisme qui s'épanouira autour de 1848. En publiant *Lélia*, en 1833, elle avait déclenché un scandale épouvantable. Le roman raconte l'histoire d'une femme sceptique et indépendante qui exerce une fascination sur les hommes, et ne trouve la paix qu'en devenant abbesse d'un couvent, ce qui a pu inspirer à Balzac, au début de son projet, l'idée d'un retour de son héroïne au couvent. Les articles hostiles à *Lélia* ont été nombreux, deux critiques se sont battus en duel (Gustave Planche, ami de Sand, et Capo de Feuillide), et Sainte-Beuve, qui voulait essayer de défendre le roman, se sentit tout de même obligé de déplorer ses excès, le souffle de colère et une fin qui n'est pas « moralement heureuse[1] ». En 1839, dans la seconde version de *Lélia*, Sand ose déjà écrire, à propos de la femme que le Code civil soumet à l'homme comme une enfant à protéger :

> [...] l'élève entre dans l'âge de l'émancipation et réclame à son tour ses droits d'homme. Il n'y a donc pas

---

1. *Le National*, 29 septembre 1833.

de véritable association dans l'amour des sexes, car la femme y joue le rôle de l'enfant, et l'heure de l'émancipation ne sonne jamais pour elle. Quel est donc ce crime contre nature de tenir une moitié du genre humain dans une éternelle enfance ? La tache du premier péché pèse, selon la légende judaïque, sur la tête de la femme, et de là son esclavage[1].

Bien qu'elle ne soit pas aussi raisonneuse, Louise sera de la même trempe.

De Mme de Staël à Sand, la révolte féministe monte et gronde même s'il faudra encore bien du temps pour qu'elle ait un impact sur les lois. Claire Démar lance en 1833 l'*Appel d'une femme au peuple sur l'affranchissement de la femme*, et *Ma loi d'avenir*, où elle refuse que la famille soit considérée comme l'unité sociale de référence. Marie-Reine Guindorf fonde, quant à elle, le premier journal féministe en 1832 : *La Femme libre*.

Dix ans plus tard, Bonald peut faire figure de penseur anachronique. Même les légitimistes semblent mettre de l'eau dans leur vin sous la monarchie de Juillet. Ainsi, tout en défendant le mariage, pilier de la société, le légitimiste Théophile de Ferrière consent à revoir ses modalités, en un sens très bourgeois. On peut lire dans *Les Romans et le Mariage* cette réflexion conciliatrice : « En vérité, que faut-il de plus

---

1. *Lélia*, lettre XXX, édition établie par Pierre Reboul, Paris, Garnier, 1960, p. 385-386.

pour le mariage ? changez un peu les rôles ; transformez en mari l'amant ; vous avez le mariage modèle, ce qu'il y a de plus exigeant et de plus rigoureux en fait de mariage. […] [U]ne femme doit aimer celui qu'elle épouse ; mais qui a jamais dit le contraire depuis saint Paul[1] ? » Louise ne réalise-t-elle pas ce modèle ? Jusqu'à un certain point seulement, car il ne faut pas s'y tromper, M. de Ferrière ne lâche rien sur l'essentiel, la soumission de la femme, cantonnée dans son rôle de mère : « Où est-elle la femme qui trouve sa vie décolorée ? Ce n'est pas une mère assurément, car une mère voit le ciel dans les yeux de sa fille. Où est celle qui se plaint de ce que les occupations de ses heures n'ont rien de grand ! Oh ! ce n'est pas une mère, car une mère élève sa fille dans ses bras, et quelle occupation plus sublime que celle de former une âme […][2]. »

Avec ses *Mémoires de deux jeunes mariées*, Balzac a réalisé un roman d'actualité, sur une question sociale et politique brûlante. La dédicace à George Sand ne pouvait donc pas passer inaperçue. Avec ce roman à deux voix sur des vérités éternelles ébranlées, l'écrivain souffle sur les braises.

---

1. *Les Romans et le Mariage*, Paris, H. Fournier Jeune, 1837, I, p. 108.
2. *Ibid.*, II, p. 305.

Balzac contre Balzac

Plusieurs critiques ont voulu lire les *Mémoires de deux jeunes mariées* dans le sens de l'Avant-propos, en faisant remarquer non seulement la présence des idées de Bonald dans ce roman mais surtout le triomphe de Renée, championne du mariage, de la maternité et de la soumission féminine. De fait, c'est elle qui s'enrichit progressivement et s'élève, alors que Louise la rebelle meurt tragiquement. Louise finit en province, Renée aspire à la fin du roman à vivre dans la lumière, à Paris. Le mariage de raison serait donc la bonne formule, tandis que le mariage d'amour, fondé sur la passion, sur l'aspiration au bonheur individuel, ne mènerait qu'à l'échec. Bref, dans l'opposition entre l'Individualisme et la Famille, la seconde l'emporterait. Ce serait donc la voix de Renée qui triompherait : cette femme raisonnable serait la porte-parole de Balzac. Il donnerait ainsi une force singulière à ses propos antiféministes en les faisant prononcer par une femme.

Dans cette perspective, la dédicace à Sand paraît alors ironique : les *Mémoires de deux jeunes mariées* lui infligeraient une sorte de démenti et pourraient être considérés comme la réponse à son roman épistolaire *Jacques*, publié en 1834, précisément au moment où Balzac a commencé à penser à son propre projet. Les lettres sont échangées entre deux amies de couvent, Fernande Theursan et Clémence de Luxeuil. Fernande épouse Jacques, qui a dix-huit ans de plus

qu'elle, et se laisse séduire par un jeune homme insi-
pide, Octave. Jacques décide de se sacrifier et se tue
pour laisser vivre les amants. Lorsque *Jacques* paraît,
Balzac condamne cette fiction qu'il trouve immorale : « *Jacques* [...] est un conseil donné aux maris
qui gênent leurs femmes de se tuer pour les laisser
libres... [Il] est vide et faux d'un bout à l'autre[1]. »

Dans *Mémoires de deux jeunes mariées*, Balzac
pousse encore plus loin les dangers de l'amour et de la
femme libre : Louise fait mourir d'amour son amant,
l'obligeant à l'aimer toujours mieux, toujours plus,
toujours au-delà des exigences du mariage. Renée la
met en garde contre ses excès. La stérilité des deux
mariages de Louise est éloquente, mais Balzac lui fait
tout de même prononcer sa propre condamnation, dans
son agonie : « le mariage ne saurait avoir pour base la
passion, ni même l'amour. [...] Oui, la femme est un
être faible qui doit, en se mariant, faire un entier sacrifice de sa volonté à l'homme, qui lui doit en retour
le sacrifice de son égoïsme. Les révoltes et les pleurs
que notre sexe a élevés et jetés dans ces derniers
temps avec tant d'éclat sont des niaiseries qui nous
méritent le nom d'enfants que tant de philosophes
nous ont donné » (p. 381-382). Sand se rebellait
contre « l'éternelle enfance ». Balzac validerait-il au
contraire l'idée conservatrice ? Louise deviendrait-elle
in extremis un second porte-parole de l'auteur ? Le
roman serait alors l'expression des préjugés obstinés

---

1. Lettre à Mme Hanska du 18 octobre 1834 (*LH*, I, p. 196).

d'une époque, des réticences de l'écrivain lui-même à l'égard du féminisme.

Mais, lectrice perspicace, et féministe, George Sand lit différemment le roman. Selon elle, il laisserait échapper d'autres vérités que les certitudes claironnées dans l'Avant-propos. Finalement, selon elle, Balzac se serait contredit avec ce roman : « vous prouvez tout l'opposé de ce que vous voulez prouver. C'est le propre de toutes les grandes intelligences de sentir si vivement et si naïvement le *pour* et le *contre* […][1]. » Le plus étonnant, c'est que le romancier acquiesce ! Il se rallie à George, en surenchérissant : « chère, soyez tranquille, nous sommes du même avis, j'aimerais mieux être tué par Louise que vivre longtemps avec Renée[2]. » L'Avant-propos était pour le public ; dans l'échange privé, il admet le dialogisme du roman, et même sa préférence, en tant qu'homme, pour une héroïne comme Louise. L'amant de Mme de Berny et de la mystérieuse Louise, le chevalier servant de la comtesse Guibodoni et l'admirateur de la romanesque duchesse d'Abrantès, pouvait-il adhérer tout à fait aux principes bonaldiens ou même aux contresens bourgeois de Renée ? N'est-il pas lui-même sur le point d'emboîter Vénus avec Héra, en épousant Mme Hanska ?

Certes, Louise fait mourir Macumer et se tue elle-même, mais sans elle point de péripéties, point de

1. Lettre de George Sand à Balzac du mois de février 1842. Voir Documents, p. 466.
2. Lettre à George Sand de 1842 (*C*, III, p. 19).

romanesque, point de roman ! Louise est un tourbillon de vie, de désirs. C'est elle qui permet au roman d'exister même si sa vie se consume selon la loi bien connue de la peau de chagrin[1]. Mais du moins est-elle puissamment vivante. Dépensière, audacieuse, perspicace dans ses analyses sociales, n'a-t-elle pas l'*ethos* du romancier bien plus que l'ennuyeuse Renée qui ne sait que calculer, compter, pendant tout le roman, attendant, tapie en province, que les faveurs procurées d'en haut par Louise et par le roi tombent ? Elle n'enrichit pas sa famille, elle la fait enrichir en profitant au mieux de ses relations. Et elle planifie le futur pour ses enfants, réglant un à un chacun des cas, pour assurer aux siens un bonheur bien compté. Mais si sa famille progresse et s'élève, sa vie personnelle plate et ennuyeuse – malgré son enthousiasme pour la maternité – est bien peu digne d'un roman. Comment son idéal pourrait-il vraiment aimanter toute une société et lui redonner vie ?

De plus, si on y regarde de plus près, la famille, telle que la conçoit Renée, apparaît comme une association d'intérêts, une alliance au profit de la promotion des individus, bien différente de la famille selon Bonald. Opposé au système rousseauiste de

---

1. Dès la *Physiologie du mariage*, Balzac écrit que « [l']homme a une somme donnée d'énergie » et que « cette force est unique » (*CH*, XI, p. 1027). Dans *La Peau de chagrin*, chaque désir du héros qui est exaucé diminue la peau magique offerte par un mystérieux antiquaire, et réduit la durée de sa vie.

L'Origine de l'inégalité et du *Contrat social*, Bonald considère que l'homme est toujours socialisé et que la famille (et non l'individu) est l'unité sociale minimale. Dans *Démonstration philosophique du principe constitutif de la société*, publié en 1830 et réédité en 1840, la famille, selon lui, a pour objectif de former « l'homme-social » ou l'homme pour la société, qui s'efforce toujours d'être utile à ses semblables. Dans sa *Théorie de l'éducation sociale* (1796), il explique qu'il s'agit de « diriger vers un but utile à la société la volonté de dominer qui se trouve dans son esprit, et qu'il veut exercer par son cœur et par ses sens[1]. »

Renée de l'Estorade lit Bonald à contresens et dénature sa pensée de la famille aristocratique. C'est en fait une conception bourgeoise de la famille et du profit qu'elle défend. Elle ne rêve pas pour Louis d'un destin national. Elle le pousse à servir le roi pour avoir un retour sur investissement. Pas question donc de laisser une révolution la frustrer des bénéfices ! Sans états d'âme, Renée vend sa famille à Louis-Philippe. On prêtera par la suite au ministre Guizot la formule emblématique de l'aspiration bourgeoise : « Enrichissez-vous. » Ce principe guide déjà l'action de Renée sous la Restauration. Ses lettres de 1827-1829 montrent une femme à l'affût des distinctions et des places pour ce qu'elles peuvent rapporter. 1830 n'est pas une mauvaise affaire ! Un peu d'égalité

---

1. *Théorie du pouvoir politique et religieux dans la société civile* ; *Théorie de l'éducation sociale*, 1796, t. III, p. 12.

ne dérange pas ses plans, bien au contraire. Elle s'empresse d'adopter les mœurs bourgeoises du roi des Français et met comme lui ses fils au lycée Henri-IV, au lieu de leur choisir des précepteurs. On s'est souvent moqué de ce geste démagogique du nouveau souverain. Mais quelle aubaine pour les fils des *bonnes* familles qui pourront côtoyer les fils de France ! 1830 ne compte donc pour rien, dès lors que Renée trouve profit à se rallier au nouveau pouvoir. Elle trahit la pensée de Bonald.

Quel but cette championne de la famille bourgeoise donne-t-elle à son mari ? Une retraite tranquille à la fin de sa carrière, à l'abri des tracasseries, et dans un grand confort matériel (p. 339). Pour cela, mieux vaut ne pas courir de risques, et ne pas essayer de devenir ministre. Servir la France, ce serait la folie des grandeurs, et cela peut coûter cher. Le machiavélisme de Renée s'arrête aux frontières de la famille et la politique n'est qu'une pourvoyeuse de bénéfices : « Ces sages calculs – explique-t-elle petitement à Louise – ont déterminé dans notre intérieur l'acceptation du nouvel ordre de choses. Naturellement, la nouvelle dynastie a nommé Louis pair de France et grand-officier de la Légion d'honneur. Du moment où l'Estorade prêtait serment, il ne devait rien faire à demi ; dès lors, il a rendu de grands services dans la Chambre. Le voici maintenant arrivé à une situation où il restera tranquillement jusqu'à la fin de ses jours. Il a de la dextérité dans les affaires ; il est plus parleur agréable qu'orateur, mais cela suffit à ce que nous demandons à la politique » (p. 339-340).

Tranquillement : le mot est évidemment ironique sous la plume de Balzac, défenseur de l'énergie[1]. Ses plus brillants personnages – les Rastignac et les de Marsay – font partie de la Société des Treize, qui lutte clandestinement pour en sauver quelque chose : ce sont les contrepoints de Louis de l'Estorade. L'atonie sociale est le symptôme d'une dégradation typiquement bourgeoise. Dans *La Femme de trente ans*, Charles de Vandenesse, alors porte-parole de Balzac lui-même, en faisait le constat : « Où trouver de l'énergie à Paris ? Un poignard est une curiosité […]. Les rangs, les esprits, les fortunes ont été nivelés, et nous avons tous pris l'habit noir comme pour nous mettre en deuil de la France morte » (*CH*, V, p. 1123). Renée ne pense jamais à la France ! Elle en vient même à brider les ambitions de son mari, car il vaut mieux rester à Paris pour les études des enfants : « Je puis te dire qu'on lui a dernièrement offert une ambassade, écrit-elle à Louise, sans fausse honte, mais je la lui ai fait refuser » (p. 340). Il est donc difficile de suivre Roger Pierrot, lorsqu'il considère Renée comme la porte-parole de Balzac qui adhérerait à son « réalisme nuancé[2] ». Or, conscient de l'irréversibilité

---

1. Voir Madeleine Ambrière, « Balzac et l'énergie », *Romantisme*, n° 46, 1984, p. 43-48.

2. Voir son Introduction à l'édition des *Mémoires de deux jeunes mariées* (*CH*, I, p. 192).

de l'histoire, de la nécessaire adaptation de l'aristocratie au présent post-révolutionnaire, l'écrivain n'en
reste pas moins farouchement opposé aux valeurs
louis-philippardes (celles qu'adopte finalement Renée)
et hostile au triomphe de l'intérêt et de l'égoïsme sous
la monarchie de Juillet[1].

La sagesse étriquée de Renée est d'ailleurs bien
loin de l'ambition et de la hauteur de vue des leçons
monarchistes du *Lys dans la vallée*, où Henriette de
Mortsauf pensait indissociablement la gloire de Félix
de Vandenesse et la gloire de la France. La pensée
de Renée n'illustre que les travers d'une aristocratie
moribonde. Bornée aux limites d'une petite famille,
elle est à l'opposé de la « politique rédemptrice » pré-
conisée par Balzac dans *La Duchesse de Langeais*. Il
rêvait d'une aristocratie du mérite, une « puissance
territoriale agissante », qui devait se « nationaliser » :
la noblesse détiendrait ainsi des espèces de « fiefs
moraux » qui l'obligerait à l'égard du pays (*CH*, V,
p. 928).

Or, dans *Mémoires de deux jeunes mariées*, la
France ne semble guère compter. Seul le duc de
Chaulieu s'en préoccupe et fait avec tristesse ce dia-
gnostic : « Mon enfant, la France est dans une situation
précaire qui n'est connue que du roi et de quelques

---

1. Sur ce point, voir René-Alexandre Courteix, « Le *replâtrage
social de 1830* : aboutissement de la révolution de 1789 », dans
Balzac et la Révolution française, Paris, PUF, 1997, p. 357-377.
Voir Dossier, p. 416-428.

esprits élevés » (p. 138). Le duc accepte pour sa part de *servir*, d'être ambassadeur en Espagne même s'il doit laisser la duchesse derrière lui (p. 119). C'est donc à lui que Balzac prête quelques propos monarchistes, authentiquement inspirés de Bonald. Le duc est convaincu qu'il y a une homologie de structure entre la famille aristocratique et la monarchie, comme Balzac le dira lui-même quelques mois plus tard dans l'Avant-propos. Opposant droit divin et élection, communauté organique et individualisme, le père de Louise résume les enjeux idéologiques de son temps en analysant les « effets les plus destructifs de la Révolution » :

En coupant la tête à Louis XVI, la Révolution a coupé la tête à tous les pères de famille. Il n'y a plus de famille aujourd'hui, il n'y a plus que des individus. En voulant devenir une nation, les Français ont renoncé à être un empire. En proclamant l'égalité des droits à la succession paternelle, ils ont tué l'esprit de famille, ils ont créé le fisc ! Mais ils ont préparé la faiblesse des supériorités et la force aveugle de la masse, l'extinction des arts, le règne de l'intérêt personnel et frayé les chemins à la Conquête. Nous sommes entre deux systèmes : ou constituer l'État par la Famille, ou le constituer par l'intérêt personnel : la démocratie ou l'aristocratie, la discussion ou l'obéissance, le catholicisme ou l'indifférence religieuse, voilà la question en peu de mots. [...] Il ne s'agit plus ni de droits féodaux, comme on le dit aux niais, ni de gentilhommerie, il s'agit de l'État, il s'agit de la vie de la France. Tout pays qui ne prend pas sa base dans le pouvoir paternel est sans existence assurée. Là commence l'échelle des responsabilités, et la subordination, qui monte jusqu'au roi (p. 139).

Monarchie, Religion, Famille, tout se tient. Le mal français provient de la disparition de la sainte hiérarchie : les couples formés par Louise et ses maris successifs reflètent sur le plan de la vie privée l'éviction plus générale de l'autorité masculine. Dès sa sortie de couvent, Louise tenait d'ailleurs en piètre estime les hommes, et l'amitié entre femmes devait primer : « Raconte-moi très exactement tout ce qui t'arrivera, surtout dans les premiers jours, avec cet animal que je nomme un mari » (p. 135). Renée ne fait pas mieux lorsqu'elle promet à Louise de rester intimement liée à elle malgré son mariage avec Louis : « Pauvre homme qui croit épouser une seule femme ! S'apercevra-t-il qu'elles sont deux ? » (p. 106). S'apercevra-t-il, pourrait-on ajouter, que la femme qui porte presque son prénom le supplante largement dans le cœur de son épouse ? Toutes deux s'envoient des petits noms doux : « ma chère mignonne », « ma belle biche ». Et elles vivent tant en symbiose, au début du roman, que Renée réalise curieusement qu'elle est enceinte de Louis, lorsque Louise lui confie ses plaisirs d'amour avec Felipe (p. 242).

Balzac considérait la France post-révolutionnaire comme « le pays le plus femelle du monde » (*CH*, V, p. 11). Significativement, dans *Mémoires de deux jeunes mariées*, il place au premier plan deux femmes qui, l'une et l'autre, annulent leur mari. Bien que la révolution de 1830 ne soit pas racontée, le changement de régime s'accompagne d'une aggravation de cette situation dans le domaine de la vie privée. Macumer, qui possédait quelques beaux restes d'énergie, meurt en 1829, et il est remplacé, après 1830, par un « lézard de poète » (p. 320), dont le prénom trop féminin – Marie – laisse deviner les faiblesses. Toute-puissante, par ses contributions maternelles à la prospérité familiale, Renée règne en maître sur la famille l'Estorade. Réfléchissant sur la création des personnages modernes, dans l'Avant-propos de *La Comédie humaine*, Balzac insistera justement sur la nécessité de les concevoir « dans les entrailles de leur siècle » : ils ne vivent qu'à la condition « d'être une grande image du présent » (*CH*, I, p. 10). Bien que différentes à certains égards, Louise et Renée révèlent la même évolution sociale.

Sous la monarchie de Juillet, l'espoir semble perdu de restaurer l'assise idéologique du système hiérarchique ancien, qui reliait le père de famille et le roi à Dieu. En effet, la Révolution a légué au pays le goût du consentement (aussi bien sur le plan privé que politique) et du système électif. Balzac voit bien ce qui a rendu la Restauration inefficace : le conflit idéologique au sein même de la nouvelle structuration politique qui tente d'articuler deux systèmes incompatibles, le pouvoir royal et le pouvoir issu des élections. Le duc de Chaulieu en fait le constat : « le roi est une tête sans bras ; puis les grands esprits qui sont dans le secret du danger n'ont aucune autorité sur les hommes à employer pour arriver à un résultat heureux. Ces hommes, vomis par l'élection populaire, ne veulent pas être des instruments. Quelque remarquables qu'ils soient, ils continuent l'œuvre de la destruction sociale, au lieu de nous aider à raffermir l'édifice » (p. 138).

Le père de Louise est perspicace dans ses analyses, mais le roman l'élimine assez vite (après le premier mariage de Louise). D'ailleurs la figure paternelle est dès le début mise à mal par la révolte de Louise qui non seulement refuse le couvent mais se choisit seule son mari. Certes, elle semble admettre les raisons de son père lorsqu'elle lui cède sa fortune pour qu'il puisse constituer le majorat de son frère cadet. Elle paraît même contribuer au prestige familial en épousant un noble espagnol d'une famille ancienne. Or, en réalité, elle subvertit avec provocation tous les principes paternels et monarchiques alors qu'elle semblait devoir incarner le type de la femme supérieure capable de concilier les devoirs de sa caste et les lois du mariage avec une audacieuse liberté, digne du siècle de Louis XV.

Mais Louise emploie mal son audace. Elle transforme radicalement les principes et la finalité du mariage aristocratique : elle y fait triompher l'individualisme et l'égoïsme. En faisant de son mari son amant, elle place ses satisfactions personnelles au cœur de cette institution qui devrait être le fondement d'un dévouement social. Louise est d'abord

amoureuse de sa propre image, qu'elle décrit com-
plaisamment : la lettre III, à la veille de son entrée
dans le monde, dévoile l'amour de la future mondaine
pour elle-même et sa futilité. Louise cherchera dans le
regard de Macumer puis de Marie Gaston l'admiration
qui comblera son désir narcissique. Allant toujours
plus loin dans ce sens, elle finit même par renoncer
au miroir social, pour rester face à face avec Marie
Gaston, le bel efféminé qui n'a pas pour rien « la tête
mélancolique de Louis XIII » (p. 349). Elle a introduit un ferment d'asociabilité, un grain de folie dans
le mariage ! Sa jalousie pathologique et sa mort, qui
ressemble à un suicide, en sont les témoignages.

Elle se marie toujours au-dessous de sa condition d'origine, comme pour garder la maîtrise. Elle
épouse un noble de haut rang, mais déchu, et son
Roméo appartient au camp ennemi. Au moment où
son père s'apprête à partir en ambassade en Espagne
parce que la France vient d'y rétablir l'absolutisme de
Ferdinand VII, Louise épouse l'un des chefs libéraux,
banni par Ferdinand VII ! Dans sa lettre à son frère,
Felipe établit lui-même le lien entre sa déchéance et
la victoire française : « Au moment où je ne suis plus
que baron de Macumer, les canons français annoncent
l'entrée du duc d'Angoulême » (p. 112). Il est coupable, et responsable de sa propre chute. Louise en
convient elle-même dans l'une de ses lettres à Renée :
« Le duc a fait une faute immense en acceptant le
ministère constitutionnel avec Valdez » (p. 145).
Qu'à cela ne tienne ! Les filles rebelles de *La Comédie*

humaine font des choix provocants : Hélène d'Aiglemont s'enfuit pour vivre un grand amour avec un corsaire dans *La Femme de trente ans*. Louise jette son
dévolu sur un Abencérage dont le regard de feu laisse
espérer toutes les voluptés de l'Orient et sa laideur des
jouissances inattendues !

Mais ce n'est pas tout : elle réduit ce grand d'Espagne, le rebelle héroïque, à courir sur les murs, la
nuit, comme un chat de gouttière, à se proclamer
son esclave, à renoncer à tout, même à faire prospérer ses terres de Sardaigne. Quand il a tout donné,
tout abdiqué, il peut mourir. Avec Marie Gaston,
elle va plus loin. Cette fois, elle se marie hors de sa
classe, avec un poète sans notoriété. Elle dégrade le
modèle de la grande dame amoureuse d'un écrivain
comme l'était sa mère de Saint-Héreen ou Diane
de Maufrigneuse de d'Arthez, ou encore Mme Hanska
de Balzac lui-même : ces femmes infidèles avaient au
moins le mérite de reconnaître la nouvelle aristocratie de plume, qui est celle que revendiquait Balzac en
usurpant la particule. Avec Marie Gaston, Louise se
déclare cette fois esclave elle-même, et elle « tremble
devant cet enfant comme l'Abencérage tremblait
devant [elle] » (p. 323). Ainsi qu'une odalisque
oisive, elle passe ses journées à ses toilettes. Mais
dans les faits, elle ne se soumet guère : elle ne tolère
d'autre activité de son poète que le théâtre, qui ne
nécessite pas, dit-elle, d'effort constant, et qu'elle peut
pratiquer avec lui ; dès qu'il s'éloigne trop longtemps
et qu'il fait transpirer son cheval, elle le soupçonne

de trahison. Mante religieuse avec Macumer, Louise est devenue une sorte d'Omphale extrémiste et Marie Gaston doit demeurer à ses pieds. C'est par stratégie qu'elle a choisi un poète aussi fade qu'elle décrit en alignant des banalités presque naïves sur son physique (« Il a des dents magnifiques, il est d'une santé de fer »), comme si elle était assez puissante pour créer une passion *ex nihilo*, sans cause objective. Il est sa chose, son œuvre, dont elle atténue la masculinité : « je lui ai fait couper ses favoris et sa barbe » (p. 350). On peut bien parler de castration symbolique. Elle entraîne Marie hors de la société, comme une proie toute à elle, le modèle à son goût, l'enferme dans un bonheur permanent, dans une vie sans rythme, si bien qu'elle n'a plus rien à raconter à son amie et cesse de lui écrire pendant de longs mois.

« Tout pays qui ne prend pas sa base dans le pouvoir paternel est sans existence assurée », lui disait son père (p. 139). Elle sape avec détermination cette base, elle est la grande révolutionnaire du roman ! Héritière d'une aristocrate du règne de Louis XV, elle est passée à l'ennemi sans s'en rendre compte ! Elle est la figure vivante de 1793 : réduisant à rien Marie Gaston, anéantissant le pouvoir masculin, elle tue symboliquement une nouvelle fois le roi. Elle ne donne évidemment pas d'enfants à ses maris, les privant ainsi de leur pouvoir. Elle trahit, sans l'admettre, les idées monarchiques, alors même qu'elle accuse Renée de s'être ralliée à la monarchie de Juillet. Louise tourne le dos à son camp et même à toute la société.

Il est donc bien difficile de trouver les traces du discours auctorial de Balzac dans les lettres des deux héroïnes. La leçon légitimiste promise par l'Avant-propos est presque insaisissable dans le texte. Elle est à peine esquissée par les propos du duc de Chaulieu, et reste en creux dans tout le reste du roman. Loin d'être ce lourd démenti du féminisme de George Sand qu'on a parfois voulu y lire, *Mémoires de deux jeunes mariées* ne livre pas la thèse adverse d'un paternalisme sans faille et d'un légitimisme bien assuré. C'est un roman du questionnement plus que des réponses, un roman qui semble même montrer la difficulté de la thèse défendue dans l'Avant-propos. Celui-ci a été écrit – rappelons-le encore – après le roman et dans des circonstances particulières.

L'épistolarité balzacienne : une poétique de la dualité

Dans les *Mémoires de deux jeunes mariées*, l'épistolarité contribue bien sûr à la confrontation d'idées en créant un irréductible dialogisme. Balzac a déjà introduit des lettres dans ses romans antérieurs pour créer un point de vue adverse. C'est le cas en 1835 dans *La Fleur des pois* (*Le Contrat de mariage*), où Henri de Marsay adresse une longue lettre à Paul de Manerville ruiné, qui part refaire fortune en Inde, sans comprendre à quel point sa femme a été complice de sa perte. L'usage de la lettre de Natalie de Manerville dans *Le Lys dans la vallée* est similaire : après la longue confession de Félix de Vandenesse, qui la courtise mais lui fait la confidence de l'amour qu'il a éprouvé pour une autre (Henriette de Mortsauf, morte de désir inassouvi), la jeune femme répond par une fin de non-recevoir en retournant l'idéalisme amoureux de Félix et en l'accusant de meurtre[1].

Toutefois, *Mémoires de deux jeunes mariées* reste un cas isolé de roman intégralement composé de lettres. Balzac avait pourtant déjà eu recours au genre épistolaire dans une œuvre de jeunesse inachevée, *Sténie ou les Erreurs philosophiques* (1819-1821)[2], qui était inspirée par la lecture de *La Nouvelle Héloïse* de Rousseau et *Les Souffrances du jeune Werther*, deux romans sur les amours contrariés et le mariage. Le roman par lettres était en vogue au début du XIXe siècle. Il permettait plus aisément l'introspection, les confidences du cœur. Madame de Staël avait adopté cette forme dans *Delphine* (1802) ainsi que Sophie Cottin dans *Claire d'Albe* (1811), et Claire de Duras dans *Olivier ou le Secret*, en 1822. Sous la monarchie de Juillet, Sand choisit encore l'épistolarité pour écrire *Jacques* (1834). Le genre n'est donc pas aussi en désuétude que veut bien le dire Balzac dans la

---

1. Voir Gisèle Séginger, Introduction au *Lys dans la vallée*, Paris, Le Livre de Poche, « Classiques », 1995.

2. Balzac abandonne son roman après avoir écrit cinquante-deux lettres. Publié en 1868 pour la première fois, il est repris dans le tome I des *Œuvres diverses* (Paris, Gallimard, « Bibliothèque de la Pléiade », 1990).

préface de l'édition Souverain : « La publication d'une correspondance, chose assez inusitée depuis bientôt quarante ans, ce mode si vrai de la pensée sur lequel ont reposé la plupart des fictions littéraires du dix-huitième siècle, exigeait aujourd'hui les plus grandes précautions. Le cœur est prolixe » (p. 464-465).

Souvent pratiqué au XIXe siècle par des femmes, le roman épistolaire favorisait trop les épanchements, ce qui n'est généralement pas l'objectif de Balzac. Mais cette fois la forme épistolaire, liée à l'écriture féminine (depuis Mme de Sévigné), lui semble, précisément pour cette raison, convenir à un roman centré sur les difficultés ou les souffrances de deux héroïnes. Le pari de Balzac est audacieux : inventer deux écritures féminines de fiction qui ne fassent toutefois pas tomber le roman lui-même dans les travers de l'épistolarité féminine (la prolixité du cœur). Bref, il s'agit d'inventer des femmes, qui pensent en femme, qui vivent en femme, qui écrivent leurs lettres en femme, et le tout dans un roman qui ne soit pas trop féminin ! Même s'il est question de rêves et d'aspirations de jeunes filles, même si ce sont ces jeunes filles qui ont la parole, Balzac, qui tient la plume, a toujours le même objectif qu'il a défini dans *Béatrix* : alors que les historiens sont « plus occupés des faits et des dates que des mœurs », il veut pour sa part être un « archéologue moral » (*CH*, II, p. 638). Dans *Mémoires de deux jeunes mariées*, il crée donc un dispositif épistolaire particulier : chacune des deux héroïnes est à la fois narratrice de sa propre vie et critique de celle de sa destinataire. Leur rivalité et le débat sur le mariage qui sous-tendent de plus en plus fortement leur échange épistolaire limitent les épanchements lyriques à quelques échappées, à quelques moments de rêve.

Après quelques échanges d'amitié sereine, *Mémoires de deux jeunes mariées* confronte, dans des lettres de plus en plus tendues, deux discours féminins divergents, qui rendent compte de deux stratégies différentes. Mais dans les deux cas, Balzac traite des rapports de force entre les sexes, alors défavorables aux femmes. Malgré les voies opposées qu'elles suivent, Renée et Louise ont en commun la volonté d'affirmer leur libre arbitre, quitte à le dissimuler dans le cas de Renée. Mais au-delà de cette similitude et de leur amitié de couvent, tout semble finalement les séparer. Ce sont deux tempéraments, deux visions de la société et de la famille qui s'affrontent. Louise vit à contre-courant de son époque, comme si au temps des *femmes convenables*, dans une France embourgeoisée, on pouvait être aussi audacieuse que sous Louis XV. Au contraire, Renée adapte ses ambitions aristocratiques à une époque bourgeoise. Louise est profondément individualiste, Renée altruiste. L'une veut vivre une passion authentique, l'autre pense à la procréation et à l'expansion familiale. Les deux amies d'enfance s'aiment encore mais se désapprouvent mutuellement avec des mots durs. Louise se moque de la figure sans doute « jaune » de Renée lorsque celle-ci parle des devoirs de la femme tout en se comportant dans le mariage comme « les courtisanes se conduisent dans l'intérêt de leur fortune ». Elle lui reproche de calculer et de raisonner, de n'avoir pas vraiment de cœur et de sentiment. L'esprit fin de Louise retourne comme un gant la morale de Renée : « Le devoir, voilà ta règle et ta mesure ; mais agir par nécessité, n'est-ce pas la morale d'une société d'athées ? Agir par amour et par sentiment, n'est-ce pas la loi secrète des femmes ? Tu t'es faite homme, et ton Louis va se trouver la femme ! » (p. 167). Athée : le mot est fort et blessant pour Renée. Mais elle-même attaque aussi rudement l'« égoïsme féroce » de son amie (p. 357) et l'accuse de meurtre : « Après en avoir tué un en vivant dans le monde, tu veux te mettre à l'écart pour en dévorer un autre ? » (p. 336). Louise serait donc l'un de ces cas qui amènent Balzac à déplorer, dans *Les Martyrs ignorés*, l'« immense défaut dans les lois humaines, une lacune effroyable, celle *des crimes purement moraux*, contre lesquels il n'existe aucune répression, qui ne laissent point de traces, insaisissables comme la pensée » (*CH*, XII, p. 750). Ainsi, en quête du pur amour, pour sa jouissance personnelle, Louise serait en fait un tyran domestique cruel. Plus que les leçons, Balzac aime depuis longtemps les paradoxes. « Les femmes les plus vertueuses ont en elles quelque chose qui n'est jamais chaste », écrivait-il dès 1829, dans la *Physiologie du mariage* (*CH*, X, p. 944).

Que vaut-il mieux : aimer follement et mourir ou compter sans fin et ne pas vivre tout à fait ? Les deux partis comportent des inconvénients majeurs dans ce roman, et ni la grandeur excentrique et décalée de

Louise, ni la médiocrité bourgeoise, trop bien ajustée au monde, de Renée ne semblent tout à fait enviables. Est-il sûr que Louise soit totalement condamnée, comme le pense Christèle Couleau-Maixent, qui croit découvrir dans ce roman un « discours dialectique, dans lequel l'autorité n'est pas remise en cause » ? Que la courbe des succès de la famille l'Estorade soit ascendante ne signifie pas que le roman encourage « le lecteur à voir dans la vie de Renée le modèle à suivre », ni que ses lettres soient « un lieu privilégié de discours auctorial[1] ». Ne peut-on pas plutôt considérer cette petite aristocrate de province comme une figure allégorique des « droits de l'Envie » ? Quant à Louise qui abjure dans un délire élégant le féminisme et l'amour-passion, n'abjure-t-elle pas du même coup l'éthique balzacienne de l'énergie ?

L'œuvre n'est donc pas un « roman à thèse » dont les épisodes auraient été « disposés en vue de ménager à la morale une édifiante victoire[2] ». Si Balzac se réclame de la monarchie et de la religion dans l'Avant-propos, dans ses fictions il scrute le réel en bon disciple de Méphistophélès, comme il le voulait dans la *Physiologie du mariage* (*CH*, XI, p. 905), devinant les

---

1. Christèle Couleau-Maixent, *Balzac. Le roman de l'autorité*, *op. cit.*, p. 153, 183, 202, 231.

2. C'est la position défendue par Roger Pierrot (*CH*, I, p. 191), qui s'appuie sur une réflexion de Maurice Bardèche dans l'Introduction à son édition des *Mémoires de deux jeunes mariées* (Paris, Club de l'honnête homme, 2e édition, 1968, p. 216).

causes cachées et les doubles fonds. Dans *Mémoires de deux jeunes mariées*, chacune des deux héroïnes joue ce rôle et décrypte chez l'autre les sentiments inavoués ou inavouables, les déviances. L'écrivain dont l'objectif est de réaliser une « étude » doit se placer à des points de vue différents. Balzac l'expliquait à Charles Nodier, en 1832 : « Quant à moi, je ne me prononce pas parce que j'étudie, et qu'un fait apparent est souvent détruit par un fait latent[1]. » Il a beau dire qu'il écrit à la lueur de vérités éternelles, quand il s'agit d'étudier la société, il sait que ces vérités sont souvent éclipsées par les raisons obscures qui prévalent dans le monde positif. Aussi attache-t-il toute son attention aux contradictions : « Cette loi de la vie est celle de tous les arts qui n'existent que par les contrastes » (*Une fille d'Ève, CH,* II, p. 322). L'épistolarité qu'il met en place dans *Mémoires de deux jeunes mariées* correspond à cette conception philosophique du sens et de la vie, qui appelle une herméneutique attentive aux ambiguïtés et aux déplacements de sens[2].

GISÈLE SÉGINGER

1. « Lettre à M. Charles Nodier sur son article intitulé "De la palingénésie humaine et de la résurrection" », *Revue de Paris*, 21 octobre 1832 (*Œuvres diverses*, II, p. 1215).
2. Voir Gisèle Séginger, « Polyphonie », édition du *Lys dans la vallée*, Paris, Le Livre de Poche, « Classiques », 1995, p. 38-41.

Honoré de Balzac
La Comédie humaine

Études de mœurs

Scènes de la vie privée

Mémoires de deux jeunes mariées

À GEORGES[1] SAND

*Ceci, cher Georges, ne saurait rien ajouter à l'éclat
de votre nom, qui jettera son magique reflet sur ce
livre ; mais il n'y a là de ma part ni calcul, ni modestie. Je désire attester ainsi l'amitié vraie qui s'est*

---

1. Sand écrivait toujours son prénom pseudonymique sans *s*.
Nous avons conservé la graphie de l'édition Furne, que Balzac n'a
pas rectifiée sur son exemplaire (« Furne corrigé »). Cette dédicace, absente de la publication dans *La Presse* (1841-1842), est
introduite sur l'édition en volume (Paris, H. Souverain, 1842) et
conservée dans l'édition Furne (1842).

continuée entre nous à travers nos voyages et nos absences[1], malgré nos travaux et les méchancetés du monde. Ce sentiment ne s'altérera sans doute jamais. Le cortège de noms amis qui accompagnera mes compositions mêle un plaisir aux peines que me cause leur nombre, car elles ne vont point sans douleurs, à ne parler que des reproches encourus par ma menaçante fécondité, comme si le monde qui pose devant moi n'était pas plus fécond encore ? Ne sera-ce pas beau, Georges, si quelque jour l'antiquaire[2] des littératures détruites ne retrouve dans ce cortège que de grands noms, de nobles cœurs, de saintes et pures amitiés, et les gloires de ce siècle ? Ne puis-je me montrer plus fier de ce bonheur certain que de succès toujours contestables ? Pour qui vous connaît bien, n'est-ce pas un bonheur que de pouvoir se dire, comme je le fais ici,

   Votre ami,

DE BALZAC.
Paris, juin 1840.

---

1. Balzac a rencontré George Sand en 1831, après l'installation de celle-ci à Paris, avec son amant Jules Sandeau qui les présente l'un à l'autre. La rupture de Sand avec Sandeau, en 1834, les éloigne un temps, mais leurs relations se resserrent après le séjour de Balzac chez la romancière, à Nohant, entre le 24 février et le 2 mars 1838.

2. Au XIXe siècle, l'antiquaire désigne encore souvent le savant qui étudie les monuments anciens.

PREMIÈRE PARTIE

I
À MADEMOISELLE RENÉE DE MAUCOMBE

Paris, septembre[1].

Ma chère biche, je suis dehors aussi, moi ! Et si tu ne m'as pas écrit à Blois, je suis aussi la première à notre joli rendez-vous de la correspondance. Relève tes beaux yeux noirs attachés sur ma première phrase, et garde ton exclamation pour la lettre où je te confierai mon premier amour. On parle toujours du premier amour, il y en a donc un second ? Tais-toi ! me diras-tu ; dis-moi plutôt, me demanderas-tu, comment tu es sortie de ce couvent où tu devais faire ta profession[2] ? Ma chère, quoi qu'il arrive aux Carmélites[3],

---

1. 1823. La lettre VII est datée de janvier 1824.
2. Dans *La Presse* : tu devais faire ta profession sous le nom charmant de *sœur Marie des Anges* !
3. L'ordre du Carmel, fondé en Palestine au XIIe siècle, a été réformé au XVIe siècle par sainte Thérèse d'Avila et saint Jean de la Croix. C'est un ordre contemplatif, de grande tradition spirituelle. Fermés à la Révolution, les couvents de carmélites sont reconstitués à partir du Concordat de 1801.

le miracle de ma délivrance est la chose la plus naturelle. Les cris d'une conscience épouvantée ont fini par l'emporter sur les ordres d'une politique inflexible, voilà tout. Ma tante, qui ne voulait pas me voir mourir de consomption, a vaincu ma mère, qui prescrivait toujours le noviciat comme seul remède à ma maladie[1]. La noire mélancolie où je suis tombée après ton départ a précipité cet heureux dénouement. Et je suis dans Paris, mon ange, et je te dois ainsi le bonheur d'y être. Ma Renée, si tu m'avais pu voir, le jour où je me suis trouvée sans toi, tu aurais été fière d'avoir inspiré des sentiments si profonds à un cœur si jeune. Nous avons tant rêvé de compagnie, tant de fois déployé nos ailes et tant vécu en commun, que je crois nos âmes soudées l'une à l'autre, comme étaient ces deux filles hongroises[2] dont la mort nous a été racontée par monsieur Beauvisage[3], qui n'était certes pas l'homme de son nom : jamais médecin de couvent ne fut mieux

---

1. Balzac avait esquissé en quelques mots une lettre de la supérieure à sa sœur alors nommée « duchesse de Neufville » (fonds Lovenjoul, A 147 f° 2) : « ma chère sœur, la vie religieuse exige une vocation longtemps étudiée ».

2. Hélène et Judith (1701-1723), jumelles siamoises, unies par les fesses, dont l'histoire a été signalée par Buffon dans *Sur les monstres* (*Histoire naturelle*). Elles avaient été exhibées à travers l'Europe avant de finir leur vie dans un couvent où elles moururent à l'âge de vingt et un ans. Leur cas est célèbre et souvent cité au XIXe siècle.

3. Unique mention de ce personnage dans le roman. Balzac a commencé en 1839 un roman intitulé *La Famille Beauvisage*, qui restera inachevé.

choisi. N'as-tu pas été malade en même temps que ta mignonne ? Dans le morne abattement où j'étais, je ne pouvais que reconnaître un à un les liens qui nous unissent ; je les ai crus rompus par l'éloignement, j'ai été prise de dégoût pour l'existence comme une tourterelle dépareillée, j'ai trouvé de la douceur à mourir, et je mourais tout doucettement. Être seule aux Carmélites, à Blois, en proie à la crainte d'y faire ma profession sans la préface de mademoiselle de La Vallière[1] et sans ma Renée ! mais c'était une maladie, une maladie mortelle. Cette vie monotone où chaque heure amène un devoir, une prière, un travail si exactement les mêmes, qu'en tous lieux on peut dire ce que fait une carmélite à telle ou telle heure du jour ou de la nuit ; cette horrible existence où il est indifférent que les choses qui nous entourent soient ou ne soient pas, était devenue pour nous la plus variée : l'essor de notre esprit ne connaissait point de bornes, la fantaisie nous avait donné la clef de ses royaumes, nous étions tour à tour l'une pour l'autre un charmant hippogriffe[2], la plus alerte réveillait la plus endormie, et nos âmes folâtraient à l'envi

1. Maîtresse de Louis XIV de 1661 à 1667, elle se réfugia au couvent des Carmélites du faubourg Saint-Jacques de Paris, après avoir été délaissée par le roi pour Mme de Montespan, et elle prononça ses vœux perpétuels en 1674.

2. Animal fabuleux ailé, hybride du cheval et du griffon. Virgile, dans ses *Églogues*, évoque, le premier, l'accouplement des juments avec des griffons. L'animal est adopté par la littérature médiévale et il se retrouve au début du XVIe siècle dans le *Roland furieux* de l'Arioste, où il emporte Astolphe dans la Lune.

en s'emparant de ce monde qui nous était interdit. Il n'y avait pas jusqu'à la Vie des Saints qui ne nous aidât à comprendre les choses les plus cachées[1] ! Le jour où ta douce compagnie m'était enlevée, je devenais ce qu'est une carmélite à nos yeux, une Danaïde moderne qui, au lieu de chercher à remplir un tonneau sans fond, tire tous les jours, de je ne sais quel puits, un seau vide, espérant l'amener plein. Ma tante ignorait notre vie intérieure. Elle n'expliquait point mon dégoût de l'existence, elle qui s'est fait un monde céleste dans les deux arpents[2] de son couvent. Pour être embrassée à nos âges, la vie religieuse veut une excessive simplicité que nous n'avons pas, ma chère biche, ou l'ardeur du dévouement qui rend ma tante une sublime créature. Ma tante s'est sacrifiée à un frère adoré ; mais qui peut se sacrifier à des inconnus ou à des idées ?

Depuis bientôt quinze jours, j'ai tant de folles paroles rentrées, tant de méditations enterrées au cœur, tant d'observations à communiquer et de récits à faire qui ne peuvent être faits qu'à toi, que sans le pis-aller des confidences écrites substituées à nos chères causeries, j'étoufferais. Combien la vie du cœur nous est nécessaire ! Je commence mon journal ce matin en imaginant que le tien est commencé, que dans peu de

---

1. Thèmes déjà abordés dans la *Physiologie du mariage*, Méditation VI, « Des pensionnats » (*CH*, XI, p. 967 et suiv.).

2. Ancienne mesure agraire qui variait d'une région à l'autre. Selon le Dictionnaire de Littré, l'arpent le plus usité était celui de Paris, « qui valait environ un tiers d'hectare ».

jours je vivrai au fond de ta belle vallée de Gémenos[1] dont je ne sais que ce que tu m'en as dit, comme tu vas vivre dans Paris dont tu ne connais que ce que nous en rêvions.

Or donc, ma belle enfant, par une matinée qui demeurera marquée d'un signet rose dans le livre de ma vie, il est arrivé de Paris une demoiselle de compagnie et Philippe, le dernier valet de chambre de ma grand-mère, envoyés pour m'emmener. Quand, après m'avoir fait venir dans sa chambre, ma tante m'a eu dit cette nouvelle, la joie m'a coupé la parole, je la regardais d'un air hébété. « Mon enfant, m'a-t-elle dit de sa voix gutturale, tu me quittes sans regret, je le vois ; mais cet adieu n'est pas le dernier, nous nous reverrons[2] : Dieu t'a marquée au front du signe des élus, tu as l'orgueil qui mène également au ciel et à l'enfer, mais tu as trop de noblesse pour descendre ! Je te connais mieux que tu ne te connais toi-même : la passion ne sera pas chez toi ce qu'elle est chez les femmes ordinaires. » Elle m'a doucement attirée sur elle et baisée au front en m'y mettant ce feu qui la dévore, qui a noirci l'azur de ses yeux, attendri ses paupières,

---

1. Gémenos est le nom d'une commune située au débouché d'une petite vallée, près d'Aubagne, au nord de Marseille. Balzac était passé dans cette région en 1838, en allant prendre un bateau à Toulon pour la Corse.

2. L'abbesse pense que Louise ne se satisfera pas d'une passion humaine quelconque et reviendra vers l'amour divin. C'est une trace du projet initial de *Sœur Marie des Anges* (voir p. 389-398).

ridé ses tempes dorées et jauni son beau visage. Elle m'a donné la peau de poule[1]. Avant de répondre, je lui ai baisé les mains. « Chère tante, ai-je dit, si vos adorables bontés ne m'ont pas fait trouver votre Paraclet[2] salubre au corps et doux au cœur, je dois verser tant de larmes pour y revenir, que vous ne sauriez souhaiter mon retour. Je ne veux retourner ici que trahie par mon Louis XIV, et si j'en attrape un, il n'y a que la mort pour me l'arracher ! Je ne craindrai point les Montespan. — Allez, folle, dit-elle en souriant, ne laissez point ces idées vaines ici, emportez-les ; et sachez que vous êtes plus Montespan[3] que La Vallière[4]. » Je

---

1. La chair de poule. Les deux expressions étaient usitées.

2. Nom donné par saint Jean au Christ et au Saint-Esprit. Le mot, tiré du grec, désigne « celui qu'on appelle à son secours ». Abélard et Héloïse avaient fondé une abbaye féminine en Champagne qui portait ce nom et ils y furent enterrés. Héloïse sera ensuite citée par Renée. Balzac met ainsi en place un réseau thématique des rapports entre amour humain et amour divin. Un des projets liés à la préparation des *Mémoires* avait pour titre *Lettres de deux amants ou le Nouvel Abeilard* (voir p. 392-393).

3. Françoise Athénaïs de Rochechouart de Mortemart, marquise de Montespan, régna sur la cour et Louis XIV de 1667 à 1680, date à laquelle elle est supplantée dans le cœur du roi par Mme de Maintenon. Elle quitta définitivement Versailles en 1691 pour le couvent Saint-Joseph. Pendant l'affaire des Poisons (1679-1682), elle fut accusée d'avoir participé à des messes noires et on murmurait qu'elle aurait fait mourir sa rivale Mlle de Fontanges, bien que le roi à qui elle avait donné sept enfants continuât à lui témoigner sa confiance. Elle était redoutée à la cour pour son « esprit des Mortemart ».

4. Voir note 1, p. 61.

l'ai embrassée. La pauvre femme n'a pu s'empêcher de me conduire à la voiture, où ses yeux se sont tour à tour fixés sur les armoiries paternelles et sur moi.

La nuit m'a surprise à Beaugency, plongée dans un engourdissement moral qu'avait provoqué ce singulier adieu. Que dois-je donc trouver dans ce monde si fort désiré ? D'abord, je n'ai trouvé personne pour me recevoir, les apprêts de mon cœur ont été perdus : ma mère était au bois de Boulogne[1], mon père était au conseil ; mon frère, le duc de Rhétoré[2], ne rentre jamais, m'a-t-on dit, que pour s'habiller, avant le dîner. Mademoiselle Griffith (elle a des griffes) et Philippe m'ont conduite à mon appartement.

Cet appartement est celui de cette grand-mère tant aimée, la princesse de Vaurémont[3] à qui je dois une

---

1. *La Comédie humaine* évoque souvent les promenades au bois de Boulogne et aux Champs-Élysées comme de véritables rituels mondains. Louise fréquentera les deux (p. 93), comme Diane de Maufrigneuse (*Le Cabinet des Antiques*, *CH*, IV, p. 1020) et Mme d'Espard (*L'Interdiction*, *CH*, III, p. 488-489).

2. Le duc de Rhétoré est le frère aîné de Louise. Il est aussi marquis de Chaulieu (dans l'édition Furne) et comte de Chaulieu sur le « Furne corrigé ». C'est la première apparition de ce personnage dans les romans de Balzac. Le romancier effectue pour l'édition Furne des corrections dans ses romans publiés avant 1842 afin de le faire réapparaître plusieurs fois, en particulier dans *Albert Savarus*, où il épouse la duchesse d'Argaiolo.

3. Ce n'est pas un personnage reparaissant dans *La Comédie humaine*. Mais elle appartient toutefois à un type plusieurs fois représenté par Balzac : la femme de l'autre siècle, qui incarne un monde disparu de distinction et d'audace mesurée.

fortune quelconque, de laquelle personne ne m'a rien dit. À ce passage, tu partageras la tristesse qui m'a saisie en entrant dans ce lieu consacré par mes souvenirs. L'appartement était comme elle l'avait laissé ! J'allais coucher dans le lit où elle est morte. Assise sur le bord de sa chaise longue, je pleurai sans voir que je n'étais pas seule, je pensai que je m'y étais souvent mise à ses genoux pour mieux l'écouter. De là j'avais vu son visage perdu dans ses dentelles rousses, et maigri par l'âge autant que par les douleurs de l'agonie. Cette chambre me semblait encore chaude de la chaleur qu'elle y entretenait. Comment se fait-il que mademoiselle Armande-Louise-Marie[1] de Chaulieu soit obligée, comme une paysanne, de se coucher dans le lit de sa mère[2], presque le jour de sa mort ? car il me semblait que la princesse, morte en 1817[3], avait expiré la veille[4]. Cette chambre m'offrait des choses qui ne devaient pas s'y trouver, et qui prouvaient combien les gens occupés des affaires du royaume sont insouciants des leurs, et combien, une fois morte, on a peu pensé à cette noble femme, qui sera l'une des grandes figures féminines du dix-huitième siècle. Philippe a quasiment compris d'où venaient mes larmes. Il m'a dit que par

---

1. Louise est le prénom de Mlle de La Vallière, nommée un peu plus haut (p. 61).

2. Ici, sa grand-mère.

3. L'année 1817 est difficile pour la monarchie car de nombreux troubles frumentaires éclatent un peu partout en province.

4. Le retour de Louise a lieu en 1823.

son testament la princesse m'avait légué ses meubles. Mon père laissait d'ailleurs les grands appartements dans l'état où les avait mis la Révolution. Je me suis levée alors, Philippe m'a ouvert la porte du petit salon qui donne sur l'appartement de réception, et je l'ai retrouvé dans le délabrement que je connaissais : les dessus de portes qui contenaient des tableaux précieux montrent leurs trumeaux vides, les marbres sont cassés, les glaces ont été enlevées. Autrefois, j'avais peur de monter le grand escalier et de traverser la vaste solitude de ces hautes salles, j'allais chez la princesse par un petit escalier qui descend sous la voûte du grand et qui mène à la porte dérobée de son cabinet de toilette.

L'appartement, composé d'un salon, d'une chambre à coucher, et de ce joli cabinet en vermillon et or dont je t'ai parlé, occupe le pavillon du côté des Invalides. L'hôtel n'est séparé du boulevard[1] que par un mur couvert de plantes grimpantes, et par une magnifique allée d'arbres qui mêlent leurs touffes à celles des ormeaux de la contre-allée du boulevard. Sans le dôme or et bleu, sans les masses grises des Invalides, on se croirait dans une forêt. Le style de ces trois pièces et leur place annoncent l'ancien appartement de parade des duchesses de Chaulieu, celui des ducs doit se trouver dans le pavillon opposé ; tous deux sont décemment séparés par les deux corps de logis et par le pavillon de la façade où sont ces grandes salles obscures et sonores que Philippe me montrait encore dépouillées de leur

---

1. Boulevard des Invalides.

splendeur, et telles que je les avais vues dans mon
enfance. Philippe prit un air confidentiel en voyant
l'étonnement peint sur ma figure. Ma chère, dans cette
maison diplomatique, tous les gens sont discrets et
mystérieux. Il me dit alors qu'on attendait une loi par
laquelle on rendrait aux émigrés la valeur de leurs
biens[1]. Mon père recule la restauration de son hôtel
jusqu'au moment de cette restitution. L'architecte du
roi avait évalué la dépense à trois cent mille livres.
Cette confidence eut pour effet de me rejeter sur le
sofa de mon salon. Eh ! quoi, mon père, au lieu d'employer cette somme à me marier, me laissait mourir au
couvent ? Voilà la réflexion que j'ai trouvée sur le
seuil de cette porte. Ah ! Renée, comme je me suis
appuyé la tête sur ton épaule, et comme je me suis
reportée aux jours où ma grand-mère animait ces deux
chambres ! Elle qui n'existe que dans mon cœur, toi
qui es à Maucombe, à deux cents lieues de moi, voilà
les seuls êtres qui m'aiment ou m'ont aimée. Cette
chère vieille au regard si jeune voulait s'éveiller à ma
voix. Comme nous nous entendions ! Le souvenir a
changé tout à coup les dispositions où j'étais d'abord.
J'ai trouvé je ne sais quoi de saint à ce qui venait de

---

1. Allusion à la « loi du milliard des émigrés » qui sera
votée le 27 avril 1825 pour indemniser les nobles lésés par
les confiscations de la Révolution. C'est l'une des premières
mesures du règne de Charles X (au pouvoir depuis septembre 1824). Il est plus favorable aux ultra-royalistes que son
frère Louis XVIII, dont Balzac appréciait davantage la politique
plus mesurée.

me paraître une profanation. Il m'a semblé doux de respirer la vague odeur de poudre à la maréchale[1] qui subsistait là, doux de dormir sous la protection de ces rideaux en damas jaune à dessins blancs où ses regards et son souffle ont dû laisser quelque chose de son âme. J'ai dit à Philippe de rendre leur lustre aux mêmes objets, de donner à mon appartement la vie propre à l'habitation. J'ai moi-même indiqué comment je voulais y être, en assignant à chaque meuble une place. J'ai passé la revue en prenant possession de tout, en disant comment se pouvaient rajeunir ces antiquités que j'aime. La chambre est d'un blanc un peu terni par le temps, comme aussi l'or des folâtres arabesques montre en quelques endroits des teintes rouges ; mais ces effets sont en harmonie avec les couleurs passées du tapis de la Savonnerie qui fut donné par Louis XV à ma grand-mère[2], ainsi que son portrait. La pendule est un présent du maréchal de Saxe[3]. Les porcelaines de la cheminée viennent du maréchal de Richelieu. Le portrait de ma grand-mère, prise à vingt-cinq ans, est dans un cadre ovale en face de celui du roi. Le prince n'y est point. J'aime cet oubli franc, sans

---

1. Une poudre très utilisée pour les cheveux au XVIIIe siècle.

2. La princesse est non seulement une femme d'Ancien Régime, mais de surcroît elle a vécu sous le règne de Louis XV, au temps des Lumières et du libertinage, dans une période de raffinement et de culture où les femmes aristocrates semblaient avoir conquis une certaine liberté.

3. Maurice de Saxe, maréchal de France (1696-1750), a eu une fille naturelle, Marie-Aurore de Saxe, la grand-mère de George Sand.

hypocrisie, qui peint d'un trait ce délicieux caractère. Dans une grande maladie que fit ma tante[1], son confesseur insistait pour que le prince, qui attendait dans le salon, entrât. « Avec le médecin et ses ordonnances », a-t-elle dit[2]. Le lit est à baldaquin, à dossiers rembourrés ; les rideaux sont retroussés par des plis d'une belle ampleur ; les meubles sont en bois doré, couverts de ce damas jaune à fleurs blanches, également drapé aux fenêtres, et qui est doublé d'une étoffe de soie blanche qui ressemble à de la moire. Les dessus de porte sont peints je ne sais par qui, mais ils représentent un lever du soleil et un clair de lune. La cheminée est traitée fort curieusement. On voit que dans le siècle dernier on vivait beaucoup au coin du feu. Là se passaient de grands événements : le foyer de cuivre doré est une merveille de sculpture, le chambranle est d'un fini précieux, la pelle et les pincettes sont délicieusement travaillées, le soufflet est un bijou. La tapisserie de l'écran vient des Gobelins, et sa monture est exquise ; les folles figures qui courent le long, sur les pieds, sur la barre d'appui, sur les branches, sont ravissantes ; tout en est ouvragé comme un éventail. Qui lui avait donné ce joli meuble qu'elle aimait beaucoup ? je

---

1. Erreur de Balzac, qui pensait sans doute à la grand-mère (la tante est carmélite).

2. Variante voltairienne d'une saillie rapportée par Nicolas de Chamfort (1740-1794), dans *Pensées, maximes et anecdotes* (réédité en 1828), et attribuée à la duchesse de Chaulnes, qui aurait prononcé ces paroles à propos de son époux : « Qu'il attende… il entrera avec les sacrements. »

voudrais le savoir. Combien de fois je l'ai vue, le pied
sur la barre, enfoncée dans sa bergère, sa robe à demi
relevée sur le genou par son attitude, prenant, remet-
tant et reprenant sa tabatière sur la tablette entre sa
boîte à pastilles et ses mitaines de soie ! Était-elle
coquette[1] ? Jusqu'au jour de sa mort elle a eu soin
d'elle comme si elle se trouvait au lendemain de ce
beau portrait, comme si elle attendait la fleur de la cour
qui se pressait autour d'elle. Cette bergère m'a rappelé
l'inimitable mouvement qu'elle donnait à ses jupes en
s'y plongeant. Ces femmes du temps passé emportent
avec elles certains secrets qui peignent leur époque[2].
La princesse avait des airs de tête, une manière de jeter
ses mots et ses regards, un langage particulier que je ne
retrouvais point chez ma mère : il s'y trouvait de la
finesse et de la bonhomie, du dessein sans apprêt. Sa
conversation était à la fois prolixe et laconique. Elle
contait bien et peignait en trois mots. Elle avait surtout
cette excessive liberté de jugement qui certes a influé
sur la tournure de mon esprit. De sept à dix ans, j'ai

---

1. Certaines éditions modernes ont cru bon de remplacer le point
d'interrogation, choisi par Balzac, par un point d'exclamation.

2. Auteur du *Traité de la vie élégante*, paru dans *La Mode*,
du 2 au 6 novembre 1830, et de la *Théorie de la démarche*
(1833), Balzac a déjà décrit l'élégance du mouvement de
Mme de Blamont-Chauvry, une femme du passé elle aussi, dans
La Duchesse de Langeais : elle « avait, en s'asseyant ou se croi-
sant les jambes, des mouvements de jupe d'une précision, d'une
grâce qui désespéraient les jeunes femmes les plus élégantes »
(*CH*, V, p. 1011).

vécu dans ses poches ; elle aimait autant à m'attirer chez elle que j'aimais à y aller. Cette prédilection a été cause de plus d'une querelle entre elle et ma mère. Or, rien n'attise un sentiment autant que le vent glacé de la persécution. Avec quelle grâce me disait-elle : « Vous voilà, petite masque ! » quand la couleuvre de la curiosité m'avait prêté ses mouvements pour me glisser entre les portes jusqu'à elle. Elle se sentait aimée, elle aimait mon naïf amour qui mettait un rayon de soleil dans son hiver. Je ne sais pas ce qui se passait chez elle le soir, mais elle avait beaucoup de monde ; lorsque je venais le matin, sur la pointe du pied, savoir s'il faisait jour chez elle, je voyais les meubles de son salon dérangés, les tables de jeu dressées, beaucoup de tabac par places. Ce salon est dans le même style que la chambre, les meubles sont singulièrement contournés, les bois sont à moulures creuses, à pieds-de-biche. Des guirlandes de fleurs richement sculptées et d'un beau caractère serpentent à travers les glaces et descendent le long en festons[1]. Il y a sur les consoles de beaux cornets de la Chine. Le fond de l'ameublement est ponceau[2] et blanc. Ma grand-mère était une brune fière et piquante, son teint se devine au choix de ses couleurs. J'ai retrouvé dans ce salon une table à écrire dont les figures avaient beaucoup occupé mes yeux autrefois ; elle est plaquée en argent ciselé ; elle lui a été donnée

---

1. La grand-mère de Louise avait un mobilier Louis XV, de style rococo.

2. Rouge vif.

par un Lomellini[1] de Gênes. Chaque côté de cette table représente les occupations de chaque saison ; les personnages sont en relief, il y en a des centaines dans chaque tableau. Je suis restée deux heures toute seule, reprenant mes souvenirs un à un, dans le sanctuaire où a expiré une des femmes de la cour de Louis XV les plus célèbres et par son esprit et par sa beauté. Tu sais comme on m'a brusquement séparée d'elle, du jour au lendemain, en 1816[2]. « Allez dire adieu à votre grand-mère », me dit ma mère. J'ai trouvé la princesse, non pas surprise de mon départ, mais insensible en apparence. Elle m'a reçue comme à l'ordinaire. « Tu vas au couvent, mon bijou, me dit-elle, tu y verras ta tante, une excellente femme. J'aurai soin que tu ne sois point sacrifiée, tu seras indépendante et à même de marier qui tu voudras[3]. » Elle est morte six mois après ; elle avait remis son testament au plus assidu de ses vieux amis, au prince de Talleyrand[4], qui, en faisant une

---

1. L'une des grandes familles nobles de Gênes, qui y possédait l'un des plus beaux palais.

2. 1816 : c'est le début de la Restauration qui précipite la séparation (la période des Cent-Jours s'est achevée le 7 juillet 1815 et le traité de Paris qui réinstalle Louis XVIII sur le trône est signé le 20 novembre 1815). Dans l'édition préoriginale, dans *La Presse*, Balzac avait d'abord choisi de faire entrer Louise au couvent en 1815 (sous les Cent-Jours).

3. Tournure archaïque.

4. Personnage historique (1754-1838), d'une souplesse exceptionnelle qui lui permit, après avoir été ministre sous l'Empire, de l'être aussi sous la Restauration.

visite à mademoiselle de Chargebœuf, a trouvé le moyen de me faire savoir par elle que ma grand-mère me défendait de prononcer des vœux. J'espère bien que tôt ou tard je rencontrerai le prince ; et sans doute, il m'en dira davantage. Ainsi, ma belle biche, si je n'ai trouvé personne pour me recevoir, je me suis consolée avec l'ombre de la chère princesse, et je me suis mise en mesure de remplir une de nos conventions, qui est, souviens-t'en, de nous initier aux plus petits détails de notre case et de notre vie. Il est si doux de savoir où et comment vit l'être qui nous est cher ! Dépeins-moi bien les moindres choses qui t'entourent, tout enfin, même les effets du couchant dans les grands arbres.

10 octobre.

J'étais arrivée à trois heures après midi. Vers cinq heures et demie, Rose est venue me dire que ma mère était rentrée, et je suis descendue pour lui rendre mes respects. Ma mère occupe au rez-de-chaussée un appartement disposé[1] comme le mien, dans le même pavillon. Je suis au-dessus d'elle, et nous avons le même escalier dérobé. Mon père est dans le pavillon opposé ; mais, comme du côté de la cour il a de plus l'espace que prend dans le nôtre le grand escalier, son appartement est beaucoup plus vaste que les nôtres. Malgré les devoirs de la position que le retour

---

1. L'édition Furne place une virgule après « disposé » qui semble être une faute de typographie.

des Bourbons leur a rendue, mon père et ma mère continuent d'habiter le rez-de-chaussée et peuvent y recevoir, tant sont grandes les maisons de nos pères. J'ai trouvé ma mère dans son salon, où il n'y a rien de changé. Elle était habillée. De marche en marche je m'étais demandé comment serait pour moi cette femme, qui a été si peu mère que je n'ai reçu d'elle en huit ans que les deux lettres que tu connais[1]. En pensant qu'il était indigne de moi de jouer une tendresse impossible, je m'étais composée en religieuse idiote, et suis entrée assez embarrassée intérieurement. Cet embarras s'est bientôt dissipé. Ma mère a été d'une grâce parfaite : elle ne m'a pas témoigné de fausse tendresse, elle n'a pas été froide, elle ne m'a pas traitée en étrangère, elle ne m'a pas mise dans son sein comme une fille aimée ; elle m'a reçue comme si elle m'eût vue la veille, elle a été la plus douce, la plus sincère amie ; elle m'a parlé comme à une femme faite, et m'a d'abord embrassée au front. « Ma chère petite, si vous devez mourir au couvent, m'a-t-elle dit, il vaut mieux vivre au milieu de nous. Vous trompez les desseins de votre père et les miens, mais nous ne sommes plus au temps où les parents

_____

1. Balzac a souffert lui-même du manque d'amour de sa mère, qui l'avait envoyé au collège de Vendôme (1807-1813). Les enfants mal-aimés sont nombreux dans *La Comédie humaine* : c'est le cas de Félix de Vandenesse dans *Le Lys dans la vallée* et de la fille de Julie d'Aiglemont dans *La Femme de trente ans*, qui se venge de sa mère en s'enfuyant avec un corsaire et après avoir noyé un demi-frère adultérin.

étaient aveuglément obéis. L'intention de monsieur de Chaulieu, qui s'est trouvée d'accord avec la mienne, est de ne rien négliger pour vous rendre la vie agréable et de vous laisser voir le monde. À votre âge, j'eusse pensé comme vous ; ainsi je ne vous en veux point : vous ne pouvez comprendre ce que nous vous demandions. Vous ne me trouverez point d'une sévérité ridicule. Si vous avez soupçonné mon cœur, vous reconnaîtrez bientôt que vous vous trompiez. Quoique je veuille vous laisser parfaitement libre, je crois que pour les premiers moments vous ferez sagement d'écouter les avis d'une mère qui se conduira comme une sœur avec vous. » La duchesse parlait d'une voix douce, et remettait en ordre ma pèlerine de pensionnaire. Elle m'a séduite. À trente-huit ans, elle est belle comme un ange ; elle a des yeux d'un noir bleu, des cils comme des soies, un front sans plis, un teint blanc et rose à faire croire qu'elle se farde, des épaules et une poitrine étonnantes, une taille cambrée et mince comme la tienne, une main d'une beauté rare, c'est une blancheur de lait ; des ongles où séjourne la lumière, tant ils sont polis ; le petit doigt légèrement écarté, le pouce d'un fini d'ivoire. Enfin elle a le pied de sa main, le pied espagnol de mademoiselle de Vandenesse[1]. Si elle est ainsi à quarante, elle sera belle encore à soixante ans.

J'ai répondu, ma biche, en fille soumise. J'ai été pour elle ce qu'elle a été pour moi, j'ai même été

---

1. Sœur aînée de Félix de Vandenesse, dans *Le Lys dans la vallée*.

mieux : sa beauté m'a vaincue, je lui ai pardonné son abandon, j'ai compris qu'une femme comme elle avait été entraînée par son rôle de reine. Je le lui ai dit naïvement comme si j'eusse causé avec toi. Peut-être ne s'attendait-elle pas à trouver un langage d'amour dans la bouche de sa fille ? Les sincères hommages de mon admiration l'ont infiniment touchée : ses manières ont changé, sont devenues plus gracieuses encore ; elle a quitté le vous. « Tu es une bonne fille, et j'espère que nous resterons amies. » Ce mot m'a paru d'une adorable naïveté. Je n'ai pas voulu lui faire voir comment je le prenais, car j'ai compris aussitôt que je dois lui laisser croire qu'elle est beaucoup plus fine et plus spirituelle que sa fille. J'ai donc fait la niaise, elle a été enchantée de moi. Je lui ai baisé les mains à plusieurs reprises en lui disant que j'étais bien heureuse qu'elle agît ainsi avec moi, que je me sentais à l'aise, et je lui ai même confié ma terreur. Elle a souri, m'a prise par le cou pour m'attirer à elle et me baiser au front par un geste plein de tendresse. « Chère enfant, a-t-elle dit, nous avons du monde à dîner aujourd'hui, vous penserez peut-être comme moi qu'il vaut mieux attendre que la couturière vous ait habillée pour faire votre entrée dans le monde ; ainsi, après avoir vu votre père et votre frère, vous remonterez chez vous. » Ce à quoi j'ai de grand cœur acquiescé. La ravissante toilette de ma mère était la première révélation de ce monde entrevu dans nos rêves ; mais je ne me suis pas senti le moindre mouvement de jalousie. Mon père est entré. « Monsieur, voilà votre fille », lui a dit la duchesse.

Mon père a pris soudain pour moi les manières les plus tendres ; il a si parfaitement joué son rôle de père que je lui en ai cru le cœur. « Vous voilà donc, fille rebelle ! » m'a-t-il dit en me prenant les deux mains dans les siennes et me les baisant avec plus de galanterie que de paternité. Et il m'a attirée sur lui, m'a prise par la taille, m'a serrée pour m'embrasser sur les joues et au front. « Vous réparerez le chagrin que nous cause votre changement de vocation par les plaisirs que nous donneront vos succès dans le monde. — Savez-vous, madame, qu'elle sera fort jolie et que vous pourrez être fière d'elle un jour ? — Voici votre frère Rhétoré. — Alphonse, dit-il à un beau jeune homme qui est entré, voilà votre sœur la religieuse qui veut jeter le froc aux orties. »

Mon frère est venu sans trop se presser, m'a pris la main et me l'a serrée. « Embrassez-la donc », lui a dit le duc. Et il m'a baisée sur chaque joue. « Je suis enchanté de vous voir, ma sœur, m'a-t-il dit, et je suis de votre parti contre mon père. » Je l'ai remercié ; mais il me semble qu'il aurait bien pu venir à Blois quand il allait à Orléans voir notre frère le marquis à sa garnison. Je me suis retirée en craignant qu'il n'arrivât des étrangers. J'ai fait quelques rangements chez moi, j'ai mis sur le velours ponceau de la belle table tout ce qu'il me fallait pour t'écrire en songeant à ma nouvelle position.

Voilà, ma belle biche blanche, ni plus ni moins, comment les choses se sont passées au retour d'une jeune fille de dix-huit ans, après une absence de neuf années[1], dans une des plus illustres familles du royaume. Le voyage m'avait fatiguée, et aussi les émotions de ce retour en famille : je me suis donc couchée comme au couvent, à huit heures, après avoir soupé. L'on a conservé jusqu'à un petit couvert de porcelaine de Saxe[2] que cette chère princesse gardait pour manger seule chez elle, quand elle en avait la fantaisie.

II
LA MÊME À LA MÊME

25 novembre.

Le lendemain j'ai trouvé mon appartement mis en ordre et fait par le vieux Philippe, qui avait mis des fleurs dans les cornets. Enfin je me suis installée. Seulement personne n'avait songé qu'une pensionnaire des Carmélites a faim de bonne heure, et Rose a eu mille peines à me faire déjeuner. « Mademoiselle s'est couchée à l'heure où l'on a servi le dîner et se lève au moment où monseigneur vient de rentrer », m'a-t-elle dit. Je me suis mise à écrire. Vers une heure mon père a frappé à la porte de mon petit salon et m'a demandé si je pouvais le recevoir ; je lui ai ouvert la porte, il est

---

1. En fait, huit années depuis 1816. Balzac a oublié qu'il a corrigé la date d'entrée au couvent de Louise, initialement en 1815, et l'a retardée finalement d'un an (voir note 2, p. 73).

2. « Furne corrigé » : en porcelaine de Saxe.

entré et m'a trouvée t'écrivant. « Ma chère, vous avez
à vous habiller, à vous arranger ici ; vous trouverez
douze mille francs dans cette bourse. C'est une année
du revenu que je vous accorde pour votre entretien.
Vous vous entendrez avec votre mère pour prendre une
gouvernante qui vous convienne, si miss Griffith ne
vous plaît pas ; car madame de Chaulieu n'aura pas le
temps de vous accompagner le matin. Vous aurez une
voiture à vos ordres et un domestique. — Laissez-moi
Philippe, lui dis-je. — Soit, répondit-il. Mais n'ayez
nul souci : votre fortune est assez considérable pour
que vous ne soyez à charge ni à votre mère ni à moi.
— Serais-je indiscrète en vous demandant quelle est
ma fortune ? — Nullement, mon enfant, a-t-il dit :
votre grand-mère vous a laissé cinq cent mille francs
qui étaient ses économies, car elle n'a point voulu
frustrer sa famille d'un seul morceau de terre. Cette
somme a été placée sur le grand-livre[1]. L'accumulation
des intérêts a produit aujourd'hui environ quarante
mille francs de rente. Je voulais employer cette somme
à constituer la fortune de votre second frère ; aussi
dérangez-vous beaucoup mes projets[2] ; mais dans
quelque temps peut-être y concourrez-vous : j'attendrai

---

1. Il s'agit du « Grand Livre de la dette publique », créé le
24 août 1793. Les titres étaient vendus cent francs et le rendement
était à cinq pour cent. Les créanciers de l'État (qui avaient acquis
ces titres) étaient inscrits sur ce livre.

2. Si Louise était restée au couvent, le duc de Chaulieu aurait
pu utiliser la fortune personnelle de la jeune fille pour constituer
un majorat (voir note 2, p. 141) au profit de son frère cadet.

tout de vous-même. Vous me paraissez plus raisonnable que je ne le croyais. Je n'ai pas besoin de vous
dire comment se conduit une demoiselle de Chaulieu ;
la fierté peinte dans vos traits est mon sûr garant. Dans
notre maison, les précautions que prennent les petites
gens pour leurs filles sont injurieuses. Une médisance
sur votre compte peut coûter la vie à celui qui se la permettrait ou à l'un de vos frères si le ciel était injuste. Je
ne vous en dirai pas davantage sur ce chapitre. Adieu,
chère petite. » Il m'a baisée au front et s'est en allé.
Après une persévérance de neuf années, je ne m'explique pas l'abandon de ce plan. Mon père a été d'une
clarté que j'aime. Il n'y a dans sa parole aucune ambiguïté. Ma fortune doit être à son fils le marquis. Qui
donc a eu des entrailles ? est-ce ma mère, est-ce mon
père, serait-ce mon frère ?

Je suis restée assise sur le sofa de ma grand-mère,
les yeux sur la bourse que mon père avait laissée sur
la cheminée, à la fois satisfaite et mécontente de cette
attention qui maintenait ma pensée sur l'argent. Il est
vrai que je n'ai plus à y songer : mes doutes sont éclair-
cis, et il y a quelque chose de digne à m'éviter toute
souffrance d'orgueil à ce sujet. Philippe a couru toute
la journée chez les différents marchands et ouvriers qui
vont être chargés d'opérer ma métamorphose.

Une célèbre couturière, une certaine Victorine, est
venue, ainsi qu'une lingère et un cordonnier. Je suis
impatiente comme un enfant de savoir comment je
serai lorsque j'aurai quitté le sac où nous enveloppait le costume conventuel ; mais tous ces ouvriers

veulent beaucoup de temps : le tailleur de corsets demande huit jours si je ne veux pas gâter ma taille. Ceci devient grave, j'ai donc une taille ? Janssen, le cordonnier de l'Opéra, m'a positivement assuré que j'avais le pied de ma mère. J'ai passé toute la matinée à ces occupations sérieuses. Il est venu jusqu'à un gantier qui a pris mesure de ma main. La lingère a eu mes ordres. À l'heure de mon dîner, qui s'est trouvée celle du déjeuner, ma mère m'a dit que nous irions ensemble chez les modistes pour les chapeaux, afin de me former le goût et me mettre à même de commander les miens. Je suis étourdie de ce commencement d'indépendance comme un aveugle qui recouvrerait la vue. Je puis juger de ce qu'est une carmélite à une fille du monde : la différence est si grande que nous n'aurions jamais pu la concevoir. Pendant ce déjeuner mon père fut distrait, et nous le laissâmes à ses idées ; il est fort avant dans les secrets du roi. J'étais parfaitement oubliée, il se souviendra de moi quand je lui serai nécessaire, j'ai vu cela. Mon père est un homme charmant, malgré ses cinquante ans : il a une taille jeune, il est bien fait, il est blond, il a une tournure et des grâces exquises ; il a la figure à la fois parlante et muette des diplomates ; son nez est mince et long, ses yeux sont bruns. Quel joli couple ! Combien de pensées singulières m'ont assaillie en voyant clairement que ces deux êtres, également nobles, riches, supérieurs, ne vivent point ensemble, n'ont rien de commun que le nom, et se maintiennent unis aux yeux du monde. L'élite de la cour et de la diplomatie était hier là. Dans quelques jours je vais à un bal chez la duchesse de Maufrigneuse[1], et je serai présentée à ce monde que je voudrais tant connaître. Il va venir tous les matins un maître de danse : je dois savoir danser dans un mois, sous peine de ne pas aller au bal. Ma mère, avant le dîner[2], est venue me voir relativement à ma gouvernante. J'ai gardé miss Griffith, qui lui a été donnée par l'ambassadeur d'Angleterre. Cette miss est la fille d'un ministre : elle est parfaitement élevée ; sa mère était noble, elle a trente-six ans, elle m'apprendra l'anglais. Ma Griffith est assez belle pour avoir des prétentions ; elle est pauvre et fière, elle est écossaise, elle sera mon chaperon, elle couchera dans la chambre de Rose. Rose sera aux ordres de miss Griffith. J'ai vu sur-le-champ que je gouvernerais ma gouvernante. Depuis six jours que nous sommes ensemble, elle a parfaitement compris que moi seule puis m'intéresser à elle ; moi, malgré sa contenance de statue, j'ai compris parfaitement qu'elle sera très complaisante pour moi. Elle me semble une bonne créature, mais discrète. Je n'ai rien pu savoir de ce qui s'est dit entre elle et ma mère.

Autre nouvelle qui me paraît peu de chose !

Ce matin mon père a refusé le ministère qui lui a été proposé. De là sa préoccupation de la veille. Il préfère une ambassade, a-t-il dit, aux ennuis des discussions publiques. L'Espagne lui sourit. J'ai su ces

---

1. L'une des grandes dames les plus audacieuses de *La Comédie humaine*, qui collectionne les aventures.

2. « Furne corrigé » : Avant le dîner, ma mère

nouvelles au déjeuner, seul moment de la journée où mon père, ma mère, mon frère se voient dans une sorte d'intimité. Les domestiques ne viennent alors que quand on les sonne. Le reste du temps, mon frère est absent aussi bien que mon père. Ma mère s'habille, elle n'est jamais visible de deux heures à quatre : à quatre heures, elle sort pour une promenade d'une heure ; elle reçoit de six à sept quand elle ne dîne pas en ville ; puis la soirée est employée par les plaisirs, le spectacle, le bal, les concerts, les visites. Enfin sa vie est si remplie que je ne crois pas qu'elle ait un quart d'heure à elle. Elle doit passer un temps assez considérable à sa toilette du matin, car elle est divine au déjeuner, qui a lieu entre onze heures et midi. Je commence à m'expliquer les bruits qui se font chez elle : elle prend d'abord un bain presque froid[1], et une tasse de café à la crème et froid, puis elle s'habille ; elle n'est jamais éveillée avant neuf heures, excepté les cas extraordinaires ; l'été il y a des promenades matinales à cheval. À deux heures, elle reçoit un jeune homme que je n'ai pu voir encore[2]. Voilà notre vie de famille. Nous nous rencontrons à déjeuner et à dîner ; mais je suis souvent seule avec ma mère à ce repas. Je

---

1. Recette de beauté, vantée par Balzac et attribuée à Diane de Poitiers dans *L'Interdiction*, où Mme d'Espard en fait l'expérience.

2. Comme bien des aristocrates de *La Comédie humaine*, la duchesse de Chaulieu mène une vie amoureuse indépendante. Elle bénéficie de ce que Balzac appelle « un élégant divorce », dans *La Femme de trente ans*.

devine que plus souvent encore je dînerai seule chez moi avec miss Griffith, comme faisait ma grand-mère. Ma mère dîne souvent en ville. Je ne m'étonne plus du peu de souci de ma famille pour moi. Ma chère, à Paris, il y a de l'héroïsme à aimer les gens qui sont auprès de nous, car nous ne sommes pas souvent avec nous-mêmes. Comme on oublie les absents dans cette ville ! Et cependant je n'ai pas encore mis le pied dehors, je ne connais rien ; j'attends que je sois déniaisée, que ma mise et mon air soient en harmonie avec ce monde dont le mouvement m'étonne, quoique je n'en entende le bruit que de loin. Je ne suis encore sortie que dans le jardin. Les Italiens commencent à chanter dans quelques jours. Ma mère y a une loge. Je suis comme folle du désir d'entendre la musique italienne et de voir un opéra français. Je commence à rompre les habitudes du couvent pour prendre celles de la vie du monde. Je t'écris le soir jusqu'au moment où je me couche, qui maintenant est reculé jusqu'à dix heures, l'heure à laquelle ma mère sort quand elle ne va pas à quelque théâtre. Il y a douze théâtres à Paris. Je suis d'une ignorance crasse, et je lis beaucoup, mais je lis indistinctement. Un livre me conduit à un autre. Je trouve les titres de plusieurs ouvrages sur la couverture de celui que j'ai ; mais personne ne peut me guider, en sorte que j'en rencontre de fort ennuyeux. Ce que j'ai lu de la littérature moderne roule sur l'amour, le sujet qui nous occupait tant, puisque toute notre destinée est faite par l'homme et pour l'homme ; mais combien ces auteurs sont au-dessous de deux petites

filles nommées la biche blanche et la mignonne,
Renée et Louise ! Ah ! chère ange, quels pauvres événements, quelle bizarrerie, et combien l'expression
de ce sentiment est mesquine ! Deux livres cependant
m'ont étrangement plu, l'un est *Corinne* et l'autre
Adolphe[1]. À propos de ceci, j'ai demandé à mon père
si je pourrais voir madame de Staël. Ma mère, mon
père et Alphonse se sont mis à rire. Alphonse a dit :
« D'où vient-elle donc ? » Mon père a répondu :
« Nous sommes bien niais, elle vient des Carmélites.
— Ma fille, madame de Staël est morte[2] », m'a dit la
duchesse avec douceur.

« Comment une femme peut-elle être trompée ? »
ai-je dit à miss Griffith en terminant *Adolphe*. « Mais
quand elle aime », m'a dit miss Griffith. Dis donc,
Renée, est-ce qu'un homme pourra nous tromper ?…
Miss Griffith a fini par entrevoir que je ne suis sotte
qu'à demi, que j'ai une éducation inconnue, celle que

---

1. Germaine de Staël a publié *Corinne* en 1807. Benjamin
Constant est l'auteur d'*Adolphe* (1816). Ce sont deux romans d'introspection sur les souffrances de la passion. Le premier est de
surcroît un roman sur les difficultés de la position de la femme,
dès lors qu'elle prétend à l'indépendance et à une vie d'artiste.
L'admiration de Louise pour Mme de Staël est déjà significative.
En 1803, elle avait été interdite de séjour à Paris par Bonaparte
et s'était exilée à Coppée. Le code Napoléon, qui place la femme
sous tutelle masculine, reflètera la méfiance de l'Empereur à
l'égard des femmes.

2. Romancière de la condition féminine sous le Consulat
et l'Empire, Germaine de Staël (née Necker) est morte sous la
Restauration, le 14 juillet 1817.

nous nous sommes donnée l'une à l'autre en raisonnant à perte de vue. Elle a compris que mon ignorance porte seulement sur les choses extérieures. La pauvre créature m'a ouvert son cœur. Cette réponse laconique, mise en balance contre tous les malheurs imaginables, m'a causé un léger frisson. La Griffith me répéta de ne me laisser éblouir par rien dans le monde et de me défier de tout, principalement de ce qui me plaira le plus. Elle ne sait et ne peut rien me dire de plus. Ce discours est trop monotone. Elle se rapproche en ceci de la nature de l'oiseau qui n'a qu'un cri.

III
DE LA MÊME À LA MÊME

Décembre.

Ma chérie, me voici prête à entrer dans le monde ; aussi ai-je tâché d'être bien folle avant de me composer pour lui. Ce matin, après beaucoup d'essais, je me suis vue bien et dûment corsetée, chaussée, serrée, coiffée, habillée, parée. J'ai fait comme les duellistes avant le combat : je me suis exercée à huis clos. J'ai voulu me voir sous les armes, je me suis de très bonne grâce trouvé un petit air vainqueur et triomphant auquel il faudra se rendre. Je me suis examinée et jugée. J'ai passé la revue de mes forces en mettant en pratique cette belle maxime de l'antiquité : Connais-toi toi-même ! J'ai eu des plaisirs infinis en faisant ma connaissance. Griffith a été seule dans le secret de ma jouerie à la poupée. J'étais à la fois la poupée et l'enfant. Tu crois me connaître ? point !

Voici, Renée, le portrait de ta sœur autrefois déguisée en carmélite et ressuscitée en fille légère et mondaine. La Provence exceptée, je suis une des plus belles personnes de France. Ceci me paraît le vrai sommaire de cet agréable chapitre. J'ai des défauts ; mais, si j'étais homme, je les aimerais. Ces défauts viennent des espérances que je donne. Quand on a, quinze jours durant, admiré l'exquise rondeur des bras de sa mère, et que cette mère est la duchesse de Chaulieu, ma chère, on se trouve malheureuse en se voyant des bras maigres ; mais on s'est consolée en trouvant le poignet fin, une certaine suavité de linéaments dans ces creux qu'un jour une chair satinée viendra poteler, arrondir et modeler. Le dessin un peu sec du bras se retrouve dans les épaules. À la vérité, je n'ai pas d'épaules, mais de dures omoplates qui forment deux plans heurtés. Ma taille est également sans souplesse, les flancs sont raides. Ouf ! j'ai tout dit. Mais ces profils sont fins et fermes, la santé mord de sa flamme vive et pure ces lignes nerveuses, la vie et le sang bleu courent à flots sous une peau transparente. Mais la plus blonde fille d'Ève la blonde est une négresse à côté de moi ! Mais j'ai un pied de gazelle ! Mais toutes les entournures sont délicates, et je possède les traits corrects d'un dessin grec. Les tons de chair ne sont pas fondus, c'est vrai, mademoiselle ; mais ils sont vivaces : je suis un très joli fruit vert, et j'en ai la grâce verte.

Enfin je ressemble à la figure qui, dans le vieux missel de ma tante, s'élève d'un lis violâtre. Mes yeux bleus ne sont pas bêtes, ils sont fiers, entourés de deux marges de nacre vive nuancée par de jolies fibrilles et sur lesquelles mes cils longs et pressés ressemblent à des franges de soie. Mon front étincelle, mes cheveux ont les racines délicieusement plantées, ils offrent de petites vagues d'or pâle, bruni dans les milieux et d'où s'échappent quelques cheveux mutins qui disent assez que je ne suis pas une blonde fade et à évanouissements, mais une blonde méridionale et pleine de sang, une blonde qui frappe au lieu de se laisser atteindre. Le coiffeur ne voulait-il pas me les lisser en deux bandeaux et me mettre sur le front une perle retenue par une chaîne d'or en me disant que j'aurais l'air moyen-âge. « Apprenez que je n'ai pas assez d'âge pour en être au moyen et pour mettre un ornement qui rajeunisse ! » Mon nez est mince, les narines sont bien coupées et séparées par une charmante cloison rose ; il est impérieux, moqueur, et son extrémité est trop nerveuse pour jamais ni grossir ni rougir. Ma chère biche, si ce n'est pas à faire prendre une fille sans dot, je ne m'y connais pas. Mes oreilles ont des enroulements coquets, une perle à chaque bout y paraîtra jaune. Mon col est long, il a ce mouvement serpentin qui donne tant de majesté. Dans l'ombre, sa blancheur se dore. Ah ! j'ai peut-être la bouche un peu grande, mais elle est si expressive, les lèvres sont d'une si belle couleur, les dents rient de si bonne grâce ! Et puis, ma chère, tout est en harmonie : on a une démarche, on a une voix ! L'on se souvient des mouvements de jupe de son aïeule, qui n'y touchait jamais ; enfin je suis belle et gracieuse. Suivant ma fantaisie, je puis rire comme nous avons ri souvent, et je serai respectée : il y aura je ne sais quoi d'imposant dans les fossettes que de ses doigts légers la Plaisanterie fera dans mes joues blanches. Je puis baisser les yeux et me donner un cœur de glace sous mon front de neige. Je puis offrir le cou mélancolique du cygne en me posant en madone, et les vierges dessinées par les peintres seront à cent piques au-dessous de moi ; je serai plus haut qu'elles dans le ciel. Un homme sera forcé, pour me parler, de musiquer sa voix.

Je suis donc armée de toutes pièces, et puis parcourir le clavier de la coquetterie depuis les notes les plus graves jusqu'au jeu le plus flûté. C'est un immense avantage que de ne pas être uniforme. Ma mère n'est ni folâtre, ni virginale ; elle est exclusivement digne, imposante ; elle ne peut sortir de là que pour devenir léonine ; quand elle blesse, elle guérit difficilement ; moi, je saurai blesser et guérir. Je suis tout autre encore que ma mère. Aussi n'y a-t-il pas de rivalité possible entre nous, à moins que nous ne nous disputions sur le plus ou le moins de perfection de nos extrémités qui sont semblables. Je tiens de mon père, il est fin et délié. J'ai les manières de ma grand-mère et son charmant ton de voix, une voix de tête quand elle est forcée, une mélodieuse voix de poitrine dans le médium du tête-à-tête. Il me semble que c'est seulement aujourd'hui que j'ai quitté le couvent. Je n'existe pas encore pour le monde, je lui suis inconnue. Quel délicieux moment ! Je m'appartiens encore, comme une fleur qui n'a pas été vue et qui vient d'éclore. Eh ! bien, mon ange, quand je me suis promenée dans mon salon en me regardant, quand j'ai vu l'ingénue défroque de la pensionnaire, j'ai eu je ne sais quoi dans le cœur : regrets du passé, inquiétudes sur l'avenir, craintes du monde, adieux à nos pâles marguerites innocemment cueillies, effeuillées insouciamment ; il y avait de tout cela ; mais il y avait aussi de ces idées fantasques que je renvoie dans les profondeurs de mon âme, où je n'ose descendre et d'où elles viennent.

Ma Renée, j'ai un trousseau de mariée ! Le tout est bien rangé, parfumé dans les tiroirs de cèdre et à devant de laque du délicieux cabinet de toilette. J'ai rubans, chaussures, gants, tout en profusion. Mon père m'a donné gracieusement les bijoux de la jeune fille : un nécessaire, une toilette, une cassolette, un éventail, une ombrelle, un livre de prières, une chaîne d'or, un cachemire ; il m'a promis de me faire apprendre à monter à cheval. Enfin, je sais danser ! Demain, oui, demain soir, je suis présentée. Ma toilette est une robe de mousseline blanche[1]. J'ai pour coiffure une

---

1. La toilette est à la fois virginale par la couleur et aristocratique par le choix d'une étoffe délicate et rare, souvent utilisée par les élégantes balzaciennes, qui veulent séduire. Dans *Le Cabinet des Antiques*, Diane de Maufrigneuse tourne la tête de Victurnien d'Esgrignon par un « fatras de virginités en mousseline » (*CH*, IV, p. 1017).

guirlande de roses blanches à la grecque. Je prendrai
mon air de madone : je veux être bien niaise et avoir
les femmes pour moi. Ma mère est à mille lieues de
ce que je t'écris, elle me croit incapable de réflexion.
Si elle lisait ma lettre, elle serait stupide d'étonnement. Mon frère m'honore d'un profond mépris, et me
continue les bontés de son indifférence. C'est un beau
jeune homme, mais quinteux et mélancolique. J'ai
son secret : ni le duc ni la duchesse ne l'ont deviné.
Quoique duc et jeune, il est jaloux de son père, il n'est
rien dans l'État, il n'a point de charge à la cour, il n'a
point à dire : Je vais à la Chambre. Il n'y a que moi
dans la maison qui ai seize heures pour réfléchir :
mon père est dans les affaires publiques et dans ses
plaisirs, ma mère est occupée aussi ; personne ne réagit
sur soi dans la maison, on est toujours dehors, il n'y a
pas assez de temps pour la vie. Je suis curieuse à l'excès de savoir quel attrait invincible a le monde pour
vous garder tous les soirs de neuf heures à deux ou
trois heures du matin, pour vous faire faire tant de frais
et supporter tant de fatigues. En désirant y venir, je
n'imaginais pas de pareilles distances, de semblables
enivrements ; mais, à la vérité, j'oublie qu'il s'agit
de Paris. Ainsi donc, on peut vivre les uns auprès des
autres, en famille, et ne pas se connaître. Une quasi-
religieuse arrive, en quinze jours elle aperçoit ce qu'un
homme d'État ne voit pas dans sa maison. Peut-être le
voit-il, et y a-t-il de la paternité dans son aveuglement
volontaire. Je sonderai ce coin obscur.

IV
DE LA MÊME À LA MÊME

15 décembre.

Hier, à deux heures, je suis allée me promener aux Champs-Élysées et au bois de Boulogne par une de ces journées d'automne comme nous en avons tant admiré sur les bords de la Loire. J'ai donc enfin vu Paris ! L'aspect de la place Louis XV[1] est vraiment beau, mais de ce beau que créent les hommes. J'étais bien mise, mélancolique quoique bien disposée à rire, la figure calme sous un charmant chapeau, les bras croisés. Je n'ai pas recueilli le moindre sourire, je n'ai pas fait rester un seul pauvre petit jeune homme hébété sur ses jambes, personne ne s'est retourné pour me voir, et cependant la voiture allait avec une lenteur en harmonie avec ma pose. Je me trompe, un duc charmant qui passait a brusquement retourné son cheval. Cet homme qui, pour le public, a sauvé mes vanités, était mon père dont l'orgueil, me dit-il, venait d'être agréablement flatté. J'ai rencontré ma mère qui m'a, du bout du doigt, envoyé un petit salut qui ressemblait à un baiser. Ma

---

1. Actuelle place de la Concorde. Terminée en 1772, elle accueillit la statue de Louis XV. Baptisée place de la Révolution en 1792, puis place de la Concorde en 1795, elle redevint place Louis XV sous la Restauration, puis s'appela place Louis XVI en 1826, et enfin retrouva son nom de place de la Concorde après la révolution de 1830.

Griffith, qui ne se défiait de personne, regardait à tort et à travers. Selon mon idée, une jeune personne doit toujours savoir où elle pose son regard. J'étais furieuse. Un homme a très sérieusement examiné ma voiture sans faire attention à moi. Ce flatteur était probablement un carrossier. Je me suis trompée dans l'évaluation de mes forces : la beauté, ce rare privilège que Dieu seul donne, est donc plus commune à Paris que je ne le pensais. Des minaudières ont été gracieusement saluées. À des visages empourprés, les hommes se sont dit : « La voilà ! » Ma mère a été prodigieusement admirée. Cette énigme a un mot, et je le chercherai. Les hommes, ma chère, m'ont paru généralement très laids. Ceux qui sont beaux nous ressemblent en mal. Je ne sais quel fatal génie a inventé leur costume : il est surprenant de gaucherie quand on le compare à celui des siècles précédents ; il est sans éclat, sans couleur ni poésie ; il ne s'adresse ni aux sens, ni à l'esprit, ni à l'œil, et il doit être incommode ; il est sans ampleur, écourté. Le chapeau surtout m'a frappée : c'est un tronçon de colonne, il ne prend point la forme de la tête ; mais il est, m'a-t-on dit, plus facile de faire une révolution que de rendre les chapeaux gracieux. La bravoure, en France, recule devant un feutre rond[1] et faute de courage pendant une journée on y reste ridiculement coiffé pendant toute la vie. Et l'on dit les Français légers ! Les hommes sont d'ailleurs parfaitement horribles de quelque façon qu'ils se coiffent. Je n'ai vu que des visages fatigués et

1. « Furne corrigé » : à l'idée de porter un feutre à calotte ronde

durs, où il n'y a ni calme ni tranquillité ; les lignes sont heurtées et les rides annoncent des ambitions trompées, des vanités malheureuses. Un beau front est rare. « Ah ! voilà les Parisiens, disais-je à miss Griffith. — Des hommes bien aimables et bien spirituels », m'a-t-elle répondu. Je me suis tue. Une fille de trente-six ans a bien de l'indulgence au fond du cœur.

Le soir, je suis allée au bal, et m'y suis tenue aux côtés de ma mère, qui m'a donné le bras avec un dévouement bien récompensé. Les honneurs étaient pour elle, j'ai été le prétexte des plus agréables flatteries. Elle a eu le talent de me faire danser avec des imbéciles qui m'ont tous parlé de la chaleur comme si j'eusse été gelée, et de la beauté du bal comme si j'étais aveugle. Aucun n'a manqué de s'extasier sur une chose étrange, inouïe, extraordinaire, singulière, bizarre, c'est de m'y voir pour la première fois. Ma toilette, qui me ravissait dans mon salon blanc et or où je paradais toute seule, était à peine remarquable au milieu des parures merveilleuses de la plupart des femmes. Chacune d'elles avait ses fidèles, elles s'observaient toutes du coin de l'œil, plusieurs brillaient d'une beauté triomphante, comme était ma mère. Au bal, une jeune personne ne compte pas, elle y est une machine à danser. Les hommes, à de rares exceptions près, ne sont pas mieux là qu'aux Champs-Élysées. Ils sont usés, leurs traits sont sans caractère, ou plutôt ils ont tous le même caractère. Ces mines fières et vigoureuses que nos ancêtres ont dans leurs portraits, eux qui joignaient à la force physique la force morale, n'existent plus. Cependant il s'est trouvé dans cette assemblée un homme d'un grand talent qui tranchait sur la masse par la beauté de sa figure, mais il ne m'a pas causé la sensation vive qu'il devait communiquer. Je ne connais pas ses œuvres, et il n'est pas gentilhomme. Quels que soient le génie et les qualités d'un bourgeois ou d'un homme anobli, je n'ai pas dans le sang une seule goutte pour eux. D'ailleurs, je l'ai trouvé si fort occupé de lui, si peu des autres, qu'il m'a fait penser que nous devons être des choses et non des êtres pour ces grands chasseurs d'idées. Quand les hommes de talent aiment, ils ne doivent plus écrire, ou ils n'aiment pas. Il y a quelque chose dans leur cervelle qui passe avant leur maîtresse. Il m'a semblé voir tout cela dans la tournure de cet homme, qui est, dit-on, professeur, parleur, auteur, et que l'ambition rend serviteur de toute grandeur. J'ai pris mon parti sur-le-champ : j'ai trouvé très indigne de moi d'en vouloir au monde de mon peu de succès, et je me suis mise à danser sans aucun souci. J'ai d'ailleurs trouvé du plaisir à la danse. J'ai entendu force commérages sans piquant sur des gens inconnus ; mais peut-être est-il nécessaire de savoir beaucoup de choses que j'ignore pour les comprendre, car j'ai vu la plupart des femmes et des hommes prenant un très vif plaisir à dire ou entendre certaines phrases. Le monde offre énormément d'énigmes dont le mot paraît difficile à trouver. Il y a des intrigues multipliées. J'ai des yeux assez perçants et l'ouïe fine ; quant à l'entendement, vous le connaissez, mademoiselle de Maucombe !

Je suis revenue lasse et heureuse de cette lassitude. J'ai très naïvement exprimé l'état où je me trouvais à ma mère, en compagnie de qui j'étais, et qui m'a dit de ne confier ces sortes de choses qu'à elle. « Ma chère petite, a-t-elle ajouté, le bon goût est autant dans la connaissance des choses qu'on doit taire que dans celle des choses qu'on peut dire[1]. »

Cette recommandation m'a fait comprendre les sensations[2] sur lesquelles nous devons garder le silence avec tout le monde, même peut-être avec notre mère. J'ai mesuré d'un coup d'œil le vaste champ des dissimulations femelles. Je puis t'assurer, ma chère biche, que nous ferions, avec l'effronterie de notre innocence, deux petites commères passablement éveillées. Combien d'instructions dans un doigt posé sur les lèvres, dans un mot, dans un regard ! Je suis devenue excessivement timide en un moment. Eh ! quoi ? ne pouvoir exprimer le bonheur si naturel causé par le mouvement de la danse[3] ! Mais, fis-je en moi-même,

---

1. Il existait de nombreux ouvrages enseignant les codes de la bonne société, comme celui de Jean-Pierre Costard, *Manuel de la bonne compagnie, ou l'Ami de la politesse, des égards, du bon ton et de la bienséance* de 1808, plusieurs fois réédité sous la Restauration. La retenue dans les propos était de mise et toutes les manifestations du corps et sensations physiques devaient être aussi bien cachées dans le comportement que tues dans la conversation.

2. « Furne corrigé » : m'a fait comprendre quelles sont les sensations.

3. Édition Souverain : Eh quoi ! ne pouvoir exprimer ce bonheur purement physique causé par la satisfaction des nerfs qui

que sera-ce donc de nos sentiments ? Je me suis couchée triste. Je sens encore vivement l'atteinte de ce
premier choc de ma nature franche et gaie avec les
dures lois du monde. Voilà déjà de ma laine blanche
laissée aux buissons de la route. Adieu, mon ange !

V
RENÉE DE MAUCOMBE
À LOUISE DE CHAULIEU

Octobre.

Combien ta lettre m'a émue ! émue surtout par
la comparaison de nos destinées. Dans quel monde
brillant tu vas vivre ! dans quelle paisible retraite
achèverai-je mon obscure carrière ! Quinze jours après
mon arrivée au château de Maucombe, duquel je t'ai
trop parlé pour t'en parler encore, et où j'ai retrouvé
ma chambre à peu près dans l'état où je l'avais laissée, mais d'où j'ai pu comprendre le sublime paysage de la vallée de Gémenos, qu'enfant je regardais
sans y rien voir, mon père et ma mère, accompagnés
de mes deux frères, m'ont menée dîner chez un de
nos voisins, un vieux monsieur de l'Estorade, gentilhomme devenu très riche comme on devient riche
en province, par les soins de l'avarice. Ce vieillard

---

semblent avoir dégagé dans le mouvement de la danse je ne sais
quel fluide oppresseur par lequel j'étais accablée ? (p. 85).

n'avait pu soustraire son fils unique à la rapacité de Buonaparte ; après l'avoir sauvé de la conscription, il avait été forcé de l'envoyer à l'armée, en 1813, en qualité de garde d'honneur : depuis Leipzig, le vieux baron de l'Estorade n'en avait plus eu de nouvelles. Monsieur de Montriveau[1], que monsieur de l'Estorade alla voir en 1814, lui affirma l'avoir vu prendre par les Russes. Madame de l'Estorade mourut de chagrin en faisant faire d'inutiles recherches en Russie. Le baron, vieillard très chrétien, pratiquait cette belle vertu théologale que nous cultivions à Blois : l'Espérance ! elle lui faisait voir son fils en rêve, et il accumulait ses revenus pour ce fils ; il prenait soin des parts de ce fils dans les successions qui lui venaient de la famille de feu madame de l'Estorade. Personne n'avait le courage de plaisanter ce vieillard. J'ai fini par deviner que le retour inespéré de ce fils[2] était la cause du mien. Qui

---

1. Armand de Montriveau, général d'Empire, fait partie de la Société des Treize avec Eugène de Rastignac, Henri de Marsay, Maxime de Trailles, avec lesquels il monte une opération pour arracher à son couvent la duchesse de Langeais dans le roman auquel elle donne son titre. Ce héros d'exception est l'opposé du type de l'émigré brisé par l'histoire.

2. Le thème du prisonnier revenant apparaît dans plusieurs romans de Balzac, et il a déjà été le thème central du *Colonel Chabert* (1832). Mais le héros de ce roman s'affirmait dans ses renoncements mêmes par une force morale hors du commun, ce qui n'est pas le cas de Louis de l'Estorade. Un certain Dupac, compagnon d'armes du commandant Carraud, mari d'une amie de Balzac, avait vécu une aventure similaire, et on trouve cette note de Balzac dans une liste de projets : « le lieutenant Dupacq »

nous eût dit que pendant les courses vagabondes de notre pensée, mon futur cheminait lentement à pied à travers la Russie, la Pologne et l'Allemagne ? Sa mauvaise destinée n'a cessé qu'à Berlin, où le ministre français lui a facilité son retour en France. Monsieur de l'Estorade le père, petit gentilhomme de Provence, riche d'environ dix mille livres de rentes, n'a pas un nom assez européen pour qu'on s'intéressât au chevalier de l'Estorade, dont le nom sentait singulièrement son aventurier.

Douze mille livres, produit annuel des biens de madame de l'Estorade, accumulées avec les économies paternelles, font au pauvre garde d'honneur une fortune considérable en Provence, quelque chose comme deux cent cinquante mille livres, outre ses biens au soleil. Le bonhomme l'Estorade avait acheté, la veille du jour où il devait revoir le chevalier, un beau domaine mal administré, où il se propose de planter dix mille mûriers qu'il élevait exprès dans sa pépinière, en prévoyant cette acquisition. Le baron, en retrouvant son fils, n'a plus eu qu'une pensée, celle de le marier, et de le marier à une jeune fille noble. Mon père et ma mère ont partagé pour mon compte la pensée de leur voisin dès que le vieillard leur eut annoncé son intention de prendre Renée de Maucombe sans dot, et de lui reconnaître au contrat toute la somme

---

(Lovenjoul, A 281, f° 106). Voir Pierre Citron, « Deux relations de Balzac : le lieutenant Dupac et Louis de Balay », *Les Études balzaciennes*, octobre 1959, p. 363.

qui doit revenir à ladite Renée dans leurs successions. Dès sa majorité, mon frère cadet, Jean de Maucombe, a reconnu avoir reçu de ses parents un avancement d'hoirie équivalant au tiers de l'héritage. Voilà comment les familles nobles de la Provence éludent l'infâme Code civil du sieur de Buonaparte[1], qui fera mettre au couvent autant de filles nobles qu'il en a fait marier. La noblesse française est, d'après le peu que j'ai entendu dire à ce sujet, très divisée sur ces graves matières.

Ce dîner, ma chère mignonne, était une entrevue entre ta biche et l'exilé. Procédons par ordre. Les gens du comte de Maucombe se sont revêtus de leurs vieilles livrées galonnées, de leurs chapeaux bordés : le cocher a pris ses grandes bottes à chaudron[2], nous avons tenu cinq dans le vieux carrosse, et nous sommes arrivés en toute majesté vers deux heures, pour dîner à

---

1. Le Code civil avait établi l'égalité des droits des enfants à l'héritage. Attaché au droit d'aînesse qui prévalait avant la Révolution, M. de Maucombe veut privilégier ses fils et marier sa fille sans dot, à un homme qui accepterait toutefois de reconnaître en avoir reçu une. Cette dot fictive serait alors déduite de la part successorale de Renée, à la mort de son père. Ainsi pouvait-on contourner la loi et exhéréder les filles, avec leur consentement. C'est cet arrangement que Louise suggérera à son père afin de favoriser son frère cadet (p. 215). Balzac était lui-même un défenseur du droit d'aînesse, qui avait publié anonymement, en 1824, une brochure sur ce sujet. Elle portait en exergue sur la couverture ce verset de la Bible : « Soyez le seigneur de vos frères, et que les enfants de votre mère s'abaissent profondément devant vous » (Genèse, XXVII, 29).

2. Bottes aux genouillères en forme d'entonnoirs.

trois, à la bastide où demeure le baron de l'Estorade. Le beau-père n'a point de château, mais une simple maison de campagne, située au pied d'une de nos collines, au débouché de notre belle vallée dont l'orgueil est certes le vieux castel de Maucombe. Cette bastide est une bastide : quatre murailles de cailloux revêtues d'un ciment jaunâtre, couvertes de tuiles creuses d'un beau rouge. Les toits plient sous le poids de cette briqueterie. Les fenêtres percées au travers sans aucune symétrie ont des volets énormes peints en jaune. Le jardin qui entoure cette habitation est un jardin de Provence, entouré de petits murs bâtis en gros cailloux ronds mis par couches, et où le génie du maçon éclate dans la manière dont il les dispose alternativement inclinés ou debout sur leur hauteur : la couche de boue qui les recouvre tombe par places. La tournure domaniale de cette bastide vient d'une grille, à l'entrée, sur le chemin[1]. On a longtemps pleuré pour avoir cette grille ; elle est si maigre qu'elle m'a rappelé la sœur Angélique. La maison a un perron en pierre, la porte est décorée d'un auvent que ne voudrait pas un paysan de la Loire pour son élégante maison en pierre blanche à toiture bleue, où rit le soleil. Le jardin, les alentours sont horriblement poudreux, les arbres sont brûlés. On voit que, depuis longtemps, la vie du baron consiste à se lever, se coucher et se relever le lendemain sans nul souci que celui d'entasser sou sur sou. Il

_____

1. Cette description d'une bastide assez simple correspond au château d'Albertas à Gémenos, que Balzac avait pu voir en 1838.

mange ce que mangent ses deux domestiques, qui sont un garçon provençal et la vieille femme de chambre de sa femme. Les pièces ont peu de mobilier. Cependant la maison de l'Estorade s'était mise en frais. Elle avait vidé ses armoires, convoqué le ban et l'arrière-ban de ses serfs pour ce dîner, qui nous a été servi dans une vieille argenterie noire et bosselée. L'exilé, ma chère mignonne, est comme la grille, bien maigre ! Il est pâle, il a souffert, il est taciturne. À trente-sept ans, il a l'air d'en avoir cinquante. L'ébène de ses ex-beaux cheveux de jeune homme est mélangé de blanc comme l'aile d'une alouette. Ses beaux yeux bleus sont caves ; il est un peu sourd, ce qui le fait ressembler au chevalier de la Triste Figure[1] ; néanmoins j'ai consenti gracieusement à devenir madame de l'Estorade, à me laisser doter de deux cent cinquante mille livres, mais à la condition expresse d'être maîtresse d'arranger la bastide et d'y faire un parc. J'ai formellement exigé de mon père de me concéder une petite partie d'eau qui peut venir de Maucombe ici. Dans un mois je serai madame de l'Estorade, car j'ai plu, ma chère. Après les neiges de la Sibérie, un homme est très disposé à trouver du mérite à ces yeux noirs qui, disais-tu, faisaient mûrir les fruits que je regardais. Louis de l'Estorade paraît excessivement heureux d'épouser la *belle Renée de Maucombe*, tel est le glorieux surnom de ton amie. Pendant que tu t'apprêtes à moissonner les joies

---

1. Il s'agit de don Quichotte, personnage éponyme du roman de Cervantès (1606-1607).

de la plus vaste existence, celle d'une demoiselle de Chaulieu dans Paris où tu règneras, ta pauvre biche, Renée, cette fille du désert est tombée de l'Empyrée où nous nous élevions, dans les réalités vulgaires d'une destinée simple comme celle d'une pâquerette. Oui, je me suis juré à moi-même de consoler ce jeune homme sans jeunesse, qui a passé du giron maternel à celui de la guerre, et des joies de sa bastide aux glaces et aux travaux de la Sibérie. L'uniformité de mes jours à venir sera variée par les humbles plaisirs de la campagne. Je continuerai l'oasis de la vallée de Gémenos autour de ma maison, qui sera majestueusement ombragée de beaux arbres. J'aurai des gazons toujours verts en Provence, je ferai monter mon parc jusque sur la colline, je placerai sur le point le plus élevé quelque joli kiosque d'où mes yeux pourront voir peut-être la brillante Méditerranée. L'oranger, le citronnier, les plus riches productions de la botanique embelliront ma retraite, et j'y serai mère de famille. Une poésie naturelle, indestructible, nous environnera. En restant fidèle à mes devoirs, aucun malheur n'est à redouter. Mes sentiments chrétiens sont partagés par mon beau-père et par le chevalier de l'Estorade. Ah ! mignonne, j'aperçois la vie comme un de ces grands chemins de France, unis et doux, ombragés d'arbres éternels. Il n'y aura pas deux Buonaparte en ce siècle[1] : je pourrai garder

---

1. Balzac mourra après l'accession au pouvoir de Louis-Napoléon Bonaparte, élu à la présidence de la République en décembre 1848. Mais lorsqu'il écrit ce roman, le prince, arrivé en

mes enfants si j'en ai, les élever, en faire des hommes, je jouirai de la vie par eux. Si tu ne manques pas à ta destinée, toi qui seras la femme de quelque puissant de la terre, les enfants de ta Renée auront une active protection. Adieu donc, pour moi du moins, les romans et les situations bizarres dont nous nous faisions les héroïnes. Je sais déjà par avance l'histoire de ma vie : ma vie sera traversée par les grands événements de la dentition de messieurs de l'Estorade, par leur nourriture, par les dégâts qu'ils feront dans mes massifs et dans ma personne : leur broder des bonnets, être aimée et admirée par un pauvre homme souffreteux, à l'entrée de la vallée de Gémenos, voilà mes plaisirs. Peut-être un jour la campagnarde ira-t-elle habiter Marseille pendant l'hiver ; mais alors elle n'apparaîtrait encore que sur le théâtre étroit de la province dont les coulisses ne sont point périlleuses. Je n'aurai rien à redouter, pas même une de ces admirations qui peuvent nous rendre fières. Nous nous intéresserons beaucoup aux vers à soie pour lesquels nous aurons des feuilles de mûrier à vendre. Nous connaîtrons les étranges vicissitudes de la vie provençale et les tempêtes d'un ménage sans querelle possible : monsieur de l'Estorade annonce l'intention formelle de se laisser conduire par sa femme. Or, comme je ne ferai rien pour l'entretenir dans cette

---

1831, à la suite de décès, en tête de la ligne successorale, vient de tenter un coup d'État maladroit, en 1840, à Boulogne-sur-Mer, à la suite duquel il a été incarcéré au fort de Ham, dont il ne s'évadera qu'en 1846.

sagesse, il est probable qu'il y persistera. Tu seras, ma chère Louise, la partie romanesque de mon existence. Aussi raconte-moi bien tes aventures, peins-moi les bals, les fêtes, dis-moi bien comment tu t'habilles, quelles fleurs couronnent tes beaux cheveux blonds, et les paroles des hommes et leurs façons. Tu seras deux à écouter, à danser, à sentir le bout de tes doigts pressé. Je voudrais bien m'amuser à Paris, pendant que tu seras mère de famille à la Crampade, tel est le nom de notre bastide. Pauvre homme qui croit épouser une seule femme ! S'apercevra-t-il qu'elles sont deux ? Je commence à dire des folies. Comme je ne puis plus en faire que par procureur, je m'arrête. Donc, un baiser sur chacune de tes joues, mes lèvres sont encore celles de la jeune fille (il n'a osé prendre que ma main). Oh ! nous sommes d'un respectueux et d'une convenance assez inquiétants. Eh ! bien, je recommence. Adieu ! chère.

P.-S. J'ouvre ta troisième lettre. Ma chère, je puis disposer d'environ mille livres : emploie-les-moi donc en jolies choses qui ne se trouveront point dans les environs, ni même à Marseille. En courant pour toi-même, pense à ta recluse de la Crampade. Songe que, ni d'un côté ni de l'autre, les grands-parents n'ont à Paris des gens de goût pour leurs acquisitions. Je répondrai plus tard à cette lettre.

VI
DON FELIPE HÉNAREZ[1]
À DON FERNAND

Paris, septembre.

La date de cette lettre vous dira, mon frère, que le chef de votre maison ne court aucun danger. Si le massacre de nos ancêtres dans la cour des Lions nous a faits malgré nous Espagnols et chrétiens, il nous a légué la prudence des Arabes ; et peut-être ai-je dû mon salut au sang d'Abencérage[2] qui coule encore dans mes veines. La peur rendait Ferdinand

---

1. Balzac écrit le nom de ce personnage de diverses manières : « Hénarez », « Henarez » ou encore « Henarès ». Nous avons choisi la forme la plus courante dans l'édition Furne. Thierry Bodin signale que Latouche avait publié en 1822 *Dernières lettres de deux amants de Barcelone* et que l'éditeur fictif dont le nom apparaissait sur la couverture était le « chevalier Hénarès Y. de L. » (*L'Année balzacienne*, 1974, p. 58).

2. Les Abencérages étaient une tribu maure du royaume de Grenade. Selon une légende, trente-six Abencérages auraient été assassinés sur ordre du dernier roi de Grenade, Boabdil, dans l'Alhambra, en 1485, à cause d'un adultère. Don Felipe a du sang arabe dans les veines. En 1826, Chateaubriand avait publié *Les Aventures du dernier Abencérage*, une fiction qui se déroule après la chute de Grenade en 1492. Le dernier Abencérage demeuré musulman (contrairement à la famille de Macumer) revient à Grenade et tombe amoureux d'une jeune chrétienne. Banni d'Espagne pour sa participation au gouvernement libéral, Felipe tombe amoureux de la fille d'un royaliste.

si bon comédien que Valdez croyait à ses protestations[1]. Sans moi, ce pauvre amiral était perdu. Jamais les libéraux ne sauront ce qu'est un roi. Mais le caractère de ce Bourbon m'est connu depuis longtemps : plus Sa Majesté nous assurait de sa protection, plus elle éveillait ma défiance. Un véritable Espagnol n'a nul besoin de répéter ses promesses. Qui parle trop veut tromper. Valdez a passé sur un bâtiment anglais. Quant à moi, dès que les destinées de ma chère Espagne furent perdues en Andalousie, j'écrivis à l'intendant de mes biens en Sardaigne[2] de pourvoir à ma sûreté. D'habiles pêcheurs de corail m'attendaient avec une barque[3] sur un point de la côte. Lorsque Ferdinand recommandait aux Français de s'assurer de ma personne, j'étais dans ma baronnie de Macumer, au milieu de bandits qui défient toutes les lois et toutes les vengeances. La dernière

---

1. Ferdinand VII, roi d'Espagne, qui régna en souverain absolu après avoir été rétabli sur le trône, en 1813, suscita des soulèvements à partir de 1820. Il feignit d'abord de se montrer conciliant, prêta serment sur la Constitution en mars 1820, mais appela à son aide la Sainte-Alliance (formée après la chute de Napoléon par les monarchies européennes). La France est chargée de rétablir l'ordre et intervient militairement en 1823. L'amiral Valdez, gouverneur de Cadix, qui était le siège du gouvernement libéral, capitula et s'enfuit sur un bateau anglais. La monarchie absolue était rétablie.

2. La Sardaigne appartient alors au duc de Savoie, qui règne sur le Piémont.

3. C'est vers la Corse que Balzac a fait, pour sa part, une traversée dans une barque de pêcheur de corail, en 1838.

maison hispano-maure de Grenade a retrouvé les
déserts d'Afrique, et jusqu'au cheval sarrasin, dans
un domaine qui lui vient des Sarrasins[1]. Les yeux de
ces bandits ont brillé d'une joie et d'un orgueil sauvages en apprenant qu'ils protégeaient contre la ven-
detta du roi d'Espagne le duc de Soria leur maître,
un Hénarez enfin, le premier qui soit venu les visiter
depuis le temps où l'île appartenait aux Maures, eux
qui la veille craignaient ma justice ! Vingt-deux cara-
bines se sont offertes à viser Ferdinand de Bourbon,
ce fils d'une race encore inconnue[2] au jour où les
Abencérages arrivaient en vainqueurs aux bords de
la Loire. Je croyais pouvoir vivre des revenus de
ces immenses domaines, auxquels nous avons malheureusement si peu songé ; mais mon séjour m'a
démontré mon erreur et la véracité des rapports de

---

1. L'occupation sarrasine de la France au VIIIᵉ siècle a été
brève. En 1838, de Corse Balzac s'est rendu en Sardaigne avec
l'espoir d'exploiter un gisement de plomb argentifère et de
payer ses dettes. Il a été frappé par la nature sauvage de l'île :
« L'Afrique commence ici ; j'aperçois une population déguenil-
lée, toute nue, brune comme les Éthiopiens… J'ai vu des choses
comme on en raconte des Hurons et de la Polynésie. Un royaume
entier désert, de vrais sauvages, aucune culture… partout des
chèvres… Rien à manger… » (*LH*, I, p. 597). Macumer est donc
lié à une contrée rude.

2. Ferdinand VII est le fils de Marie-Louise de Bourbon-
Parme. La dynastie des Bourbons, issue d'Henri IV, n'existait
évidemment pas au moment où les Omeyades (les Sarrasins), au
VIIIᵉ siècle, arrivèrent presque jusqu'aux bords de la Loire, avant
d'être repoussés par Charles Martel à Poitiers, en 732.

Queverdo. Le pauvre homme avait vingt-deux vies d'homme à mon service, et pas un réal ; des savanes de vingt mille arpents, et pas une maison ; des forêts vierges, et pas un meuble. Un million de piastres et la présence du maître pendant un demi-siècle seraient nécessaires pour mettre en valeur ces terres magnifiques : j'y songerai. Les vaincus méditent pendant leur fuite et sur eux-mêmes et sur la partie perdue. En voyant ce beau cadavre rongé par les moines, mes yeux se sont baignés de larmes : j'y reconnaissais le triste avenir de l'Espagne. J'ai appris à Marseille la fin de Riégo[1]. J'ai pensé douloureusement que ma vie aussi va se terminer par un martyre, mais obscur et long. Sera-ce donc exister que de ne pouvoir ni se consacrer à un pays, ni vivre pour une femme ! Aimer, conquérir, cette double face de la même idée était la loi gravée sur nos sabres, écrite en lettres d'or aux voûtes de nos palais, incessamment redite par les jets d'eau qui montaient en gerbes dans nos bassins de marbre. Mais cette loi fanatise inutilement mon cœur : le sabre est brisé, le palais est en cendres, la source vive est bue par des sables stériles.

Voici donc mon testament.

Don Fernand, vous allez comprendre pourquoi je bridais votre ardeur en vous ordonnant de rester fidèle

---

1. Rafael del Riego avait été le chef de l'insurrection de 1820 contre Ferdinand VII. Il l'avait obligé à accepter une constitution libérale. Puis, il dirigea la résistance contre l'intervention française, mais il fut capturé, pendu puis décapité sur ordre du roi.

au *rey netto*[1]. Comme ton frère et ton ami, je te supplie
d'obéir ; comme votre maître, je vous le commande.
Vous irez au roi, vous lui demanderez mes grandesses et
mes biens, ma charge et mes titres ; il hésitera peut-être, il
fera quelques grimaces royales ; mais vous lui direz que
vous êtes aimé de Marie Hérédia, et que Marie ne peut
épouser que le duc de Soria. Vous le verrez alors tres-
saillant de joie : l'immense fortune des Hérédia l'empê-
chait de consommer ma ruine ; elle lui paraîtra complète
ainsi, vous aurez aussitôt ma dépouille. Vous épouserez
Marie : j'avais surpris le secret de votre mutuel amour
combattu. Aussi ai-je préparé le vieux comte à cette
substitution. Marie et moi nous obéissions aux convenances et aux vœux de nos pères. Vous êtes beau comme
un enfant de l'amour, je suis laid comme un grand d'Espagne ; vous êtes aimé, je suis l'objet d'une répugnance
inavouée ; vous aurez bientôt vaincu le peu de résistance que mon malheur inspirera peut-être à cette noble
Espagnole. Duc de Soria, votre prédécesseur ne veut
ni vous coûter un regret ni vous priver d'un maravédi[2].
Comme les joyaux de Marie peuvent réparer le vide que
les diamants de ma mère feront dans votre maison, vous
m'enverrez ces diamants, qui suffiront pour assurer l'indépendance de ma vie, par ma nourrice, la vieille Urraca,
la seule personne que je veuille conserver des gens de ma
maison : elle seule sait bien préparer mon chocolat.

---

1. Expression espagnole qui désignait Ferdinand VII et signi-
fiait « roi libre », c'est-à-dire absolu.
2. Pièce espagnole en cuivre et de petite valeur.

Durant notre courte révolution, mes constants travaux avaient réduit ma vie au nécessaire, et les appointements de ma place y pourvoyaient. Vous trouverez les revenus de ces deux dernières années entre les mains de votre intendant. Cette somme est à moi : le mariage d'un duc de Soria occasionne de grandes dépenses, nous la partagerons donc. Vous ne refuserez pas le présent de noces de votre frère le bandit. D'ailleurs, telle est ma volonté. La baronnie de Macumer n'étant pas sous la main du roi d'Espagne, elle me reste et me laisse la faculté d'avoir une patrie et un nom, si, par hasard, je voulais devenir quelque chose.

Dieu soit loué, voici les affaires finies, la maison de Soria est sauvée !

Au moment où je ne suis plus que baron de Macumer, les canons français annoncent l'entrée du duc d'Angoulême[1]. Vous comprendrez, monsieur, pourquoi j'interromps ici ma lettre…

Octobre.

En arrivant ici, je n'avais pas dix quadruples[2]. Un homme d'État n'est-il pas bien petit quand, au milieu des catastrophes qu'il n'a pas empêchées, il montre une prévoyance égoïste ? Aux Maures vaincus, un cheval et le désert ; aux chrétiens trompés

---

1. Le 2 décembre 1823, le duc d'Angoulême fait une entrée solennelle à Paris à son retour d'Espagne, victorieux des libéraux.

2. Monnaie d'or.

dans leurs espérances, le couvent et quelques pièces d'or. Cependant, ma résignation n'est encore que de la lassitude. Je ne suis point assez près du monastère pour ne pas songer à vivre. Ozalga m'avait, à tout hasard, donné des lettres de recommandation parmi lesquelles il s'en trouvait une pour un libraire qui est à nos compatriotes ce que Galignani[1] est ici aux Anglais. Cet homme m'a procuré huit écoliers à trois francs par cachet. Je vais chez mes élèves de deux jours l'un, j'ai donc quatre séances par jour et gagne douze francs, somme bien supérieure à mes besoins. À l'arrivée d'Urraca, je ferai le bonheur de quelque Espagnol proscrit en lui cédant ma clientèle. Je suis logé rue Hillerin-Bertin[2] chez une pauvre veuve qui prend des pensionnaires. Ma chambre est au midi et donne sur un petit jardin. Je n'entends aucun bruit, je vois de la verdure et ne dépense en tout qu'une piastre par jour ; je suis tout étonné des plaisirs calmes et purs que je goûte dans cette vie de Denys à Corinthe[3]. Depuis le lever du soleil jusqu'à dix heures, je fume et prends mon chocolat, assis à ma fenêtre, en regardant deux plantes espagnoles, un genêt qui s'élève

---

1. Fondateur à Paris, sous l'Empire, au 18, rue Vivienne, d'une librairie anglaise.
2. Ancienne rue de la rive gauche qui correspond en partie à l'actuelle rue de Bellechasse dans le quartier du musée d'Orsay. Elle est au cœur du faubourg Saint-Germain.
3. Tyran de Syracuse, Denys le Jeune, chassé de sa ville, s'était retiré à Corinthe en 343 av. J.-C. et, selon la légende, il y aurait enseigné la rhétorique dans le plus grand dénuement.

entre les masses d'un jasmin : de l'or sur un fond
blanc, une image qui fera toujours tressaillir un rejeton des Maures. À dix heures, je me mets en route
jusqu'à quatre heures pour donner mes leçons. À cette
heure, je reviens dîner, je fume et lis après jusqu'à
mon coucher. Je puis mener longtemps cette vie,
que mélangent le travail et la méditation, la solitude
et le monde. Sois donc heureux, Fernand, mon abdi-
cation est accomplie sans arrière-pensée ; elle n'est
suivie d'aucun regret comme celle de Charles-Quint,
d'aucune envie de renouer la partie comme celle
de Napoléon. Cinq nuits et cinq jours ont passé sur
mon testament, la pensée en a fait cinq siècles. Les
grandesses, les titres, les biens sont pour moi comme
s'ils n'eussent jamais été. Maintenant que la barrière
du respect qui nous séparait est tombée, je puis, cher
enfant, te laisser lire dans mon cœur. Ce cœur, que
la gravité couvre d'une impénétrable armure, est
plein de tendresses et de dévouements sans emploi ;
mais aucune femme ne l'a deviné, pas même celle
qui, dès le berceau, me fut destinée. Là est le secret
de mon ardente vie politique. À défaut de maîtresse,
j'ai adoré l'Espagne. L'Espagne aussi m'a échappé !
Maintenant que je ne suis plus rien, je puis contempler le *moi* détruit, me demander pourquoi la vie y est
venue et quand elle s'en ira ? pourquoi la race chevaleresque par excellence a jeté dans son dernier rejeton
ses premières vertus, son amour africain, sa chaude
poésie ? si la graine doit conserver sa rugueuse
enveloppe sans pousser de tige, sans effeuiller ses

parfums orientaux du haut d'un radieux calice ? Quel crime ai-je commis avant de naître pour n'avoir inspiré d'amour à personne ? Dès ma naissance étais-je donc un vieux débris destiné à échouer sur une grève aride ? Je retrouve en mon âme les déserts paternels, éclairés par un soleil qui les brûle sans y rien laisser croître. Reste orgueilleux d'une race déchue, force inutile, amour perdu, vieux jeune homme, j'attendrai donc où je suis, mieux que partout ailleurs, la dernière faveur de la mort. Hélas ! sous ce ciel brumeux, aucune étincelle ne ranimera la flamme dans toutes ces cendres. Aussi pourrais-je dire pour dernier mot, comme Jésus-Christ : *Mon Dieu, tu m'as abandonné*[1] *!* Terrible parole que personne n'a osé sonder.

Juge, Fernand, combien je suis heureux de revivre en toi et en Marie ! je vous contemplerai désormais avec l'orgueil d'un créateur fier de son œuvre. Aimez-vous bien et toujours, ne me donnez pas de chagrins : un orage entre vous me ferait plus de mal qu'à vous-mêmes.

Notre mère avait pressenti que les événements serviraient un jour ses espérances. Peut-être le désir d'une mère est-il un contrat passé entre elle et Dieu. N'était-elle pas d'ailleurs un de ces êtres mystérieux qui peuvent communiquer avec le ciel et qui en rapportent une vision de l'avenir ! Combien de fois n'ai-je pas lu dans les rides de son front qu'elle souhaitait à Fernand les honneurs et les biens de Felipe ! Je le lui disais, elle

---

1. « Mon Dieu, mon Dieu, pourquoi m'as-tu abandonné ? » Paroles de Jésus au moment de sa mort (Matthieu, XXVII, 46).

me répondait par deux larmes et me montrait les plaies d'un cœur qui nous était dû tout entier à l'un comme à l'autre, mais qu'un invincible amour donnait à toi seul. Aussi son ombre joyeuse planera-t-elle au-dessus de vos têtes quand vous les inclinerez à l'autel. Viendrez-vous caresser enfin votre Felipe, dona Clara ? vous le voyez : il cède à votre bien-aimé jusqu'à la jeune fille que vous poussiez à regret sur ses genoux.

Ce que je fais plaît aux femmes, aux morts, au roi, Dieu le voulait, n'y dérange donc rien, Fernand : obéis et tais-toi.

P.-S. Recommande à Urraca de ne pas me nommer autrement que monsieur Hénarez. Ne dis pas un mot de moi à Marie. Tu dois être le seul être vivant qui sache les secrets du dernier Maure christianisé, dans les veines duquel mourra le sang de la grande famille née au désert, et qui va finir dans la solitude. Adieu.

VII
LOUISE DE CHAULIEU
À RENÉE DE MAUCOMBE

Janvier 1824.

Comment, bientôt mariée ! mais prend-on les gens ainsi ? Au bout d'un mois, tu te promets à un homme, sans le connaître, sans en rien savoir. Cet homme peut être sourd, on l'est de tant de manières ! il peut être maladif, ennuyeux, insupportable. Ne vois-tu pas,

Renée, ce qu'on veut faire de toi ? tu leur es nécessaire pour continuer la glorieuse maison de l'Estorade,
et voilà tout[1]. Tu vas devenir une provinciale. Sont-ce
là nos promesses mutuelles ? À votre place, j'aimerais
mieux aller me promener aux îles d'Hyères en caïque[2],
jusqu'à ce qu'un corsaire algérien m'enlevât et me
vendît au grand-seigneur ; je deviendrais sultane, puis
quelque jour validé[3] ; je mettrais le sérail cen dessus dessous[4], et tant que je serais jeune et quand je
serais vieille. Tu sors d'un couvent pour entrer dans
un autre ! Je te connais, tu es lâche, tu vas entrer en
ménage avec une soumission d'agneau. Je te donnerai
des conseils, tu viendras à Paris, nous y ferons enrager
les hommes et nous deviendrons des reines. Ton mari,
ma belle biche, peut, dans trois ans d'ici, se faire nommer député. Je sais maintenant ce qu'est un député, je
te l'expliquerai ; tu joueras très bien de cette machine,
tu pourras demeurer à Paris et y devenir, comme dit

---

1. Dans l'édition Souverain : Ne vois-tu pas Renée, qu'on te
prend pour une poule et qu'on veut te faire pondre des héritiers à
l'illustre maison de l'Estorade ?

2. Embarcation turque, à voile ou à rames.

3. Sultane validé : titre porté par la mère d'un sultan régnant.

4. Balzac tenait à écrire ainsi l'expression « sens dessus dessous » et il s'en est expliqué : « Je m'obstine à orthographier ce
mot comme il doit l'être. *Sens dessus dessous* est inexplicable.
L'Académie aurait dû, dans son Dictionnaire, sauver au moins
dans ce composé le vieux mot *cen* qui veut dire : *ce qui est*. Malgré
mon aversion pour les notes, je fais celle-ci pour l'instruction
publique » (« Études sur M. Beyle », *Revue parisienne*, 25 septembre 1840, p. 325).

ma mère, une femme à la mode. Oh ! je ne te laisserai certes pas dans ta bastide.

Lundi.

Voilà quinze jours, ma chère, que je vis de la vie du monde : un soir aux Italiens, l'autre au grand Opéra, de là toujours au bal. Ah ! le monde est une féerie. La musique des Italiens me ravit, et pendant que mon âme nage dans un plaisir divin, je suis lorgnée, admirée ; mais, par un seul de mes regards, je fais baisser les yeux au plus hardi jeune homme. J'ai vu là des jeunes gens charmants ; eh ! bien, pas un ne me plaît ; aucun ne m'a causé l'émotion que j'éprouve en entendant Garcia[1] dans son magnifique duo avec Pellegrini dans *Otello*[2]. Mon Dieu ! combien ce Rossini doit être jaloux pour avoir si bien exprimé la jalousie ? Quel cri que : *Il mio cor si divide*[3]. Je te parle grec, tu n'as pas entendu Garcia, mais tu sais combien je suis jalouse ! Quel triste dramaturge que Shakespeare ! Othello se prend de gloire, il remporte des victoires, il commande, il parade, il se promène en laissant Desdémone

---

1. Manuel-Vincent Garcia (1775-1832), le père de la Malibran, avait été choisi par Rossini pour la création d'*Otello* en 1816. Il interprétait le rôle du Maure et Felix Pellegrini celui de Iago.

2. Balzac qui admirait le compositeur italien lui avait dédié *Le Contrat de mariage*, lors de sa réédition, en 1842, dans *La Comédie humaine*.

3. Plus exactement *Mi si divide il cor* (duo de la jalousie, chanté par Iago et Otello).

dans son coin, et Desdémone, qui le voit préférant à elle les stupidités de la vie publique, ne se fâche point ? cette brebis mérite la mort. Que celui que je daignerai aimer s'avise de faire autre chose que de m'aimer ! Moi, je suis pour les longues épreuves de l'ancienne chevalerie. Je regarde comme très impertinent et très sot ce paltoquet de jeune seigneur qui a trouvé mauvais que sa souveraine l'envoyât chercher son gant au milieu des lions : elle lui réservait sans doute quelque belle fleur d'amour, et il l'a perdue après l'avoir méritée, l'insolent ! Mais je babille comme si je n'avais pas de grandes nouvelles à t'apprendre ! Mon père va sans doute représenter le roi notre maître à Madrid : je dis notre maître, car je ferai partie de l'ambassade. Ma mère désire rester ici, mon père m'emmènera pour avoir une femme près de lui.

Ma chère, tu ne vois là rien que de simple, et néanmoins il y a là des choses monstrueuses : en quinze jours, j'ai découvert les secrets de la maison. Ma mère suivrait mon père à Madrid, s'il voulait prendre monsieur de Saint-Héreen[1] en qualité de secrétaire d'ambassade ; mais le roi désigne les secrétaires, le duc n'ose pas contrarier le roi qui est fort absolu, ni fâcher

---

1. Sur le « Furne corrigé », Balzac prévoit de remplacer Saint-Héreen par Canalis. Ce personnage est créé tardivement dans *La Comédie humaine*, dans *Un début dans la vie* et dans *Modeste Mignon*, en 1844, après quoi Balzac l'introduit dans l'édition Furne d'*Illusions perdues* et de *Modeste Mignon*. Mais il n'est qu'un personnage secondaire.

ma mère ; et ce grand politique croit avoir tranché les difficultés en laissant ici la duchesse. Monsieur de Saint-Héreen[1] est le jeune homme qui cultive la société de ma mère, et qui étudie sans doute avec elle la diplomatie de trois heures à cinq heures. La diplomatie doit être une belle chose, car il est assidu comme un joueur à la Bourse. Monsieur le duc de Rhétoré, notre aîné, solennel, froid et fantasque, serait écrasé par son père à Madrid, il reste à Paris. Miss Griffith sait d'ailleurs qu'Alphonse aime une danseuse de l'Opéra. Comment peut-on aimer des jambes et des pirouettes ? Nous avons remarqué que mon frère assiste aux représentations quand y danse Tullia[2], il applaudit les pas de cette créature et sort après. Je crois que deux filles dans une maison y font plus de ravages que n'en ferait la peste. Quant à mon second frère, il est à son régiment, je ne l'ai pas encore vu. Voilà comment je suis destinée à être l'Antigone d'un ambassadeur de Sa Majesté. Peut-être me marierai-je en Espagne, et peut-être la pensée de mon père est-elle de m'y marier sans dot, absolument comme on te marie à ce reste de vieux garde d'honneur. Mon père m'a proposé de le suivre et m'a offert son maître d'espagnol. « Vous voulez, lui ai-je dit, me

---

1. « Furne corrigé » : Monsieur de Canalis, le grand poète du jour

2. Il s'agit de Claudine Chaffaroux, un personnage reparaissant, qui fait partie de la catégorie des courtisanes comme Coralie et Esther dans *Illusions Perdues* et dans *Splendeurs et misères des courtisanes*. Elle apparaît (ou elle est citée) dans de nombreux romans.

faire faire des mariages en Espagne ? » Il m'a, pour
toute réponse, honorée d'un fin regard. Il aime depuis
quelques jours à m'agacer au déjeuner, il m'étudie et je
dissimule ; aussi l'ai-je, comme père et comme ambassadeur, *in petto*, cruellement mystifié. Ne me prenait-il
pas pour une sotte ? Il me demandait ce que je pensais
de tel jeune homme et de quelques demoiselles avec
lesquels je me suis trouvée dans plusieurs maisons.
Je lui ai répondu par la plus stupide discussion sur la
couleur des cheveux, sur la différence des tailles, sur
la physionomie des jeunes gens. Mon père parut désap-
pointé de me trouver si niaise, il se blâma intérieurement de m'avoir interrogée. « Cependant, mon père,
ajoutai-je, je ne dis pas ce que je pense réellement : ma
mère m'a dernièrement fait peur d'être inconvenante
en parlant de mes impressions. — En famille, vous
pouvez vous expliquer sans crainte, répondit ma mère.
— Eh bien ! repris-je, les jeunes gens m'ont jusqu'à
présent paru être plus intéressés qu'intéressants, plus
occupés d'eux que de nous ; mais ils sont, à la vérité,
très peu dissimulés : ils quittent à l'instant la physionomie qu'ils ont prise pour nous parler, et s'imaginent
sans doute que nous ne savons point nous servir de nos
yeux. L'homme qui nous parle est l'amant, l'homme
qui ne nous parle plus est le mari. Quant aux jeunes
personnes, elles sont si fausses qu'il est impossible de
deviner leur caractère autrement que par celui de leur
danse, il n'y a que leur taille et leurs mouvements qui
ne mentent point. J'ai surtout été effrayée de la brutalité
du beau monde. Quand il s'agit de souper, il se passe,

toutes proportions gardées, des choses qui me donnent une image des émeutes populaires. La politesse cache très imparfaitement l'égoïsme général. Je me figurais le monde autrement. Les femmes y sont comptées pour peu de chose, et peut-être est-ce un reste des doctrines de Bonaparte. — Armande fait d'étonnants progrès, a dit ma mère. — Ma mère, croyez-vous que je vous demanderai toujours si madame de Staël est morte ? » Mon père sourit et se leva.

Samedi.

Ma chère, je n'ai pas tout dit. Voici ce que je te réserve. L'amour que nous imaginions doit être bien profondément caché, je n'en ai vu de trace nulle part. J'ai bien surpris quelques regards rapidement échangés dans les salons ; mais quelle pâleur ! Notre amour, ce monde de merveilles, de beaux songes, de réalités délicieuses, de plaisirs et de douleurs se répondant, ces sourires qui éclairent la nature, ces paroles qui ravissent, ce bonheur toujours donné, toujours reçu, ces tristesses causées par l'éloignement et ces joies que prodigue la présence de l'être aimé !... de tout cela, rien. Où toutes ces splendides fleurs de l'âme naissent-elles ? Qui ment ? nous ou le monde. J'ai déjà vu des jeunes gens, des hommes par centaines, et pas un ne m'a causé la moindre émotion ; ils m'auraient témoigné admiration et dévouement, ils se seraient battus, j'aurais tout regardé d'un œil insensible. L'amour, ma chère, comporte un phénomène si rare, qu'on peut vivre toute sa

vie sans rencontrer l'être à qui la nature a départi le
pouvoir de nous rendre heureuses. Cette réflexion fait
frémir, car si cet être se rencontre tard, hein[1] ?

Depuis quelques jours je commence à m'épouvan-
ter de notre destinée, à comprendre pourquoi tant de
femmes ont des visages attristés sous la couche de vermillon qu'y mettent les fausses joies d'une fête. On se
marie au hasard, et tu te maries ainsi. Des ouragans
de pensées ont passé dans mon âme. Être aimée tous
les jours de la même manière et néanmoins diverse-
ment, être aimée autant après dix ans de bonheur que
le premier jour ! Un pareil amour veut des années : il
faut s'être laissé désirer pendant bien du temps, avoir
éveillé bien des curiosités et les satisfaire, avoir excité
bien des sympathies et y répondre. Y a-t-il donc des lois
pour les créations du cœur, comme pour les créations
visibles de la nature ? L'allégresse se soutient-elle ?
Dans quelle proportion l'amour doit-il mélanger ses
larmes et ses plaisirs ? Les froides combinaisons de la
vie funèbre, égale, permanente du couvent m'ont alors
semblé possibles ; tandis que les richesses, les magni-
ficences, les pleurs, les délices, les fêtes, les joies, les
plaisirs de l'amour égal, partagé, permis m'ont semblé
l'impossible. Je ne vois point de place dans cette ville
aux douceurs de l'amour, à ses saintes promenades
sous des charmilles, au clair de la pleine lune, quand
elle fait briller les eaux et qu'on résiste à des prières.
Riche, jeune et belle, je n'ai qu'à aimer, l'amour peut

---

1. « Furne corrigé » : se rencontre tard, qu'en dis-tu ?

devenir ma vie, ma seule occupation ; or, depuis trois mois que je vais, que je viens avec une impatiente curiosité, je n'ai rien rencontré parmi ces regards brillants, avides, éveillés. Aucune voix ne m'a émue, aucun regard ne m'a illuminé ce monde. La musique seule a rempli mon âme, elle seule a été pour moi ce qu'est notre amitié. Je suis restée quelquefois pendant une heure, la nuit, à ma fenêtre, regardant le jardin, appelant des événements, les demandant à la source inconnue d'où ils sortent. Je suis quelquefois partie en voiture allant me promener, mettant pied à terre dans les Champs-Élysées en imaginant qu'un homme, que celui qui réveillera mon âme engourdie, arrivera, me suivra, me regardera ; mais, ces jours-là, j'ai vu des saltimbanques, des marchands de pain d'épice et des faiseurs de tours, des passants pressés d'aller à leurs affaires, ou des amoureux qui fuyaient tous les regards, et j'étais tentée de les arrêter et de leur dire : Vous qui êtes heureux, dites-moi ce que c'est que l'amour ? Mais je rentrais ces folles pensées, je remontais en voiture, et je me promettais de demeurer vieille fille. L'amour est certainement une incarnation, et quelles conditions ne faut-il pas pour qu'elle ait lieu ! Nous ne sommes pas certaines d'être toujours bien d'accord avec nous-mêmes, que sera-ce à deux ? Dieu seul peut résoudre ce problème. Je commence à croire que je retournerai au couvent. Si je reste dans le monde, j'y ferai des choses qui ressembleront à des sottises, car il m'est impossible d'accepter ce que je vois. Tout blesse mes délicatesses, les mœurs de mon âme, ou mes secrètes pensées. Ah !

ma mère est la femme la plus heureuse du monde, elle est adorée par son petit Saint-Héreen[1]. Mon ange, il me prend d'horribles fantaisies de savoir ce qui se passe entre ma mère et ce jeune homme. Griffith a, dit-elle, eu toutes ces idées, elle a eu envie de sauter au visage des femmes qu'elle voyait heureuses, elle les a dénigrées, déchirées. Selon elle, la vertu consiste à enterrer toutes ces sauvageries-là dans le fond de son cœur. Qu'est-ce donc que le fond du cœur ? un entrepôt de tout ce que nous avons de mauvais. Je suis très humiliée de ne pas avoir rencontré d'adorateur. Je suis une fille à marier, mais j'ai des frères, une famille, des parents chatouilleux. Ah ! si telle était la raison de la retenue des hommes, ils seraient bien lâches. Le rôle de Chimène, dans le *Cid*, et celui du Cid me ravissent. Quelle admirable pièce de théâtre ! Allons, adieu.

VIII
LA MÊME À LA MÊME

Janvier.

Nous avons pour maître un pauvre réfugié forcé de se cacher à cause de sa participation à la révolution que le duc d'Angoulême est allé vaincre ; succès auquel nous avons dû de belles fêtes. Quoique libéral et sans doute bourgeois, cet homme m'a intéressée :

---

1. « Furne corrigé » : grand Canalis

je me suis imaginé qu'il était condamné à mort[1]. Je le fais causer pour savoir son secret, mais il est d'une taciturnité castillane, fier comme s'il était Gonzalve de Cordoue[2], et néanmoins d'une douceur et d'une patience angéliques ; sa fierté n'est pas montée comme celle de miss Griffith, elle est tout intérieure ; il se fait rendre ce qui lui est dû en nous rendant ses devoirs, et nous écarte de lui par le respect qu'il nous témoigne. Mon père prétend qu'il y a beaucoup du grand seigneur chez le sieur Hénarez, qu'il nomme entre nous Don Hénarez par plaisanterie. Quand je me suis permis de l'appeler ainsi, il y a quelques jours, cet homme a relevé sur moi ses yeux, qu'il tient ordinairement baissés, et m'a lancé deux éclairs qui m'ont interdite ; ma chère, il a, certes, les plus beaux yeux du monde. Je lui ai demandé si je l'avais fâché en quelque chose, et il m'a dit alors dans sa sublime et grandiose langue espagnole : « Mademoiselle, je ne viens ici que pour vous apprendre l'espagnol. » Je me suis sentie humiliée, j'ai rougi ; j'allais lui répliquer par quelque bonne impertinence, quand je me suis souvenue de ce que nous disait notre chère mère en Dieu, et alors je lui ai répondu : « Si vous aviez à me reprendre en quoi

---

1. Romantique et rebelle, Louise ressemble à Hélène d'Aiglemont (*La Femme de trente ans*, 1842) en s'amourachant d'un homme mystérieux qui semble maudit.

2. Général espagnol (1453-1515) qui a participé à la Reconquête de l'Espagne chrétienne contre les Maures. Il est le héros éponyme d'un roman de Florian (1791).

que ce soit, je deviendrais votre obligée. » Il a tres-
sailli, le sang a coloré son teint olivâtre, il m'a répondu
d'une voix doucement émue : « La religion a dû vous
enseigner mieux que je ne saurais le faire à respecter
les grandes infortunes. Si j'étais Don en Espagne, et
que j'eusse tout perdu au triomphe de Ferdinand VII,
votre plaisanterie serait une cruauté ; mais si je ne
suis qu'un pauvre maître de langue, n'est-ce pas une
atroce raillerie ? Ni l'une ni l'autre ne sont dignes
d'une jeune fille noble. » Je lui ai pris la main en lui
disant : « J'invoquerai donc aussi la religion pour vous
prier d'oublier mon tort. » Il a baissé la tête, a ouvert
mon Don Quichotte, et s'est assis. Ce petit incident
m'a causé plus de trouble que tous les compliments,
les regards et les phrases que j'ai recueillis pendant
la soirée où j'ai été le plus courtisée. Durant la leçon,
je regardais avec attention cet homme qui se laissait
examiner sans le savoir : il ne lève jamais les yeux
sur moi. J'ai découvert que notre maître, à qui nous
donnions quarante ans, est jeune ; il ne doit pas avoir
plus de vingt-six à vingt-huit ans. Ma gouvernante, à
qui je l'avais abandonné, m'a fait remarquer la beauté
de ses cheveux noirs et celle de ses dents, qui sont
comme des perles. Quant à ses yeux, c'est à la fois
du velours et du feu. Voilà tout, il est d'ailleurs petit
et laid. On nous avait dépeint les Espagnols comme
étant peu propres ; mais il est extrêmement soigné, ses
mains sont plus blanches que son visage ; il a le dos un
peu voûté ; sa tête est énorme et d'une forme bizarre ;
sa laideur, assez spirituelle d'ailleurs, est aggravée

par des marques de petite vérole qui lui ont couturé le visage ; son front est très proéminent, ses sourcils se rejoignent et sont trop épais, ils lui donnent un air dur qui repousse les âmes. Il a la figure rechignée et maladive qui distingue les enfants destinés à mourir, et qui n'ont dû la vie qu'à des soins infinis, comme sœur Marthe. Enfin, comme le disait mon père, il a le masque amoindri du cardinal de Ximénès[1]. Mon père ne l'aime point, il se sent gêné avec lui. Les manières de notre maître ont une dignité naturelle qui semble inquiéter le cher duc ; il ne peut souffrir la supériorité sous aucune forme auprès de lui. Dès que mon père saura l'espagnol, nous partirons pour Madrid. Deux jours après la leçon que j'avais reçue, quand Hénarez est revenu, je lui ai dit, pour lui marquer une sorte de reconnaissance : « Je ne doute pas que vous n'ayez quitté l'Espagne à cause des événements politiques ; si mon père y est envoyé, comme on le dit, nous serons à même de vous y rendre quelques services et d'obtenir votre grâce au cas où vous seriez frappé par une condamnation. — Il n'est au pouvoir de personne de m'obliger, m'a-t-il répondu. — Comment, monsieur, lui ai-je dit, est-ce parce que vous ne voulez accepter aucune protection, ou par impossibilité ? — L'un et l'autre », a-t-il dit en s'inclinant et avec un accent qui m'a imposé silence. Le sang de mon père a grondé dans mes veines. Cette hauteur m'a révoltée, et je l'ai

---

1. Grand inquisiteur de Tolède (1436-1517), aux traits émaciés à la fin de sa vie.

laissé là[1]. Cependant, ma chère, il y a quelque chose de beau à ne rien vouloir d'autrui. Il n'accepterait pas même notre amitié, pensais-je en conjuguant un verbe. Là, je me suis arrêtée, et je lui ai dit la pensée qui m'occupait, mais en espagnol. Le Hénarez m'a répondu fort courtoisement qu'il fallait dans les sentiments une égalité qui ne s'y trouverait point, et qu'alors cette question était inutile. « Entendez-vous l'égalité relativement à la réciprocité des sentiments ou à la différence des rangs ? » ai-je demandé pour essayer de le faire sortir de sa gravité qui m'impatiente. Il a encore relevé ses redoutables yeux, et j'ai baissé les miens. Chère, cet homme est une énigme indéchiffrable. Il semblait me demander si mes paroles étaient une déclaration : il y avait dans son regard un bonheur, une fierté, une angoisse d'incertitude qui m'ont étreint le cœur. J'ai compris que ces coquetteries, qui sont en France estimées à leur valeur, prenaient une dangereuse signification avec un Espagnol, et je suis rentrée un peu sotte dans ma coquille. En finissant la leçon, il m'a saluée en me jetant un regard plein de prières humbles, et qui disait : Ne vous jouez pas d'un malheureux. Ce contraste subit avec ses façons graves et dignes m'a fait une vive impression. N'est-ce pas horrible à penser et à dire ? il me semble qu'il y a des trésors d'affection dans cet homme.

---

1. « Furne corrigé » : et j'ai laissé là le sieur Hénarez

IX
MADAME DE L'ESTORADE
À MADEMOISELLE DE CHAULIEU

Décembre.

Tout est dit et tout est fait, ma chère enfant, c'est madame de l'Estorade qui t'écrit ; mais il n'y a rien de changé entre nous, il n'y a qu'une fille de moins. Sois tranquille, j'ai médité mon consentement, et ne l'ai pas donné follement. Ma vie est maintenant détermi- née. La certitude d'aller dans un chemin tracé convient également à mon esprit et à mon caractère. Une grande force morale a corrigé pour toujours ce que nous nom- mons les hasards de la vie. Nous avons des terres à faire valoir, une demeure à orner, à embellir ; j'ai un intérieur à conduire et à rendre aimable, un homme à réconcilier avec la vie. J'aurai sans doute une famille à soigner, des enfants à élever. Que veux-tu ! la vie ordi- naire ne saurait être quelque chose de grand ni d'exces- sif. Certes, les immenses désirs qui étendent et l'âme et la pensée n'entrent pas dans ces combinaisons, en apparence du moins. Qui m'empêche de laisser voguer sur la mer de l'infini les embarcations que nous y lancions ? Néanmoins, ne crois pas que les choses humbles auxquelles je me dévoue soient exemptes de passion. La tâche de faire croire au bonheur un pauvre homme qui a été le jouet des tempêtes est une belle œuvre, et peut suffire à modifier la monotonie de mon existence. Je n'ai point vu que je laissasse prise à la douleur, et j'ai vu du bien à faire. Entre nous, je n'aime pas Louis de l'Estorade de cet amour qui fait que le cœur bat quand on entend un pas, qui nous émeut profondément aux moindres sons de la voix, ou quand un regard de feu nous enveloppe ; mais il ne me déplaît point non plus. Que ferai-je, me diras-tu, de cet instinct des choses sublimes, de ces pensées fortes qui nous lient et qui sont en nous ? oui, voilà ce qui m'a préoccupée, eh ! bien, n'est-ce pas une grande chose que de les cacher, que de les employer, à l'insu de tous, au bonheur de la famille, d'en faire les moyens de la félicité des êtres qui nous sont confiés et auxquels nous nous devons ? La saison où ces facultés brillent est bien restreinte chez les femmes, elle sera bientôt passée ; et si ma vie n'aura pas été grande, elle aura été calme, unie et sans vicissitudes. Nous naissons avantagées, nous pouvons choisir entre l'amour et la maternité. Eh ! bien, j'ai choisi : je ferai mes dieux de mes enfants et mon eldorado de ce coin de terre. Voilà tout ce que je puis te dire aujourd'hui. Je te remercie de toutes les choses que tu m'as envoyées. Donne ton coup d'œil à mes commandes, dont la liste est jointe à cette lettre. Je veux vivre dans une atmosphère de luxe et d'élégance, et n'avoir de la province que ce qu'elle offre de délicieux. En restant dans la solitude, une femme ne peut jamais être provinciale, elle reste elle-même. Je compte beaucoup sur ton dévouement pour me tenir au courant de toutes les modes. Dans son enthousiasme, mon beau-père ne me refuse rien et bouleverse sa maison. Nous faisons venir des ouvriers de Paris et nous modernisons tout.

X
MADEMOISELLE DE CHAULIEU
À MADAME DE L'ESTORADE

Janvier.

Ô Renée ! tu m'as attristée pour plusieurs jours. Ainsi, ce corps délicieux, ce beau et fier visage, ces manières naturellement élégantes, cette âme pleine de dons précieux, ces yeux où l'âme se désaltère comme à une vive source d'amour, ce cœur rempli de délicatesses exquises, cet esprit étendu, toutes ces facultés si rares, ces efforts de la nature et de notre mutuelle éducation, ces trésors d'où devaient sortir pour la passion et pour le désir, des richesses uniques, des poèmes, des heures qui auraient valu des années, des plaisirs à rendre un homme esclave d'un seul mouvement gracieux, tout cela va se perdre dans les ennuis d'un mariage vulgaire et commun, s'effacer dans le vide d'une vie qui te deviendra fastidieuse ! Je hais d'avance les enfants que tu auras ; ils seront mal faits. Tout est prévu dans ta vie : tu n'as ni à espérer, ni à craindre, ni à souffrir. Et si tu rencontres, dans un jour de splendeur, un être qui te réveille du sommeil auquel tu vas te livrer ?… Ah ! j'ai eu froid dans le dos à cette pensée. Enfin, tu as une amie. Tu vas sans doute être l'esprit de cette vallée, tu t'initieras à ses beautés, tu vivras avec cette nature, tu te pénétreras de la grandeur des choses, de la lenteur avec laquelle procède la végétation, de la rapidité avec laquelle s'élance la pensée ; et quand tu regarderas tes riantes fleurs, tu feras des retours sur toi-même. Puis, lorsque tu marcheras entre ton mari en avant et tes enfants en arrière glapissant, murmurant, jouant, l'autre muet et satisfait, je sais d'avance ce que tu m'écriras. Ta vallée fumeuse et ses collines ou arides ou garnies de beaux arbres, ta prairie si curieuse en Provence, ses eaux claires partagées en filets, les différentes teintes de la lumière, tout cet infini, varié par Dieu et qui t'entoure, te rappellera le monotone infini de ton cœur. Mais enfin, je serai là, ma Renée, et tu trouveras une amie dont le cœur ne sera jamais atteint par la moindre petitesse sociale, un cœur tout à toi.

Lundi.

Ma chère, mon Espagnol est d'une admirable mélancolie : il y a chez lui je ne sais quoi de calme, d'austère, de digne, de profond qui m'intéresse au dernier point. Cette solennité constante et le silence qui couvre cet homme ont quelque chose de provocant pour l'âme. Il est muet et superbe comme un roi déchu. Nous nous occupons de lui, Griffith et moi, comme d'une énigme. Quelle bizarrerie ! un maître de langues obtient sur mon attention le triomphe qu'aucun homme n'a remporté, moi qui maintenant ai passé en revue tous les fils de famille, tous les atta-chés d'ambassade et les ambassadeurs, les généraux et les sous-lieutenants, les pairs de France, leurs fils et leurs neveux, la cour et la ville. La froideur de cet homme est irritante. Le plus profond orgueil remplit le désert qu'il essaie de mettre et qu'il met entre nous ; enfin, il s'enveloppe d'obscurité. C'est lui qui a de la coquetterie, et c'est moi qui ai de la hardiesse. Cette étrangeté m'amuse d'autant plus que tout cela est sans conséquence. Qu'est-ce qu'un homme, un Espagnol et un maître de langues ? Je ne me sens pas le moindre respect pour quelque homme que ce soit, fût-ce un roi. Je trouve que nous valons mieux que tous les hommes, même les plus justement illustres. Oh ! comme j'au-rais dominé Napoléon ! comme je lui aurais fait sentir, s'il m'eût aimée, qu'il était à ma discrétion !

Hier, j'ai lancé une épigramme qui a dû atteindre maître Hénarez au vif, il n'a rien répondu, il avait fini sa leçon, il a pris son chapeau, et m'a saluée en me jetant un regard qui me fait croire qu'il ne reviendra plus. Cela me va très fort : il y aurait quelque chose de sinistre à recommencer la Nouvelle-Héloïse de Jean-Jacques Rousseau, que je viens de lire, et qui m'a fait prendre l'amour en haine. L'amour discuteur et phra-seur me paraît insupportable. Clarisse[1] est aussi par

---

1. Richardson a publié en 1748 *Clarisse Harlowe*, un roman épistolaire qui raconte les malheurs d'une vertueuse jeune fille, qui se rebelle néanmoins contre un mariage arrangé. Il est traduit en français par l'abbé Prévost en 1751. Balzac relit ce roman en 1838.

trop contente quand elle a écrit sa longue petite lettre ; mais l'ouvrage de Richardson explique d'ailleurs, m'a dit mon père, admirablement les Anglaises. Celui de Rousseau me fait l'effet d'un sermon philosophique en lettres.

L'amour est, je crois, un poème entièrement personnel. Il n'y a rien qui ne soit à la fois vrai et faux dans tout ce que les auteurs nous en écrivent. En vérité, ma chère belle, comme tu ne peux plus me parler que d'amour conjugal, je crois, dans l'intérêt bien entendu de notre double existence, qu'il est nécessaire que je reste fille, et que j'aie quelque belle passion, pour que nous connaissions bien la vie. Raconte-moi très exactement tout ce qui t'arrivera, surtout dans les premiers jours, avec cet animal que je nomme un mari. Je te promets la même exactitude, si jamais je suis aimée. Adieu, pauvre chérie engloutie.

XI
MADAME DE L'ESTORADE
À MADEMOISELLE DE CHAULIEU

À la Crampade.

Ton Espagnol et toi, vous me faites frémir, ma chère mignonne. Je t'écris ce peu de lignes pour te prier de le congédier. Tout ce que tu m'en dis se rapporte au caractère le plus dangereux de ceux de ces gens-là qui, n'ayant rien à perdre, risquent tout. Cet homme ne doit pas être ton amant et ne peut pas être ton mari. Je t'écrirai plus en détail sur les événements secrets de mon mariage, mais quand je n'aurai plus au cœur l'inquiétude que ta dernière lettre m'y a mise.

XII
DE MADEMOISELLE DE CHAULIEU
À MADAME DE L'ESTORADE

Février[1].

Ma belle biche, ce matin à neuf heures, mon père s'est fait annoncer chez moi, j'étais levée et habillée ; je l'ai trouvé gravement assis au coin de mon feu dans mon salon, pensif au-delà de son habitude ; il m'a montré la bergère en face de lui, je l'ai compris, et m'y suis plongée avec une gravité qui le singeait si bien, qu'il s'est pris à sourire, mais d'un sourire empreint d'une grave tristesse : « Vous êtes au moins aussi spirituelle que votre grand-mère, m'a-t-il dit. — Allons, mon père, ne soyez pas courtisan ici, ai-je répondu, vous avez quelque chose à me demander ! » Il s'est levé dans une grande agitation, et m'a parlé pendant une demi-heure. Cette conversation, ma chère, mérite d'être conservée. Dès qu'il a été parti, je me suis mise à ma table en tâchant de rendre ses paroles. Voici la première fois que j'ai vu mon père déployant toute

1. Février 1824.

sa pensée. Il a commencé par me flatter, il ne s'y est point mal pris ; je devais lui savoir bon gré de m'avoir devinée et appréciée.

« Armande, m'a-t-il dit, vous m'avez étrangement trompé et agréablement surpris. À votre arrivée du couvent, je vous ai prise pour une jeune fille comme toutes les autres filles, sans grande portée, ignorante, de qui l'on pouvait avoir bon marché avec des colifichets, une parure, et qui réfléchissent peu. — Merci, mon père, pour la jeunesse. — Oh ! il n'y a plus de jeunesse, dit-il en laissant échapper un geste d'homme d'État. Vous avez un esprit d'une étendue incroyable, vous jugez toute chose pour ce qu'elle vaut, votre clairvoyance est extrême ; vous êtes très malicieuse : on croit que vous n'avez rien vu là où vous avez déjà les yeux sur la cause des effets que les autres examinent. Vous êtes un ministre en jupon ; il n'y a que vous qui puissiez m'entendre ici ; il n'y a donc que vous-même à employer contre vous si l'on en veut obtenir quelque sacrifice. Aussi vais-je m'expliquer franchement sur les desseins que j'avais formés et dans lesquels je persiste. Pour vous les faire adopter, je dois vous démontrer qu'ils tiennent à des sentiments élevés. Je suis donc obligé d'entrer avec vous dans des considérations politiques du plus haut intérêt pour le royaume, et qui pourraient ennuyer toute autre personne que vous. Après m'avoir entendu, vous réfléchirez longtemps ; je vous donnerai six mois s'il le faut. Vous êtes votre maîtresse absolue ; et si vous vous refusez aux sacrifices que je vous demande, je subirai votre refus sans plus vous tourmenter. »

À cet exorde, ma biche, je suis devenue réellement sérieuse, et je lui ai dit : « Parlez, mon père. » Or, voici ce que l'homme d'État a prononcé : « Mon enfant, la France est dans une situation précaire qui n'est connue que du roi et de quelques esprits élevés ; mais le roi est une tête sans bras ; puis les grands esprits qui sont dans le secret du danger n'ont aucune autorité sur les hommes à employer pour arriver à un résultat heureux. Ces hommes, vomis par l'élection populaire, ne veulent pas être des instruments. Quelque remarquables qu'ils soient, ils continuent l'œuvre de la destruction sociale, au lieu de nous aider à raffermir l'édifice. En deux mots, il n'y a plus que deux partis : celui de Marius et celui de Sylla[1] ; je suis pour Sylla contre Marius. Voilà notre affaire en gros. En détail, la Révolution continue, elle est implantée dans la loi, elle est écrite sur le sol, elle est toujours dans les esprits ; elle est d'autant plus formidable qu'elle paraît vaincue à la plupart de ces conseillers du trône qui ne lui voient ni soldats ni trésors. Le roi est un grand esprit, il y voit clair[2] ; mais de jour en jour gagné par les gens de son frère, qui veulent aller trop vite, il n'a pas deux ans à vivre, et

---

1. Marius s'appuyait sur le peuple et Sylla sur l'aristocratie. Ils s'affrontèrent à Rome pendant la guerre civile de 88-87 av. J.-C.

2. Le duc de Chaulieu exprime une admiration à l'égard de la prudence de Louis XVIII, que l'on retrouve dans *La Duchesse de Langeais* et dans *Le Lys dans la vallée*.

ce moribond arrange ses draps pour mourir tranquille[1]. Sais-tu, mon enfant, quels sont les effets les plus destructifs de la Révolution ? tu ne t'en douterais jamais. En coupant la tête à Louis XVI, la Révolution a coupé la tête à tous les pères de famille. Il n'y a plus de famille aujourd'hui, il n'y a plus que des individus. En voulant devenir une nation, les Français ont renoncé à être un empire. En proclamant l'égalité des droits à la succession paternelle, ils ont tué l'esprit de famille, ils ont créé le fisc ! Mais ils ont préparé la faiblesse des supériorités et la force aveugle de la masse, l'extinction des arts, le règne de l'intérêt personnel et frayé les chemins à la Conquête. Nous sommes entre deux systèmes : ou constituer l'État par la Famille, ou le constituer par l'intérêt personnel : la démocratie ou l'aristocratie, la discussion ou l'obéissance, le catholicisme ou l'indifférence religieuse, voilà la question en peu de mots. J'appartiens au petit nombre de ceux qui veulent résister à ce qu'on nomme le peuple, dans son intérêt bien compris. Il ne s'agit plus ni de droits féodaux, comme on le dit aux niais, ni de gentilhommerie, il s'agit de l'État, il s'agit de la vie de la France. Tout pays qui ne prend pas sa base dans le pouvoir paternel est sans existence assurée. Là commence l'échelle des responsabilités, et la subordination, qui monte jusqu'au roi. Le roi, c'est nous tous ! Mourir pour le roi, c'est mourir pour

---

1. De fait, Louis XVIII mourra en septembre 1824. Charles X sera plus favorable aux ultra-royalistes, dont les exigences anachroniques provoqueront la révolution de 1830.

soi-même, pour sa famille, qui ne meurt pas plus que ne meurt le royaume. Chaque animal a son instinct, celui de l'homme est l'esprit de famille. Un pays est fort quand il se compose de familles riches, dont tous les membres sont intéressés à la défense du trésor commun : trésor d'argent, de gloire, de privilèges, de jouissances ; il est faible quand il se compose d'individus non solidaires, auxquels il importe peu d'obéir à sept hommes ou à un seul, à un Russe ou à un Corse, pourvu que chaque individu garde son champ ; et ce malheureux égoïste ne voit pas qu'un jour on le lui ôtera. Nous allons à un état de choses horrible, en cas d'insuccès. Il n'y aura plus que des lois pénales ou fiscales, la bourse ou la vie. Le pays le plus généreux de la terre ne sera plus conduit par les sentiments. On y aura développé, soigné des plaies incurables. D'abord une jalousie universelle : les classes supérieures seront confondues, on prendra l'égalité des désirs pour l'égalité des forces ; les vraies supériorités reconnues, constatées, seront envahies par les flots de la bourgeoisie. On pouvait choisir un homme entre mille, on ne peut rien trouver entre trois millions d'ambitions pareilles, vêtues de la même livrée, celle de la médiocrité[1]. Cette masse triomphante ne s'apercevra pas qu'elle aura contre elle une autre masse terrible, celle des paysans possesseurs : vingt millions d'arpents de terre vivant, marchant, raisonnant,

---

1. Le thème de la médiocratie bourgeoise est récurrent chez Balzac, et son analyse semble inspirée des réflexions de Tocqueville sur l'esprit démocratique.

n'entendant à rien, voulant toujours plus, barricadant tout, disposant de la force brutale[1]...

— Mais, dis-je en interrompant mon père, que puis-je faire pour l'État ? Je ne me sens aucune disposition à être la Jeanne d'Arc des Familles et à périr à petit feu sur le bûcher d'un couvent. — Vous êtes une petite peste, me dit mon père. Si je vous parle raison, vous me répondez par des plaisanteries ; quand je plaisante, vous me parlez comme si vous étiez ambassadeur. — L'amour vit de contrastes », lui ai-je dit. Et il a ri aux larmes. « Vous penserez à ce que je viens de vous expliquer ; vous remarquerez combien il y a de confiance et de grandeur à vous parler comme je viens de le faire, et peut-être les événements aideront-ils mes projets. Je sais que, quant à vous, ces projets sont blessants, iniques ; aussi demandé-je leur sanction moins à votre cœur et à votre imagination qu'à votre raison, je vous ai reconnu plus de raison et de sens que je n'en ai vu à qui que ce soit... — Vous vous flattez, lui ai-je dit en souriant, car je suis bien votre fille ! — Enfin, reprit-il, je ne saurais être inconséquent. Qui veut la fin veut les moyens, et nous devons l'exemple à tous. Donc, vous ne devez pas avoir de fortune tant que celle de votre frère cadet ne sera pas assurée, et je veux employer tous vos capitaux à lui constituer un majorat[2]. — Mais, repris-je, vous ne me défendez pas

---

1. Voir note 1, p. 12.

2. Balzac en donne la définition dans *Le Contrat de mariage* : « une fortune inaliénable, prélevée sur celle des deux époux et

de vivre à ma guise et d'être heureuse en vous laissant ma fortune ? — Ah ! pourvu, répondit-il, que la vie comme vous l'entendrez ne nuise en rien à l'honneur, à la considération, et je puis ajouter à la gloire de votre famille. — Allons, m'écriai-je, vous me destituez bien promptement de ma raison supérieure. — Nous ne trouverons pas en France, dit-il avec amertume, d'homme qui veuille pour femme une jeune fille de la plus haute noblesse sans dot et qui lui en reconnaisse une. Si ce mari se rencontrait, il appartiendrait à la classe des bourgeois parvenus : je suis, sous ce rapport, du onzième siècle. — Et moi aussi, lui ai-je dit. Mais pourquoi me désespérer ? n'y a-t-il pas de vieux pairs de France ? — Vous êtes bien avancée, Louise ! » s'est-il écrié. Puis il m'a quittée en souriant et me baisant la main.

J'avais reçu ta lettre le matin même, et elle m'avait fait songer précisément à l'abîme où tu prétends que je pourrais tomber. Il m'a semblé qu'une voix me criait en moi-même : tu y tomberas ! J'ai donc pris mes précautions. Hénarez ose me regarder, ma chère, et ses yeux me troublent, ils me produisent une sensation que je ne

---

constituée au profit de l'aîné de la maison, à chaque génération, sans qu'il soit privé de ses droits au partage général des autres biens » (*CH*, III, p. 596). Cette institution avait été rétablie par Napoléon pour compenser les dispositions du Code civil, qui instaurait le partage égal des biens. Elle disparut en 1835. Sous la Restauration, le majorat était indispensable pour accéder à la pairie, et il était institué pour l'aîné de la famille, alors que dans le roman le cadet en sera aussi bénéficiaire.

puis comparer qu'à celle d'une terreur profonde. On ne doit pas plus regarder cet homme qu'on ne regarde un crapaud, il est laid et fascinateur. Voici deux jours que je délibère avec moi-même si je dirai nettement à mon père que je ne veux plus apprendre l'espagnol, et faire congédier cet Hénarez ; mais après mes résolutions viriles, je me sens le besoin d'être remuée par l'horrible sensation que j'éprouve en voyant cet homme, et je dis : encore une fois, et après je parlerai. Ma chère, sa voix est d'une douceur pénétrante, il parle comme la Fodor[1] chante. Ses manières sont simples et sans la moindre affectation. Et quelles belles dents ! Tout à l'heure, en me quittant, il a cru remarquer combien il m'intéresse, et il a fait le geste, très respectueux d'ailleurs, de me prendre la main pour me la baiser ; mais il l'a réprimé comme effrayé de sa hardiesse et de la distance qu'il allait franchir. Malgré le peu qu'il en a paru, je l'ai deviné ; j'ai souri, car rien n'est plus attendrissant que de voir l'élan d'une nature inférieure qui se replie ainsi sur elle-même. Il y a tant d'audace dans l'amour d'un bourgeois pour une fille noble ! Mon sourire l'a enhardi, le pauvre homme a cherché son chapeau sans le voir, il ne voulait pas le trouver, et je le lui ai gravement apporté. Des larmes contenues humectaient ses yeux. Il y avait un monde de choses et de pensées dans ce moment si court. Nous nous comprenions si bien, qu'en ce moment je lui tendis ma main à baiser.

---

1. Nom de jeune fille et de scène de la cantatrice Joséphine Mainvielle, célèbre dans le théâtre lyrique italien entre 1817 et 1822.

Peut-être était-ce lui dire que l'amour pouvait combler l'espace qui nous sépare. Eh ! bien, je ne sais ce qui m'a fait mouvoir : Griffith a tourné le dos, je lui ai tendu fièrement ma patte blanche, et j'ai senti le feu de ses lèvres tempéré par deux grosses larmes. Ah ! mon ange, je suis restée sans force dans mon fauteuil, pensive, j'étais heureuse, et il m'est impossible d'expliquer comment ni pourquoi. Ce que j'ai senti, c'est la poésie. Mon abaissement, dont j'ai honte à cette heure, me semblait une grandeur : il m'avait fascinée, voilà mon excuse.

Vendredi.

Cet homme est vraiment très beau. Ses paroles sont élégantes, son esprit est d'une supériorité remarquable. Ma chère, il est fort et logique comme Bossuet en m'expliquant le mécanisme non seulement de la langue espagnole, mais encore de la pensée humaine et de toutes les langues. Le français semble être sa langue maternelle. Comme je lui en témoignais mon étonnement, il me répondit qu'il était venu en France très jeune avec le roi d'Espagne, à Valençay[1]. Que s'est-il passé dans cette âme ? il n'est plus le même : il est venu vêtu simplement, mais absolument comme un grand seigneur sorti le matin à pied. Son esprit a brillé comme un phare durant cette leçon : il a déployé toute son éloquence. Comme un homme lassé qui retrouve ses forces, il m'a révélé toute

---

1. Destitué par Napoléon, Ferdinand VII est retenu prisonnier dans la propriété du prince de Talleyrand, entre 1808 et 1814.

une âme soigneusement cachée. Il m'a raconté l'histoire d'un pauvre diable de valet qui s'était fait tuer pour un seul regard d'une reine d'Espagne. « Il ne pouvait que mourir ! » lui ai-je dit. Cette réponse lui a mis la joie au cœur, et son regard m'a véritablement épouvantée.

Le soir, je suis allée au bal chez la duchesse de Lenoncourt[1], le prince de Talleyrand s'y trouvait. Je lui ai fait demander, par monsieur de Vandenesse[2], un charmant jeune homme, s'il y avait parmi ses hôtes en 1809, à sa terre, un Hénarez. « Hénarez est le nom maure de la famille de Soria, qui sont, disent-ils, des Abencérages convertis au christianisme. Le vieux duc et ses deux fils accompagnèrent le roi. L'aîné, le duc de Soria d'aujourd'hui, vient d'être dépouillé de tous ses biens, honneurs et grandesses par le roi Ferdinand, qui venge une vieille inimitié. Le duc a fait une faute immense en acceptant le ministère constitutionnel avec Valdez. Heureusement, il s'est sauvé de Cadix avant l'entrée de monseigneur le duc d'Angoulême, qui, malgré sa bonne volonté, ne l'aurait pas préservé de la colère du roi. »

Cette réponse, que le vicomte de Vandenesse m'a rapportée textuellement, m'a donné beaucoup à penser. Je ne puis dire en quelles anxiétés j'ai passé le temps jusqu'à ma première leçon, qui a eu lieu ce matin. Pendant le premier quart d'heure de la leçon,

---

1. Mère de Mme de Mortsauf dans *Le Lys dans la vallée*.

2. Félix de Vandenesse est le personnage principal du *Lys dans la vallée*. Il est marié dans *Une fille d'Ève*.

je me suis demandé, en l'examinant, s'il était duc ou bourgeois, sans pouvoir y rien comprendre. Il semblait deviner mes pensées à mesure qu'elles naissaient et se plaire à les contrarier. Enfin je n'y tins plus, je quittai brusquement mon livre en interrompant la traduction que j'en faisais à haute voix, je lui dis en espagnol : « Vous nous trompez, monsieur. Vous n'êtes pas un pauvre bourgeois libéral, vous êtes le duc de Soria ? — Mademoiselle, répondit-il avec un mouvement de tristesse, malheureusement, je ne suis pas le duc de Soria. » Je compris tout ce qu'il mit de désespoir dans le mot malheureusement. Ah ! ma chère, il sera, certes, impossible à aucun homme de mettre autant de passion et de choses dans un seul mot. Il avait baissé les yeux, et n'osait plus me regarder. « Monsieur de Talleyrand, lui dis-je, chez qui vous avez passé les années d'exil, ne laisse d'autre alternative à un Hénarez que celle d'être ou duc de Soria disgracié ou domestique. » Il leva les yeux sur moi, et me montra deux brasiers noirs et brillants, deux yeux à la fois flamboyants et humiliés. Cet homme m'a paru être alors à la torture. « Mon père, dit-il, était en effet serviteur du roi d'Espagne. » Griffith ne connaissait pas cette manière d'étudier. Nous faisions des silences inquiétants à chaque demande et à chaque réponse. « Enfin, lui dis-je, êtes-vous noble ou bourgeois ? — Vous savez, mademoiselle, qu'en Espagne tout le monde, même les mendiants, sont nobles. » Cette réserve m'impatienta. J'avais préparé depuis la dernière leçon un de ces amusements qui sourient à l'imagination. J'avais tracé dans une lettre le portrait idéal de l'homme par qui je voudrais être aimée, en me proposant de le lui donner à traduire. Jusqu'à présent j'ai traduit de l'espagnol en français, et non du français en espagnol ; je lui en fis l'observation, et priai Griffith de me chercher la dernière lettre que j'avais reçue d'une de mes amies. Je verrai, pensais-je, à l'effet que lui fera mon programme, quel sang est dans ses veines. Je pris le papier des mains de Griffith en disant : « Voyons si j'ai bien copié ? » car tout était de mon écriture. Je la lui tendis[1], et l'examinai pendant qu'il lisait ceci.

> L'homme qui me plaira, ma chère, devra être rude et orgueilleux avec les hommes, mais doux avec les femmes. Son regard d'aigle saura réprimer instantanément tout ce qui peut ressembler au ridicule. Il aura un sourire de pitié pour ceux qui voudraient tourner en plaisanterie les choses sacrées, celles surtout qui constituent la poésie du cœur, et sans lesquelles la vie ne serait plus qu'une triste réalité. Je méprise profondément ceux qui voudraient nous ôter la source des idées religieuses, si fertiles en consolations. Aussi, ses croyances devront-elles avoir la simplicité de celles d'un enfant unie à la conviction inébranlable d'un homme d'esprit qui a approfondi ses raisons de croire. Son esprit, neuf, original, sera sans affectation ni parade : il ne peut rien dire qui

---

1. « Furne corrigé » : Je lui tendis le papier ou si tu veux le piège

soit de trop ou déplacé ; il lui serait aussi impossible d'ennuyer les autres que de s'ennuyer lui-même, car il aura dans son âme un fonds riche. Toutes ses pensées doivent être d'un genre noble, élevé, chevaleresque, sans aucun égoïsme. En toutes ses actions, on remarquera l'absence totale du calcul ou de l'intérêt. Ses défauts proviendront de l'étendue même de ses idées, qui seront au-dessus de son temps. En toute chose, je dois le trouver en avant de son époque. Plein d'attentions délicates dues aux êtres faibles, il sera bon pour toutes les femmes, mais bien difficilement épris d'aucune : il regardera cette question comme beaucoup trop sérieuse pour en faire un jeu. Il se pourrait donc qu'il passât sa vie sans aimer véritablement, en montrant en lui toutes les qualités qui peuvent inspirer une passion profonde. Mais s'il trouve une fois son idéal de femme, celle entrevue dans ces songes qu'on fait les yeux ouverts ; s'il rencontre un être qui le comprenne, qui remplisse son âme et jette sur toute sa vie un rayon de bonheur, qui brille pour lui comme une étoile à travers les nuages de ce monde si sombre, si froid, si glacé ; qui donne un charme tout nouveau à son existence, et fasse vibrer en lui des cordes muettes jusque-là, je crois inutile de dire qu'il saura reconnaître et apprécier son bonheur. Aussi la rendra-t-il parfaitement heureuse. Jamais, ni par un mot, ni par un regard, il ne froissera ce cœur aimant qui se sera remis en ses mains avec l'aveugle amour d'un enfant qui dort dans les bras de sa mère ; car si elle se réveillait jamais de ce doux rêve, elle aurait l'âme et le cœur à jamais déchirés : il lui serait impossible de s'embarquer sur cet océan sans y mettre tout son avenir.

Cet homme aura nécessairement la physionomie, la tournure, la démarche, enfin la manière de faire les plus grandes comme les plus petites choses, des êtres supérieurs qui sont simples et sans apprêt. Il peut être laid ; mais ses mains seront belles ; il aura la lèvre supérieure légèrement relevée par un sourire ironique et dédaigneux pour les indifférents ; enfin il réservera pour ceux qu'il aime le rayon céleste et brillant de son regard plein d'âme.

« Mademoiselle, me dit-il en espagnol et d'une voix profondément émue, veut-elle me permettre de garder ceci en mémoire d'elle ? Voici la dernière leçon que j'aurai l'honneur de lui donner, et celle que je reçois dans cet écrit peut devenir une règle éternelle de conduite. J'ai quitté l'Espagne en fugitif et sans argent ; mais, aujourd'hui, j'ai reçu de ma famille une somme qui suffit à mes besoins. J'aurai l'honneur de vous envoyer quelque pauvre Espagnol pour me remplacer. » Il semblait ainsi me dire : « Assez joué comme cela. » Il s'est levé par un mouvement d'une incroyable dignité, et m'a laissée confondue de cette inouïe délicatesse chez les hommes de sa classe. Il est descendu, et a fait demander à parler à mon père. Au dîner, mon père me dit en souriant : « Louise, vous avez reçu des leçons d'espagnol d'un ex-ministre du roi d'Espagne et d'un condamné à mort. — Le duc de Soria, lui dis-je. — Le duc ! me répondit mon père. Il ne l'est plus, il prend maintenant le titre de baron de Macumer, d'un fief qui lui reste en Sardaigne. Il me paraît assez original. — Ne flétrissez pas de ce mot qui, chez vous, comporte toujours un peu de moquerie et de dédain, un homme qui vous vaut, lui dis-je, et qui, je crois, a une belle âme. — Baronne de Macumer ? » s'écria mon père en me regardant d'un air moqueur. J'ai baissé les yeux par un mouvement de fierté. « Mais, dit ma mère, Hénarez a dû se rencontrer sur le perron avec l'ambassadeur d'Espagne ? — Oui, a répondu mon père : l'ambassadeur m'a demandé si je conspirais contre le roi son maître ; mais il a salué l'ex-grand d'Espagne avec beaucoup de déférence, en se mettant à ses ordres. »

Ceci, ma chère madame de l'Estorade, s'est passé depuis quinze jours, et voilà quinze jours que je n'ai vu cet homme qui m'aime, car cet homme m'aime. Que fait-il ? Je voudrais être mouche, souris, moineau. Je voudrais pouvoir le voir, seul, chez lui, sans qu'il m'aperçût. Nous avons un homme à qui je puis dire : Allez mourir pour moi !... Et il est de caractère à y aller, je le crois du moins. Enfin, il y a dans Paris un homme à qui je pense, et dont le regard m'inonde intérieurement de lumière. Oh ! c'est un ennemi que je dois fouler aux pieds. Comment, il y aurait un homme sans lequel je ne pourrais vivre, qui me serait nécessaire ! Tu te maries et j'aime ! Au bout de quatre mois, ces deux colombes qui s'élevaient si haut sont tombées dans les marais de la réalité.

Dimanche.

Hier, aux Italiens, je me suis sentie regardée, mes yeux ont été magiquement attirés par deux yeux de feu qui brillaient comme deux escarboucles dans un coin obscur de l'orchestre. Hénarez n'a pas détaché ses yeux de dessus moi. Le monstre a cherché la seule place d'où il pouvait me voir, et il y est. Je ne sais pas ce qu'il est en politique ; mais il a le génie de l'amour.

Voilà, belle Renée, à quel point nous en sommes, a dit le grand Corneille[1].

XIII
DE MADAME DE L'ESTORADE
À MADEMOISELLE DE CHAULIEU

À la Crampade, février.

Ma chère Louise, avant de t'écrire, j'ai dû attendre ; mais maintenant je sais bien des choses, ou, pour mieux dire, je les ai apprises, et je dois te les dire pour ton bonheur à venir. Il y a tant de différence entre une jeune fille et une femme mariée, que la jeune fille

---

1. Vers de *Cinna* (I, 3) : « Voilà, belle Émilie, à quel point nous en sommes. »

ne peut pas plus la concevoir que la femme mariée
ne peut redevenir jeune fille. J'ai mieux aimé être
mariée à Louis de l'Estorade que de retourner au couvent. Voilà qui est clair. Après avoir deviné que si je
n'épousais pas Louis je retournerais au couvent, j'ai
dû, en termes de jeune fille, me résigner. Résignée, je
me suis mise à examiner ma situation afin d'en tirer le
meilleur parti possible.

D'abord la gravité des engagements m'a inves-
tie de terreur. Le mariage se propose la vie, tandis
que l'amour ne se propose que le plaisir ; mais aussi
le mariage subsiste quand les plaisirs ont disparu, et
donne naissance à des intérêts bien plus chers que
ceux de l'homme et de la femme qui s'unissent. Aussi
peut-être ne faut-il, pour faire un mariage heureux,
que cette amitié qui, en vue de ses douceurs, cède sur
beaucoup d'imperfections humaines. Rien ne s'oppo-
sait à ce que j'eusse de l'amitié pour Louis de l'Estorade. Bien décidée à ne pas chercher dans le mariage
les jouissances de l'amour auxquelles nous pensions si
souvent et avec une si dangereuse exaltation, j'ai senti
la plus douce tranquillité en moi-même. Si je n'ai pas
l'amour, pourquoi ne pas chercher le bonheur ? me
suis-je dit. D'ailleurs, je suis aimée, et je me laisserai
aimer. Mon mariage ne sera pas une servitude, mais
un commandement perpétuel. Quel inconvénient cet
état de choses offrira-t-il à une femme qui veut rester
maîtresse absolue d'elle-même ?

Ce point si grave d'avoir le mariage sans le mari
fut réglé dans une conversation entre Louis et moi,

dans laquelle il m'a découvert et l'excellence de son caractère et la douceur de son âme. Ma mignonne, je souhaitais beaucoup de rester dans cette belle saison d'espérance amoureuse qui, n'enfantant point de plaisir, laisse à l'âme sa virginité. Ne rien accorder au devoir, à la loi, ne dépendre que de soi-même, et garder son libre arbitre ?… quelle douce et noble chose ! Ce contrat, opposé à celui des lois et au sacrement lui-même, ne pouvait se passer qu'entre Louis et moi. Cette difficulté, la première aperçue, est la seule qui ait fait traîner la conclusion de mon mariage. Si, dès l'abord, j'étais résolue à tout pour ne pas retourner au couvent, il est dans notre nature de demander le plus après avoir obtenu le moins ; et nous sommes, chère ange, de celles qui veulent tout. J'examinais mon Louis du coin de l'œil, et je me disais : le malheur l'a-t-il rendu bon ou méchant ? À force d'étudier, j'ai fini par découvrir que son amour allait jusqu'à la passion. Une fois arrivée à l'état d'idole, en le voyant pâlir et trembler au moindre regard froid, j'ai compris que je pouvais tout oser. Je l'ai naturellement emmené loin des parents, dans des promenades où j'ai prudemment interrogé son cœur. Je l'ai fait parler, je lui ai demandé compte de ses idées, de ses plans, de notre avenir. Mes questions annonçaient tant de réflexions préconçues et attaquaient si précisément les endroits faibles de cette horrible vie à deux, que Louis m'a depuis avoué qu'il était épouvanté d'une si savante virginité. Moi, j'écoutais ses réponses ; il s'y entortillait comme ces gens à qui la peur ôte tous leurs moyens ; j'ai fini par voir que le hasard me donnait un adversaire qui m'était d'autant plus inférieur qu'il devinait ce que tu nommes si orgueilleusement ma grande âme. Brisé par les malheurs et par la misère, il se regardait comme à peu près détruit, et se perdait en trois horribles craintes. D'abord, il a trente-sept ans, et j'en ai dix-sept ; il ne mesurait donc pas sans effroi les vingt ans de différence qui sont entre nous. Puis, il est convenu que je suis très belle ; et Louis, qui partage nos opinions à ce sujet, ne voyait pas sans une profonde douleur combien les souffrances lui avaient enlevé de jeunesse. Enfin, il me sentait de beaucoup supérieure comme femme à lui comme homme. Mis en défiance de lui-même par ces trois infériorités visibles, il craignait de ne pas faire mon bonheur, et se voyait pris comme un pis-aller. Sans la perspective du couvent, je ne l'épouserais point, me dit-il un soir timidement. « Ceci est vrai », lui répondis-je gravement. Ma chère amie, il me causa la première grande émotion de celles qui nous viennent des hommes. Je fus atteinte au cœur par les deux grosses larmes qui roulèrent dans ses yeux. « Louis, repris-je d'une voix consolante, il ne tient qu'à vous de faire de ce mariage de convenance un mariage auquel je puisse donner un consentement entier. Ce que je vais vous demander exige de votre part une abnégation beaucoup plus belle que le prétendu servage de votre amour quand il est sincère. Pouvez-vous vous élever jusqu'à l'amitié comme je la comprends ? On n'a qu'un ami dans la vie, et je veux être le vôtre. L'amitié est le lien de deux âmes

pareilles, unies par leur force, et néanmoins indépen-
dantes. Soyons amis et associés pour porter la vie
ensemble. Laissez-moi mon entière indépendance. Je
ne vous défends pas de m'inspirer pour vous l'amour
que vous dites avoir pour moi ; mais je ne veux être
votre femme que de mon gré. Donnez-moi le désir de
vous abandonner mon libre arbitre, et je vous le sacrifie aussitôt. Ainsi, je ne vous défends pas de passion-
ner cette amitié, de la troubler par la voix de l'amour ;
je tâcherai, moi, que notre affection soit parfaite.
Surtout, évitez-moi les ennuis que la situation assez
bizarre où nous serons alors me donnerait au dehors.
Je ne veux paraître ni capricieuse, ni prude, parce
que je ne le suis point, et vous crois assez honnête
homme pour vous offrir de garder les apparences du
mariage[1]. » Ma chère, je n'ai jamais vu d'homme heureux comme Louis l'a été de ma proposition ; ses yeux
brillaient, le feu du bonheur y avait séché les larmes.
« Songez, lui dis-je en terminant, qu'il n'y a rien de
bizarre dans ce que je vous demande. Cette condition tient à mon immense désir d'avoir votre estime.
Si vous ne me deviez qu'au mariage, me sauriez-vous
beaucoup de gré un jour d'avoir vu votre amour cou-
ronné par les formalités légales ou religieuses et non
par moi ? Si pendant que vous ne me plaisiez point,

---

1. L'édition Souverain précisait la pensée de Renée : « Je ne
veux point paraître capricieuse ni prude, parce que je le suis si peu
que sur votre promesse je n'éprouverai aucune terreur à garder les
apparences, en dormant dans le même lit pour parler clairement. »

mais en vous obéissant passivement, comme ma très honorée mère vient de me le recommander, j'avais un enfant, croyez-vous que j'aimerais cet enfant autant que celui qui serait fils d'un même vouloir ? S'il n'est pas indispensable de se plaire l'un à l'autre autant que se plaisent des amants, convenez, monsieur, qu'il est nécessaire de ne pas se déplaire. Eh ! bien, nous allons être placés dans une situation dangereuse : nous devons vivre à la campagne, ne faut-il pas songer à toute l'instabilité des passions ? Des gens sages ne peuvent-ils pas se prémunir contre les malheurs du changement ? » Il fut étrangement surpris de me trouver et si raisonnable et si raisonneuse ; mais il me fit une promesse solennelle après laquelle je lui pris la main et la lui serrai affectueusement.

Nous fûmes mariés à la fin de la semaine. Sûre de garder ma liberté, je mis alors beaucoup de gaieté dans les insipides détails de toutes les cérémonies : j'ai pu être moi-même, et peut-être ai-je passé pour une commère très délurée, pour employer les mots de Blois. On a pris pour une maîtresse femme, une jeune fille charmée de la situation neuve et pleine de ressources où j'avais su me placer. Chère, j'avais aperçu, comme par une vision, toutes les difficultés de ma vie, et je voulais sincèrement faire le bonheur de cet homme. Or, dans la solitude où nous vivons, si une femme ne commande pas, le mariage devient insupportable en peu de temps. Une femme doit alors avoir les charmes d'une maîtresse et les qualités d'une épouse. Mettre de l'incertitude dans les plaisirs, n'est-ce pas prolonger l'illusion et perpétuer les jouissances d'amour-propre auxquelles tiennent tant et avec tant de raison toutes les créatures ? L'amour conjugal, comme je le conçois, revêt alors une femme d'espérance, la rend souveraine, et lui donne une force inépuisable, une chaleur de vie qui fait tout fleurir autour d'elle. Plus elle est maîtresse d'elle-même, plus sûre elle est de rendre l'amour et le bonheur viables. Mais j'ai surtout exigé que le plus profond mystère voilât nos arrangements intérieurs. L'homme subjugué par sa femme est justement couvert de ridicule. L'influence d'une femme doit être entièrement secrète : chez nous, en tout, la grâce, c'est le mystère. Si j'entreprends de relever ce caractère abattu, de restituer leur lustre à des qualités que j'ai entrevues, je veux que tout semble spontané chez Louis. Telle est la tâche assez belle que je me suis donnée et qui suffit à la gloire d'une femme. Je suis presque fière d'avoir un secret pour intéresser ma vie, un plan auquel je rapporterai mes efforts, et qui ne sera connu que de toi et de Dieu.

Maintenant je suis presque heureuse, et peut-être ne le serais-je pas entièrement si je ne pouvais le dire à une âme aimée, car le moyen de le lui dire à lui ? Mon bonheur le froisserait, il a fallu le lui cacher. Il a, ma chère, une délicatesse de femme, comme tous les hommes qui ont beaucoup souffert. Pendant trois mois nous sommes restés comme nous étions avant le mariage. J'étudiai, comme bien tu penses, une foule de petites questions personnelles, auxquelles l'amour tient beaucoup plus qu'on ne le croit. Malgré ma froideur, cette âme enhardie s'est dépliée : j'ai vu ce visage changer d'expression et se rajeunir. L'élégance que j'introduisais dans la maison a jeté des reflets sur sa personne. Insensiblement je me suis habituée à lui, j'en ai fait un autre moi-même. À force de le voir, j'ai découvert la correspondance de son âme et de sa physionomie. La bête que nous nommons un mari, selon ton expression, a disparu. J'ai vu, par je ne sais quelle douce soirée, un amant dont les paroles m'allaient à l'âme, et sur le bras duquel je m'appuyais avec un plaisir indicible. Enfin, pour être vraie avec toi, comme je le serais avec Dieu, qu'on ne peut pas tromper, piquée peut-être par l'admirable religion avec laquelle il tenait son serment, la Curiosité s'est levée dans mon cœur. Très honteuse de moi-même, je me résistais. Hélas ! quand on ne résiste plus que par dignité, l'esprit a bientôt trouvé des transactions. La fête a donc été secrète comme entre deux amants, et secrète elle doit rester entre nous. Lorsque tu te marieras, tu approuveras ma discrétion. Sache cependant que rien n'a manqué de ce que veut l'amour le plus délicat, ni de cet imprévu qui est, en quelque sorte, l'honneur de ce moment-là : les grâces mystérieuses que nos imaginations lui demandent, l'entraînement qui excuse, le consentement arraché, les voluptés idéales longtemps entrevues et qui nous subjuguent l'âme avant que nous nous laissions aller à la réalité, toutes les séductions y étaient avec leurs formes enchanteresses.

Je t'avoue que, malgré ces belles choses, j'ai de nouveau stipulé mon libre arbitre, et je ne veux pas

t'en dire toutes les raisons. Tu seras certes la seule
âme en qui je verserai cette demi-confidence. Même
en appartenant à son mari, adoré ou non, je crois que
nous perdrions beaucoup à ne pas cacher nos sentiments et le jugement que nous portons sur le mariage.
La seule joie que j'aie eue, et qui a été céleste, vient
de la certitude d'avoir rendu la vie à ce pauvre être
avant de la donner à des enfants. Louis a repris sa
jeunesse, sa force, sa gaieté. Ce n'est plus le même
homme. J'ai, comme une fée, effacé jusqu'au souvenir
des malheurs. J'ai métamorphosé Louis, il est devenu
charmant. Sûr de me plaire, il déploie son esprit et
révèle des qualités nouvelles. Être le principe constant
du bonheur d'un homme quand cet homme le sait et
mêle de la reconnaissance à l'amour, ah ! chère, cette
certitude développe dans l'âme une force qui dépasse
celle de l'amour le plus entier. Cette force impétueuse
et durable, une et variée, enfante enfin la famille,
cette belle œuvre des femmes, et que je conçois maintenant dans toute sa beauté féconde. Le vieux père
n'est plus avare, il donne aveuglément tout ce que je
désire. Les domestiques sont joyeux ; il semble que
la félicité de Louis ait rayonné dans cet intérieur, où
je règne par l'amour. Le vieillard s'est mis en harmonie avec toutes les améliorations, il n'a pas voulu faire
tache dans mon luxe ; il a pris, pour me plaire, le costume, et avec le costume les manières du temps présent. Nous avons des chevaux anglais, un coupé, une
calèche et un tilbury. Nos domestiques ont une tenue
simple, mais élégante. Aussi passons-nous pour des

prodigues. J'emploie mon intelligence (je ne ris pas) à tenir ma maison avec économie, à y donner le plus de jouissances pour la moindre somme possible. J'ai déjà démontré à Louis la nécessité de faire des chemins, afin de conquérir la réputation d'un homme occupé du bien de son pays. Je l'oblige à compléter son instruction. J'espère le voir bientôt membre du conseil général de son département par l'influence de ma famille et de celle de sa mère. Je lui ai déclaré tout net que j'étais ambitieuse, que je ne trouvais pas mauvais que son père continuât à soigner nos biens, à réaliser des économies, parce que je le voulais tout entier à la politique ; si nous avions des enfants, je les voulais voir tous heureux et bien placés dans l'État ; sous peine de perdre mon estime et mon affection, il devait devenir député du département aux prochaines élections ; ma famille aiderait sa candidature, et nous aurions alors le plaisir de passer tous les hivers à Paris. Ah ! mon ange, à l'ardeur avec laquelle il m'a obéi, j'ai vu combien j'étais aimée. Enfin, hier, il m'a écrit cette lettre de Marseille, où il est allé pour quelques heures.

Quand tu m'as permis de t'aimer, ma douce Renée, j'ai cru au bonheur ; mais aujourd'hui je n'en vois plus la fin. Le passé n'est plus qu'un vague souvenir, une ombre nécessaire à faire ressortir l'éclat de ma félicité. Quand je suis près de toi, l'amour me transporte au point que je suis hors d'état de t'exprimer l'étendue de mon affection : je ne puis que t'admirer, t'adorer. La parole ne me revient que loin de toi. Tu es parfaitement belle, et d'une beauté si grave, si majestueuse, que le temps l'altérera difficilement ; et, quoique l'amour entre époux ne tienne pas tant à la beauté qu'aux sentiments, qui sont exquis en toi, laisse-moi te dire que cette certitude de te voir toujours belle me donne une joie qui s'accroît à chaque regard que je jette sur toi. L'harmonie et la dignité des lignes de ton visage, où ton âme sublime se révèle, a je ne sais quoi de pur sous la mâle couleur du teint. L'éclat de tes yeux noirs et la coupe hardie de ton front disent combien tes vertus sont élevées, combien ton commerce est solide et ton cœur fait aux orages de la vie s'il en survenait. La noblesse est ton caractère distinctif ; je n'ai pas la prétention de te l'apprendre ; mais je t'écris ce mot pour te faire bien connaître que je sais tout le prix du trésor que je possède. Le peu que tu m'accorderas sera toujours le bonheur pour moi, dans longtemps comme à présent ; car je sens tout ce qu'il y a eu de grandeur dans notre promesse de garder l'un et l'autre toute notre liberté. Nous ne devrons jamais aucun témoignage de tendresse qu'à notre vouloir. Nous serons libres malgré des chaînes étroites. Je serai d'autant plus fier de te reconquérir ainsi que je sais maintenant le prix que tu attaches à cette conquête. Tu ne pourras jamais parler ou respirer, agir, penser, sans que j'admire toujours davantage la grâce de ton corps et celle de ton âme. Il y a en toi je ne sais quoi de divin, de sensé, d'enchanteur, qui met d'accord la réflexion, l'honneur, le plaisir et l'espérance, qui donne enfin à l'amour une étendue plus spacieuse que celle de la vie. Oh ! mon ange, puisse le génie de l'amour me rester fidèle et l'avenir être plein de cette volupté à l'aide de laquelle tu as embelli tout autour de moi ! Quand seras-tu mère, pour que je te voie applaudir à l'énergie de ta vie, pour que je t'entende, de cette voix si suave et avec ces idées si fines, si neuves et si curieusement bien rendues, bénir l'amour qui a rafraîchi mon âme, retrempé mes facultés, qui fait mon orgueil, et où j'ai puisé, comme dans une magique fontaine, une vie nouvelle ? Oui, je serai tout ce que tu veux que je sois : je deviendrai l'un des hommes utiles de mon pays, et je ferai rejaillir sur toi cette gloire dont le principe sera ta satisfaction.

Ma chère, voilà comment je le forme. Ce style est de fraîche date, dans un an ce sera mieux. Louis en est aux premiers transports, je l'attends à cette égale et continue sensation de bonheur que doit donner un heureux mariage quand, sûrs l'un de l'autre et se connaissant bien, une femme et un homme ont trouvé le secret de varier l'infini, de mettre l'enchantement dans le fond même de la vie. Ce beau secret des véritables épouses, je l'entrevois et veux le posséder. Tu vois qu'il se croit aimé, le fat, comme s'il n'était pas mon mari. Je n'en suis cependant encore qu'à cet attachement matériel qui nous donne la force de supporter bien des choses. Cependant Louis est aimable, il est d'une grande égalité de caractère, il fait simplement les actions dont se vanteraient la plupart des hommes. Enfin, si je ne l'aime point, je me sens très capable de le chérir.

Voilà donc mes cheveux noirs, mes yeux noirs dont les cils se déplient, selon toi, comme des jalousies[1], mon air impérial et ma personne élevée à l'état de pouvoir souverain. Nous verrons dans dix ans d'ici, ma chère, si nous ne sommes pas toutes deux bien rieuses, bien heureuses dans ce Paris, d'où je te ramènerai quelquefois dans ma belle oasis de Provence. Ô Louise, ne compromets pas notre bel avenir à toutes deux ! Ne fais pas les folies dont tu me menaces. J'épouse un vieux jeune homme, épouse quelque jeune vieillard de la Chambre des pairs. Tu es là dans le vrai.

XIV
LE DUC DE SORIA
AU BARON DE MACUMER

Madrid.

Mon cher frère, vous ne m'avez pas fait duc de Soria pour que je n'agisse pas en duc de Soria. Si je vous savais errant et sans les douceurs que la fortune donne

---

1. « Treillis de bois et de fer qui permet de voir à travers, sans que l'on soit vu » (Dictionnaire de Littré).

partout, vous me rendriez mon bonheur insupportable. Ni Marie ni moi, nous ne nous marierons jusqu'à ce que nous ayons appris que vous avez accepté les sommes remises pour vous à Urraca. Ces deux millions proviennent de vos propres économies et de celles de Marie. Nous avons prié tous deux, agenouillés devant le même autel, et avec quelle ferveur ! ah ! Dieu le sait ! pour ton bonheur. Ô mon frère ! nos souhaits doivent être exaucés. L'amour que tu cherches, et qui serait la consolation de ton exil, il descendra du ciel. Marie a lu ta lettre en pleurant, et tu as toute son admiration. Quant à moi, j'ai accepté pour notre maison et non pour moi. Le roi a rempli ton attente. Ah ! tu lui as si dédaigneusement jeté son plaisir, comme on jette leur proie aux tigres, que, pour te venger, je voudrais lui faire savoir combien tu l'as écrasé par ta grandeur. La seule chose que j'aie prise pour moi, cher frère aimé, c'est mon bonheur, c'est Marie. Aussi serai-je toujours devant toi ce qu'est une créature devant le Créateur. Il y aura dans ma vie et dans celle de Marie un jour aussi beau que celui de notre heureux mariage, ce sera celui où nous saurons que ton cœur est compris, qu'une femme t'aime comme tu dois et veux être aimé. N'oublie pas que, si tu vis par nous, nous vivons aussi par toi. Tu peux nous écrire en toute confiance sous le couvert du nonce, en envoyant tes lettres par Rome. L'ambassadeur de France à Rome se chargera sans doute de les remettre à la secrétairerie d'État, à monsignore Bemboni, que notre légat a dû prévenir. Toute autre voie serait mauvaise. Adieu, cher dépouillé, cher exilé. Sois fier au moins du bonheur que tu nous as fait, si tu ne peux en être heureux. Dieu sans doute écoutera nos prières pleines de toi.

FERNAND.

XV
LOUISE DE CHAULIEU
À MADAME DE L'ESTORADE

Mars.

Ah ! mon ange, le mariage rend philosophe ?... Ta chère figure devait être jaune alors que tu m'écrivais ces terribles pensées sur la vie humaine et sur nos devoirs. Crois-tu donc que tu me convertiras au mariage par ce programme de travaux souterrains ? Hélas ! voilà donc où t'ont fait parvenir nos trop savantes rêveries ? Nous sommes sorties de Blois parées de toute notre innocence et armées des pointes aiguës de la réflexion : les dards de cette expérience purement morale des choses se sont tournés contre toi ! Si je ne te connaissais pas pour la plus pure et la plus angélique créature du monde, je te dirais que tes calculs sentent la dépravation. Comment, ma chère, dans l'intérêt de ta vie à la campagne, tu mets tes plaisirs en coupes réglées, tu traites l'amour comme tu traiteras tes bois ! Oh ! j'aime mieux périr dans la violence des tourbillons de mon cœur, que de vivre dans la sécheresse de ta sage arithmétique. Tu étais comme moi la jeune fille la plus instruite, parce que nous avions beaucoup réfléchi sur peu de choses ; mais, mon enfant, la philosophie sans l'amour, ou sous un faux amour, est la plus horrible des hypocrisies conjugales. Je ne sais pas si, de temps en temps, le plus grand imbécile de la terre n'apercevrait pas le hibou de la sagesse tapi dans ton tas de roses, découverte peu récréative qui peut faire enfuir la passion la mieux allumée. Tu te fais le destin, au lieu d'être son jouet. Nous tournons toutes les deux bien singulièrement : beaucoup de philosophie et peu d'amour, voilà ton régime ; beaucoup d'amour et peu de philosophie, voilà le mien. La Julie de Jean-Jacques, que je croyais un professeur, n'est qu'un étudiant auprès de toi. Vertu de femme ! as-tu toisé la vie ? Hélas ! je me moque de toi, peut-être as-tu raison. Tu as immolé ta jeunesse en un jour, et tu t'es faite avare avant le temps. Ton Louis sera sans doute heureux. S'il t'aime, et je n'en doute pas, il ne s'apercevra jamais que tu te conduis dans l'intérêt de ta famille comme les courtisanes se conduisent dans l'intérêt de leur fortune ; et certes elles rendent les hommes heureux, à en croire les folles dissipations dont elles sont l'objet. Un mari clairvoyant resterait sans doute passionné pour toi ; mais ne finirait-il point par se dispenser de reconnaissance pour une femme qui fait de la fausseté une sorte de corset moral aussi nécessaire à sa vie que l'autre l'est au corps ? Mais, chère, l'amour est à mes yeux le principe de toutes les vertus rapportées à une image de la divinité ! L'amour, comme tous les principes, ne se calcule pas, il est l'infini de notre âme. N'as-tu pas voulu te justifier à toi-même l'affreuse position d'une fille mariée à un homme qu'elle ne peut qu'estimer ? Le devoir, voilà ta règle et ta mesure ; mais agir par nécessité, n'est-ce pas la morale d'une société d'athées ? Agir par amour et par sentiment, n'est-ce pas la loi secrète des femmes ? Tu t'es faite homme, et ton Louis va se trouver la femme ! Ô chère, ta lettre m'a plongée en des méditations infinies. J'ai vu que le couvent ne remplace jamais une mère pour des filles. Je t'en supplie, mon noble ange aux yeux noirs, si pure et si fière, si grave et si élégante, pense à ces premiers cris que ta lettre m'arrache ! Je me suis consolée en songeant qu'au moment où je me lamentais, l'amour renversait sans doute les échafaudages de la raison. Je ferai peut-être pis sans raisonner, sans calculer : la passion est un élément qui doit avoir une logique aussi cruelle que la tienne.

Lundi.

Hier au soir, en me couchant, je me suis mise à ma fenêtre pour contempler le ciel, qui était d'une sublime[1] pureté. Les étoiles ressemblaient à des clous d'argent qui retenaient un voile bleu. Par le silence de la nuit, j'ai pu entendre une respiration, et, par le demi-jour que jetaient les étoiles, j'ai vu mon Espagnol,

---

1. Excessive en tout, Louise voit du sublime même dans les petites choses, et cet adjectif se retrouve souvent sous sa plume.

perché comme un écureuil dans les branches d'un des
arbres de la contre-allée des boulevards, admirant sans
doute mes fenêtres. Cette découverte a eu pour premier
effet de me faire rentrer dans ma chambre, les pieds,
les mains comme brisés ; mais, au fond de cette sensation de peur, je sentais une joie délicieuse. J'étais
abattue et heureuse. Pas un de ces spirituels Français
qui veulent m'épouser n'a eu l'esprit de venir passer
les nuits sur un orme, au risque d'être emmené par la
garde. Mon Espagnol est là sans doute depuis quelque
temps. Ah ! il ne me donne plus de leçons, il veut en
recevoir, il en aura. S'il savait tout ce que je me suis dit
sur sa laideur apparente ! Moi aussi, Renée, j'ai phi-
losophé. J'ai pensé qu'il y avait quelque chose d'horrible à aimer un homme beau. N'est-ce pas avouer que
les sens sont les trois quarts de l'amour, qui doit être
divin ? Remise de ma première peur, je tendais le cou
derrière la vitre pour le revoir, et bien m'en a pris ! Au
moyen d'une canne creuse, il m'a soufflé par la fenêtre
une lettre artistement roulée autour d'un gros grain
de plomb. Mon Dieu ! va-t-il croire que j'ai laissé ma
fenêtre ouverte exprès ? me suis-je dit ; la fermer brusquement, ce serait me rendre sa complice. J'ai mieux
fait, je suis revenue à ma fenêtre comme si je n'avais
pas entendu le bruit de son billet, comme si je n'avais
rien vu, et j'ai dit à haute voix : « Venez donc voir les
étoiles, Griffith ? » Griffith dormait comme une vieille
fille. En m'entendant, le Maure a dégringolé avec
la vitesse d'une ombre. Il a dû mourir de peur aussi
bien que moi, car je ne l'ai pas entendu s'en aller, il

est resté sans doute au pied de l'orme. Après un bon quart d'heure, pendant lequel je me noyais dans le bleu du ciel et nageais dans l'océan de la curiosité, j'ai fermé ma fenêtre, et je me suis mise au lit pour dérouler le fin papier avec la sollicitude de ceux qui travaillent à Naples les volumes antiques. Mes doigts touchaient du feu. Quel horrible pouvoir cet homme exerce sur moi ! me dis-je. Aussitôt j'ai présenté le papier à la lumière pour le brûler sans le lire... Une pensée a retenu ma main. Que m'écrit-il pour m'écrire en secret ? Eh ! bien, ma chère, j'ai brûlé la lettre en songeant que, si toutes les filles de la terre l'eussent dévorée, moi, Armande-Louise-Marie de Chaulieu, je devais ne la point lire.

Le lendemain, aux Italiens, il était à son poste ; mais, tout premier ministre constitutionnel qu'il a été, je ne crois pas que mes attitudes lui aient révélé la moindre agitation de mon âme : je suis demeurée absolument comme si je n'avais rien vu ni reçu la veille. J'étais contente de moi, mais il était bien triste. Pauvre homme, il est si naturel en Espagne que l'amour entre par la fenêtre ! Il est venu pendant l'entracte se promener dans les corridors. Le premier secrétaire de l'ambassade d'Espagne me l'a dit en m'apprenant de lui une action qui est sublime. Étant duc de Soria, il devait épouser une des plus riches héritières de l'Espagne, la jeune princesse Marie Hérédia, dont la fortune eût adouci pour lui les malheurs de l'exil ; mais il paraît que, trompant les vœux de leurs pères qui les avaient fiancés dès leur enfance, Marie aimait le cadet de Soria, et mon Felipe a renoncé à la princesse Marie en se laissant dépouiller par le roi d'Espagne. « Il a dû faire cette grande chose très simplement, ai-je dit au jeune homme. — Vous le connaissez donc ? » m'a-t-il répondu naïvement. Ma mère a souri. « Que va-t-il devenir ? car il est condamné à mort, ai-je dit. — S'il est mort en Espagne, il a le droit de vivre en Sardaigne. — Ah ! il y a aussi des tombes en Espagne ? dis-je pour avoir l'air de prendre cela en plaisanterie. — Il y a de tout en Espagne, même des Espagnols du vieux temps, m'a répondu ma mère. — Le roi de Sardaigne a, non sans peine, accordé au baron de Macumer un passeport, a repris le jeune diplomate ; mais enfin il est devenu sujet sarde, il possède des fiefs magnifiques en Sardaigne, avec droit de haute et basse justice. Il a un palais à Sassari[1]. Si Ferdinand VII mourait, Macumer entrerait vraisemblablement dans la diplomatie, et la cour de Turin en ferait un ambassadeur. Quoique jeune, il… — Ah ! il est jeune ! — Oui, mademoiselle, quoique jeune il est un des hommes les plus distingués de l'Espagne ! » Je lorgnais la salle en écoutant le secrétaire, et semblais lui prêter une médiocre attention ; mais, entre nous, j'étais au désespoir d'avoir brûlé la lettre. Comment s'exprime un pareil homme quand il aime ? et il aime. Être aimée, adorée en secret, avoir dans cette salle où s'assemblent toutes les supériorités de Paris un homme à soi, sans que personne le sache ! Oh ! Renée, j'ai compris alors la vie parisienne, et ses bals et ses

---

1. Ville de Sardaigne. Balzac y a séjourné en avril 1838.

fêtes. Tout a pris sa couleur véritable à mes yeux. On a besoin des autres quand on aime, ne fût-ce que pour les sacrifier à celui qu'on aime. J'ai senti dans mon être un autre être heureux. Toutes mes vanités, mon amour-propre, mon orgueil étaient caressés. Dieu sait quel regard j'ai jeté sur le monde ! « Ah ! petite commère ! » m'a dit à l'oreille la duchesse en souriant. Oui, ma très rusée mère a deviné quelque secrète joie dans mon attitude, et j'ai baissé pavillon devant cette savante femme. Ces trois mots m'ont plus appris la science du monde que je n'en avais surpris depuis un an, car nous sommes en mars[1]. Hélas ! nous n'avons plus d'Italiens dans un mois. Que devenir sans cette adorable musique, quand on a le cœur plein d'amour ?

Ma chère, au retour, avec une résolution digne d'une Chaulieu, j'ai ouvert ma fenêtre pour admirer une averse. Oh ! si les hommes connaissaient la puissance de séduction qu'exercent sur nous les actions héroïques, ils seraient bien grands ; les plus lâches deviendraient des héros. Ce que j'avais appris de mon Espagnol me donnait la fièvre. J'étais sûre qu'il était là, prêt à me jeter une nouvelle lettre. Aussi n'ai-je rien brûlé : j'ai lu. Voici donc la première lettre d'amour que j'ai reçue, madame la raisonneuse : chacune la nôtre[2].

---

1. Louise est sortie du couvent en septembre. Il s'agit donc plutôt de six mois, comme l'avait écrit Balzac dans l'édition originale.

2. Allusion à la lettre de Louis de l'Estorade, citée dans la lettre XIII.

Louise, je ne vous aime pas à cause de votre sublime beauté ; je ne vous aime pas à cause de votre esprit si étendu, de la noblesse de vos sentiments, de la grâce infinie que vous donnez à toutes choses, ni à cause de votre fierté, de votre royal dédain pour ce qui n'est pas de votre sphère, et qui chez vous n'exclut point la bonté, car vous avez la charité des anges ; Louise, je vous aime parce que vous avez fait fléchir toutes ces grandeurs altières pour un pauvre exilé ; parce que, par un geste, par un regard, vous avez consolé un homme d'être si fort au-dessous de vous, qu'il n'avait droit qu'à votre pitié, mais à une pitié généreuse. Vous êtes la seule femme au monde qui aura tempéré pour moi la rigueur de ses yeux ; et comme vous avez laissé tomber sur moi ce bienfaisant regard, alors que j'étais un grain dans la poussière, ce que je n'avais jamais obtenu quand j'avais tout ce qu'un sujet peut avoir de puissance, je tiens à vous faire savoir, Louise, que vous m'êtes devenue chère, que je vous aime pour vous-même et sans aucune arrière-pensée, en dépassant de beaucoup les conditions mises par vous à un amour parfait. Apprenez donc, idole placée par moi au plus haut des cieux, qu'il est dans le monde un rejeton de la race sarrasine dont la vie vous appartient, à qui vous pouvez tout demander comme à un esclave, et qui s'honorera d'exécuter vos ordres. Je me suis donné à vous sans retour, et pour le seul plaisir de me donner, pour un seul de vos regards, pour cette main tendue un matin à votre maître d'espagnol. Vous avez un serviteur, Louise, et pas autre chose. Non, je n'ose penser que je puisse être jamais aimé ; mais peut-être serai-je souffert, et seulement à cause de mon dévouement. Depuis cette matinée où vous m'avez souri en noble fille qui devinait la misère de mon cœur solitaire et trahi, je vous ai intronisée : vous êtes la souveraine absolue de ma vie, la reine de mes pensées, la divinité de mon cœur, la lumière qui brille chez moi, la fleur de mes fleurs, le baume de l'air que je respire, la richesse de mon sang, la lueur dans laquelle je sommeille. Une seule pensée troublait ce bonheur : vous ignoriez avoir à vous un dévouement sans bornes, un bras fidèle, un esclave aveugle, un agent muet, un trésor, car je ne suis plus que le dépositaire de tout ce que je possède ; enfin, vous ne vous saviez pas un cœur à qui vous pouvez tout confier, le cœur d'une vieille aïeule à qui vous pouvez tout demander, un père de qui vous pouvez réclamer toute protection, un ami, un frère ; tous ces sentiments vous font défaut autour de vous, je le sais. J'ai surpris le secret de votre isolement ! Ma hardiesse est venue de mon désir de vous révéler l'étendue de vos possessions. Acceptez tout, Louise, vous m'aurez donné la seule vie qu'il y ait pour moi dans le monde, celle de me dévouer. En me passant le collier de la servitude, vous ne vous exposez à rien : je ne demanderai jamais autre chose que le plaisir de me savoir à vous. Ne me dites même pas que vous ne m'aimerez jamais : cela doit être, je le sais ; je dois aimer de loin, sans espoir et pour moi-même. Je voudrais bien savoir si vous m'acceptez pour serviteur, et je me suis creusé la tête afin de trouver une preuve qui vous atteste qu'il n'y aura de votre part aucune atteinte à votre dignité en me l'apprenant, car voici bien des jours que je suis à vous, à votre insu. Donc, vous me le diriez en ayant à la main un soir, aux Italiens, un bouquet composé d'un camélia blanc et d'un camélia rouge, l'image de tout le sang d'un homme aux ordres d'une candeur adorée. Tout sera dit alors : à toute heure, dans dix ans comme demain, quoi que vous vouliez qu'il soit possible à l'homme de faire, ce sera fait dès que vous le demanderez à votre heureux serviteur,

Felipe Hénarez.

P.-S. Ma chère, avoue que les grands seigneurs savent aimer ! Quel bond de lion africain ! quelle ardeur contenue ! quelle foi ! quelle sincérité ! quelle grandeur d'âme dans l'abaissement ! Je me suis sentie petite et me suis demandé tout abasourdie : Que faire ?... Le propre d'un grand homme est de dérouter les calculs ordinaires. Il est sublime et attendrissant,

naïf et gigantesque. Par une seule lettre, il est au-
delà des cent lettres de Lovelace[1] et de Saint-Preux[2].
Oh ! voilà l'amour vrai, sans chicanes : il est ou n'est
pas ; mais quand il est, il doit se produire dans son
immensité. Me voilà destituée de toutes les coquetteries. Refuser ou accepter ! je suis entre ces deux
termes sans un prétexte pour abriter mon irrésolution.
Toute discussion est supprimée. Ce n'est plus Paris,
c'est l'Espagne ou l'Orient ; enfin, c'est l'Abencérage qui parle, qui s'agenouille devant l'Ève catholique en lui apportant son cimeterre, son cheval et sa
tête. Accepterai-je ce restant de Maure ? Relisez souvent cette lettre hispano-sarrasine, ma Renée, et vous
y verrez que l'amour emporte toutes les stipulations
judaïques de votre philosophie. Tiens, Renée, j'ai ta
lettre sur le cœur, tu m'as embourgeoisé la vie. Ai-je
besoin de finasser ? Ne suis-je pas éternellement maîtresse de ce lion qui change ses rugissements en sou-
pirs humbles et religieux ? Oh ! combien n'a-t-il pas
dû rugir dans sa tanière de la rue Hillerin-Bertin !
Je sais où il demeure, j'ai sa carte : F., baron de
Macumer. Il m'a rendu toute réponse impossible, il
n'y a qu'à lui jeter à la figure deux camélias. Quelle
science infernale possède l'amour pur, vrai, naïf !
Voilà donc ce qu'il y a de plus grand pour le cœur

---

1. Séducteur libertin du roman *Clarisse Harlowe* de
Richardson.
2. Précepteur amoureux de Julie d'Étange, qui épouse M. de
Wolmar dans *Julie ou la Nouvelle Héloïse* de Rousseau (1761).

d'une femme réduit à une action simple et facile.
Ô l'Asie ! j'ai lu les *Mille et Une Nuits*[1], en voilà l'esprit : deux fleurs, et tout est dit. Nous franchissons les quatorze volumes de *Clarisse Harlowe* avec un bouquet. Je me tords devant cette lettre comme une corde au feu. Prends ou ne prends pas tes deux camélias. Oui ou non, tue ou fais vivre ! Enfin, une voix me crie : Éprouve-le ! Aussi l'éprouverai-je !

XVI
DE LA MÊME À LA MÊME

Mars.

Je suis habillée en blanc : j'ai des camélias blancs dans les cheveux et un camélia blanc à la main, ma mère en a de rouges ; je lui en prendrai un si je veux. Il y a en moi je ne sais quelle envie de *lui* vendre son camélia rouge par un peu d'hésitation, et de ne me décider que sur le terrain. Je suis bien belle ! Griffith m'a priée de me laisser contempler un moment. La

---

1. Ce recueil de contes, traduits par Antoine Galland au début du XVIIIe siècle, a contribué largement à la mode d'un Orient exotique et sensuel jusqu'au XIXe siècle. Balzac s'y réfère comme à un modèle lorsqu'il imagine la future *Comédie humaine* dans sa lettre-programme, adressée à Mme Hanska, le 26 octobre 1834 : « Ainsi l'homme, la société, l'humanité seront décrites, jugées, analysées sans répétitions, et dans une œuvre qui sera comme *Les Mille et Une Nuits* de l'Occident » (*LH*, I, p. 204).

solennité de cette soirée et le drame de ce consentement secret m'ont donné des couleurs : j'ai à chaque
joue un camélia rouge épanoui sur un camélia blanc !

Une heure.

Tous m'ont admirée, un seul savait m'adorer. Il a
baissé la tête en me voyant un camélia blanc à la main,
et je l'ai vu devenir blanc comme la fleur quand j'en ai
eu pris un rouge à ma mère. Venir avec les deux fleurs
pouvait être un effet du hasard ; mais cette action était
une réponse. J'ai donc étendu mon aveu ! On donnait
Roméo et Juliette[1], et comme tu ne sais pas ce qu'est
le duo des deux amants, tu ne peux comprendre le
bonheur de deux néophytes d'amour écoutant cette
divine expression de la tendresse. Je me suis couchée
en entendant des pas sur le terrain sonore de la contre-
allée. Oh ! maintenant, mon ange, j'ai le feu dans le
cœur, dans la tête. Que fait-il ? que pense-t-il ? A-t-il
une pensée, une seule qui me soit étrangère ? Est-il
l'esclave toujours prêt qu'il m'a dit être ? Comment
m'en assurer ? A-t-il dans l'âme le plus léger soupçon que mon acceptation emporte un blâme, un retour
quelconque, un remerciement ? Je suis livrée à toutes
les arguties minutieuses des femmes de *Cyrus* et
de l'*Astrée*[2], aux subtilités des Cours d'amour. Sait-il

---

1. Opéra de Zingarelli, créé à Milan en 1796 et à Paris en 1812.
2. *Artamène ou le Grand Cyrus*, roman de Mlle de Scudéry
(1653) ; *L'Astrée*, roman pastoral et héroïque d'Honoré d'Urfé

qu'en amour les plus menues actions des femmes sont la terminaison d'un monde de réflexions, de combats intérieurs, de victoires perdues ! À quoi pense-t-il en ce moment ? Comment lui ordonner de m'écrire le soir le détail de sa journée ? Il est mon esclave, je dois l'occuper, et je vais l'écraser de travail.

Dimanche matin.

Je n'ai dormi que très peu, le matin. Il est midi. Je viens de faire écrire la lettre suivante par Griffith.

> *À Monsieur le baron de Macumer.*
> Mademoiselle de Chaulieu me charge, monsieur le baron, de vous redemander la copie d'une lettre que lui a écrite une de ses amies, qui est de sa main et que vous avez emportée.
> Agréez, etc.
> GRIFFITH.

Ma chère, Griffith est sortie, elle est allée rue Hillerin-Bertin, elle a fait remettre ce poulet à mon esclave qui m'a rendu sous enveloppe mon programme mouillé de larmes. Il a obéi. Oh ! ma chère, il devait y tenir ! Un autre aurait refusé en écrivant une lettre pleine de flatteries ; mais le Sarrasin a été ce qu'il avait promis d'être : il a obéi. Je suis touchée aux larmes.

(1610-1627). Les deux œuvres sont caractéristiques de la littérature précieuse du XVIIᵉ siècle.

XVII
DE LA MÊME À LA MÊME

2 avril.

Hier, le temps était superbe, je me suis mise en fille aimée et qui veut plaire. À ma prière, mon père m'a donné le plus joli attelage qu'il soit possible de voir à Paris : deux chevaux gris-pommelé et une calèche de la dernière élégance. J'essayais mon équipage. J'étais comme une fleur sous une ombrelle doublée de soie blanche. En montant l'avenue des Champs-Élysées, j'ai vu venir à moi mon Abencérage sur un cheval de la plus admirable beauté : les hommes, qui maintenant sont presque tous de parfaits maquignons, s'arrêtaient pour le voir, pour l'examiner. Il m'a saluée, et je lui ai fait un signe amical d'encouragement ; il a modéré le pas de son cheval, et j'ai pu lui dire : « Vous ne trouverez pas mauvais, monsieur le baron, que je vous aie redemandé ma lettre, elle vous était inutile... Vous avez déjà dépassé ce programme, ai-je ajouté à voix basse. Vous avez un cheval qui vous fait bien remarquer, lui ai-je dit. — Mon intendant de Sardaigne me l'a envoyé par orgueil, car ce cheval de race arabe est né dans mes macchis[1]. »

Ce matin, ma chère, Hénarez était sur un cheval anglais alezan, encore très beau, mais qui n'excitait plus l'attention : le peu de critique moqueuse de mes

---

1. *Macchis* ou *macchia* est le nom corse du maquis.

paroles avait suffi. Il m'a saluée, et je lui ai répondu par une légère inclination de tête. Le duc d'Angoulême a fait acheter le cheval de Macumer. Mon esclave a compris qu'il sortait de la simplicité voulue en attirant sur lui l'attention des badauds. Un homme doit être remarqué pour lui-même, et non pas pour son cheval ou pour des choses. Avoir un trop beau cheval me semble aussi ridicule que d'avoir un gros diamant à sa chemise. J'ai été ravie de le prendre en faute, et peut-être y avait-il dans son fait un peu d'amour-propre, permis à un pauvre proscrit. Cet enfantillage me plaît. Ô ma vieille raisonneuse ! jouis-tu de mes amours autant que je me suis attristée de ta sombre philosophie ? Chère Philippe II en jupon[1], te promènes-tu bien dans ma calèche ? Vois-tu ce regard de velours, humble et plein, fier de son servage, que me lance en passant cet homme vraiment grand qui porte ma livrée, et qui a toujours à sa boutonnière un camélia rouge, tandis que j'en ai toujours un blanc à la main ? Quelle clarté jette l'amour ! Combien je comprends Paris ! Maintenant tout m'y semble spirituel. Oui, l'amour y est plus joli, plus grand, plus charmant que partout ailleurs. Décidément j'ai reconnu que jamais je ne pourrais tourmenter, inquiéter un sot, ni avoir le moindre empire sur lui. Il n'y a que les hommes supérieurs qui nous comprennent bien et sur lesquels nous puissions agir. Oh ! pauvre amie, pardon, j'oubliais notre

---

1. Philippe II d'Espagne (1527-1598) était surnommé « le Prudent ».

l'Estorade ; mais ne m'as-tu pas dit que tu allais en faire un génie ? Oh ! je devine pourquoi : tu l'élèves à la brochette[1] pour être comprise un jour. Adieu, je suis un peu folle et ne veux pas continuer.

XVIII
DE MADAME DE L'ESTORADE
À LOUISE DE CHAULIEU

Avril.

Chère ange, ou ne dois-je pas plutôt dire cher démon, tu m'as affligée sans le vouloir, et, si nous n'étions pas la même âme, je dirais blessée ; mais ne se blesse-t-on pas aussi soi-même ? Comme on voit bien que tu n'as pas encore arrêté ta pensée sur ce mot *indissoluble*, appliqué au contrat qui lie une femme à un homme ! Je ne veux pas contredire les philosophes ni les législateurs, ils sont bien de force à se contredire eux-mêmes ; mais, chère, en rendant le mariage irrévocable et lui imposant une formule égale pour tous et impitoyable, on a fait de chaque union une chose entièrement dissemblable, aussi dissemblable que le sont les individus entre eux ; chacune d'elles a ses lois intérieures différentes : celles d'un mariage à la campagne, où deux êtres seront sans cesse en présence, ne sont pas celles d'un ménage à la ville, où plus de

---

1. À la brochette : à la becquée, comme un petit oiseau.

distractions nuancent la vie ; et celles d'un ménage à Paris, où la vie passe comme un torrent, ne seront pas celles d'un mariage en province, où la vie est moins agitée. Si les conditions varient selon les lieux, elles varient bien davantage selon les caractères. La femme d'un homme de génie n'a qu'à se laisser conduire, et la femme d'un sot doit, sous peine des plus grands malheurs, prendre les rênes de la machine si elle se sent plus intelligente que lui. Peut-être, après tout, la réflexion et la raison arrivent-elles à ce qu'on appelle dépravation. Pour nous la dépravation, n'est-ce pas le calcul dans les sentiments ? Une passion qui raisonne est dépravée ; elle n'est belle qu'involontaire et dans ces sublimes jets qui excluent tout égoïsme. Ah ! tôt ou tard tu te diras, ma chère : Oui ! la fausseté est aussi nécessaire à la femme que son corset, si par fausseté on entend le silence de celle qui a le courage de se taire, si par fausseté l'on entend le calcul nécessaire de l'avenir. Toute femme mariée apprend à ses dépens les lois sociales qui sont incompatibles en beaucoup de points avec celles de la nature. On peut avoir en mariage une douzaine d'enfants, en se mariant à l'âge où nous sommes ; et, si nous les avions, nous commettrions douze crimes, nous ferions douze malheurs[1]. Ne livrerions-nous pas à la misère et au désespoir de charmants êtres ? tandis que deux enfants sont deux

---

1. Dans *Le Contrat de mariage*, Henri de Marsay estimait qu'une famille aristocratique moderne devait se limiter à deux enfants.

bonheurs, deux bienfaits, deux créations en harmonie avec les mœurs et les lois actuelles. La loi naturelle et le code sont ennemis, et nous sommes le terrain sur lequel ils luttent. Appelleras-tu dépravation la sagesse de l'épouse qui veille à ce que la famille ne se ruine pas par elle-même ? Un seul calcul ou mille, tout est perdu dans le cœur. Ce calcul atroce, vous le ferez un jour, belle baronne de Macumer, quand vous serez la femme heureuse et fière de l'homme qui vous adore ; ou plutôt cet homme supérieur vous l'épargnera, car il le fera lui-même. Tu vois, chère folle, que nous avons étudié le code dans ses rapports avec l'amour conjugal. Tu sauras que nous ne devons compte qu'à nous-mêmes et à Dieu des moyens que nous employons pour perpétuer le bonheur au sein de nos maisons ; et mieux vaut le calcul qui y parvient que l'amour irré-fléchi qui y met le deuil, les querelles ou la désunion. J'ai cruellement étudié le rôle de l'épouse et de la mère de famille. Oui, chère ange, nous avons de sublimes mensonges à faire pour être la noble créature que nous sommes en accomplissant nos devoirs. Tu me taxes de fausseté parce que je veux mesurer au jour le jour à Louis la connaissance de moi-même ; mais n'est-ce pas une trop intime connaissance qui cause les désu-nions ? Je veux l'occuper beaucoup pour beaucoup le distraire de moi, au nom de son propre bonheur ; et tel n'est pas le calcul de la passion. Si la tendresse est inépuisable, l'amour ne l'est point : aussi est-ce une véritable entreprise pour une honnête femme que de le sagement distribuer sur toute la vie. Au risque de te paraître exécrable, je te dirai que je persiste dans mes principes en me croyant très grande et très généreuse. La vertu, mignonne, est un principe dont les manifestations diffèrent selon les milieux : la vertu de Provence, celle de Constantinople, celle de Londres et celle de Paris ont des effets parfaitement dissemblables sans cesser d'être la vertu. Chaque vie humaine offre dans son tissu les combinaisons les plus irrégulières ; mais, vues d'une certaine hauteur, toutes paraissent semblables. Si je voulais voir Louis malheureux et faire fleurir une séparation de corps, je n'aurais qu'à me mettre à sa lesse[1]. Je n'ai pas eu comme toi le bonheur de rencontrer un être supérieur, mais peut-être aurai-je le plaisir de le rendre supérieur, et je te donne rendez-vous dans cinq ans à Paris. Tu y seras prise toi-même, et tu me diras que je me suis trompée, que monsieur de l'Estorade était nativement remarquable. Quant à ces belles amours, à ces émotions que je n'éprouve que par toi ; quant à ces stations nocturnes sur le balcon, à la lueur des étoiles ; quant à ces adorations excessives, à ces divinisations de nous, j'ai su qu'il y fallait renoncer. Ton épanouissement dans la vie rayonne à ton gré ; le mien est circonscrit, il a l'enceinte de la Crampade, et tu me reproches les précautions que demande un fragile, un secret, un pauvre bonheur pour devenir durable, riche et mystérieux ! Je croyais avoir

---

1. *Laisse* ou *lesse* : les deux orthographes sont encore possibles au XIXᵉ siècle, mais la seconde, placée par Balzac sous la plume de Renée, est déjà désuète.

trouvé les grâces d'une maîtresse dans mon état de femme, et tu m'as presque fait rougir de moi-même. Entre nous deux, qui a tort, qui a raison ? Peut-être avons-nous également tort et raison toutes deux, et peut-être la société nous vend-elle fort cher nos dentelles, nos titres et nos enfants ! Moi, j'ai mes camélias rouges, ils sont sur mes lèvres, en sourires qui fleurissent pour ces deux êtres, le père et le fils, à qui je suis dévouée, à la fois esclave et maîtresse. Mais, chère ! tes dernières lettres m'ont fait apercevoir tout ce que j'ai perdu ! Tu m'as appris l'étendue des sacrifices de la femme mariée. J'avais à peine jeté les yeux sur ces beaux steppes[1] sauvages où tu bondis, et je ne te parlerai point de quelques larmes essuyées en te lisant ; mais le regret n'est pas le remords, quoiqu'il en soit un peu germain. Tu m'as dit : Le mariage rend philosophe ! hélas ! non ; je l'ai bien senti quand je pleurais en te sachant emportée au torrent de l'amour. Mais mon père m'a fait lire un des plus profonds écrivains de nos contrées, un des héritiers de Bossuet, un de ces cruels politiques dont les pages engendrent la conviction. Pendant que tu lisais *Corinne*, je lisais Bonald[2],

---

1. Au xixe siècle, le terme est du genre masculin.

2. Louis de Bonald (1754-1840) est un défenseur de l'absolutisme, qui émigra sous la Révolution. Il était hostile à la fois à l'idée rousseauiste de contrat social et à l'individualisme. Balzac cite son nom plusieurs fois au début des années 1840, dans une lettre à Mme Hanska (12 juillet 1842, *LH*, I, p. 589) et dans l'Avant-propos de *La Comédie humaine*, où il défend une conception conservatrice de la société : « Aussi regardé-je la Famille et

et voilà tout le secret de ma philosophie : la Famille sainte et forte m'est apparue. De par Bonald, ton père avait raison dans son discours. Adieu, ma chère imagination, mon amie, toi qui es ma folie !

XIX
LOUISE DE CHAULIEU
À MADAME DE L'ESTORADE

Eh ! bien, tu es un amour de femme, ma Renée ; et je suis maintenant d'accord que c'est être honnête que de tromper : es-tu contente ? D'ailleurs l'homme qui nous aime nous appartient ; nous avons le droit d'en faire un sot ou un homme de génie ; mais, entre nous, nous en faisons le plus souvent des sots. Tu feras du tien un homme de génie, et tu garderas ton secret : deux magnifiques actions ! Ah ! s'il n'y avait pas de paradis, tu serais bien attrapée, car tu te voues à un martyre volontaire. Tu veux le rendre ambitieux et le garder amoureux ! mais, enfant que tu es, c'est bien assez de le maintenir amoureux. Jusqu'à quel point le calcul est-il la vertu ou la vertu est-elle le calcul ? Hein ? Nous ne nous fâcherons point pour cette question, puisque Bonald est là. Nous sommes et voulons

non l'Individu comme le véritable élément social. Sous ce rapport, au risque d'être regardé comme un esprit rétrograde, je me range du côté de Bossuet et de Bonald, au lieu d'aller avec les novateurs modernes » (*CH*, I, p. 13).

être vertueuses ; mais en ce moment je crois que, malgré tes charmantes friponneries, tu vaux mieux que moi. Oui, je suis une fille horriblement fausse : j'aime Felipe, et je le lui cache avec une infâme dissimulation. Je le voudrais voir sautant de son arbre sur la crête du mur, de la crête du mur sur mon balcon ; et, s'il faisait ce que je désire, je le foudroierais de mon mépris. Tu vois, je suis d'une bonne foi terrible. Qui m'arrête ? quelle puissance mystérieuse m'empêche de dire à ce cher Felipe tout le bonheur qu'il me verse à flots par son amour pur, entier, grand, secret, plein ? Madame de Mirbel[1] fait mon portrait, je compte le lui donner, ma chère. Ce qui me surprend chaque jour davantage, est l'activité que l'amour donne à la vie. Quel intérêt prennent les heures, les actions, les plus petites choses ! et quelle admirable confusion du passé, de l'avenir dans le présent ! On vit aux trois temps du verbe. Est-ce encore ainsi quand on a été heureuse ? Oh ! réponds-moi, dis-moi ce qu'est le bonheur, s'il calme ou s'il irrite. Je suis d'une inquiétude mortelle, je ne sais plus comment me conduire : il y a dans mon cœur une force qui m'entraîne vers lui, malgré la raison et les convenances. Enfin, je comprends ta curiosité avec Louis, es-tu contente ? Le bonheur que Felipe a d'être à moi, son amour à distance et son obéissance m'impatientent autant que son profond respect m'irritait quand il n'était que mon maître d'espagnol. Je suis tentée de lui crier quand

---

1. Lizinska de Mirbel (1796-1849) était une miniaturiste réputée.

il passe : « Imbécile, si tu m'aimes en tableau, que serait-ce donc si tu me connaissais ! »

Oh ! Renée, tu brûles mes lettres, n'est-ce pas ? moi, je brûlerai les tiennes. Si d'autres yeux que les nôtres lisaient ces pensées qui sont versées de cœur à cœur, je dirais à Felipe d'aller les crever et de tuer un peu les gens pour plus de sûreté.

Lundi.

Ah ! Renée, comment sonder le cœur d'un homme ? Mon père doit me présenter ton monsieur Bonald, et, puisqu'il est si savant, je le lui demanderai. Dieu est bien heureux de pouvoir lire au fond des cœurs. Suis-je toujours un ange pour cet homme ? Voilà toute la question.

Si jamais, dans un geste, dans un regard, dans l'accent d'une parole, j'apercevais une diminution de ce respect qu'il avait pour moi quand il était mon maître d'espagnol, je me sens la force de tout oublier ! Pourquoi ces grands mots, ces grandes résolutions ? te diras-tu. Ah ! voilà, ma chère. Mon charmant père, qui se conduit avec moi comme un vieux cavalier servant avec une Italienne, faisait faire, je te l'ai dit, mon portrait par madame de Mirbel. J'ai trouvé moyen d'avoir une copie assez bien exécutée pour pouvoir la donner au duc et envoyer l'original à Felipe. Cet envoi a eu lieu hier, accompagné de ces trois lignes :

Don Felipe, on répond à votre entier dévouement par une confiance aveugle : le temps dira

si ce n'est pas accorder trop de grandeur à un homme.

La récompense est grande, elle a l'air d'une promesse, et, chose horrible, d'une invitation ; mais, ce qui va te sembler plus horrible encore, j'ai voulu que la récompense exprimât promesse et invitation sans aller jusqu'à l'offre. Si dans sa réponse il y a ma Louise, ou seulement Louise, il est perdu.

Mardi.

Non ! il n'est pas perdu. Ce ministre constitutionnel est un adorable amant. Voici sa lettre :

> Tous les moments que je passais sans vous voir, je demeurais occupé de vous, les yeux fermés à toute chose et attachés par la méditation sur votre image, qui ne se dessinait jamais assez promptement dans le palais obscur où se passent les songes et où vous répandiez la lumière. Désormais ma vue se reposera sur ce merveilleux ivoire, sur ce talisman, dois-je dire ; car pour moi vos yeux bleus s'animent, et la peinture devient aussitôt une réalité. Le retard de cette lettre vient de mon empressement à jouir de cette contemplation pendant laquelle je vous disais tout ce que je dois taire. Oui, depuis hier, enfermé seul avec vous, je me suis livré, pour la première fois de ma vie, à un bonheur entier, complet, infini. Si vous pouviez vous voir où je

vous ai mise, entre la Vierge et Dieu, vous comprendriez en quelles angoisses j'ai passé la nuit ; mais, en vous les disant, je ne voudrais pas vous offenser, car il y aurait tant de tourments pour moi dans un regard dénué de cette angélique bonté qui me fait vivre, que je vous demande pardon par avance. Si donc, reine de ma vie et de mon âme, vous vouliez m'accorder un millième de l'amour que je vous porte !

Le *si* de cette constante prière m'a ravagé l'âme. J'étais entre la croyance et l'erreur, entre la vie et la mort, entre les ténèbres et la lumière. Un criminel n'est pas plus agité pendant la délibération de son arrêt que je ne le suis en m'accusant à vous de cette audace. Le sourire exprimé sur vos lèvres, et que je venais revoir de moment en moment, calmait ces orages excités par la crainte de vous déplaire. Depuis que j'existe, personne, pas même ma mère, ne m'a souri. La belle jeune fille qui m'était destinée a rebuté mon cœur et s'est éprise de mon frère. Mes efforts, en politique, ont trouvé la défaite. Je n'ai jamais vu dans les yeux de mon roi qu'un désir de vengeance ; et nous sommes si ennemis depuis notre jeunesse, qu'il a regardé comme une cruelle injure le vœu par lequel les Cortès m'ont porté au pouvoir. Quelque forte que vous fassiez une âme, le doute y entrerait à moins. D'ailleurs je me rends justice : je connais la mauvaise grâce de mon extérieur, et sais combien il est difficile d'apprécier mon cœur à travers une pareille enveloppe. Être aimé, ce n'était plus qu'un rêve quand je vous ai vue. Aussi, quand je m'attachai à vous, ai-je compris que le dévouement pouvait seul faire excuser ma tendresse. En contemplant ce portrait, en écoutant ce sourire plein de promesses divines, un espoir que je ne me permettais pas à moi-même a rayonné dans mon âme. Cette clarté d'aurore est incessamment combattue par les ténèbres du doute, par la crainte de vous offenser en la laissant poindre. Non, vous ne pouvez pas m'aimer encore, je le sens ; mais, à mesure que vous aurez éprouvé la puissance, la durée, l'étendue de mon inépuisable affection, vous lui donnerez une petite place dans votre cœur. Si mon ambition est une injure, vous me le direz sans colère, je rentrerai dans mon rôle ; mais, si vous vouliez essayer de m'aimer, ne le faites pas savoir sans de minutieuses précautions à celui qui mettait tout le bonheur de sa vie à vous servir uniquement.

Ma chère, en lisant ces derniers mots, il m'a semblé le voir pâle comme il l'était le soir où je lui ai dit, en lui montrant le camélia, que j'acceptais les trésors de son dévouement. J'ai vu dans ces phrases soumises tout autre chose qu'une simple fleur de rhétorique à l'usage des amants, et j'ai senti comme un grand mouvement en moi-même… le souffle du bonheur.

Il a fait un temps détestable, il ne m'a pas été possible d'aller au bois sans donner lieu à d'étranges soupçons ; car ma mère, qui sort souvent malgré la pluie, est restée chez elle, seule.

Mercredi soir.

Je viens de *le* voir, à l'Opéra. Ma chère, ce n'est plus le même homme : il est venu dans notre loge présenté par l'ambassadeur de Sardaigne. Après avoir vu dans mes yeux que son audace ne déplaisait point, il m'a paru comme embarrassé de son corps, et il a dit alors mademoiselle à la marquise d'Espard. Ses yeux lançaient des regards qui faisaient une lumière plus vive que celle des lustres. Enfin il est sorti comme un homme qui craignait de commettre une extravagance. « Le baron de Macumer est amoureux ! a dit madame de Maufrigneuse à ma mère. — C'est d'autant plus extraordinaire que c'est un ministre tombé », a répondu ma mère. J'ai eu la force de regarder madame d'Espard[1], madame de Maufrigneuse et ma mère avec la curiosité d'une personne qui ne connaît pas une langue étrangère et qui voudrait deviner ce qu'on dit ; mais j'étais intérieurement en proie à une joie voluptueuse dans laquelle il me semblait que mon âme se baignait. Il n'y a qu'un mot pour t'expliquer ce que j'éprouve, c'est le ravissement. Felipe aime tant, que je le trouve digne d'être aimé. Je suis exactement le

---

1. La marquise d'Espard est le personnage principal de *L'Interdiction* (1836) et elle reparaît dans *Illusions perdues* (1843) où elle protège Mme de Bargeton, provinciale montée à Paris.

principe de sa vie, et je tiens dans ma main le fil qui mène sa pensée. Enfin, si nous devons nous tout dire, il y a chez moi le plus violent désir de lui voir franchir tous les obstacles, arriver à moi pour me demander à moi-même, afin de savoir si ce furieux amour redeviendra humble et calme à un seul de mes regards.

Ah ! ma chère, je me suis arrêtée et suis toute tremblante. En t'écrivant, j'ai entendu dehors un léger bruit et je me suis levée. De ma fenêtre je l'ai vu allant sur la crête du mur, au risque de se tuer. Je suis allée à la fenêtre de ma chambre et je ne lui ai fait qu'un signe ; il a sauté du mur, qui a dix pieds ; puis il a couru sur la route, jusqu'à la distance où je pouvais le voir, pour me montrer qu'il ne s'était fait aucun mal. Cette attention, au moment où il devait être étourdi par sa chute, m'a tant attendrie que je pleure sans savoir pourquoi. Pauvre laid ! que venait-il chercher, que voulait-il me dire ?

Je n'ose écrire mes pensées et vais me coucher dans ma joie, en songeant à tout ce que nous dirions si nous étions ensemble. Adieu, belle muette. Je n'ai pas le temps de te gronder sur ton silence ; mais voici plus d'un mois que je n'ai de tes nouvelles. Serais-tu, par hasard, devenue heureuse ? N'aurais-tu plus ce libre arbitre qui te rendait si fière et qui ce soir a failli m'abandonner ?

XX
RENÉE DE L'ESTORADE
À LOUISE DE CHAULIEU

Mai.

Si l'amour est la vie du monde, pourquoi d'austères philosophes le suppriment-ils dans le mariage ? Pourquoi la Société prend-elle pour loi suprême de sacrifier la Femme à la Famille en créant ainsi nécessairement une lutte sourde au sein du mariage ? lutte prévue par elle et si dangereuse qu'elle a inventé des pouvoirs pour en armer l'homme contre nous, en devinant que nous pouvions tout annuler soit par la puissance de la tendresse, soit par la persistance d'une haine cachée. Je vois en ce moment, dans le mariage, deux forces opposées que le législateur aurait dû réunir ; quand se réuniront-elles ? voilà ce que je me dis en te lisant. Oh ! chère, une seule de tes lettres ruine cet édifice bâti par le grand écrivain de l'Aveyron[1], et où je m'étais logée avec une douce satisfaction. Les lois ont été faites par des vieillards, les femmes s'en aperçoivent ; ils ont bien sagement décrété que l'amour conjugal exempt de passion ne nous avilissait point, et qu'une femme devait se donner sans amour une fois que la loi permettait à un homme de la faire sienne. Préoccupés de la famille, ils ont imité la nature, inquiète seulement de perpétuer l'espèce.

---

1. Périphrase qui désigne Bonald, originaire de cette région.

J'étais un être auparavant, et je suis maintenant une chose ! Il est plus d'une larme que j'ai dévorée au loin, seule, et que j'aurais voulu donner en échange d'un sourire consolateur. D'où vient l'inégalité de nos destinées ? L'amour permis agrandit ton âme. Pour toi, la vertu se trouvera dans le plaisir. Tu ne souffriras que de ton propre vouloir. Ton devoir, si tu épouses ton Felipe, deviendra le plus doux, le plus expansif des sentiments. Notre avenir est gros de la réponse, et je l'attends avec une inquiète curiosité.

Tu aimes, tu es adorée. Oh ! chère, livre-toi tout entière à ce beau poème qui nous a tant occupées. Cette beauté de la femme, si fine et si spiritualisée en toi, Dieu l'a faite ainsi pour qu'elle charme et plaise : il a ses desseins. Oui, mon ange, garde bien le secret de ta tendresse, et soumets Felipe aux épreuves subtiles que nous inventions pour savoir si l'amant que nous rêvions serait digne de nous. Sache surtout moins s'il t'aime que si tu l'aimes : rien n'est plus trompeur que le mirage produit en notre âme par la curiosité, par le désir, par la croyance au bonheur. Toi qui, seule de nous deux, demeures intacte, chère, ne te risque pas sans arrhes au dangereux marché d'un irrévocable mariage, je t'en supplie ! Quelquefois un geste, une parole, un regard, dans une conversation sans témoins, quand les âmes sont déshabillées de leur hypocrisie mondaine, éclairent des abîmes. Tu es assez noble, assez sûre de toi pour pouvoir aller hardiment en des sentiers où d'autres se perdraient. Tu ne saurais croire en quelles anxiétés je te suis. Malgré la distance, je te vois, j'éprouve tes émotions. Aussi, ne manque pas à m'écrire, n'omets rien ! Tes lettres me font une vie passionnée au milieu de mon ménage si simple, si tranquille, uni comme une grande route par un jour sans soleil. Ce qui se passe ici, mon ange, est une suite de chicanes avec moi-même sur lesquelles je veux garder le secret aujourd'hui, je t'en parlerai plus tard. Je me donne et me reprends avec une sombre obstination, en passant du découragement à l'espérance. Peut-être demandé-je à la vie plus de bonheur qu'elle ne nous en doit. Au jeune âge nous sommes assez portées à vouloir que l'idéal et le positif s'accordent ! Mes réflexions, et maintenant je les fais toute seule, assise au pied d'un rocher de mon parc, m'ont conduite à penser que l'amour dans le mariage est un hasard sur lequel il est impossible d'asseoir la loi qui doit tout régir. Mon philosophe de l'Aveyron a raison de considérer la famille comme la seule unité sociale possible et d'y soumettre la femme comme elle l'a été de tout temps. La solution de cette grande question, presque terrible pour nous, est dans le premier enfant que nous avons. Aussi voudrais-je être mère, ne fût-ce que pour donner une pâture à la dévorante activité de mon âme.

Louis est toujours d'une adorable bonté, son amour est actif et ma tendresse est abstraite ; il est heureux, il cueille à lui seul les fleurs, sans s'inquiéter des efforts de la terre qui les produit. Heureux égoïsme ! Quoi qu'il puisse m'en coûter, je me prête à ses illusions, comme une mère, d'après les idées que je me fais d'une mère, se brise pour procurer un plaisir à son enfant. Sa joie est si profonde qu'elle lui ferme les yeux et qu'elle jette ses reflets jusque sur moi. Je le trompe par le sourire ou par le regard pleins de satisfaction que me cause la certitude de lui donner le bonheur. Aussi, le nom d'amitié dont je me sers pour lui dans notre intérieur est-il : « mon enfant ! » J'attends le fruit de tant de sacrifices qui seront un secret entre Dieu, toi et moi. La maternité est une entreprise à laquelle j'ai ouvert un crédit énorme, elle me doit trop aujourd'hui, je crains de n'être pas assez payée : elle est chargée de déployer mon énergie et d'agrandir mon cœur, de me dédommager par des joies illimitées. Oh ! mon Dieu, que je ne sois pas trompée ! là est tout mon avenir, et, chose effrayante à penser, celui de ma vertu.

XXI
LOUISE DE CHAULIEU
À RENÉE DE L'ESTORADE

Juin.

Chère biche mariée, ta lettre est venue à propos pour me justifier à moi-même une hardiesse à laquelle je pensais nuit et jour. Il y a je ne sais quel appétit en moi pour les choses inconnues ou, si tu veux, défendues, qui m'inquiète et m'annonce au dedans de moi-même un combat entre les lois du monde et celles de la nature. Je ne sais pas si la nature est chez moi plus forte que la société, mais je me surprends à conclure des transactions entre ces puissances. Enfin, pour parler clairement, je voulais causer avec Felipe, seule avec lui, pendant une heure de nuit, sous les tilleuls, au bout de notre jardin. Assurément, ce vouloir est d'une fille qui mérite le nom de *commère éveillée* que me donne la duchesse en riant et que mon père me confirme. Néanmoins, je trouve cette faute prudente et sage. Tout en récompensant tant de nuits passées au pied de mon mur, je veux savoir ce que pensera mons[1] Felipe de mon escapade, et le juger dans un pareil moment ; en faire mon cher époux, s'il divinise ma faute ; ou ne le revoir jamais, s'il n'est pas plus respectueux et plus tremblant que quand il me salue en passant à cheval aux Champs-Élysées. Quant au monde, je risque moins à voir ainsi mon amoureux qu'à lui sourire chez madame de Maufrigneuse ou chez la vieille marquise de Beauséant, où nous sommes maintenant enveloppés d'espions, car Dieu sait de quels regards on poursuit une fille soupçonnée de faire attention à un monstre comme Macumer. Oh ! si tu savais combien je me suis agitée en moi-même à rêver ce projet, combien je me suis occupée à voir par avance comment il pouvait se réaliser. Je t'ai regrettée, nous aurions bavardé pendant quelques bonnes petites heures, perdues dans les labyrinthes

---

1. Abréviation de « monsieur », employée parfois en un sens humoristique.

de l'incertitude et jouissant par avance de toutes les bonnes ou mauvaises choses d'un premier rendez-vous à la nuit, dans l'ombre et le silence, sous les beaux tilleuls de l'hôtel de Chaulieu, criblés par les mille lueurs de la lune. J'ai palpité toute seule en me disant : « Ah ! Renée, où es-tu ? » Donc, ta lettre a mis le feu aux poudres, et mes derniers scrupules ont sauté. J'ai jeté par ma fenêtre à mon adorateur stupéfait le dessin exact de la clef de la petite porte au bout du jardin avec ce billet :

> On veut vous empêcher de faire des folies. En vous cassant le cou, vous raviriez l'honneur à la personne que vous dites aimer. Êtes-vous digne d'une nouvelle preuve d'estime et méritez-vous que l'on vous parle à l'heure où la lune laisse dans l'ombre les tilleuls au bout du jardin ?

Hier, à une heure, au moment où Griffith allait se coucher, je lui ai dit : « Prenez votre châle et accompagnez-moi, ma chère, je veux aller au fond du jardin sans que personne le sache ! » Elle ne m'a pas dit un mot et m'a suivie. Quelles sensations, ma Renée ! car, après l'avoir attendu en proie à une charmante petite angoisse, je l'avais vu se glissant comme une ombre. Arrivée au jardin sans encombre, je dis à Griffith : « Ne soyez pas étonnée, il y a là le baron de Macumer, et c'est bien à cause de lui que je vous ai emmenée. » Elle n'a rien dit.

« Que voulez-vous de moi ? » m'a dit Felipe d'une voix dont l'émotion annonçait que le bruit de nos robes dans le silence de la nuit et celui de nos pas sur le sable, quelque léger qu'il fût, l'avaient mis hors de lui.

« Je veux vous dire ce que je ne saurais écrire », lui ai-je répondu.

Griffith est allée à six pas de nous. La nuit était une de ces nuits tièdes, embaumées par les fleurs ; j'ai ressenti dans ce moment un plaisir enivrant à me trouver presque seule avec lui dans la douce obscurité des tilleuls, au-delà desquels le jardin brillait d'autant plus que la façade de l'hôtel reflétait en blanc la lueur de la lune. Ce contraste offrait une vague image du mystère de notre amour qui doit finir par l'éclatante publicité du mariage. Après un moment donné de part et d'autre au plaisir de cette situation neuve pour nous deux, et où nous étions aussi étonnés l'un que l'autre, j'ai retrouvé la parole.

« Quoique je ne craigne pas la calomnie, je ne veux plus que vous montiez sur cet arbre, lui dis-je en lui montrant l'orme, ni sur ce mur. Nous avons assez fait, vous l'écolier, et moi la pensionnaire : élevons nos sentiments à la hauteur de nos destinées. Si vous étiez mort dans votre chute, je mourais déshonorée… » Je l'ai regardé, il était blême. « Et si vous étiez surpris ainsi, ma mère ou moi nous serions soupçonnées…

— Pardon, a-t-il dit d'une voix faible.

— Passez sur le boulevard, j'entendrai votre pas, et quand je voudrai vous voir, j'ouvrirai ma fenêtre ; mais je ne vous ferai courir et je ne courrai ce danger que dans une circonstance grave. Pourquoi m'avoir forcée, par votre imprudence, à en commettre une autre et à vous donner une mauvaise opinion de moi ? » J'ai vu dans ses yeux des larmes qui m'ont paru la plus belle réponse du monde. « Vous devez croire, lui dis-je en souriant, que ma démarche est excessivement hasardée… »

Après un ou deux tours faits en silence sous les arbres, il a trouvé la parole. « Vous devez me croire stupide ; et je suis tellement ivre de bonheur, que je suis sans force et sans esprit ; mais sachez du moins qu'à mes yeux vous sanctifiez vos actions par cela seulement que vous vous les permettez. Le respect que j'ai pour vous ne peut se comparer qu'à celui que j'ai pour Dieu. D'ailleurs, miss Griffith est là.

— Elle est là pour les autres et non pas pour nous, Felipe », lui ai-je dit vivement. Cet homme, ma chère, m'a comprise.

« Je sais bien, reprit-il en me jetant le plus humble regard, qu'elle n'y serait pas, tout se passerait entre nous comme si elle nous voyait : si nous ne sommes pas devant les hommes, nous sommes toujours devant Dieu, et nous avons autant besoin de notre propre estime que de celle du monde.

— Merci, Felipe, lui ai-je dit en lui tendant la main par un geste que tu dois voir. Une femme, et prenez-moi pour une femme, est bien disposée à aimer un homme qui la comprend. Oh ! seulement disposée, repris-je en levant un doigt sur mes lèvres. Je ne veux pas que vous ayez plus d'espoir que je n'en veux donner. Mon cœur n'appartiendra qu'à celui qui saura y lire et le bien connaître. Nos sentiments, sans être absolument semblables, doivent avoir la même étendue, être à la même élévation. Je ne cherche point à me grandir, car ce que je crois être des qualités comporte sans doute des défauts ; mais si je ne les avais point, je serais bien désolée.

— Après m'avoir accepté pour serviteur, vous m'avez permis de vous aimer, dit-il en tremblant et me regardant à chaque mot ; j'ai plus que je n'ai primitivement désiré.

— Mais, lui ai-je vivement répliqué, je trouve votre lot meilleur que le mien ; je ne me plaindrais pas d'en changer, et ce changement vous regarde.

— À moi maintenant de vous dire merci, m'a-t-il répondu, je sais les devoirs d'un loyal amant. Je dois vous prouver que je suis digne de vous, et vous avez le droit de m'éprouver aussi longtemps qu'il vous plaira. Vous pouvez, mon Dieu ! me rejeter si je trahissais votre espoir.

— Je sais que vous m'aimez, lui ai-je répondu. Jusqu'à présent (j'ai cruellement appuyé sur le mot) vous êtes le préféré, voilà pourquoi vous êtes ici. »

Nous avons alors recommencé quelques tours en causant, et je dois t'avouer que, mis à l'aise, mon Espagnol a déployé la véritable éloquence du cœur en m'exprimant, non pas sa passion, mais sa tendresse ; car il a su m'expliquer ses sentiments par une adorable comparaison avec l'amour divin. Sa voix pénétrante, qui prêtait une valeur particulière à ses idées déjà si délicates, ressemblait aux accents du rossignol.

Il parlait bas, dans le médium plein de son délicieux organe, et ses phrases se suivaient avec la précipitation d'un bouillonnement : son cœur y débordait. « Cessez, lui dis-je, je resterais là plus longtemps que je ne le dois. » Et, par un geste, je l'ai congédié. « Vous voilà engagée, mademoiselle, m'a dit Griffith. — Peut-être en Angleterre, mais non en France, ai-je répondu négligemment. Je veux faire un mariage d'amour et ne pas être trompée : voilà tout. » Tu le vois, ma chère, l'amour ne venait pas à moi, j'ai agi comme Mahomet avec sa montagne[1].

Vendredi.

J'ai revu mon esclave : il est devenu craintif, il a pris un air mystérieux et dévot qui me plaît ; il me paraît pénétré de ma gloire et de ma puissance. Mais rien, ni dans ses regards, ni dans ses manières, ne peut permettre aux devineresses du monde de soupçonner en lui cet amour infini que je vois. Cependant, ma chère, je ne suis pas emportée, dominée, domptée ; au contraire, je dompte, je domine et j'emporte... Enfin je raisonne. Ah ! je voudrais bien retrouver cette peur que me causait la fascination du maître, du bourgeois à qui je me refusais. Il y a deux amours : celui qui commande et celui qui obéit ; ils sont distincts et donnent naissance à deux passions, et l'une n'est pas l'autre ;

1. Allusion à la phrase attribuée à Mahomet : « Montagne, puisque tu ne veux pas venir à Mahomet, Mahomet ira à toi. »

pour avoir son compte de la vie, peut-être une femme doit-elle connaître l'une et l'autre. Ces deux passions peuvent-elles se confondre ? Un homme à qui nous inspirons de l'amour nous en inspirera-t-il ? Felipe sera-t-il un jour mon maître ? tremblerai-je comme il tremble ? Ces questions me font frémir. Il est bien aveugle ! À sa place, j'aurais trouvé mademoiselle de Chaulieu sous ces tilleuls bien coquettement froide, compassée, calculatrice. Non, ce n'est pas aimer, cela, c'est badiner avec le feu. Felipe me plaît toujours, mais je me trouve maintenant calme et à mon aise. Plus d'obstacles ! quel terrible mot. En moi tout s'affaisse, se rassoit, et j'ai peur de m'interroger. Il a eu tort de me cacher la violence de son amour, il m'a laissée maîtresse de moi. Enfin, je n'ai pas les bénéfices de cette espèce de faute. Oui, chère, quelque douceur que m'apporte le souvenir de cette demi-heure passée sous les arbres, je trouve le plaisir qu'elle m'a donné bien au-dessous des émotions que j'avais en disant : Y viendrai-je ? n'y viendrai-je pas ? lui écrirai-je ? ne lui écrirai-je point ? En serait-il donc ainsi pour tous nos plaisirs ? Serait-il meilleur de les différer que d'en jouir ? l'espérance vaudrait-elle mieux que la possession ? Les riches sont-ils les pauvres ? Avons-nous toutes deux trop étendu les sentiments en développant outre mesure les forces de notre imagination ? Il y a des instants où cette idée me glace. Sais-tu pourquoi ? Je songe à revenir sans Griffith au bout du jardin. Jusqu'où irais-je ainsi ? L'imagination n'a pas de bornes, et les plaisirs en ont. Dis-moi, cher docteur en corset[1], comment concilier ces deux termes de l'existence des femmes ?

XXII
LOUISE À FELIPE

Je ne suis pas contente de vous. Si vous n'avez pas pleuré en lisant *Bérénice* de Racine, si vous n'y avez pas trouvé la plus horrible des tragédies, vous ne me comprendrez point, nous ne nous entendrons jamais : brisons, ne nous voyons plus, oubliez-moi ; car si vous ne me répondez pas d'une manière satisfaisante, je vous oublierai, vous deviendrez monsieur le baron de Macumer pour moi, ou plutôt vous ne deviendrez rien, vous serez pour moi comme si vous n'aviez jamais existé. Hier, chez madame d'Espard, vous avez eu je ne sais quel air content qui m'a souverainement déplu. Vous paraissiez sûr d'être aimé. Enfin, la liberté de votre esprit m'a épouvantée, et je n'ai point reconnu en vous, dans ce moment, le serviteur que vous disiez être dans votre première lettre. Loin d'être absorbé comme doit l'être un homme qui aime, vous trouviez des mots spirituels. Ainsi ne se comporte pas un vrai croyant : il est toujours abattu devant la divinité. Si

---

1. Allusion à une phrase de Renée dans la lettre XVIII : « Oui ! la fausseté est aussi nécessaire à la femme que son corset, si par fausseté on entend le silence de celle qui a le courage de se taire, si par fausseté l'on entend le calcul nécessaire de l'avenir. »

je ne suis pas un être supérieur aux autres femmes, si vous ne voyez point en moi la source de votre vie, je suis moins qu'une femme, parce qu'alors je suis simplement une femme. Vous avez éveillé ma défiance, Felipe : elle a grondé de manière à couvrir la voix de la tendresse, et quand j'envisage notre passé, je me trouve le droit d'être défiante. Sachez-le, monsieur le ministre constitutionnel de toutes les Espagnes, j'ai profondément réfléchi à la pauvre condition de mon sexe. Mon innocence a tenu des flambeaux dans ses mains sans se brûler. Écoutez bien ce que ma jeune expérience m'a dit et ce que je vous répète. En toute autre chose, la duplicité, le manque de foi, les promesses inexécutées rencontrent des juges, et les juges infligent des châtiments ; mais il n'en est pas ainsi pour l'amour, qui doit être à la fois la victime, l'accusateur, l'avocat, le tribunal et le bourreau ; car les plus atroces perfidies, les plus horribles crimes demeurent inconnus, se commettent d'âme à âme sans témoins, et il est dans l'intérêt bien entendu de l'assassiné de se taire. L'amour a donc son code à lui, sa vengeance à lui : le monde n'a rien à y voir. Or, j'ai résolu, moi, de ne jamais pardonner un crime, et il n'y a rien de léger dans les choses du cœur. Hier, vous ressembliez à un homme certain d'être aimé. Vous auriez tort de ne pas avoir cette certitude, mais vous seriez criminel à mes yeux si elle vous ôtait la grâce ingénue que les anxiétés de l'espérance vous donnaient auparavant. Je ne veux vous voir ni timide ni fat, je ne veux pas que vous trembliez de perdre mon affection, parce que ce

serait une insulte ; mais je ne veux pas non plus que
la sécurité vous permette de porter légèrement votre
amour. Vous ne devez jamais être plus libre que je ne
le suis moi-même. Si vous ne connaissez pas le supplice qu'une seule pensée de doute impose à l'âme,
tremblez que je ne vous l'apprenne. Par un seul regard
je vous ai livré mon âme, et vous y avez lu. Vous avez
à vous les sentiments les plus purs qui jamais se soient
élevés dans une âme de jeune fille. La réflexion, les
méditations dont je vous ai parlé n'ont enrichi que la
tête ; mais quand le cœur froissé demandera conseil
à l'intelligence, croyez-moi, la jeune fille tiendra de
l'ange qui sait et peut tout. Je vous le jure, Felipe, si
vous m'aimez comme je le crois, et si vous devez me
laisser soupçonner le moindre affaiblissement dans les
sentiments de crainte, d'obéissance, de respectueuse
attente, de désir soumis que vous annonciez ; si j'aperçois un jour la moindre diminution dans ce premier et
bel amour qui de votre âme est venu dans la mienne,
je ne vous dirai rien, je ne vous ennuierai point par
une lettre plus ou moins digne, plus ou moins fière ou
courroucée, ou seulement grondeuse comme celle-ci ;
je ne dirais rien, Felipe : vous me verriez triste à la
manière des gens qui sentent venir la mort ; mais je ne
mourrais pas sans vous avoir imprimé la plus horrible
flétrissure, sans avoir déshonoré de la manière la plus
honteuse celle que vous aimiez, et vous avoir planté
dans le cœur d'éternels regrets, car vous me verriez
perdue ici-bas aux yeux des hommes et à jamais maudite en l'autre vie.

Ainsi, ne me rendez pas jalouse d'une autre Louise heureuse, d'une Louise saintement aimée, d'une Louise dont l'âme s'épanouissait dans un amour sans ombre, et qui possédait, selon la sublime expression de Dante,

Senza brama, sicura richezza[1] !

Sachez que j'ai fouillé son Enfer pour en rapporter la plus douloureuse des tortures, un terrible châtiment moral auquel j'associerai l'éternelle vengeance de Dieu.

Vous avez donc glissé dans mon cœur, hier, par votre conduite, la lame froide et cruelle du soupçon. Comprenez-vous ? j'ai douté de vous, et j'en ai tant souffert que je ne veux plus douter. Si vous trouvez mon servage trop dur, quittez-le, je ne vous en voudrai point. Ne sais-je donc pas que vous êtes un homme d'esprit ? réservez toutes les fleurs de votre âme pour moi, ayez les yeux ternes devant le monde, ne vous mettez jamais dans le cas de recevoir une flatterie, un éloge, un compliment de qui que ce soit. Venez me voir chargé de haine, excitant mille calomnies ou accablé de mépris, venez me dire que les femmes ne vous comprennent point, marchent auprès de vous sans vous voir, et qu'aucune d'elles ne saurait vous aimer ; vous apprendrez alors ce qu'il y a pour vous dans le cœur et dans l'amour de Louise. Nos trésors doivent être si bien enterrés, que le

---

1. Note de Balzac, dès l'édition originale : « Posséder, sans crainte, des richesses qui ne peuvent être perdues ! » Le texte exact de Dante est : « *Oh sanza brama sicura riccheza* » (« Ô richesse assurée sans ardent désir », *Le Paradis*, chant XXVII).

monde entier les foule aux pieds sans les soupçonner. Si vous étiez beau, je n'eusse sans doute jamais fait la moindre attention à vous et n'aurais pas découvert en vous le monde de raisons qui fait éclore l'amour ; et, quoique nous ne les connaissions pas plus que nous ne savons comment le soleil fait éclore les fleurs ou mûrir les fruits, néanmoins parmi ces raisons, il en est une que je sais et qui me charme. Votre sublime visage n'a son caractère, son langage, sa physionomie que pour moi. Moi seule, j'ai le pouvoir de vous transformer, de vous rendre le plus adorable de tous les hommes ; je ne veux donc point que votre esprit échappe à ma possession : il ne doit pas plus se révéler aux autres que vos yeux, votre charmante bouche et vos traits ne leur parlent. À moi seule d'allumer les clartés de votre intelligence comme j'enflamme vos regards. Restez ce sombre et froid, ce maussade et dédaigneux grand d'Espagne que vous étiez auparavant. Vous étiez une sauvage domination détruite dans les ruines de laquelle personne ne s'aventurait, vous étiez contemplé de loin, et voilà que vous frayez des chemins complaisants pour que tout le monde y entre, et vous allez devenir un aimable Parisien. Ne vous souvenez-vous plus de mon programme ? Votre joie disait un peu trop que vous aimiez. Il a fallu mon regard pour vous empêcher de faire savoir au salon le plus perspicace, le plus railleur, le plus spirituel de Paris, qu'Armande-Louise-Marie de Chaulieu vous donnait de l'esprit. Je vous crois trop grand pour faire entrer la moindre ruse de la politique dans votre

amour ; mais si vous n'aviez pas avec moi la simplicité d'un enfant, je vous plaindrais ; et, malgré cette
première faute, vous êtes encore l'objet d'une admiration profonde pour

LOUISE DE CHAULIEU.

XXIII
FELIPE À LOUISE

Quand Dieu voit nos fautes, il voit aussi nos repentirs : vous avez raison, ma chère maîtresse. J'ai senti
que je vous avais déplu sans pouvoir pénétrer la cause
de votre souci ; mais vous me l'avez expliquée, et
vous m'avez donné de nouvelles raisons de vous adorer. Votre jalousie à la manière de celle du Dieu d'Is-
raël m'a rempli de bonheur. Rien n'est plus saint ni
plus sacré que la jalousie. Ô mon bel ange gardien,
la jalousie est la sentinelle qui ne dort jamais ; elle
est à l'amour ce que le mal est à l'homme, un véri-
dique avertissement. Soyez jalouse de votre serviteur, Louise : plus vous le frapperez, plus il léchera,
soumis, humble et malheureux, le bâton qui lui dit en
frappant combien vous tenez à lui. Mais, hélas ! chère,
si vous ne les avez pas aperçus, est-ce donc Dieu qui
me tiendra compte de tant d'efforts pour vaincre ma
timidité, pour surmonter les sentiments que vous avez
crus faibles chez moi ? Oui, j'ai bien pris sur moi
pour me montrer à vous comme j'étais avant d'aimer. On goûtait quelque plaisir dans ma conversation

à Madrid, et j'ai voulu vous faire connaître à vous-même ce que je valais. Est-ce une vanité ? vous l'avez bien punie. Votre dernier regard m'a laissé dans un tremblement que je n'ai jamais éprouvé, même quand j'ai vu les forces de la France devant Cadix, et ma vie mise en question dans une hypocrite phrase de mon maître. Je cherchais la cause de votre déplaisir sans pouvoir la trouver, et je me désespérais de ce désaccord de notre âme, car je dois agir par votre volonté, penser par votre pensée, voir par vos yeux, jouir de votre plaisir et ressentir votre peine, comme je sens le froid et le chaud. Pour moi, le crime et l'angoisse était ce défaut de simultanéité dans la vie de notre cœur que vous avez faite si belle. Lui déplaire !... ai-je répété mille fois depuis comme un fou. Ma noble et belle Louise, si quelque chose pouvait accroître mon dévouement absolu pour vous et ma croyance inébranlable en votre sainte conscience, ce serait votre doctrine qui m'est entrée au cœur comme une lumière nouvelle. Vous m'avez dit à moi-même mes propres sentiments, vous m'avez expliqué des choses qui se trouvaient confuses dans mon esprit. Oh ! si vous pensez punir ainsi, quelles sont donc les récompenses ? Mais m'avoir accepté pour serviteur suffisait à tout ce que je veux. Je tiens de vous une vie inespérée : je suis voué, mon souffle n'est pas inutile, ma force a son emploi, ne fût-ce qu'à souffrir pour vous. Je vous l'ai dit, je vous le répète, vous me trouverez toujours semblable à ce que j'étais quand je me suis offert comme un humble et modeste serviteur !

Oui, fussiez-vous déshonorée et perdue comme vous
dites que vous pourriez l'être, ma tendresse s'aug-
menterait de vos malheurs volontaires ! j'essuierais
les plaies, je les cicatriserais, je convaincrais Dieu
par mes prières que vous n'êtes pas coupable et que
vos fautes sont le crime d'autrui… Ne vous ai-je pas
dit que je vous porte en mon cœur les sentiments si
divers qui doivent être chez un père, une mère, une
sœur et un frère ? que je suis avant toute chose une
famille pour vous, tout et rien, selon vos vouloirs ?
Mais n'est-ce pas vous qui avez emprisonné tant
de cœurs dans le cœur d'un amant, pardonnez-moi
donc d'être de temps en temps plus amant que père
et frère en apprenant qu'il y a toujours un frère, un
père derrière l'amant. Si vous pouviez lire dans mon
cœur, quand je vous vois belle et rayonnante, calme et
admirée au fond de votre voiture aux Champs-Élysées
ou dans votre loge au théâtre ?… Ah ! si vous saviez
combien mon orgueil est peu personnel en entendant
un éloge arraché par votre beauté, par votre maintien,
et combien j'aime les inconnus qui vous admirent ?
Quand par hasard vous avez fleuri mon âme par un
salut, je suis à la fois humble et fier, je m'en vais
comme si Dieu m'avait béni, je reviens joyeux, et ma
joie laisse en moi-même une longue trace lumineuse :
elle brille dans les nuages de la fumée de ma ciga-
rette[1], et j'en sais mieux que le sang qui bouillonne

---

1. Les premières cigarettes manufacturées n'apparaissent que
dans les années 1820.

dans mes veines est tout à vous. Ne savez-vous donc
pas combien vous êtes aimée ? Après vous avoir
vue, je reviens dans le cabinet où brille la magnificence sarrasine ; mais où votre portrait éclipse tout,
lorsque je fais jouer le ressort qui doit le rendre invisible à tous les regards ; et je me lance alors dans l'infini de cette contemplation : je fais là des poèmes de
bonheur. Du haut des cieux je découvre le cours de
toute une vie que j'ose espérer ! Avez-vous quelquefois entendu dans le silence des nuits ou malgré le
bruit du monde, une voix résonner dans votre chère
petite oreille adorée ? Ignorez-vous les mille prières
qui vous sont adressées ? À force de vous contempler silencieusement, j'ai fini par découvrir la raison
de tous vos traits, leur correspondance avec les per-
fections de votre âme ; je vous fais alors en espagnol,
sur cet accord de vos deux belles natures, des sonnets
que vous ne connaissez pas, car ma poésie est trop au-
dessous du sujet, et je n'ose vous les envoyer. Mon
cœur est si parfaitement absorbé dans le vôtre, que je
ne suis pas un moment sans penser à vous ; et si vous
cessiez d'animer ainsi ma vie, il y aurait souffrance
en moi. Comprenez-vous maintenant, Louise, quel
tourment pour moi d'être, bien involontairement, la
cause d'un déplaisir pour vous et de n'en pas deviner
la raison ? Cette belle double vie était arrêtée, et mon
cœur sentait un froid glacial. Enfin, dans l'impossibilité de m'expliquer ce désaccord, je pensais n'être
plus aimé ; je revenais bien tristement, mais heureux
encore, à ma condition de serviteur, quand votre lettre

est arrivée et m'a rempli de joie. Oh ! grondez-moi
toujours ainsi.

Un enfant, qui s'était laissé tomber, dit à sa mère :
« Pardon ! » en se relevant et lui déguisant son mal.
Oui, pardon de lui avoir causé une douleur. Eh ! bien,
cet enfant, c'est moi : je n'ai pas changé, je vous livre
la clef de mon caractère avec une soumission d'esclave ; mais, chère Louise, je ne ferai plus de faux
pas. Tâchez que la chaîne qui m'attache à vous, et que
vous tenez, soit toujours assez tendue pour qu'un seul
mouvement dise vos moindres souhaits à celui qui
sera toujours

Votre esclave,

FELIPE.

XXIV
LOUISE DE CHAULIEU
À RENÉE DE L'ESTORADE

Octobre 1824.

Ma chère amie, toi qui t'es mariée en deux mois à
un pauvre souffreteux de qui tu t'es faite la mère, tu
ne connais rien aux effroyables péripéties de ce drame
joué au fond des cœurs et appelé l'amour, où tout
devient en un moment tragique, où la mort est dans un
regard, dans une réponse faite à la légère. J'ai réservé
pour dernière épreuve à Felipe une terrible mais déci-
sive épreuve. J'ai voulu savoir si j'étais aimée *quand*

même[1] ! le grand et sublime mot des royalistes, et pourquoi pas des catholiques ? Il s'est promené pendant
toute une nuit avec moi sous les tilleuls au fond de
notre jardin, et il n'a pas eu dans l'âme l'ombre même
d'un doute. Le lendemain, j'étais plus aimée, et pour
lui tout aussi chaste, tout aussi grande, tout aussi pure
que la veille ; il n'en avait pas tiré le moindre avantage.
Oh ! il est bien Espagnol, bien Abencérage. Il a gravi
mon mur pour venir baiser la main que je lui tendais
dans l'ombre, du haut de mon balcon ; il a failli se bri-
ser ; mais combien de jeunes gens en feraient autant ?
Tout cela n'est rien, les chrétiens subissent d'effroyables martyres pour aller au ciel. Avant-hier, au soir,
j'ai pris[2] le futur ambassadeur du roi à la cour d'Espagne, mon très honoré père, et je lui ai dit en souriant :
« Monsieur, pour un petit nombre d'amis, vous mariez
au neveu d'un ambassadeur votre chère Armande à qui
cet ambassadeur, désireux d'une telle alliance et qui l'a
mendiée assez longtemps, assure au contrat de mariage
son immense fortune et ses titres après sa mort en donnant, dès à présent, aux deux époux cent mille livres
de rente et reconnaissant à la future une dot de huit
cent mille francs. Votre fille pleure, mais elle plie sous
l'ascendant irrésistible de votre majestueuse autorité
paternelle. Quelques médisants disent que votre fille

---

1. Allusion au « Vive le Roi quand même ! » des légitimistes,
à propos de Louis-Philippe après la révolution de 1830. C'est un
anachronisme puisque la lettre de Louise est de 1824.

2. Au sens de « j'ai pris à part ».

cache sous ses pleurs une âme intéressée et ambitieuse. Nous allons ce soir à l'Opéra dans la loge des gentils- hommes[1], et monsieur le baron de Macumer y viendra. — Il ne va donc pas ? me répondit mon père en sou- riant et me traitant en ambassadrice. — Vous prenez Clarisse Harlowe pour Figaro ! lui ai-je dit en lui jetant un regard plein de dédain et de raillerie. Quand vous m'aurez vu la main droite dégantée, vous démentirez ce bruit impertinent, et vous vous en montrerez offensé. — Je puis être tranquille sur ton avenir : tu n'as pas plus la tête d'une fille que Jeanne d'Arc n'avait le cœur d'une femme. Tu seras heureuse, tu n'aimeras personne et te laisseras aimer ! » Pour cette fois, j'éclatai de rire. « Qu'as-tu, ma petite coquette ? me dit-il. — Je tremble pour les intérêts de mon pays... Et, voyant qu'il ne me comprenait pas, j'ajoutai : à Madrid ! — Vous ne sauriez croire à quel point, au bout d'une année, cette religieuse se moque de son père, dit-il à la duchesse. — Armande se moque de tout, répliqua ma mère en me regardant. — Que voulez-vous dire ? lui demandai-je. — Mais vous ne craignez même pas l'humidité de la nuit qui peut vous donner des rhu- matismes, dit-elle en me lançant un nouveau regard. — Les matinées, répondis-je, sont si chaudes ! La duchesse a baissé les yeux. — Il est bien temps de la marier, dit mon père, et ce sera, je l'espère, avant mon

---

1. « La loge des Premiers Gentilshommes est celle qui se trouve dans l'un des deux pans coupés au fond de la salle : on y est vu comme on y voit de tous côtés » (*Illusions perdues*, *CH*, I, p. 293).

départ. — Oui, si vous le voulez », lui ai-je répondu
simplement.

Deux heures après, ma mère et moi, la duchesse
de Maufrigneuse et madame d'Espard, nous étions
comme quatre roses sur le devant de la loge. Je m'étais
mise de côté, ne présentant qu'une épaule au public
et pouvant tout voir sans être vue dans cette loge spacieuse qui occupe un des deux pans coupés au fond
de la salle, entre les colonnes. Macumer est venu,
s'est planté sur ses jambes et a mis ses jumelles devant
ses yeux pour pouvoir me regarder à son aise. Au premier entracte, est entré celui que j'appelle le roi des
Ribauds, un jeune homme d'une beauté féminine. Le
comte Henri de Marsay s'est produit dans la loge avec
une épigramme dans les yeux, un sourire sur les lèvres,
un air joyeux sur toute la figure[1]. Il a fait les premiers
compliments à ma mère, à madame d'Espard, à la
duchesse de Maufrigneuse, aux comtes d'Esgrignon[2]
et de Saint-Héreen[3] ; puis il me dit : « Je ne sais pas

---

1. C'est un personnage reparaissant, qui fait partie des dandys
(les « lions ») de *La Comédie humaine*. Il est le personnage principal de *La Fille aux yeux d'or* (1835).

2. Victurnien d'Esgrignon, personnage reparaissant, de la catégorie des jeunes écervelés. Il est l'amant de Diane de Maufrigneuse
dans *Le Cabinet des Antiques*, multiplie les dettes et fait un faux en
écriture. Il n'est sauvé du bagne qu'*in extremis* par l'intervention
de sa maîtresse, mais il continue à mener une vie dissolue grâce à
la fortune de la femme qu'il épouse.

3. « Furne corrigé » : au comte d'Esgrignon et à monsieur de
Canalis

a la rage de la marier, et l'on invente des absurdités ! Je ne marierai jamais Armande contre son gré. Je vais faire un tour au foyer, car on croirait que je laisse courir ce bruit-là pour donner l'idée de ce mariage à l'ambassadeur ; et la fille de César doit être encore moins soupçonnée que sa femme, qui ne doit pas l'être du tout. »

La duchesse de Maufrigneuse et madame d'Espard regardèrent d'abord ma mère, puis le baron, d'un air pétillant, narquois, rusé, plein d'interrogations contenues. Ces fines couleuvres ont fini par entrevoir quelque chose. De toutes les choses secrètes, l'amour est la plus publique, et les femmes l'exhalent, je crois. Aussi, pour le bien cacher, une femme doit-elle être un monstre ! Nos yeux sont encore plus bavards que ne l'est notre langue. Après avoir joui du délicieux plaisir de trouver Felipe aussi grand que je le souhaitais, j'ai naturellement voulu davantage. J'ai fait alors un signal convenu pour lui dire de venir à ma fenêtre par le dangereux chemin que tu connais. Quelques heures après, je l'ai trouvé droit comme une statue, collé le long de la muraille, la main appuyée à l'angle du balcon de ma fenêtre, étudiant les reflets de la lumière de mon appartement. « Mon cher Felipe, lui ai-je dit, vous avez été bien ce soir : vous vous êtes conduit comme je me serais conduite moi-même si l'on m'eût appris que vous faisiez un mariage. — J'ai pensé que vous m'eussiez instruit avant tout le monde, a-t-il répondu. — Et quel est votre droit à ce privilège ? — Celui d'un serviteur dévoué. — L'êtes-vous vraiment ? — Oui, dit-il ; et je si monsieur Hénarez s'était entendu avec mon père, je n'avais aucune raison de m'opposer à leurs désirs. Là-dessus, ma mère a retenu le baron à dîner ; après quoi nous avons été tous quatre nous promener au bois de Boulogne. J'ai regardé très railleusement monsieur de Marsay quand il a passé à cheval, car il a remarqué Macumer et mon père sur le devant de la calèche.

Mon adorable Felipe a fait ainsi refaire ses cartes :

HÉNAREZ,
Des ducs de Soria, baron de Macumer.

Tous les matins il m'apporte lui-même un bouquet d'une délicieuse magnificence, au milieu duquel je trouve toujours une lettre qui contient un sonnet espagnol à ma louange, fait par lui pendant la nuit.

Pour ne pas grossir ce paquet, je t'envoie comme échantillon le premier et le dernier de ses sonnets[1], que je t'ai traduits mot à mot en te les mettant vers par vers.

PREMIER SONNET

Plus d'une fois, couvert d'une mince veste de soie, – l'épée haute, sans que mon cœur battît une pulsation de plus, – j'ai attendu l'assaut du taureau furieux, – et sa corne plus aiguë que le croissant de Phœbé.

J'ai gravi, fredonnant une seguidille andalouse, – le talus d'une redoute sous une pluie de fer ; – j'ai jeté ma

---

1. On ne sait pas si Balzac en est l'auteur, ce qui n'est pas totalement invraisemblable, la traduction ne nécessitant pas d'être versifiée.

vie sur le tapis vert du hasard – sans plus m'en soucier
que d'un quadruple d'or.

J'aurais pris avec la main les boulets dans la gueule
des canons ; – mais je crois que je deviens plus timide
qu'un lièvre aux aguets ; – qu'un enfant qui voit un
spectre aux plis de sa fenêtre.

Car, lorsque tu me regardes avec ta douce prunelle,
– une sueur glacée couvre mon front, mes genoux se
dérobent sous moi, – je tremble, je recule, je n'ai plus de
courage.

DEUXIÈME SONNET

Cette nuit, je voulais dormir pour rêver de toi ; – mais
le sommeil jaloux fuyait mes paupières : – je m'appro-
chai du balcon, et je regardai le ciel : – lorsque je pense
à toi, mes yeux se tournent toujours en haut.

Phénomène étrange, que l'amour peut seul expliquer,
– le firmament avait perdu sa couleur de saphir ; – les
étoiles, diamants éteints dans leur monture d'or, – ne
lançaient que des œillades mortes, des rayons refroidis.

La lune, nettoyée de son fard d'argent et de lis, – rou-
lait tristement sur le morne horizon, – car tu as dérobé
au ciel toutes ses splendeurs.

La blancheur de la lune luit sur ton front charmant,
– tout l'azur du ciel s'est concentré dans tes prunelles, –
et tes cils sont formés par les rayons des étoiles.

Peut-on prouver plus gracieusement à une jeune
fille qu'on ne s'occupe que d'elle ? Que dis-tu de cet
amour qui s'exprime en prodiguant les fleurs de l'intelligence et les fleurs de la terre ? Depuis une dizaine

de jours, je connais ce qu'est cette galanterie espagnole si fameuse autrefois.

Ah çà, chère, que se passe-t-il à la Crampade, où je me promène si souvent en examinant les progrès de notre agriculture ? N'as-tu rien à me dire de nos mûriers, de nos plantations de l'hiver dernier ? Tout y réussit-il à tes souhaits ? Les fleurs sont-elles épanouies dans ton cœur d'épouse en même temps que celles de nos massifs ? je n'ose dire de nos plates-bandes. Louis continue-t-il son système de madrigaux ? Vous entendez-vous bien ? Le doux murmure de ton filet de tendresse conjugale vaut-il mieux que la turbulence des torrents de mon amour ? Mon gentil docteur en jupon s'est-il fâché ? Je ne saurais le croire, et j'enverrais Felipe en courrier se mettre à tes genoux et me rapporter ta tête ou mon pardon s'il en était ainsi. Je fais une belle vie ici, cher amour, et je voudrais savoir comment va celle de Provence. Nous venons d'augmenter notre famille d'un Espagnol coloré comme un cigare de La Havane, et j'attends encore tes compliments.

Vraiment, ma belle Renée, je suis inquiète, j'ai peur que tu ne dévores quelques souffrances pour ne pas en attrister mes joies, méchante ! Écris-moi promptement quelques pages où tu me peignes ta vie dans ses infiniment petits, et dis-moi bien si tu résistes toujours, si ton libre arbitre est sur ses deux pieds ou à genoux, ou bien assis, ce qui serait grave. Crois-tu que les événements de ton mariage ne me préoccupent pas ? Tout ce que tu m'as écrit me rend parfois rêveuse. Souvent, lorsqu'à l'Opéra je paraissais regarder des danseuses en pirouette, je me disais : Il est neuf heures et demie, elle se couche peut-être, que fait-elle ? Est-elle heureuse ? Est-elle seule avec son libre arbitre ? ou son libre arbitre est-il où vont les libres arbitres dont on ne se soucie plus ?… Mille tendresses.

XXV
RENÉE DE L'ESTORADE
À LOUISE DE CHAULIEU

Octobre.

Impertinente ! pourquoi t'aurais-je écrit ? que t'eussé-je dit ? Durant cette vie animée par les fêtes, par les angoisses de l'amour, par ses colères et par ses fleurs que tu me dépeins, et à laquelle j'assiste comme à une pièce de théâtre bien jouée, je mène une vie monotone et réglée à la manière d'une vie de couvent. Nous sommes toujours couchés à neuf heures et levés au jour. Nos repas sont toujours servis avec une exactitude désespérante. Pas le plus léger accident. Je me suis accoutumée à cette division du temps et sans trop de peine. Peut-être est-ce naturel, que serait la vie sans cet assujettissement à des règles fixes qui, selon les astronomes et au dire de Louis, régit les mondes ? L'ordre ne lasse pas. D'ailleurs, je me suis imposé des obligations de toilette qui me prennent le temps entre mon lever et le déjeuner : je tiens à y paraître charmante par obéissance à mes devoirs de femme, j'en éprouve du contentement, et j'en cause un bien vif au bon vieillard et à Louis. Nous nous promenons après le déjeuner. Quand les journaux arrivent, je disparais pour m'acquitter de mes affaires de ménage ou pour lire, car je lis beaucoup, ou pour t'écrire. Je reviens une heure avant le dîner, et après on joue, on a des visites, ou on en fait. Je passe ainsi mes journées entre un vieillard heureux, sans désirs, et un homme pour qui je suis le bonheur. Louis est si content, que sa joie a fini par réchauffer mon âme. Le bonheur, pour nous, ne doit sans doute pas être le plaisir. Quelquefois, le soir, quand je ne suis pas utile à la partie, et que je suis enfoncée dans une bergère, ma pensée est assez puissante pour me faire entrer en toi ; j'épouse alors ta belle vie si féconde, si nuancée, si violemment agitée, et je me demande à quoi te mèneront ces turbulentes préfaces, ne tueront-elles pas le livre ? Tu peux avoir les illusions de l'amour, toi, chère mignonne ; mais moi, je n'ai plus que les réalités du ménage. Oui, tes amours me semblent un songe ! Aussi ai-je de la peine à comprendre pourquoi tu les rends si romanesques. Tu veux un homme qui ait plus d'âme que de sens, plus de grandeur et de vertu que d'amour ; tu veux que le rêve des jeunes filles à l'entrée de la vie prenne un corps ; tu demandes des sacrifices pour les récompenser ; tu soumets ton Felipe à des épreuves pour savoir si le désir, si l'espérance, si la curiosité seront durables. Mais, enfant, derrière tes décorations fantastiques s'élève un autel où se prépare un lien éternel. Le lendemain du mariage, le terrible fait qui change la fille en femme et l'amant en mari, peut renverser les élégants échafaudages de tes subtiles précautions. Sache donc enfin que deux amoureux, tout aussi bien que deux personnes mariées comme nous l'avons été Louis et moi, vont chercher sous les joies d'une noce, selon le mot de Rabelais, un grand *peut-être*[1] !

Je ne te blâme pas, quoique ce soit un peu léger, de causer avec Don Felipe au fond du jardin, de l'interroger, de passer une nuit à ton balcon, lui sur le mur ; mais tu joues avec la vie, enfant, et j'ai peur que la vie ne joue avec toi. Je n'ose pas te conseiller ce que l'expérience me suggère pour ton bonheur ; mais laisse-moi te répéter encore, du fond de ma vallée, que le viatique du mariage est dans ces mots : résignation et dévouement ! Car, je le vois, malgré tes épreuves, malgré tes coquetteries et tes observations, tu te marieras absolument comme moi. En étendant le désir, on creuse un peu plus profondément le précipice, voilà tout.

Oh ! comme je voudrais voir le baron de Macumer et lui parler pendant quelques heures, tant je te souhaite de bonheur !

---

1. Allusion aux doutes de Panurge sur le mariage, dans le *Tiers Livre*.

XXVI
LOUISE DE MACUMER
À RENÉE DE L'ESTORADE[1]

Mars 1825.

Comme Felipe réalise avec une générosité de Sarrasin les plans de mon père et de ma mère, en me reconnaissant ma fortune sans la recevoir, la duchesse est devenue encore meilleure femme avec moi qu'auparavant. Elle m'appelle *petite rusée, petite commère*, elle me trouve *le bec affilé.* « Mais, chère maman, lui ai-je dit la veille de la signature du contrat, vous attribuez à la politique, à la ruse, à l'habileté les effets de l'amour le plus vrai, le plus naïf, le plus désintéressé, le plus entier qui fût jamais ! Sachez donc que je ne suis pas la *commère* pour laquelle vous me faites l'honneur de me prendre. — Allons donc, Armande, me dit-elle en me prenant par le cou, m'attirant à elle et me baisant au front, tu n'as pas voulu retourner au couvent, tu n'as pas voulu rester fille, et en grande, en belle Chaulieu que tu es, tu as senti la nécessité de relever la maison de ton père. (Si tu savais, Renée, ce qu'il y a de flatterie dans ce mot pour le duc, qui nous écoutait !) Je t'ai vue pendant tout un hiver fourrant ton petit museau dans tous les quadrilles, jugeant très bien les hommes et devinant le monde actuel en

_____

1. Dans *La Presse* et dans l'édition Souverain, la seconde partie commençait à cette lettre.

France. Aussi as-tu avisé le seul Espagnol capable de te faire la belle vie d'une femme maîtresse chez elle. Ma chère petite, tu l'as traité comme Tullia traite ton frère. — Quelle école que le couvent de ma sœur ! » s'est écrié mon père. Je jetai sur mon père un regard qui lui coupa net la parole ; puis je me suis retournée vers la duchesse, et lui ai dit : « Madame, j'aime mon prétendu, Felipe de Soria, de toutes les puissances de mon âme. Quoique cet amour ait été très involontaire et très combattu quand il s'est levé dans mon cœur, je vous jure que je ne m'y suis abandonnée qu'au moment où j'ai reconnu dans le baron de Macumer une âme digne de la mienne, un cœur en qui les délicatesses, les générosités, le dévouement, le caractère et les sentiments étaient conformes aux miens. — Mais, ma chère, a-t-elle repris en m'interrompant, il est laid comme… — Comme tout ce que vous voudrez, dis-je vivement, mais j'aime cette laideur. — Tiens, Armande, me dit mon père, si tu l'aimes et si tu as eu la force de maîtriser ton amour, tu ne dois pas risquer ton bonheur. Or, le bonheur dépend beaucoup des premiers jours du mariage… : — Et pourquoi ne pas lui dire des premières nuits ? s'écria ma mère. Laissez-nous, monsieur », ajouta la duchesse en regardant mon père.

« Tu te maries dans trois jours, ma chère petite, me dit ma mère à l'oreille, je dois donc te faire maintenant, sans pleurnicheries bourgeoises, les recommandations sérieuses que toutes les mères font à leurs filles. Tu épouses un homme que tu aimes. Ainsi, je n'ai pas à te plaindre, ni à me plaindre moi-même. Je ne t'ai vue que depuis un an : si ce fut assez pour t'aimer, ce n'est pas non plus assez pour que je fonde en larmes en regrettant ta compagnie. Ton esprit a surpassé ta beauté ; tu m'as flattée dans mon amour-propre de mère, et tu t'es conduite en bonne et aimable fille. Aussi me trouveras-tu toujours excellente mère. Tu souris ?... Hélas ! souvent, là où la mère et la fille ont bien vécu, les deux femmes se brouillent. Je te veux heureuse. Écoute-moi donc. L'amour que tu ressens est un amour de petite fille, l'amour naturel à toutes les femmes qui sont nées pour s'attacher à un homme ; mais, hélas ! ma petite, il n'y a qu'un homme dans le monde pour nous, il n'y en a pas deux ! et celui que nous sommes appelées à chérir n'est pas toujours celui que nous avons choisi pour mari, tout en croyant l'aimer. Quelque singulières que puissent te paraître mes paroles, médite-les. Si nous n'aimons pas celui que nous avons choisi, la faute en est et à nous et à lui, quelquefois à des circonstances qui ne dépendent ni de nous ni de lui ; et néanmoins rien ne s'oppose à ce que ce soit l'homme que notre famille nous donne, l'homme à qui s'adresse notre cœur, qui soit l'homme aimé. La barrière qui plus tard se trouve entre nous et lui, s'élève souvent par un défaut de persévérance qui vient et de nous et de notre mari. Faire de son mari son amant est une œuvre aussi délicate que celle de faire de son amant son mari, et tu viens de t'en acquitter à merveille. Eh ! bien, je te le répète : je te veux heureuse. Songe donc dès à présent que dans les trois premiers mois de ton mariage tu pourrais devenir malheureuse si, de ton côté, tu ne te soumettais pas au mariage avec l'obéissance, la tendresse et l'esprit que tu as déployés dans tes amours. Car, ma petite commère, tu t'es laissée aller à tous les innocents bonheurs d'un amour clandestin. Si l'amour heureux commençait pour toi par des désenchantements, par des déplaisirs, par des douleurs même, eh ! bien, viens me voir. N'espère pas trop d'abord du mariage, il te donnera peut-être plus de peines que de joies. Ton bonheur exige autant de culture qu'en a exigé l'amour. Enfin, si par hasard, tu perdais l'amant, tu retrouverais le père de tes enfants. Là, ma chère enfant, est toute la vie sociale. Sacrifie tout à l'homme dont le nom est le tien, dont l'honneur, dont la considération ne peuvent recevoir la moindre atteinte qui ne fasse chez toi la plus affreuse brèche. Sacrifier tout à son mari n'est pas seulement un devoir absolu pour des femmes de notre rang, mais encore le plus habile calcul. Le plus bel attribut des grands principes de morale, c'est d'être vrais et profitables de quelque côté qu'on les étudie. En voilà bien assez pour toi. Maintenant, je te crois encline à la jalousie ; et moi, ma chère, je suis jalouse aussi !... mais je ne te voudrais pas sottement jalouse. Écoute : la jalousie qui se montre ressemble à une politique qui mettrait cartes sur table. Se dire jalouse, le laisser voir, n'est-ce pas montrer son jeu ? Nous ne savons rien alors du jeu de l'autre. En toute chose, nous devons savoir souffrir en silence. J'aurai d'ailleurs avec Macumer un entretien sérieux à propos de toi la veille de votre mariage. »

J'ai pris le beau bras de ma mère et lui ai baisé la main en y mettant une larme que son accent avait attirée dans mes yeux. J'ai deviné dans cette haute morale, digne d'elle et de moi, la plus profonde sagesse, une tendresse sans bigoterie sociale, et surtout une véritable estime de mon caractère. Dans ces simples paroles, elle a mis le résumé des enseignements que sa vie et son expérience lui ont peut-être chèrement vendus. Elle fut touchée, et me dit en me regardant : « Chère fillette ! tu vas faire un terrible passage. Et la plupart des femmes ignorantes ou désabusées sont capables d'imiter le comte de Westmoreland. »

Nous nous mîmes à rire. Pour t'expliquer cette plaisanterie, je dois te dire qu'à table, la veille, une princesse russe nous avait raconté qu'en sa qualité de ministre anglais, le comte de Westmoreland était si instruit, qu'ayant énormément souffert[1] du mal de mer pendant le passage de la Manche, et voulant aller en Italie, il tourna bride et revint quand on lui parla du passage des Alpes[2] : « J'ai assez de passages comme cela ! » dit-il. Tu comprends, Renée, que ta sombre philosophie et la morale de ma mère étaient de nature à réveiller les craintes qui nous agitaient à Blois. Plus le mariage approchait, plus j'amassais en moi de

---

1. « Furne corrigé » : avait raconté que le comte de Westmoreland, ayant énormément souffert

2. Ce ministre anglais venait juste de mourir en 1841 et la presse a peut-être alors rappelé quelques anecdotes de sa vie.

force, de volonté, de sentiments pour résister au terrible passage de l'état de jeune fille à l'état de femme. Toutes nos conversations me revenaient à l'esprit, je relisais tes lettres et j'y découvrais je ne sais quelle mélancolie cachée. Ces appréhensions ont eu le mérite de me rendre la fiancée vulgaire des gravures et du public. Aussi le monde m'a-t-il trouvée charmante et très convenable le jour de la signature du contrat. Ce matin, à la mairie où nous sommes allés sans cérémonie, il n'y a eu que les témoins. Je te finis ce bout de lettre pendant que l'on apprête ma toilette pour le dîner. Nous serons mariés à l'église de Sainte-Valère[1], ce soir à minuit, après une brillante soirée. J'avoue que mes craintes me donnent un air de victime et une fausse pudeur qui me vaudront des admirations auxquelles je ne comprends rien. Je suis ravie de voir mon pauvre Felipe tout aussi jeune fille que moi, le monde le blesse, il est comme une chauve-souris dans une boutique de cristaux. « Heureusement que cette journée a un lendemain ! » m'a-t-il dit à l'oreille sans y entendre malice. Il n'aurait voulu voir personne, tant il est honteux et timide. En venant signer notre contrat, l'ambassadeur de Sardaigne m'a prise à part pour m'offrir un collier de perles attachées par six magnifiques diamants. C'est le présent de ma belle-sœur la duchesse de Soria. Ce collier est accompagné d'un bracelet de saphirs sous lequel est écrit : *Je t'aime*

---

1. Église de la rue de Bourgogne, entre les rues de Grenelle et Saint-Dominique. C'était la paroisse du faubourg Saint-Germain.

sans te connaître ! Deux lettres charmantes enveloppaient ces présents que je n'ai pas voulu accepter sans savoir si Felipe me le permettait. « Car, lui ai-je dit, je ne voudrais vous rien voir qui ne vînt de moi. » Il m'a baisé la main tout attendri, et m'a répondu : « Portez-les, à cause de la devise, et de ces tendresses qui sont sincères... »

Samedi soir.

Voici donc, ma pauvre Renée, les dernières lignes de la jeune fille. Après la messe de minuit, nous partirons pour une terre que Felipe a, par une délicate attention, achetée en Nivernais, sur la route de Provence. Je me nomme déjà Louise de Macumer, mais je quitte Paris dans quelques heures en Louise de Chaulieu. De quelque façon que je me nomme, il n'y aura jamais pour toi que

LOUISE.

XXVII
LOUISE DE MACUMER
À RENÉE DE L'ESTORADE

Octobre 1825.

Je ne t'ai plus rien écrit, chère, depuis le mariage de la mairie, et voici bientôt huit mois. Quant à toi, pas un mot ! cela est horrible, madame.

Eh ! bien, nous sommes donc partis en poste pour le château de Chantepleurs[1], la terre achetée par Macumer en Nivernais, sur les bords de la Loire, à soixante lieues de Paris. Nos gens, moins ma femme de chambre, y étaient déjà, nous attendaient, et nous y sommes arrivés avec une excessive rapidité, le lendemain soir. J'ai dormi depuis Paris jusqu'au-delà de Montargis. La seule licence qu'ait prise mon seigneur et maître a été de me soutenir par la taille et de tenir ma tête sur son épaule, où il avait disposé plusieurs mouchoirs. Cette attention quasi maternelle qui lui faisait vaincre le sommeil m'a causé je ne sais quelle émotion profonde. Endormie sous le feu de ses yeux noirs, je me suis réveillée sous leur flamme : même ardeur, même amour ; mais des milliers de pensées avaient passé par là ! Il avait baisé deux fois mon front.

Nous avons déjeuné dans notre voiture, à Briare. Le lendemain soir, à sept heures et demie, après avoir causé comme je causais avec toi à Blois, admirant cette Loire que nous y admirions, nous entrions dans la longue et belle avenue de tilleuls, d'acacias, de sycomores et de mélèzes qui mène à Chantepleurs. À huit heures nous dînions, à dix heures nous étions dans une charmante chambre gothique embellie de toutes les inventions du luxe moderne. Mon Felipe, que tout le monde trouve laid, m'a semblé bien beau, beau de bonté, de grâce, de tendresse, d'exquise délicatesse. Des désirs de l'amour, je ne voyais pas la moindre

---

1. Château imaginaire.

trace. Pendant la route, il s'était conduit comme un ami que j'aurais connu depuis quinze ans. Il m'a peint, comme il sait peindre (il est toujours l'homme de sa première lettre), les effroyables orages qu'il a contenus et qui venaient mourir à la surface de son visage. « Jusqu'à présent, il n'y a rien de bien effrayant dans le mariage », dis-je en allant à la fenêtre et voyant par une lune[1] superbe un délicieux parc d'où s'exhalaient de pénétrantes odeurs. Il est venu près de moi, m'a reprise par la taille, et m'a dit : « Et pourquoi s'en effrayer ? Ai-je démenti par un geste, par un regard, mes promesses ? Les démentirai-je un jour ? » Jamais voix, jamais regard, n'auront pareille puissance : la voix me remuait les moindres fibres du corps et réveillait tous les sentiments ; le regard avait une force solaire. « Oh ! lui ai-je dit, combien de perfidie mauresque n'y a-t-il pas dans votre perpétuel esclavage ! » Ma chère, il m'a comprise.

Ainsi, belle biche, si je suis restée quelques mois sans t'écrire, tu devines maintenant pourquoi. Je suis forcée de me rappeler l'étrange passé de la jeune fille pour t'expliquer la femme. Renée, je te comprends aujourd'hui. Ce n'est ni à une amie intime, ni à sa mère, ni peut-être à soi-même, qu'une jeune mariée heureuse peut parler de son heureux mariage. Nous devons laisser ce souvenir dans notre âme comme un sentiment de plus qui nous appartient en propre et pour lequel il n'y a pas de nom. Comment ! on a

1. « Furne corrigé » : par un clair de lune

nommé un devoir les gracieuses folies du cœur et l'irrésistible entraînement du désir. Et pourquoi ? Quelle
horrible puissance a donc imaginé de nous obliger à
fouler les délicatesses du goût, les mille pudeurs de
la femme, en convertissant ces voluptés en devoirs ?
Comment peut-on devoir ces fleurs de l'âme, ces roses
de la vie, ces poèmes de la sensibilité exaltée, à un être
qu'on n'aimerait pas ? Des droits dans de telles sensations ! mais elles naissent et s'épanouissent au soleil
de l'amour, ou leurs germes se détruisent sous les froi-
deurs de la répugnance et de l'aversion. À l'amour
d'entretenir de tels prestiges ! Ô ma sublime Renée,
je te trouve bien grande maintenant ! Je plie le genou
devant toi, je m'étonne de ta profondeur et de ta perspicacité. Oui, la femme qui ne fait pas, comme moi,
quelque secret mariage d'amour caché sous les noces
légales et publiques, doit se jeter dans la maternité
comme une âme à qui la terre manque se jette dans le
ciel ! De tout ce que tu m'as écrit, il ressort un principe cruel : il n'y a que les hommes supérieurs qui
sachent aimer. Je sais aujourd'hui pourquoi. L'homme
obéit à deux principes. Il se rencontre en lui le besoin
et le sentiment. Les êtres inférieurs ou faibles prennent
le besoin pour le sentiment ; tandis que les êtres supérieurs couvrent le besoin sous les admirables effets du
sentiment : le sentiment leur communique par sa violence une excessive réserve, et leur inspire l'adoration
de la femme. Évidemment la sensibilité se trouve en
raison de la puissance des organisations intérieures,
et l'homme de génie est alors le seul qui se rapproche

de nos délicatesses : il entend, devine, comprend la femme ; il l'élève sur les ailes de son désir contenu par les timidités du sentiment. Aussi, lorsque l'intelligence, le cœur et les sens également ivres nous entraînent, n'est-ce pas sur la terre que l'on tombe ; on s'élève alors dans les sphères célestes, et malheureusement on n'y reste pas assez longtemps. Telle est, ma chère âme, la philosophie des trois premiers mois de mon mariage. Felipe est un ange. Je puis penser tout haut avec lui. Sans figure de rhétorique, il est un autre moi. Sa grandeur est inexplicable : il s'attache plus étroitement par la possession, et découvre dans le bonheur de nouvelles raisons d'aimer. Je suis pour lui la plus belle partie de lui-même. Je le vois : des années de mariage, loin d'altérer l'objet de ses délices, augmenteront sa confiance, développeront de nouvelles sensibilités, et fortifieront notre union. Quel heureux délire ! Mon âme est ainsi faite que les plaisirs laissent en moi de fortes lueurs, ils me réchauffent, ils s'empreignent dans mon être intérieur : l'intervalle qui les sépare est comme la petite nuit des grands jours. Le soleil qui a doré les cimes à son coucher les retrouve presque chaudes à son lever. Par quel heureux hasard en a-t-il été pour moi sur-le-champ ainsi ? Ma mère avait éveillé chez moi mille craintes ; ses prévisions, qui m'ont semblé pleines de jalousie, quoique sans la moindre petitesse bourgeoise, ont été trompées par l'événement, car tes craintes et les siennes, les miennes, tout s'est dissipé ! Nous sommes restés à Chantepleurs sept mois et demi, comme deux amants dont l'un a enlevé l'autre, et qui ont fui des parents courroucés. Les roses du plaisir ont couronné notre amour, elles fleurissent notre vie à deux. Par un retour subit sur moi-même, un matin où j'étais plus pleinement heureuse, j'ai songé à ma Renée et à son mariage de convenance, et j'ai deviné ta vie, je l'ai pénétrée ! Ô mon ange, pourquoi parlons-nous une langue différente ? Ton mariage purement social, et mon mariage qui n'est qu'un amour heureux, sont deux mondes qui ne peuvent pas plus se comprendre que le fini ne peut comprendre l'infini. Tu restes sur la terre, je suis dans le ciel ! Tu es dans la sphère humaine, et je suis dans la sphère divine[1]. Je règne par l'amour, tu règnes par le calcul et par le devoir. Je suis si haut que s'il y avait une chute je serais brisée en mille miettes. Enfin, je dois me taire, car j'ai honte de te peindre l'éclat, la richesse, les pimpantes joies d'un pareil printemps d'amour.

Nous sommes à Paris depuis dix jours, dans un charmant hôtel, rue du Bac, arrangé par l'architecte que Felipe avait chargé d'arranger Chantepleurs. Je viens d'entendre, l'âme épanouie par les plaisirs permis d'un heureux mariage, la céleste musique de Rossini que j'avais entendue l'âme inquiète, tourmentée à mon insu

---

1. La théorie balzacienne des sphères a été développée dans *Louis Lambert* (1832) : « En apparence confondues ici-bas, les créatures y sont, suivant la perfection de leur être intérieur, partagées en sphères distinctes dont les mœurs et le langage sont étrangers les uns aux autres » (*CH*, XI, p. 617).

par les curiosités de l'amour. On m'a trouvée généralement embellie, et je suis comme une enfant en m'entendant appeler *madame*.

Vendredi matin.

Renée, ma belle sainte, mon bonheur me ramène
sans cesse à toi. Je me sens meilleure pour toi que je
ne l'ai jamais été : je te suis si dévouée ! J'ai si profondément étudié ta vie conjugale par le commencement
de la mienne, et je te vois si grande, si noble, si magni-
fiquement vertueuse, que je me constitue ici ton inférieure, ta sincère admiratrice, en même temps que ton
amie. En voyant ce qu'est mon mariage, il m'est à peu
près prouvé que je serais morte s'il en eût été autrement. Et tu vis ! par quel sentiment, dis-le-moi ? Aussi
ne te ferai-je plus la moindre plaisanterie. Hélas ! la
plaisanterie, mon ange, est fille de l'ignorance, on se
moque de ce qu'on ne connaît point. Là où les recrues
se mettent à rire, les soldats éprouvés sont graves, m'a
dit le marquis de Chaulieu[1], pauvre capitaine de cava-
lerie qui n'est encore allé que de Paris à Fontainebleau,
et de Fontainebleau à Paris. Aussi, ma chère aimée,
deviné-je que tu ne m'as pas tout dit. Oui, tu m'as
voilé quelques plaies. Tu souffres, je le sens. Je me
suis fait à propos de toi des romans d'idées en voulant
à distance et par le peu que tu m'as dit de toi, trouver

---

1. Dans l'édition Souverain et dans l'édition Furne, le frère de
Louise est marquis. Il devient comte dans le « Furne corrigé ».

les raisons de ta conduite. Elle s'est seulement essayée au mariage, pensai-je un soir, et ce qui se trouve bonheur pour moi n'a été que souffrance pour elle. Elle en est pour ses sacrifices, et veut limiter leur nombre. Elle a déguisé ses chagrins sous les pompeux axiomes de la morale sociale. Ah ! Renée, il y a cela d'admirable, que le plaisir n'a pas besoin de religion, d'appareil, ni de grands mots, il est tout par lui-même ; tandis que pour justifier les atroces combinaisons de notre esclavage et de notre vassalité, les hommes ont accumulé les théories et les maximes. Si tes immolations sont belles, sont sublimes, mon bonheur, abrité sous le poêle blanc et or de l'église[1] et paraphé par le plus maussade des maires, serait donc une monstruosité ? Pour l'honneur des lois, pour toi, mais surtout pour rendre mes plaisirs entiers, je te voudrais heureuse, ma Renée. Oh ! dis-moi que tu te sens venir au cœur un peu d'amour pour ce Louis qui t'adore ? Dis-moi que la torche symbolique et solennelle de l'hyménée n'a pas servi qu'à t'éclairer des ténèbres ? car l'amour, mon ange, est bien exactement pour la nature morale ce qu'est le soleil pour la terre. Je reviens toujours à te parler de ce Jour qui m'éclaire et qui, je le crains, me consumera. Chère Renée, toi qui disais dans tes extases d'amitié, sous le berceau de vigne, au fond du couvent : « Je t'aime tant, Louise, que si Dieu se manifestait, je lui demanderais toutes les peines, et pour toi toutes les joies de la vie. Oui, j'ai la passion

---

1. Voile que l'on tenait au-dessus de la tête des mariés.

de la souffrance ! » Eh ! bien, ma chérie, aujourd'hui je te rends la pareille, et demande à grands cris à Dieu de nous partager mes plaisirs.

Écoute : j'ai deviné que tu t'es faite ambitieuse sous le nom de Louis de l'Estorade, eh ! bien, aux prochaines élections, fais-le nommer député, car il aura près de quarante ans, et comme la Chambre ne s'assemblera que six mois après les élections, il se trouvera précisément de l'âge requis pour être un homme politique[1]. Tu viendras à Paris, je ne te dis que cela. Mon père et les amis que je vais me faire vous apprécieront, et si ton vieux beau-père veut constituer un majorat, nous t'obtiendrons le titre de comte pour Louis. Ce sera déjà cela ! Enfin nous serons ensemble.

XXVIII
RENÉE DE L'ESTORADE
À LOUISE DE MACUMER

Décembre 1825.

Ma bienheureuse Louise, tu m'as éblouie. J'ai pendant quelques instants tenu ta lettre où quelques-unes de mes larmes brillaient au soleil couchant, les bras lassés, seule sous le petit rocher aride au bas duquel

---

1. La Charte, promulguée au moment de la Restauration, fixait à quarante ans l'âge requis pour devenir député.

j'ai mis un banc. Dans un énorme lointain, comme une lame d'acier, reluit la Méditerranée. Quelques arbres odoriférants ombragent ce banc où j'ai fait transplanter un énorme jasmin, des chèvrefeuilles et des genêts d'Espagne. Quelque jour le rocher sera couvert en entier par des plantes grimpantes. Il y a déjà de la vigne vierge de plantée. Mais l'hiver arrive, et toute cette verdure est devenue comme une vieille tapisserie. Quand je suis là, personne ne m'y vient troubler, on sait que j'y veux rester seule. Ce banc s'appelle le banc de Louise. N'est-ce pas te dire que je n'y suis point seule, quoique seule.

Si je te raconte ces détails, si menus pour toi, si je te peins ce verdoyant espoir qui, par avance, habille ce rocher nu, sourcilleux sur le haut duquel le hasard de la végétation a placé l'un des plus beaux pins en parasol, c'est que j'ai trouvé là des images auxquelles je me suis attachée.

En jouissant de ton heureux mariage (et pourquoi ne t'avouerais-je pas tout ?), en l'enviant de toutes mes forces, j'ai senti le premier mouvement de mon enfant qui des profondeurs de ma vie a réagi sur les profondeurs de mon âme[1]. Cette sourde sensation, à la fois un avis, un plaisir, une douleur, une promesse, une réalité ; ce bonheur qui n'est qu'à moi dans le monde et qui reste un secret entre moi et Dieu ; ce mystère m'a dit que le rocher serait un jour couvert de fleurs,

---

1. Ce n'est pas au bonheur du mariage que Renée rattache sa maternité mais au récit d'une passion.

que les joyeux rires d'une famille y retentiraient, que mes entrailles étaient enfin bénies et donneraient la vie à flots. Je me suis sentie née pour être mère ! Aussi la première certitude que j'ai eue de porter en moi une autre vie m'a-t-elle donné de bienfaisantes consolations. Une joie immense a couronné tous ces longs jours de dévouement qui ont fait déjà la joie de Louis.

Dévouement ! me suis-je dit à moi-même, n'es-tu pas plus que l'amour ? n'es-tu pas la volupté la plus profonde, parce que tu es une abstraite volupté, la volupté génératrice ? N'es-tu pas, ô Dévouement ! la faculté supérieure à l'effet ? N'es-tu pas la mystérieuse, l'infatigable divinité cachée sous les sphères innombrables dans un centre inconnu par où passent tour à tour tous les mondes ? Le Dévouement, seul dans son secret, plein de plaisirs savourés en silence sur lesquels personne ne jette un œil profane et que personne ne soupçonne, le Dévouement, dieu jaloux et accablant, dieu vainqueur et fort, inépuisable parce qu'il tient à la nature même des choses et qu'il est ainsi toujours égal à lui-même, malgré l'épanchement de ses forces, le Dévouement, voilà donc la signature de ma vie.

L'amour, Louise, est un effort[1] de Felipe sur toi ; mais le rayonnement de ma vie sur la famille produira une incessante réaction de ce petit monde sur moi ! Ta belle moisson dorée est passagère ; mais la mienne, pour être retardée, n'en sera-t-elle pas plus durable ?

---

1. Effort : effet (sens du XVIIᵉ siècle).

elle se renouvellera de moments en moments. L'amour est le plus joli larcin que la Société ait su faire à la Nature ; mais la maternité, n'est-ce pas la Nature dans sa joie ? Un sourire a séché mes larmes. L'amour rend mon Louis heureux ; mais le mariage m'a rendue mère et je vais être heureuse aussi ! Je suis alors revenue à pas lents à ma bastide blanche aux volets verts, pour t'écrire ceci.

Donc, chère, le fait le plus naturel et le plus surprenant chez nous s'est établi chez moi depuis cinq mois ; mais je puis te dire tout bas qu'il ne trouble en rien ni mon cœur ni mon intelligence. Je les vois tous heureux : le futur grand-père empiète sur les droits de son petit-fils, il est devenu comme un enfant ; le père prend des airs graves et inquiets ; tous sont aux petits soins pour moi, tous parlent du bonheur d'être mère. Hélas ! moi seule je ne sens rien, et n'ose dire l'état d'insensibilité parfaite où je suis. Je mens un peu pour ne pas attrister leur joie. Comme il m'est permis d'être franche avec toi, je t'avoue que, dans la crise où je me trouve, la maternité ne commence qu'en imagination. Louis a été aussi surpris que moi-même d'apprendre ma grossesse. N'est-ce pas te dire que cet enfant est venu de lui-même, sans avoir été appelé autrement que par les souhaits impatiemment exprimés de son père ? Le hasard, ma chère, est le dieu de la maternité. Quoique, selon notre médecin, ces hasards soient en harmonie avec le vœu de la nature, il ne m'a pas nié que les enfants qui se nomment si gracieusement les enfants de l'amour devaient être beaux et spirituels ; que leur vie était souvent comme protégée par le bonheur qui avait rayonné, brillante étoile ! à leur conception. Peut-être donc, ma Louise, auras-tu dans ta maternité des joies que je dois ignorer dans la mienne. Peut-être aime-t-on mieux l'enfant d'un homme adoré comme tu adores Felipe que celui d'un mari qu'on épouse par raison, à qui l'on se donne par devoir, et pour être femme enfin ! Ces pensées gardées au fond de mon cœur ajoutent à ma gravité de mère en espérance. Mais, comme il n'y a pas de famille sans enfant, mon désir voudrait pouvoir hâter le moment où pour moi commenceront les plaisirs de la famille, qui doivent être ma seule existence. En ce moment, ma vie est une vie d'attente et de mystères, où la souffrance la plus nauséabonde accoutume sans doute la femme à d'autres souffrances. Je m'observe. Malgré les efforts de Louis, dont l'amour me comble de soins, de douceurs, de tendresses, j'ai de vagues inquiétudes auxquelles se mêlent les dégoûts, les troubles, les singuliers appétits de la grossesse. Si je dois te dire les choses comme elles sont, au risque de te causer quelque déplaisance pour le métier, je t'avoue que je ne conçois pas la fantaisie que j'ai prise pour certaines oranges, goût bizarre et que je trouve naturel. Mon mari va me chercher à Marseille les plus belles oranges du monde ; il en a demandé de Malte, de Portugal, de Corse ; mais ces oranges, je les laisse. Je cours à Marseille, quelquefois à pied, y dévorer de méchantes oranges à un liard, quasi pourries, dans une petite rue qui descend au port, à deux pas de l'hôtel de ville ; et leurs moisissures bleuâtres ou verdâtres

brillent à mes yeux comme des diamants : j'y vois des
fleurs, je n'ai nul souvenir de leur odeur cadavéreuse
et leur trouve une saveur irritante, une chaleur vineuse,
un goût délicieux. Eh ! bien, mon ange, voilà les premières sensations amoureuses de ma vie. Ces affreuses
oranges sont mes amours. Tu ne désires pas Felipe
autant que je souhaite un de ces fruits en décomposition. Enfin je sors quelquefois furtivement, je galope à
Marseille d'un pied agile, et il me prend des tressail-
lements voluptueux quand j'approche de la rue : j'ai
peur que la marchande n'ait plus d'oranges pourries,
je me jette dessus, je les mange, je les dévore en plein
air. Il me semble que ces fruits viennent du paradis
et contiennent la plus suave nourriture. J'ai vu Louis
se détournant pour ne pas sentir leur puanteur. Je me
suis souvenue de cette atroce phrase d'Obermann[1],
sombre élégie que je me repens d'avoir lue : *Les
racines s'abreuvent dans une eau fétide !* Depuis que
je mange de ces fruits, je n'ai plus de maux de cœur et
ma santé s'est rétablie. Ces dépravations ont un sens,
puisqu'elles sont un effet naturel et que la moitié des
femmes éprouvent ces envies, monstrueuses quelquefois. Quand ma grossesse sera très visible, je ne sortirai
plus de la Crampade : je n'aimerais pas à être vue ainsi.

---

1. Obermann : personnage éponyme du roman de Senancour
(1804). Balzac adopte l'orthographe de certaines éditions du
XIXe siècle. En 1835, dans la préface du *Père Goriot*, il l'avait
déjà cité en ajoutant qu'il considérait Senancour comme « un des
esprits les plus extraordinaires de cette grande époque ».

Je suis excessivement curieuse de savoir à quel moment de la vie commence la maternité. Ce ne saurait être au milieu des effroyables douleurs que je redoute.

Adieu, mon heureuse ! adieu, toi en qui je renais et par qui je me figure ces belles amours, ces jalousies à propos d'un regard, ces mots à l'oreille et ces plaisirs qui nous enveloppent comme une autre atmosphère, un autre sang, une autre lumière, une autre vie ! Ah ! mignonne, moi aussi je comprends l'amour. Ne te lasse pas de me tout dire. Tenons bien nos conventions. Moi, je ne t'épargnerai rien. Aussi te dirai-je, pour finir gravement cette lettre, qu'en te relisant une invincible et profonde terreur m'a saisie. Il m'a semblé que ce splendide amour défiait Dieu. Le souverain maître de ce monde, le Malheur, ne se courroucera-t-il pas de ne point avoir sa part de votre festin ? Quelle fortune superbe n'a-t-il pas renversée ! Oh ! Louise, n'oublie pas, au milieu de ton bonheur, de prier Dieu. Fais du bien, sois charitable et bonne ; enfin conjure les adversités par ta modestie. Moi, je suis devenue encore plus pieuse que je ne l'étais au couvent, depuis mon mariage. Tu ne me dis rien de la religion à Paris. En adorant Felipe, il me semble que tu t'adresses, à l'encontre du proverbe, plus au saint qu'à Dieu. Mais ma terreur est excès d'amitié. Vous allez ensemble à l'église, et vous faites du bien en secret, n'est-ce pas ? Tu me trouveras peut-être bien provinciale dans cette fin de lettre ; mais pense que mes craintes cachent une excessive amitié, l'amitié comme l'entendait

La Fontaine[1], celle qui s'inquiète et s'alarme d'un rêve, d'une idée à l'état de nuage. Tu mérites d'être heureuse, puisque tu penses à moi dans ton bonheur, comme je pense à toi dans ma vie monotone, un peu grise, mais pleine ; sobre, mais productive : sois donc bénie !

XXIX
DE MONSIEUR DE L'ESTORADE
À LA BARONNE DE MACUMER

Décembre 1825.

Madame,

Ma femme n'a pas voulu que vous apprissiez par le vulgaire billet de faire-part un événement qui nous comble de joie. Elle vient d'accoucher d'un gros garçon, et nous retarderons son baptême jusqu'au moment où vous retournerez à votre terre de Chantepleurs. Nous espérons, Renée et moi, que vous pousserez jusqu'à la Crampade et que vous serez la marraine de notre premier-né. Dans cette espérance, je viens de le faire inscrire sur les registres de l'état civil sous les noms d'Armand-Louis de l'Estorade. Notre chère Renée a beaucoup souffert, mais avec une patience

----

1. Dans sa fable « Les deux amis », La Fontaine écrivait : « Vous m'êtes, en dormant, un peu triste apparu ; / J'ai craint qu'il ne fût vrai ; je suis vite accouru » (VIII, 11).

angélique[1]. Vous la connaissez, elle a été soutenue dans cette première épreuve du métier de mère par la certitude du bonheur qu'elle nous donnait à tous. Sans me livrer aux exagérations un peu ridicules des pères qui sont pères pour la première fois, je puis vous assurer que le petit Armand est très beau ; mais vous le croirez sans peine quand je vous dirai qu'il a les traits et les yeux de Renée. C'est avoir eu déjà de l'esprit. Maintenant que le médecin et l'accoucheur nous ont affirmé que Renée n'a pas le moindre danger à courir, car elle nourrit, l'enfant a très bien pris le sein, le lait est abondant, la nature est si riche en elle ! nous pouvons mon père et moi nous abandonner à notre joie. Madame, cette joie est si grande, si forte, si pleine, elle anime tellement toute la maison, elle a tant changé l'existence de ma chère femme, que je désire pour votre bonheur qu'il en soit ainsi promptement pour vous. Renée a fait préparer un appartement que je voudrais rendre digne de nos hôtes, mais où vous serez reçus du moins avec une cordialité fraternelle, sinon avec faste.

Renée m'a dit, madame, vos intentions pour nous, et je saisis d'autant plus cette occasion de vous en remercier que rien n'est plus de saison. La naissance de mon fils a déterminé mon père à faire des sacrifices auxquels les vieillards se résolvent difficilement :

---

1. Renée possède cette qualité en commun avec Macumer qui, lui, se dévoue à Louise, à tort toutefois dans son cas, car il renverse le rôle dévolu à l'homme dans le couple, selon Balzac.

il vient d'acquérir deux domaines. La Crampade est maintenant une terre qui rapporte trente mille francs. Mon père va solliciter du roi la permission de l'ériger en majorat ; mais obtenez pour lui le titre dont vous avez parlé dans votre dernière lettre, et vous aurez déjà travaillé pour votre filleul.

Quant à moi, je suivrai vos conseils uniquement pour vous réunir à Renée durant les sessions. J'étudie avec ardeur et tâche de devenir ce qu'on appelle un homme spécial[1]. Mais rien ne me donnera plus de courage que de vous savoir la protectrice de mon petit Armand. Promettez-nous donc de venir jouer ici, vous si belle et si gracieuse, si grande et si spirituelle, le rôle d'une fée pour mon fils aîné. Vous aurez ainsi, madame, augmenté d'une éternelle reconnaissance les sentiments d'affection respectueuse avec lesquels j'ai l'honneur d'être

Votre très humble et très obéissant serviteur,
LOUIS DE L'ESTORADE.

XXX
LOUISE DE MACUMER
À RENÉE DE L'ESTORADE

Janvier 1826.

Macumer m'a réveillée tout à l'heure avec la lettre de ton mari, mon ange. Je commence par dire *oui*.

---

1. Un homme spécial : un spécialiste.

Nous irons vers la fin d'avril à Chantepleurs. Ce sera pour moi plaisir sur plaisir que de voyager, de te voir et d'être la marraine de ton premier enfant ; mais je veux Macumer pour parrain. Une alliance catholique avec un autre compère me serait odieuse. Ah ! si tu pouvais voir l'expression de son visage au moment où je lui ai dit cela, tu saurais combien cet ange m'aime.

« Je veux d'autant plus que nous allions ensemble à la Crampade, Felipe, lui ai-je dit, que là nous aurons peut-être un enfant. Moi aussi je veux être mère... quoique cependant je serais bien partagée entre un enfant et toi. D'abord, si je te voyais me préférer une créature, fût-ce mon fils, je ne sais pas ce qui en adviendrait. Médée pourrait bien avoir eu raison : il y a du bon chez les anciens[1] ! »

Il s'est mis à rire. Ainsi, chère biche, tu as le fruit sans avoir eu les fleurs, et moi j'ai les fleurs sans le fruit. Le contraste de notre destinée continue. Nous sommes assez philosophes pour en chercher, un jour, le sens et la morale. Bah ! je n'ai que dix mois de mariage, convenons-en, il n'y a pas de temps perdu.

Nous menons la vie dissipée, et néanmoins pleine, des gens heureux. Les jours nous semblent toujours trop courts. Le monde, qui m'a revue déguisée en

---

1. La Médée de Corneille disait : « Moi, dis-je, et c'est assez » (acte I, scène 5). C'est un souvenir de celle de Sénèque qui, après bien des malheurs et des crimes, déclare : « *Medea superest* » (« Il me reste Médée »).

femme, a trouvé la baronne de Macumer beaucoup plus jolie que Louise de Chaulieu : l'amour heureux a son fard. Quand, par un beau soleil et par une belle gelée de janvier, alors que les arbres des Champs-Élysées sont fleuris de grappes blanches étoilées, nous passons, Felipe et moi, dans notre coupé, devant tout Paris, réunis là où nous étions séparés l'année dernière, il me vient des pensées par milliers, et j'ai peur d'être un peu trop insolente, comme tu le pressentais dans ta dernière lettre.

Si j'ignore les joies de la maternité, tu me les diras, et je serai mère par toi ; mais il n'y a, selon moi, rien de comparable aux voluptés de l'amour. Tu vas me trouver bien bizarre ; mais voici dix fois en dix mois que je me surprends à désirer de mourir à trente ans[1], dans toute la splendeur de la vie, dans les roses de l'amour, au sein des voluptés, de m'en aller rassasiée, sans mécompte, ayant vécu dans ce soleil, en plein dans l'éther, et même un peu tuée par l'amour, n'ayant rien perdu de ma couronne, pas même une feuille, et gardant toutes mes illusions. Songe donc ce que c'est que d'avoir un cœur jeune dans un vieux corps, de trouver les figures muettes, froides, là où tout le monde, même les indifférents, nous souriait, d'être enfin une femme respectable… Mais c'est un enfer anticipé.

Nous avons eu, Felipe et moi, notre première querelle à ce sujet. Je voulais qu'il eût la force de me

---

1. Elle mourra un peu avant trente ans, en 1837.

tuer à trente ans, pendant mon sommeil, sans que je m'en doutasse, pour me faire entrer d'un rêve dans un autre. Le monstre n'a pas voulu. Je l'ai menacé de le laisser seul dans la vie, et il a pâli, le pauvre enfant ! Ce grand ministre est devenu, ma chère, un vrai bambin. C'est incroyable tout ce qu'il cachait de jeunesse et de simplicité. Maintenant que je pense tout haut avec lui comme avec toi, que je l'ai mis à ce régime de confiance, nous nous émerveillons l'un de l'autre.

Ma chère, les deux amants, Felipe et Louise, veulent envoyer un présent à l'accouchée. Nous voudrions faire faire quelque chose qui te plût. Ainsi dis-moi franchement ce que tu désires, car nous ne donnons pas dans les surprises, à la façon des bourgeois. Nous voulons donc nous rappeler sans cesse à toi par un aimable souvenir, par une chose qui te serve tous les jours, et ne périsse point par l'usage. Notre repas le plus gai, le plus intime, le plus animé, car nous y sommes seuls, est pour nous le déjeuner ; j'ai donc pensé à t'envoyer un service spécial, appelé déjeuner, dont les ornements seraient des enfants. Si tu m'approuves, réponds-moi promptement. Pour te l'apporter, il faut le commander, et les artistes de Paris sont comme des rois fainéants. Ce sera mon offrande à Lucine.

Adieu, chère nourrice, je te souhaite tous les plaisirs des mères, et j'attends avec impatience la première lettre où tu me diras bien tout, n'est-ce pas ? Cet accoucheur me fait frissonner. Ce mot de la lettre de ton mari m'a sauté non pas aux yeux, mais au cœur. Pauvre Renée, un enfant coûte cher, n'est-ce pas ? Je lui dirai combien il doit t'aimer, ce filleul. Mille tendresses, mon ange.

XXXI
RENÉE DE L'ESTORADE
À LOUISE DE MACUMER

Voici bientôt cinq mois que je suis accouchée, et je n'ai pas trouvé, ma chère âme, un seul petit moment pour t'écrire. Quand tu seras mère, tu m'excuseras plus pleinement que tu ne l'as fait, car tu m'as un peu punie en rendant tes lettres rares. Écris-moi, ma chère mignonne ! Dis-moi tous tes plaisirs, peins-moi ton bonheur à grandes teintes, verses-y l'outre-mer sans craindre de m'affliger, car je suis heureuse et plus heureuse que tu ne l'imagineras jamais.

Je suis allée à la paroisse entendre une messe de relevailles, en grande pompe, comme cela se fait dans nos vieilles familles de Provence. Les deux grands-pères, le père de Louis, le mien me donnaient le bras. Ah ! jamais je ne me suis agenouillée devant Dieu dans un pareil accès de reconnaissance. J'ai tant de choses à te dire, tant de sentiments à te peindre, que je ne sais par où commencer ; mais, du sein de cette confusion, s'élève un souvenir radieux, celui de ma prière à l'église !

Quand, à cette place où, jeune fille, j'ai douté de la vie et de mon avenir, je me suis retrouvée métamorphosée en mère joyeuse, j'ai cru voir la Vierge de l'autel inclinant la tête et me montrant l'Enfant divin qui a semblé me sourire[1] ! Avec quelle sainte effusion d'amour céleste j'ai présenté notre petit Armand à la bénédiction du curé qui l'a ondoyé en attendant le baptême. Mais tu nous verras ensemble, Armand et moi.

Mon enfant, voilà que je t'appelle mon enfant ! mais c'est en effet le plus doux mot qu'il y ait dans le cœur, dans l'intelligence et sur les lèvres quand on est mère. Or donc, ma chère enfant, je me suis traînée, pendant les deux derniers mois, assez languissamment dans nos jardins, fatiguée, accablée par la gêne de ce fardeau que je ne savais pas être si cher et si doux malgré les ennuis de ces deux mois. J'avais de telles appréhensions, des prévisions si mortellement sinistres, que la curiosité n'était pas la plus forte : je me raisonnais, je me disais que rien de ce que veut la nature n'est à redouter, je me promettais à moi-même d'être mère. Hélas ! je ne me sentais rien au cœur, tout en pensant à cet enfant qui me donnait d'assez jolis coups de pied ; et, ma chère, on peut aimer à les recevoir quand on a déjà eu des enfants ; mais, pour la première fois, ces débats d'une vie inconnue apportent plus d'étonnement que de plaisir. Je te parle de moi, qui ne suis ni fausse ni théâtrale, et dont le fruit venait

---

1. L'évocation des liens charnels de l'amour est toujours évitée dans le cas de Renée, dont la maternité ressemble à une conception immaculée.

plus de Dieu, car Dieu donne les enfants, que d'un homme aimé. Laissons ces tristesses passées et qui ne reviendront plus, je le crois.

Quand la crise est venue, j'ai rassemblé en moi les éléments d'une telle résistance, je me suis attendue à de telles douleurs, que j'ai supporté merveilleusement, dit-on, cette horrible torture. Il y a eu, ma mignonne, une heure environ pendant laquelle je me suis abandonnée à un anéantissement dont les effets ont été ceux d'un rêve. Je me suis sentie être deux : une enveloppe tenaillée, déchirée, torturée, et une âme placide. Dans cet état bizarre, la souffrance a fleuri comme une couronne au-dessus de ma tête. Il m'a semblé qu'une immense rose sortie de mon crâne grandissait et m'enveloppait. La couleur rose de cette fleur sanglante était dans l'air[1]. Je voyais tout rouge. Ainsi parvenue au point où la séparation semble vouloir se faire entre le corps et l'âme, une douleur, qui m'a fait croire à une mort immédiate, a éclaté. J'ai poussé des cris horribles, et j'ai trouvé des forces nouvelles contre de nouvelles douleurs. Cet affreux concert de clameurs a été soudain couvert en moi par le chant délicieux des vagissements argentins de ce petit être. Non, rien ne peut te peindre ce moment : il me semblait que le monde entier criait avec moi, que tout

---

1. Curieuse évocation métaphorique de l'accouchement, qui semble encore une fois éluder la réalité physique de la maternité. La rose est une fleur liée à la Vierge, mais c'est Athéna qui est née de la tête de Zeus.

était douleur ou clameur, et tout a été comme éteint par ce faible cri de l'enfant. On m'a recouchée dans mon grand lit où je suis entrée comme dans un paradis, quoique je fusse d'une excessive faiblesse. Trois ou quatre figures joyeuses, les yeux en larmes, m'ont alors montré l'enfant. Ma chère, j'ai crié d'effroi. « Quel petit singe ! ai-je dit. Êtes-vous sûrs que ce soit un enfant ? » ai-je demandé. Je me suis remise sur le flanc, assez désolée de ne pas me sentir plus mère que cela. « Ne vous tourmentez pas, ma chère, m'a dit ma mère qui s'est constituée ma garde, vous avez fait le plus bel enfant du monde. Évitez de vous troubler l'imagination, il vous faut mettre tout votre esprit à devenir bête, à vous faire exactement la vache qui broute pour avoir du lait. » Je me suis donc endormie avec la ferme intention de me laisser aller à la nature. Ah ! mon ange, le réveil de toutes ces douleurs, de ces sensations confuses, de ces premières journées où tout est obscur, pénible et indécis, a été divin. Ces ténèbres ont été animées par une sensation dont les délices ont surpassé celles du premier cri de mon enfant. Mon cœur, mon âme, mon être, un moi inconnu a été réveillé dans sa coque souffrante et grise jusque-là, comme une fleur s'élance de sa graine au brillant appel du soleil. Le petit monstre a pris mon sein et a tété : voilà le *fiat lux* ! J'ai soudain été mère. Voilà le bonheur, la joie, une joie ineffable, quoiqu'elle n'aille pas sans quelques douleurs. Oh ! ma belle jalouse, combien tu apprécieras un plaisir qui n'est qu'entre nous, l'enfant et Dieu. Ce petit être ne connaît absolument que notre sein. Il n'y a pour lui que ce point brillant dans le monde, il l'aime de toutes ses forces, il ne pense qu'à cette fontaine de vie, il y vient et s'en va pour dormir, il se réveille pour y retourner. Ses lèvres ont un amour inexprimable, et, quand elles s'y collent, elles y font à la fois une douleur et un plaisir, un plaisir qui va jusqu'à la douleur, ou une douleur qui finit par un plaisir ; je ne saurais t'expliquer une sensation qui du sein rayonne en moi jusqu'aux sources de la vie, car il semble que ce soit un centre d'où partent mille rayons qui réjouissent le cœur et l'âme. Enfanter, ce n'est rien ; mais nourrir, c'est enfanter à toute heure. Oh ! Louise, il n'y a pas de caresses d'amant qui puissent valoir celles de ces petites mains roses qui se promènent si doucement, et cherchent à s'accrocher à la vie. Quels regards un enfant jette alternativement de notre sein à nos yeux ! Quels rêves on fait en le voyant suspendu par les lèvres à son trésor ? Il ne tient pas moins à toutes les forces de l'esprit qu'à toutes celles du corps, il emploie et le sang et l'intelligence, il satisfait au-delà des désirs. Cette adorable sensation de son premier cri, qui fut pour moi ce que le premier rayon du soleil a été pour la terre, je l'ai retrouvée en sentant mon lait lui emplir la bouche ; je l'ai retrouvée en recevant son premier regard, je viens de la retrouver en savourant dans son premier sourire sa première pensée. Il a ri, ma chère. Ce rire, ce regard, cette morsure, ce cri, ces quatre jouissances sont infinies : elles vont jusqu'au fond du cœur, elles y remuent des cordes qu'elles seules peuvent remuer !

Les mondes doivent se rattacher à Dieu comme un enfant se rattache à toutes les fibres de sa mère : Dieu, c'est un grand cœur de mère. Il n'y a rien de visible, ni de perceptible dans la conception, ni même dans la grossesse ; mais être nourrice, ma Louise, c'est un bonheur de tous les moments. On voit ce que devient le lait, il se fait chair, il fleurit au bout de ces doigts mignons qui ressemblent à des fleurs et qui en ont la délicatesse ; il grandit en ongles fins et transparents, il s'effile en cheveux, il s'agite avec les pieds. Oh ! des pieds d'enfant, mais c'est tout un langage. L'enfant commence à s'exprimer par là. Nourrir, Louise ! c'est une transformation qu'on suit d'heure en heure et d'un œil hébété. Les cris, vous ne les entendez point par les oreilles, mais par le cœur ; les sourires des yeux et des lèvres, ou les agitations des pieds, vous les comprenez comme si Dieu vous écrivait des caractères en lettres de feu dans l'espace ! Il n'y a plus rien dans le monde qui vous intéresse : le père ?… on le tuerait s'il s'avisait d'éveiller l'enfant. On est à soi seule le monde pour cet enfant, comme l'enfant est le monde pour vous ! On est si sûre que notre vie est partagée, on est si amplement récompensée des peines qu'on se donne et des souffrances qu'on endure, car il y a des souffrances, Dieu te garde d'avoir une crevasse au sein ! Cette plaie qui se rouvre sous des lèvres de rose, qui se guérit si difficilement et qui cause des tortures à rendre folle, si l'on n'avait pas la joie de voir la bouche de l'enfant barbouillée de lait, est une des plus affreuses

punitions de la beauté. Ma Louise, songez-y, elle ne se
fait que sur une peau délicate et fine.

Mon jeune singe est, en cinq mois, devenu la plus
jolie créature que jamais une mère ait baignée de ses
larmes joyeuses, lavée, brossée, peignée, pomponnée ;
car Dieu sait avec quelle infatigable ardeur on pom-
ponne, on habille, on brosse, on lave, on change, on
baise ces petites fleurs ! Donc, mon singe n'est plus
un singe, mais un *baby*, comme dit ma bonne anglaise,
un *baby* blanc et rose ; et comme il se sent aimé, il ne
crie pas trop ; mais, à la vérité, je ne le quitte guère, et
m'efforce de le pénétrer de mon âme.

Chère, j'ai maintenant dans le cœur pour Louis un
sentiment qui n'est pas l'amour, mais qui doit, chez
une femme aimante, compléter l'amour. Je ne sais si
cette tendresse, si cette reconnaissance dégagée de tout
intérêt ne va pas au-delà de l'amour. Par tout ce que tu
m'en as dit, chère mignonne, l'amour a quelque chose
d'affreusement terrestre, tandis qu'il y a je ne sais quoi
de religieux et de divin dans l'affection que porte une
mère heureuse à celui de qui procèdent ces longues,
ces éternelles joies. La joie d'une mère est une lumière
qui jaillit jusque sur l'avenir et le lui éclaire, mais qui
se reflète sur le passé pour lui donner le charme des
souvenirs.

Le vieux l'Estorade et son fils ont redoublé d'ailleurs de bonté pour moi, je suis comme une nouvelle
personne pour eux : leurs paroles, leurs regards me
vont à l'âme, car ils me fêtent à nouveau chaque fois
qu'ils me voient et me parlent. Le vieux grand-père

devient enfant, je crois ; il me regarde avec admiration. La première fois que je suis descendue à déjeuner, et qu'il m'a vue mangeant et donnant à téter à son petit-fils, il a pleuré. Cette larme dans ces deux yeux secs où il ne brille guère que des pensées d'argent, m'a fait un bien inexprimable ; il m'a semblé que le bonhomme comprenait mes joies. Quant à Louis, il aurait dit aux arbres et aux cailloux du grand chemin qu'il avait un fils. Il passe des heures entières à regarder ton filleul endormi. Il ne sait pas, dit-il, quand il s'y habituera. Ces excessives démonstrations de joie m'ont révélé l'étendue de leurs appréhensions et de leurs craintes. Louis a fini par m'avouer qu'il doutait de lui-même, et se croyait condamné à ne jamais avoir d'enfants. Mon pauvre Louis a changé soudainement en mieux, il étudie encore plus que par le passé. Cet enfant a doublé l'ambition du père. Quant à moi, ma chère âme, je suis de moment en moment plus heureuse. Chaque heure apporte un nouveau lien entre une mère et son enfant. Ce que je sens en moi me prouve que ce sentiment est impérissable, naturel, de tous les instants ; tandis que je soupçonne l'amour, par exemple, d'avoir ses inter-mittences. On n'aime pas de la même manière à tous moments, il ne se brode pas sur cette étoffe de la vie des fleurs toujours brillantes, enfin l'amour peut et doit cesser ; mais la maternité n'a pas de déclin à craindre, elle s'accroît avec les besoins de l'enfant, elle se déve-loppe avec lui. N'est-ce pas à la fois une passion, un besoin, un sentiment, un devoir, une nécessité, le bon-heur ? Oui, mignonne, voilà la vie particulière de la femme. Notre soif de dévouement y est satisfaite, et nous ne trouvons point là les troubles de la jalousie. Aussi peut-être est-ce pour nous le seul point où la Nature et la Société soient d'accord. En ceci, la Société se trouve avoir enrichi la Nature, elle a augmenté le sentiment maternel par l'esprit de famille, par la continuité du nom, du sang, de la fortune. De quel amour une femme ne doit-elle pas entourer le cher être qui le premier lui a fait connaître de pareilles joies, qui lui a fait déployer les forces de son âme et lui a appris le grand art de la maternité ? Le droit d'aînesse, qui pour l'antiquité se marie à celle du monde et se mêle à l'origine des Sociétés, ne me semble pas devoir être mis en question. Ah ! combien de choses un enfant apprend à sa mère. Il y a tant de promesses faites entre nous et la vertu dans cette protection incessante due à un être faible, que la femme n'est dans sa véritable sphère que quand elle est mère ; elle déploie alors seulement ses forces, elle pratique les devoirs de sa vie, elle en a tous les bonheurs et tous les plaisirs. Une femme qui n'est pas mère est un être incomplet et manqué. Dépêche-toi d'être mère, mon ange ! tu multiplieras ton bonheur actuel par toutes mes voluptés.

23.

Je t'ai quittée en entendant crier monsieur ton filleul, et ce cri je l'entends du fond du jardin. Je ne veux pas laisser partir cette lettre sans te dire un mot d'adieu ; je viens de la relire, et suis effrayée des vulgarités de sentiment qu'elle contient. Ce que je sens, hélas ! il me semble que toutes les mères l'ont éprouvé comme moi, doivent l'exprimer de la même manière, et que tu te moqueras de moi, comme on se moque de la naïveté de tous les pères qui vous parlent de l'esprit et de la beauté de leurs enfants, en leur trouvant toujours quelque chose de particulier. Enfin, chère mignonne, le grand mot de cette lettre le voici, je te le répète : je suis aussi heureuse maintenant que j'étais malheureuse auparavant. Cette bastide, qui d'ailleurs va devenir une terre, un majorat, est pour moi la terre promise. J'ai fini par traverser mon désert. Mille tendresses, chère mignonne. Écris-moi, je puis aujourd'hui lire sans pleurer la peinture de ton bonheur et celle de ton amour. Adieu.

XXXII
MADAME DE MACUMER
À MADAME DE L'ESTORADE

Mars 1826.

Comment, ma chérie, voilà plus de trois mois que je ne t'ai écrit et que je n'ai reçu de lettres de toi… Je suis la plus coupable des deux, je ne t'ai pas répondu ; mais tu n'es pas susceptible, que je sache. Ton silence a été pris par Macumer et par moi comme une adhésion pour le Déjeuner orné d'enfants, et ces charmants bijoux vont partir ce matin pour Marseille ; les artistes ont mis six mois à les exécuter. Aussi me suis-je réveillée en sursaut quand Felipe m'a proposé de venir voir ce service, avant que l'orfèvre ne l'emballât. J'ai soudain pensé que nous ne nous étions rien dit depuis la lettre où je me suis sentie mère avec toi.

Mon ange, le terrible Paris, voilà mon excuse à moi, j'attends la tienne. Oh ! le monde, quel gouffre. Ne t'ai-je pas dit déjà que l'on ne pouvait être que Parisienne à Paris ? Le monde y brise tous les sentiments, il vous prend toutes vos heures, il vous dévorerait le cœur si l'on n'y faisait attention. Quel étonnant chef-d'œuvre que cette création de Célimène dans le Misanthrope de Molière ! C'est la femme du monde du temps de Louis XIV comme celle de notre temps, enfin la femme du monde de toutes les époques. Où en serais-je sans mon égide, sans mon amour pour Felipe ? Aussi lui ai-je dit ce matin, en faisant ces réflexions, qu'il était mon sauveur. Si mes soirées sont remplies par les fêtes, par les bals, par les concerts et les spectacles, je retrouve au retour les joies de l'amour et ses folies qui m'épanouissent le cœur, qui en effacent les morsures du monde. Je n'ai dîné chez moi que les jours où nous avons eu les gens qu'on appelle des amis, et je n'y suis restée que pour mes jours. J'ai mon jour, le mercredi, où je reçois. Je suis entrée en lutte avec mesdames d'Espard et de Maufrigneuse, avec la vieille duchesse de Lenoncourt. Ma maison passe pour être amusante. Je me suis laissé mettre à la mode en voyant mon Felipe heureux de mes succès. Je lui donne les matinées ; car, depuis quatre heures jusqu'à deux heures du matin, j'appartiens à Paris. Macumer est un admirable maître de maison : il est si spirituel et si grave, si vraiment grand et d'une grâce si parfaite, qu'il se ferait aimer d'une femme qui l'aurait épousé d'abord par convenance. Mon père et ma mère sont partis pour Madrid : Louis XVIII mort, la duchesse a facilement obtenu de notre bon Charles X la nomination de son charmant Saint-Héreen[1], qu'elle emmène en qualité de second secrétaire d'ambassade[2]. Mon frère, le duc de Rhétoré, daigne me regarder comme une supériorité. Quant au marquis[3] de Chaulieu, ce militaire de fantaisie me doit une éternelle reconnaissance : ma fortune a été employée, avant le départ de mon père, à lui constituer en terres un majorat de quarante mille francs de rente, et son mariage avec mademoiselle de Mortsauf[4], une héritière de Touraine, est tout à fait arrangé. Le roi, pour ne pas laisser s'éteindre le nom et les titres de la maison de Lenoncourt[5], va autoriser par une ordonnance mon frère à succéder aux noms, titres et armes des Lenoncourt-Givry. *Faciem semper monstramus*[6] ! Mademoiselle

---

1. « Furne corrigé » : Canalis

2. Dans le « Furne corrigé », Balzac hésite entre deux corrections : « en qualité de poète » ou « en qualité d'attaché ».

3. « Furne corrigé » : comte

4. Madeleine de Mortsauf, la fille de l'héroïne Henriette dans *Le Lys dans la vallée.*

5. « Furne corrigé » : des maisons de Lenoncourt et de Givry

6. « Nous montrons toujours notre visage. » Devant la devise, sur le « Furne corrigé », Balzac ajoute : « Comment en effet laisser périr ces deux beaux blasons et la sublime devise ».

de Mortsauf, petite-fille et unique héritière du duc de Lenoncourt-Givry, réunira, dit-on, plus de cent mille livres de rente. Mon père a seulement demandé que les armes des Chaulieu fussent en abîme[1] sur celles des Lenoncourt. Ainsi, mon frère sera duc de Lenoncourt. Le jeune de Mortsauf[2], à qui toute cette fortune devait revenir, est au dernier degré de la maladie de poitrine ; on attend sa mort de moment en moment. L'hiver prochain, après le deuil, le mariage aura lieu. J'aurai, dit-on, pour belle-sœur, une charmante personne dans Madeleine de Mortsauf. Ainsi, comme tu le vois, mon père avait raison dans son argumentation. Ce résultat m'a valu l'admiration de beaucoup de personnes, et mon mariage s'explique. Par affection pour ma grand-mère, le prince de Talleyrand prône Macumer, en sorte que notre succès est complet. Après avoir commencé par me blâmer, le monde m'approuve beaucoup. Je règne enfin dans ce Paris où j'étais si peu de chose il y a bientôt deux ans. Macumer voit son bonheur envié par tout le monde, car je suis *la femme la plus spirituelle de Paris*. Tu sais qu'il y a vingt *plus spirituelles femmes de Paris* à Paris. Les hommes me roucoulent des phrases d'amour ou se contentent de l'exprimer en regards envieux. Vraiment, il y a dans ce concert de désirs et d'admiration une si constante satisfaction de la vanité, que maintenant je comprends les dépenses excessives

---

1. Placés au centre et en forme d'écu.

2. Jacques de Mortsauf, fils d'Henriette de Mortsauf et frère de Madeleine dans *Le Lys dans la vallée*.

que font les femmes pour jouir de ces frêles et passagers avantages. Ce triomphe enivre l'orgueil, la vanité, l'amour-propre, enfin tous les sentiments du *moi*. Cette perpétuelle divinisation grise si violemment, que je ne m'étonne plus de voir les femmes devenir égoïstes, oublieuses et légères au milieu de cette fête. Le monde porte à la tête. On prodigue les fleurs de son esprit et de son âme, son temps le plus précieux, ses efforts les plus généreux, à des gens qui vous paient en jalousie et en sourires, qui vous vendent la fausse monnaie de leurs phrases, de leurs compliments et de leurs adulations contre les lingots d'or de votre courage, de vos sacrifices, de vos inventions pour être belle, bien mise, spirituelle, affable et agréable à tous. On sait combien ce commerce est coûteux, on sait qu'on y est volé ; mais on s'y adonne tout de même. Ah ! ma belle biche, combien on a soif d'un cœur ami, combien l'amour et le dévouement de Felipe sont précieux ! combien je t'aime ! Avec quel bonheur on fait ses apprêts de voyage pour aller se reposer à Chantepleurs des comédies de la rue du Bac et de tous les salons de Paris ! Enfin, moi qui viens de relire ta dernière lettre, je t'aurai peint cet infernal paradis de Paris en te disant qu'il est impossible à une femme du monde d'être mère.

À bientôt, chérie, nous nous arrêterons une semaine au plus à Chantepleurs, et nous serons chez toi vers le 10 mai. Nous allons donc nous revoir après plus de deux ans. Et quels changements ! Nous voilà toutes deux femmes : moi la plus heureuse des maîtresses, toi la plus heureuse des mères. Si je ne t'ai pas écrit, mon cher amour, je ne t'ai pas oubliée. Et mon filleul, ce singe, est-il toujours joli ? me fait-il honneur ? il aura plus de neuf mois. Je voudrais bien assister à ses premiers pas dans le monde ; mais Macumer me dit que les enfants précoces marchent à peine à dix mois. Nous taillerons donc *des bavettes*, en style du Blésois. Je verrai si, comme on le dit, un enfant gâte la taille.

P.-S. Si tu me réponds, mère sublime, adresse ta lettre à Chantepleurs, je pars.

XXXIII
MADAME DE L'ESTORADE
À MADAME DE MACUMER

Eh ! mon enfant, si jamais tu deviens mère, tu sauras si l'on peut écrire pendant les neuf premiers mois de la nourriture. *Mary*, ma bonne anglaise, et moi, nous sommes sur les dents. Il est vrai que je ne t'ai pas dit que je tiens à tout faire moi-même. Avant l'événement, j'avais de mes doigts cousu la layette et brodé, garni moi-même les bonnets. Je suis esclave, ma mignonne, esclave le jour et la nuit. Et d'abord Armand-Louis tète quand il veut, et il veut toujours ; puis il faut si souvent le changer, le nettoyer, l'habiller ; la mère aime tant à le regarder endormi, à lui chanter des chansons, à le promener quand il fait beau en le tenant sur ses bras, qu'il ne lui reste pas de temps pour se soigner elle-même. Enfin, tu avais le monde, j'avais mon enfant, notre enfant ! Quelle vie riche et pleine ! Oh ! ma chère, je t'attends, tu verras ! Mais j'ai peur que le travail des dents ne commence, et que tu ne le trouves bien criard, bien pleureur. Il n'a pas encore beaucoup crié, car je suis toujours là. Les enfants ne crient que parce qu'ils ont des besoins qu'on ne sait pas deviner, et je suis à la piste des siens. Oh ! mon ange, combien mon cœur s'est agrandi pendant que tu rapetissais le tien en le mettant au service du monde ! Je t'attends avec une impatience de solitaire. Je veux savoir ta pensée sur l'Estorade, comme tu veux sans doute la mienne sur Macumer. Écris-moi de ta dernière couchée. Mes hommes veulent aller au-devant de nos illustres hôtes. Viens, reine de Paris, viens dans notre pauvre bastide où tu seras aimée ?

XXXIV
DE MADAME DE MACUMER
À LA VICOMTESSE DE L'ESTORADE

Avril 1826.

L'adresse de ma lettre t'annoncera, ma chère, le succès de mes sollicitations. Voilà ton beau-père comte de l'Estorade. Je n'ai pas voulu quitter Paris sans t'avoir obtenu ce que tu désirais, et je t'écris devant le garde des sceaux, qui m'est venu dire que l'ordonnance est signée.

À bientôt.

XXXV
MADAME DE MACUMER À MADAME
LA VICOMTESSE DE L'ESTORADE

Marseille, juillet.

Mon brusque départ va t'étonner, j'en suis honteuse ; mais, comme avant tout je suis vraie et que je t'aime toujours autant, je vais te dire naïvement tout en quatre mots : je suis horriblement jalouse. Felipe te regardait trop. Vous aviez ensemble au pied de ton rocher de petites conversations qui me mettaient au supplice, me rendaient mauvaise et changeaient mon caractère. Ta beauté vraiment espagnole devait lui rappeler son pays et cette Marie Hérédia, de laquelle je suis jalouse, car j'ai la jalousie du passé. Ta magnifique chevelure noire, tes beaux yeux bruns, ce front où les joies de la maternité mettent en relief tes éloquentes douleurs passées qui sont comme les ombres d'une radieuse lumière ; cette fraîcheur de peau méridionale plus blanche que ma blancheur de blonde ; cette puissance de formes, ce sein qui brille dans les dentelles comme un fruit délicieux auquel se suspend mon beau filleul, tout cela me blessait les yeux et le cœur. J'avais beau tantôt mettre des bleuets dans mes grappes de cheveux, tantôt relever la fadeur de mes tresses blondes par des rubans cerise, tout cela pâlissait devant une Renée que je ne m'attendais pas à trouver dans cette oasis de la Crampade.

Felipe enviait trop aussi cet enfant, que je me prenais à haïr. Oui, cette insolente vie qui remplit ta maison, qui l'anime, qui y crie, qui y rit, je la voulais à moi. J'ai lu des regrets dans les yeux de Macumer, j'en ai pleuré pendant deux nuits à son insu. J'étais au supplice chez toi. Tu es trop belle femme et trop heureuse mère pour que je puisse rester auprès de toi. Ah ! hypocrite, tu te plaignais ! D'abord ton l'Estorade est très bien, il cause agréablement ; ses cheveux noirs mélangés de blancs sont jolis ; il a de beaux yeux, et ses façons de Méridional ont ce *je ne sais quoi* qui plaît. D'après ce que j'ai vu, il sera tôt ou tard nommé député des Bouches-du-Rhône ; il fera son chemin à la Chambre, car je suis toujours à votre service en tout ce qui concerne vos ambitions. Les misères de l'exil lui ont donné cet air calme et posé qui me semble être la moitié de la politique. Selon moi, ma chère, toute la politique, c'est de paraître grave. Aussi disais-je à Macumer qu'il doit être un bien grand homme d'État.

Enfin, après avoir acquis la certitude de ton bonheur, je m'en vais à tire-d'aile, contente, dans mon cher Chantepleurs, où Felipe s'arrangera pour être père, je ne veux t'y recevoir qu'ayant à mon sein un bel enfant semblable au tien. Je mérite tous les noms que tu voudras me donner : je suis absurde, infâme, sans esprit. Hélas ! on est tout cela quand on est jalouse. Je ne t'en veux pas, mais je souffrais, et tu me pardonneras de m'être soustraite à de telles souffrances. Encore deux jours, j'aurais commis quelque sottise. Oui, j'eusse été de mauvais goût. Malgré ces rages qui me mordaient le cœur, je suis heureuse d'être venue, heureuse de t'avoir vue mère si belle et si féconde, encore mon amie au milieu de tes joies maternelles, comme je reste toujours la tienne au milieu de mes amours. Tiens, à Marseille, à quelques pas de vous, je suis déjà fière de toi, fière de cette grande mère de famille que tu seras. Avec quel sens tu devinais ta vocation ! car tu me sembles née pour être plus mère qu'amante, comme moi je suis plus née pour l'amour que pour la maternité. Certaines femmes ne peuvent être ni mères ni amantes, elles sont ou trop laides ou trop sottes. Une bonne mère et une épouse-maîtresse doivent avoir à tout moment de l'esprit, du jugement, et savoir à tout propos déployer les qualités les plus exquises de la femme. Oh ! je t'ai bien observée, n'est-ce pas te dire, ma minette, que je t'ai admirée ? Oui, tes enfants seront heureux et bien élevés, ils seront baignés dans les effusions de ta tendresse, caressés par les lueurs de ton âme.

Dis la vérité sur mon départ à ton Louis, mais colore-la d'honnêtes prétextes aux yeux de ton beau-père qui semble être votre intendant, et surtout aux yeux de ta famille, une vraie famille Harlowe[1], plus l'esprit provençal. Felipe ne sait pas encore pourquoi je suis partie, il ne le saura jamais. S'il le demande, je verrai à lui trouver un prétexte quelconque. Je lui

---

1. Une famille tyrannique dont Clarisse est la victime dans le roman de Richardson.

dirai probablement que tu as été jalouse de moi. Fais-moi crédit de ce petit mensonge officieux. Adieu, je t'écris à la hâte afin que tu aies cette lettre à l'heure de ton déjeuner, et le postillon, qui s'est chargé de te la faire tenir, est là qui boit en l'attendant. Baise bien mon cher petit filleul pour moi. Viens à Chantepleurs au mois d'octobre, j'y serai seule pendant tout le temps que Macumer ira passer en Sardaigne où il veut faire de grands changements dans ses domaines. Du moins tel est le projet du moment, et c'est sa fatuité à lui d'avoir un projet, il se croit indépendant ; aussi est-il toujours inquiet en me le communiquant. Adieu !

XXXVI
DE LA VICOMTESSE DE L'ESTORADE
À LA BARONNE DE MACUMER

Ma chère, notre étonnement à tous a été inexprimable quand, au déjeuner, on nous a dit que vous étiez partis, et surtout quand le postillon qui vous avait emmenés à Marseille m'a remis ta folle lettre. Mais, méchante, il ne s'agissait que de ton bonheur dans ces conversations au pied du rocher sur le banc de Louise, et tu as eu bien tort d'en prendre ombrage. *Ingrata !* je te condamne à revenir ici à mon premier appel. Dans cette odieuse lettre griffonnée sur du papier d'auberge, tu ne m'as pas dit où tu t'arrêteras ; je suis donc obligée de t'adresser ma réponse à Chantepleurs.

Écoute-moi, chère sœur d'élection, et sache, avant tout, que je te veux heureuse. Ton mari, ma Louise, a je ne sais quelle profondeur d'âme et de pensée qui impose autant que sa gravité naturelle et que sa contenance noble imposent ; puis il y a dans sa laideur si spirituelle, dans ce regard de velours, une puissance vraiment majestueuse ; il m'a donc fallu quelque temps avant d'établir cette familiarité sans laquelle il est difficile de s'observer à fond. Enfin, cet homme a été premier ministre, et il t'adore comme il adore Dieu ; donc, il devait dissimuler profondément ; et, pour aller pêcher des secrets au fond de ce diplomate, sous les roches de son cœur, j'avais à déployer autant d'habileté que de ruse ; mais j'ai fini, sans que notre homme s'en soit douté, par découvrir bien des choses desquelles ma mignonne ne se doute pas. De nous deux, je suis un peu la Raison comme tu es l'Imagination ; je suis le grave Devoir comme tu es le fol Amour. Ce contraste d'esprit qui n'existait que pour nous deux, le sort s'est plu à le continuer dans nos destinées. Je suis une humble vicomtesse campagnarde excessivement ambitieuse, qui doit conduire sa famille dans une voie de prospérité ; tandis que le monde sait Macumer ex-duc de Soria, et que, duchesse de droit, tu règnes sur ce Paris où il est si difficile à qui que ce soit, même aux Rois, de régner. Tu as une belle fortune que Macumer va doubler, s'il réalise ses projets d'exploitation pour ses immenses domaines de Sardaigne, dont les ressources sont bien connues à Marseille. Avoue que si l'une de nous deux devait être jalouse, ce serait moi ? Mais, rendons grâces à Dieu de ce que nous ayons chacune le cœur assez haut placé pour que notre amitié soit au-dessus des petitesses vulgaires. Je te connais : tu as honte de m'avoir quittée. Malgré ta fuite, je ne te ferai pas grâce d'une seule des paroles que j'allais te dire aujourd'hui sous le rocher. Lis-moi donc avec attention, je t'en supplie, car il s'agit encore plus de toi que de Macumer, quoiqu'il soit pour beaucoup dans ma morale.

D'abord, ma mignonne, tu ne l'aimes pas. Avant deux ans, tu te fatigueras de cette adoration. Tu ne verras jamais en Felipe un mari, mais un amant de qui tu te joueras sans nul souci, comme font d'un amant toutes les femmes. Non, il ne t'impose pas, tu n'as pas pour lui ce profond respect, cette tendresse pleine de crainte qu'une véritable amante a pour celui en qui elle voit un Dieu. Oh ! j'ai bien étudié l'amour, mon ange, et j'ai jeté plus d'une fois la sonde dans les gouffres de mon cœur. Après t'avoir bien examinée, je puis te le dire : Tu n'aimes pas. Oui, chère reine de Paris, de même que les reines, tu désireras être traitée en grisette, tu souhaiteras être dominée, entraînée par un homme fort qui, au lieu de t'adorer, saura te meurtrir le bras en te le saisissant au milieu d'une scène de jalousie. Macumer t'aime trop pour pouvoir jamais soit te réprimander, soit te résister. Un seul de tes regards, une seule de tes paroles d'enjôleuse fait fondre le plus fort de ses vouloirs. Tôt ou tard, tu le mépriseras de ce qu'il t'aime trop. Hélas ! il te gâte, comme je te gâtais quand nous étions au couvent, car tu es une des plus séduisantes femmes et un des esprits les plus enchanteurs qu'on puisse imaginer. Tu es vraie surtout, et souvent le monde exige, pour notre propre bonheur, des mensonges auxquels tu ne descendras jamais. Ainsi, le monde demande qu'une femme ne laisse point voir l'empire qu'elle exerce sur son mari. Socialement parlant, un mari ne doit pas plus paraître l'amant de sa femme quand il l'aime en amant, qu'une épouse ne doit jouer le rôle d'une maîtresse. Or, vous manquez tous deux à cette loi. Mon enfant, d'abord ce que le monde pardonne le moins en le jugeant d'après ce que tu m'en as dit, c'est le bonheur, on doit le lui cacher ; mais ceci n'est rien. Il existe entre amants une égalité qui ne peut jamais, selon moi, apparaître entre une femme et son mari, sous peine d'un renversement social et sans des malheurs irréparables. Un homme nul est quelque chose d'effroyable ; mais il y a quelque chose de pire, c'est un homme annulé. Dans un temps donné, tu auras réduit Macumer à n'être que l'ombre d'un homme : il n'aura plus sa volonté, il ne sera plus lui-même, mais une chose façonnée à ton usage ; tu te le seras si bien assimilé, qu'au lieu d'être deux, il n'y aura plus qu'une personne dans votre ménage, et cet être-là sera nécessairement incomplet ; tu en souffriras, et le mal sera sans remède quand tu daigneras ouvrir les yeux. Nous aurons beau faire, notre sexe ne sera jamais doué des qualités qui distinguent l'homme ; et ces qualités sont plus que nécessaires, elles sont indispensables à la Famille. En ce moment, malgré son aveuglement, Macumer entrevoit cet avenir, il se sent diminué par son amour. Son voyage en Sardaigne me prouve qu'il va tenter de se retrouver lui-même par cette séparation momentanée. Tu n'hésites pas à exercer le pouvoir que te remet l'amour. Ton autorité s'aperçoit dans un geste, dans le regard, dans l'accent. Oh ! chère, tu es, comme te le disait ta mère, une folle courtisane. Certes, il t'est prouvé, je crois, que je suis de beaucoup supérieure à Louis ; mais m'as-tu vue jamais le contredisant ? Ne suis-je pas en public une femme qui le respecte comme le pouvoir de la famille ? Hypocrisie ! diras-tu. D'abord, les conseils que je crois utile de lui donner, mes avis, mes idées, je ne les lui soumets jamais que dans l'ombre et le silence de la chambre à coucher ; mais je puis te jurer, mon ange, qu'alors même je n'affecte envers lui aucune supériorité. Si je ne restais pas secrètement comme ostensiblement sa femme, il ne croirait pas en lui. Ma chère, la perfection de la bienfaisance consiste à s'effacer si bien que l'obligé ne se croie pas inférieur à celui qui l'oblige ; et ce dévouement caché comporte des douceurs infinies. Aussi ma gloire a-t-elle été de te tromper toi-même, et tu m'as fait des compliments de Louis. La prospérité, le bonheur, l'espoir, lui ont d'ailleurs fait regagner depuis deux ans tout ce que le malheur, les misères, l'abandon, le doute lui avaient fait perdre. En ce moment donc, d'après mes observations, je trouve que tu aimes Felipe pour toi, et non pour lui-même. Il y a du vrai dans ce que t'a dit ton père : ton égoïsme de grande dame est seulement déguisé sous les fleurs du printemps de ton amour. Ah ! mon enfant, il faut te bien aimer pour te dire de si cruelles vérités. Laisse-moi te raconter, sous la condition de ne jamais souffler de ceci le moindre mot au baron, la fin d'un de nos entretiens. Nous avions chanté tes louanges sur tous les tons, car il a bien vu que je t'aimais comme une sœur que l'on aime ; et après l'avoir amené, sans qu'il y prît garde, à des confidences : « Louise, lui ai-je dit, n'a pas encore lutté avec la vie, elle est traitée en enfant gâté par le sort, et peut-être serait-elle malheureuse si vous ne saviez pas être un père pour elle comme vous êtes un amant. — Et le puis-je ? » a-t-il dit ! Il s'est arrêté tout court, comme un homme qui voit le précipice où il va rouler. Cette exclamation m'a suffi. Si tu n'étais pas partie, il m'en aurait dit davantage quelques jours après.

Mon ange, quand cet homme sera sans forces, quand il aura trouvé la satiété dans le plaisir, quand il se sentira, je ne dis pas avili, mais sans sa dignité devant toi, les reproches que lui fera sa conscience lui donneront une sorte de remords, blessant pour toi par cela même que tu te sentiras coupable. Enfin tu finiras par mépriser celui que tu ne te seras pas habituée à respecter. Songes-y. Le mépris chez la femme est la première forme que prend sa haine. Comme tu es noble de cœur, tu te souviendras toujours des sacrifices que Felipe t'aura faits ; mais il n'aura plus à t'en faire après s'être en quelque sorte servi lui-même dans ce premier festin, et malheur à l'homme comme à la femme qui ne laissent rien à souhaiter ! Tout est dit. À notre honte ou à notre gloire, je ne saurais décider ce point délicat, nous ne sommes exigeantes que pour l'homme qui nous aime !

Ô Louise, change, il en est temps encore. Tu peux, en te conduisant avec Macumer comme je me conduis avec l'Estorade, faire surgir le lion caché dans cet homme vraiment supérieur. On dirait que tu veux te venger de sa supériorité. Ne seras-tu donc pas fière d'exercer ton pouvoir autrement qu'à ton profit, de faire un homme de génie d'un homme grand, comme je fais un homme supérieur d'un homme ordinaire ?

Tu serais restée à la campagne, je t'aurais toujours écrit cette lettre ; j'eusse craint ta pétulance et ton esprit dans une conversation, tandis que je sais que tu réfléchiras à ton avenir en me lisant. Chère âme, tu as tout pour être heureuse, ne gâte pas ton bonheur, et retourne dès le mois de novembre à Paris. Les soins et l'entraînement du monde dont je me plaignais sont des diversions nécessaires à votre existence, peut-être un peu trop intime. Une femme mariée doit avoir sa coquetterie. La mère de famille qui ne laisse pas désirer sa présence en se rendant rare au sein du ménage risque d'y faire connaître la satiété. Si j'ai plusieurs enfants, ce que je souhaite pour mon bonheur, je te jure que dès qu'ils arriveront à un certain âge je me réserverai des heures pendant lesquelles je serai seule ; car il faut se faire demander par tout le monde, même par ses enfants. Adieu, chère jalouse ? Sais-tu qu'une femme vulgaire serait flattée de t'avoir causé ce mouvement de jalousie ? Hélas ! je ne puis que m'en affliger, car il n'y a en moi qu'une mère et une sincère amie. Mille tendresses. Enfin fais tout ce que tu voudras pour excuser ton départ : si tu n'es pas sûre de Felipe, je suis sûre de Louis.

XXXVII
DE LA BARONNE DE MACUMER
À LA VICOMTESSE DE L'ESTORADE

Gênes.

Ma chère belle, j'ai eu la fantaisie de voir un peu
l'Italie, et suis ravie d'y avoir entraîné Macumer, dont
les projets, relativement à la Sardaigne, sont ajournés.

Ce pays m'enchante et me ravit. Ici les églises, et
surtout les chapelles, ont un air amoureux et coquet
qui doit donner à une protestante envie de se faire
catholique. On a fêté Macumer, et l'on s'est applaudi
d'avoir acquis un sujet pareil. Si je la désirais, Felipe
aurait l'ambassade de Sardaigne à Paris ; car la cour
est charmante pour moi. Si tu m'écris, adresse tes
lettres à Florence. Je n'ai pas trop le temps de t'écrire
en détail, je te raconterai mon voyage à ton premier
séjour à Paris. Nous ne resterons ici qu'une semaine.
De là nous irons à Florence par Livourne, nous séjour-
nerons un mois en Toscane et un mois à Naples afin
d'être à Rome en novembre. Nous reviendrons par
Venise, où nous demeurerons la première quinzaine de
décembre ; puis nous arriverons par Milan et par Turin
à Paris pour le mois de janvier. Nous voyageons en
amants : la nouveauté des lieux renouvelle nos chères
noces. Macumer ne connaissait point l'Italie, et nous
avons débuté par ce magnifique chemin de la Corniche
qui semble construit par les fées. Adieu, chérie. Ne

m'en veux pas si je ne t'écris point ; il m'est impossible de trouver un moment à moi en voyage ; je n'ai que le temps de voir, de sentir et de savourer mes impressions. Mais, pour t'en parler, j'attendrai qu'elles aient pris les teintes du souvenir.

XXXVIII
DE LA VICOMTESSE DE L'ESTORADE
À LA BARONNE DE MACUMER

Septembre.

Ma chère, il y a pour toi à Chantepleurs une assez longue réponse à la lettre que tu m'as écrite de Marseille. Ce voyage fait en amants est si loin de diminuer les craintes que je t'y exprimais, que je te prie d'écrire en Nivernais pour qu'on t'envoie ma lettre.

Le ministère a résolu, dit-on, de dissoudre la Chambre. Si c'est un malheur pour la couronne, qui devait employer la dernière session de cette législature dévouée à faire rendre des lois nécessaires à la consolidation du pouvoir, c'en est un pour nous aussi : Louis n'aura quarante ans qu'à la fin de 1827. Heureusement mon père, qui consent à se faire nommer député, donnera sa démission en temps utile.

Ton filleul a fait ses premiers pas sans sa marraine ; il est d'ailleurs admirable et commence à me faire de ces petits gestes gracieux qui me disent que ce n'est plus seulement un organe qui tète, une vie brutale,

mais une âme : ses sourires sont pleins de pensées.
Je suis si favorisée dans mon métier de nourrice que
je sèvrerai notre Armand en décembre. Un an de lait
suffit. Les enfants qui tètent trop deviennent des sots.
Je suis pour les dictons populaires. Tu dois avoir un
succès fou en Italie, ma belle blonde. Mille tendresses.

XXXIX
DE LA BARONNE DE MACUMER
À LA VICOMTESSE DE L'ESTORADE

Rome, décembre.

J'ai ton infâme lettre, que, sur ma demande, mon
régisseur m'a envoyée de Chantepleurs ici. Oh !
Renée... Mais je t'épargne tout ce que mon indigna-
tion pourrait me suggérer. Je vais seulement te raconter les effets produits par ta lettre. Au retour de la fête
charmante que nous a donnée l'ambassadeur et où j'ai
brillé de tout mon éclat, d'où Macumer est revenu dans
un enivrement de moi que je ne saurais peindre, je lui
ai lu ton horrible réponse, et je la lui ai lue en pleurant,
au risque de lui paraître laide. Mon cher Abencérage
est tombé à mes pieds en te traitant de radoteuse ; il
m'a emmenée au balcon du palais où nous sommes,
et d'où nous voyons une partie de Rome : là, son langage a été digne de la scène qui s'offrait à nos yeux ;
car il faisait un superbe clair de lune. Comme nous
savons déjà l'italien, son amour, exprimé dans cette

langue si molle et si favorable à la passion, m'a paru
sublime. Il m'a dit que, quand même tu serais prophète, il préférait une nuit heureuse ou l'une de nos
délicieuses matinées à toute une vie. À ce compte, il
avait déjà vécu mille ans. Il voulait que je restasse sa
maîtresse, et ne souhaitait pas d'autre titre que celui de
mon amant. Il est si fier et si heureux de se voir chaque
jour le préféré que, si Dieu lui apparaissait et lui donnait à opter entre vivre encore trente ans selon ta doctrine et avoir cinq enfants, ou n'avoir plus que cinq ans
de vie en continuant nos chères amours fleuries, son
choix serait fait : il aimerait mieux être aimé comme je
l'aime et mourir. Ces protestations dites à mon oreille,
ma tête sur son épaule, son bras autour de ma taille,
ont été troublées en ce moment par les cris de quelque
chauve-souris qu'un chat-huant avait surprise. Ce cri
de mort m'a fait une si cruelle impression que Felipe
m'a emportée à demi évanouie sur mon lit. Mais
rassure-toi ! quoique cet horoscope ait retenti dans
mon âme, ce matin je vais bien. En me levant, je me
suis mise à genoux devant Felipe, et, les yeux sous les
siens, ses mains prises dans les miennes, je lui ai dit :
« Mon ange, je suis un enfant, et Renée pourrait avoir
raison : c'est peut-être seulement l'amour que j'aime
en toi ; mais du moins sache qu'il n'y a pas d'autre
sentiment dans mon cœur, et que je t'aime alors à ma
manière. Enfin si dans mes façons, dans les moindres
choses de ma vie et de mon âme, il y avait quoi que
ce soit de contraire à ce que tu voulais ou espérais de
moi, dis-le ! fais-le-moi connaître ! j'aurai du plaisir à

t'écouter et à ne me conduire que par la lueur de tes yeux. Renée m'effraie, elle m'aime tant ! »

Macumer n'a pas eu de voix pour me répondre, il fondait en larmes. Maintenant, je te remercie, ma Renée ; je ne savais pas combien je suis aimée de mon beau, de mon royal Macumer. Rome est la ville où l'on aime. Quand on a une passion, c'est là qu'il faut aller en jouir : on a les arts et Dieu pour complices. Nous trouverons, à Venise, le duc et la duchesse de Soria. Si tu m'écris, écris-moi maintenant à Paris, car nous quittons Rome dans trois jours. La fête de l'ambassadeur était un adieu.

P.-S. Chère imbécile, ta lettre montre bien que tu ne connais l'amour qu'en idée. Sache donc que l'amour est un principe dont tous les effets sont si dissemblables qu'aucune théorie ne saurait les embrasser ni les régenter. Ceci est pour mon petit docteur en corset.

XL
DE LA COMTESSE DE L'ESTORADE
À LA BARONNE DE MACUMER

Janvier 1827.

Mon père est nommé, mon beau-père est mort, et je suis encore sur le point d'accoucher ; tels sont les événements marquants de la fin de cette année. Je te les dis sur-le-champ, pour que l'impression que te fera mon cachet noir se dissipe aussitôt.

Ma mignonne, ta lettre de Rome m'a fait frémir. Vous êtes deux enfants. Felipe est, ou un diplomate qui a dissimulé, ou un homme qui t'aime comme il aimerait une courtisane à laquelle il abandonnerait sa fortune, tout en sachant qu'elle le trahit. En voilà bien assez. Vous me prenez pour une radoteuse, je me tairai. Mais laisse-moi te dire qu'en étudiant nos deux destinées j'en tire un cruel principe : Voulez-vous être aimée ? n'aimez pas.

Louis, ma chère, a obtenu la croix de la Légion d'honneur quand il a été nommé membre du conseil général. Or, comme voici bientôt trois ans qu'il est du conseil, et que mon père, que tu verras sans doute à Paris pendant la session, a demandé pour son gendre le grade d'officier, fais-moi le plaisir d'entreprendre le mamamouchi[1] quelconque que cette nomination regarde, et de veiller à cette petite chose. Surtout, ne te mêle pas des affaires de mon très honoré père, le comte de Maucombe, qui veut obtenir le titre de marquis ; réserve tes faveurs pour moi. Quand Louis sera député, c'est-à-dire l'hiver prochain, nous viendrons à Paris, et nous y remuerons alors ciel et terre pour le placer à quelque direction générale, afin que nous puissions économiser tous nos revenus en vivant des appointements d'une place. Mon père siège entre le

---

1. Dignité burlesque inventée par Molière : M. Jourdain se piquant de noblesse, son entourage lui fait croire qu'il sera fait prochainement « mamamouchi » par le fils du Grand Turc (qui n'est autre que le soupirant de sa fille).

centre et la droite, il ne demande qu'un titre ; notre famille était déjà célèbre sous le roi René, le roi Charles X ne refusera pas un Maucombe ; mais j'ai peur qu'il ne prenne à mon père fantaisie de postuler quelque faveur pour mon frère cadet ; et en lui tenant la dragée du marquisat un peu haut, il ne pourra penser qu'à lui-même.

15 janvier.

Ah ! Louise, je sors de l'enfer ! Si j'ai le courage de te parler de mes souffrances, c'est que tu me sembles une autre moi-même. Encore ne sais-je pas si je laisserai jamais ma pensée revenir sur ces cinq fatales journées ! Le seul mot de convulsion me cause un frisson dans l'âme même. Ce n'est pas cinq jours qui viennent de se passer, mais cinq siècles de douleurs. Tant qu'une mère n'a pas souffert ce martyre, elle ignorera ce que veut dire le mot souffrance. Je t'ai trouvée heureuse de ne pas avoir d'enfants, ainsi juge de ma déraison !

La veille du jour terrible, le temps, qui avait été lourd et presque chaud, me parut avoir incommodé mon petit Armand. Lui, si doux et si caressant, il était grimaud[1] ; il criait à propos de tout, il voulait jouer et brisait ses joujoux. Peut-être toutes les maladies s'annoncent-elles chez les enfants par des changements d'humeur. Attentive à cette singulière

---

1. Maussade (archaïsme).

méchanceté, j'observais chez Armand des rougeurs et des pâleurs que j'attribuais à la pousse de quatre grosses dents qui percent à la fois. Aussi l'ai-je couché près de moi, m'éveillant de moment en moment. Pendant la nuit, il eut un peu de fièvre qui ne m'inquiétait point ; je l'attribuais toujours aux dents. Vers le matin il dit : Maman ! en demandant à boire par un geste, mais avec un éclat dans la voix, avec un mouvement convulsif dans le geste qui me glacèrent le sang. Je sautai hors du lit pour aller lui préparer de l'eau sucrée. Juge de mon effroi quand en lui présentant la tasse je ne lui vis faire aucun mouvement ; il répétait seulement : Maman, de cette voix qui n'était plus sa voix, qui n'était même plus une voix. Je lui pris la main, mais elle n'obéissait plus, elle se roidissait. Je lui mis alors la tasse aux lèvres ; le pauvre petit but d'une manière effrayante, par trois ou quatre gorgées convulsives, et l'eau fit un bruit singulier dans son gosier. Enfin, il s'accrocha désespérément à moi, et j'aperçus ses yeux, tirés par une force intérieure, devenir blancs, ses membres perdre leur souplesse. Je jetai des cris affreux. Louis vint. « Un médecin ! un médecin ! il meurt ! » lui criai-je. Louis disparut, et mon pauvre Armand dit encore : « Maman ! maman ! » en se cramponnant à moi. Ce fut le dernier moment où il sut qu'il avait une mère. Les jolis vaisseaux de son front se sont injectés, et la convulsion a commencé. Une heure avant l'arrivée des médecins, je tenais cet enfant si vivace, si blanc et rose, cette fleur qui faisait mon orgueil et ma joie, roide comme un morceau de bois, et quels yeux ! je frémis en me les rappelant. Noir, crispé, rabougri, muet, mon gentil Armand était une momie. Un médecin, deux médecins amenés de Marseille par Louis, restaient là plantés sur leurs jambes comme des oiseaux de mauvais augure, ils me faisaient frissonner. L'un parlait de fièvre cérébrale, l'autre voyait des convulsions comme en ont les enfants. Le médecin de notre canton me paraissait être le plus sage parce qu'il ne prescrivait rien. « C'est les dents, disait le second. — C'est une fièvre », disait le premier. Enfin, on convint de mettre des sangsues au cou et de la glace sur la tête. Je me sentais mourir. Être là, voir un cadavre bleu ou noir, pas un cri, pas un mouvement, au lieu d'une créature si bruyante et si vive ! Il y eut un moment où ma tête s'est égarée, et où j'ai eu comme un rire nerveux en voyant ce joli cou, que j'avais tant baisé, mordu par des sangsues, et cette charmante tête sous une calotte de glace. Ma chère, il a fallu lui couper cette jolie chevelure que nous admirions tant, et que tu avais caressée, pour pouvoir mettre la glace. De dix en dix minutes, comme dans mes douleurs d'accouchement, la convulsion revenait, et le pauvre petit se tordait, tantôt pâle, tantôt violet. En se rencontrant, ses membres si flexibles rendaient un son comme si c'eût été du bois. Cette créature insensible m'avait souri, m'avait parlé, m'appelait naguère encore maman ! À ces idées, des masses de douleurs me traversaient l'âme, en l'agitant comme des ouragans agitent la mer, et je sentais tous les liens par lesquels un enfant tient à notre cœur ébranlés.

Ma mère, qui peut-être m'aurait aidée, conseillée ou consolée, est à Paris. Les mères en savent plus sur les convulsions que les médecins, je crois. Après quatre jours et quatre nuits passés dans des alternatives et des craintes qui m'ont presque tuée, les médecins furent tous d'avis d'appliquer une affreuse pommade pour faire des plaies ! Oh ! des plaies à mon Armand qui jouait cinq jours auparavant, qui souriait, qui s'essayait à dire *marraine* ! Je m'y suis refusée en voulant me confier à la nature. Louis me grondait, il croyait aux médecins. Un homme est toujours homme. Mais il y a dans ces terribles maladies des instants où elles prennent la forme de la mort ; et pendant un de ces instants, ce remède, que j'abominais, me parut être le salut d'Armand. Ma Louise, la peau était si sèche, si rude, si aride, que l'onguent ne prit pas. Je me mis alors à fondre en larmes pendant si longtemps au-dessus du lit, que le chevet en fut mouillé. Les médecins dînaient, eux ! Me voyant seule, j'ai débarrassé mon enfant de tous les topiques de la médecine, je l'ai pris, quasi folle, entre mes bras, je l'ai serré contre ma poitrine, j'ai appuyé mon front à son front en priant Dieu de lui donner ma vie, tout en essayant de la lui communiquer. Je l'ai tenu pendant quelques instants ainsi, voulant mourir avec lui pour n'en être séparée ni dans la vie ni dans la mort. Ma chère, j'ai senti les membres fléchir ; la convulsion a cédé, mon enfant a remué, les sinistres et horribles couleurs ont disparu ! J'ai crié comme quand il était tombé malade, les médecins ont monté, je leur ai fait voir Armand.

« Il est sauvé ! » s'est écrié le plus âgé des médecins[1].

Oh ! quelle parole ! quelle musique ! les cieux s'ouvraient. En effet, deux heures après, Armand renaissait ; mais j'étais anéantie, il a fallu, pour m'empêcher de faire quelque maladie, le baume de la joie. Ô mon Dieu ! par quelles douleurs attachez-vous l'enfant à sa mère ? quels clous vous nous enfoncez au cœur pour qu'il y tienne ! N'étais-je donc pas assez mère encore, moi que les bégaiements et les premiers pas de cet enfant ont fait pleurer de joie ! moi qui l'étudie pendant des heures entières pour bien accomplir mes devoirs et m'instruire au doux métier de mère ! Était-il besoin de causer ces terreurs, d'offrir ces épouvantables images à celle qui fait de son enfant une idole ? Au moment où je t'écris, notre Armand joue, il crie, il rit. Je cherche alors les causes de cette horrible maladie des enfants, en songeant que je suis grosse. Est-ce la pousse des dents ? est-ce un travail particulier qui se fait dans le cerveau ? Les enfants qui subissent des convulsions ont-ils une imperfection dans le système nerveux ? Toutes ces idées m'inquiètent autant pour le présent que pour l'avenir. Notre médecin de campagne tient pour une excitation nerveuse causée par les dents. Je donnerais

---

1. Balzac s'intéressait à la théorie du magnétisme animal de Mesmer, qui affirmait la possibilité pour chacun de guérir un malade, par des « passes » magnétiques censées agir sur le fluide naturel. Dans l'Avant-propos de *La Comédie humaine*, il reconnaît s'être familiarisé avec les thèses de Mesmer depuis 1820.

toutes les miennes pour que celles de notre petit Armand fussent faites. Quand je vois une de ces perles blanches poindre au milieu de sa gencive enflammée, il me prend maintenant des sueurs froides. L'héroïsme avec lequel ce cher ange souffre m'indique qu'il aura tout mon caractère ; il me jette des regards à fendre le cœur. La médecine ne sait pas grand-chose sur les causes de cette espèce de tétanos qui finit aussi rapidement qu'il commence, qu'on ne peut ni prévenir ni guérir. Je te le répète, une seule chose est certaine : voir son enfant en convulsion, voilà l'enfer pour une mère. Avec quelle rage je l'embrasse ! Oh ! comme je le tiens longtemps sur mon bras en le promenant ! Avoir eu cette douleur quand je dois accoucher de nouveau dans six semaines, c'était une horrible aggravation du martyre, j'avais peur pour l'autre ! Adieu, ma chère et bien-aimée Louise, ne désire pas d'enfants, voilà mon dernier mot.

XLI
DE LA BARONNE DE MACUMER
À LA VICOMTESSE DE L'ESTORADE

Paris.

Pauvre ange, Macumer et moi nous t'avons pardonné tes *mauvaisetés* en apprenant combien tu as été tourmentée. J'ai frissonné, j'ai souffert en lisant les détails de cette double torture, et me voilà moins chagrine de ne pas être mère. Je m'empresse de t'annoncer la nomination de Louis, qui peut porter la rosette d'officier. Tu désirais une petite fille ; probablement tu en auras une, heureuse Renée ! Le mariage de mon frère et de mademoiselle de Mortsauf a été célébré à notre retour. Notre charmant roi, qui vraiment est d'une bonté admirable, a donné à mon frère la survivance de la charge de premier gentilhomme de la Chambre dont est revêtu son beau-père.

« La charge doit aller avec les titres », a-t-il dit au duc de Lenoncourt-Givry[1].

Mon père avait cent fois raison. Sans ma fortune, rien de tout cela n'aurait eu lieu. Mon père et ma mère sont venus de Madrid pour ce mariage, et y retournent après la fête que je donne demain aux nouveaux mariés. Le carnaval sera très brillant. Le duc et la duchesse de Soria sont à Paris ; leur présence m'inquiète un peu. Marie Hérédia est certes une des plus belles femmes de l'Europe, je n'aime pas la manière dont Felipe la regarde. Aussi redoublé-je d'amour et de tendresse. « *Elle* ne t'aurait jamais aimée ainsi ! » est une parole que je me garde bien de dire, mais qui est écrite dans tous mes regards, dans tous mes mouvements. Dieu sait si je suis élégante et coquette. Hier, madame de Maufrigneuse me disait : « Chère enfant, il faut vous rendre les armes. » Enfin, j'amuse tant Felipe,

---

1. Sur le « Furne corrigé », Balzac ajoute : « Seulement il a voulu que l'écusson des Mortsauf fût adossé à celui des Lenoncourt. » Les armoiries sont placées dos à dos sur l'écusson.

qu'il doit trouver sa belle-sœur bête comme une vache espagnole. J'ai d'autant moins de regret de ne pas faire un petit Abencérage, que la duchesse accouchera sans doute à Paris, elle va devenir laide ; si elle a un garçon, il se nommera Felipe en l'honneur du banni. Un malicieux hasard fera que je serai encore marraine. Adieu, chère. J'irai de bonne heure cette année à Chantepleurs, car notre voyage a coûté des sommes exorbitantes ; je partirai vers la fin de mars, afin d'aller vivre avec économie en Nivernais. Paris m'ennuie d'ailleurs. Felipe soupire autant que moi après la belle solitude de notre parc, nos fraîches prairies et notre Loire pailletée par ses sables, à laquelle aucune rivière ne ressemble. Chantepleurs me paraîtra délicieux après les pompes et les vanités de l'Italie ; car, après tout, la magnificence est ennuyeuse, et le regard d'un amant est plus beau qu'un *capo d'opera*, qu'un *bel quadro* ! Nous t'y attendrons, je ne serai plus jalouse de toi. Tu pourras sonder à ton aise le cœur de mon Macumer, y pêcher des interjections, en ramener des scrupules, je te le livre avec une superbe confiance. Depuis la scène de Rome, Felipe m'aime davantage ; il m'a dit hier (il regarde par-dessus mon épaule) que sa belle-sœur, la Marie de sa jeunesse, sa vieille fiancée, la princesse Hérédia, son premier rêve, était stupide. Oh ! chère, je suis pire qu'une fille d'Opéra, cette injure m'a causé du plaisir. J'ai fait remarquer à Felipe qu'elle ne parlait pas correctement le français ; elle prononce *esemple*, *sain* pour *cinq*, *cheu* pour *je* ; enfin, elle est belle, mais elle n'a pas de grâce, elle n'a pas la moindre vivacité dans l'esprit. Quand on lui adresse un compliment, elle vous regarde comme une femme qui ne serait pas habituée à en recevoir. Du caractère dont il est, il aurait quitté Marie après deux mois de mariage. Le duc de Soria, Don Fernand, est très bien assorti avec elle ; il a de la générosité, mais c'est un enfant gâté, cela se voit. Je pourrais être méchante et te faire rire ; mais je m'en tiens au vrai. Mille tendresses, mon ange.

XLII
RENÉE À LOUISE

Ma petite fille a deux mois ; ma mère a été la marraine, et un vieux grand-oncle de Louis, le parrain de cette petite, qui se nomme Jeanne-Athénaïs.

Dès que je le pourrai, je partirai pour vous aller voir à Chantepleurs, puisqu'une nourrice ne vous effraie pas. Ton filleul dit ton nom ; il le prononce *Matoumer* ! car il ne peut pas dire les *c* autrement ; tu en raffoleras ; il a toutes ses dents ; il mange maintenant de la viande comme un grand garçon, il court et trotte comme un rat ; mais je l'enveloppe toujours de regards inquiets, et je suis au désespoir de ne pouvoir le garder près de moi pendant mes couches, qui exigent plus de quarante jours de chambre, à cause de quelques précautions ordonnées par les médecins. Hélas ! mon enfant, on ne prend pas l'habitude d'accoucher ! Les mêmes douleurs et les mêmes appréhensions reviennent. Cependant (ne montre pas ma lettre à Felipe) je suis pour quelque chose dans la façon de cette petite fille, qui fera peut-être tort à ton Armand.

Mon père a trouvé Felipe maigri, et ma chère mignonne un peu maigrie aussi. Cependant le duc et la duchesse de Soria sont partis ; il n'y a plus le moindre sujet de jalousie ! Me cacherais-tu quelque chagrin ? Ta lettre n'était ni aussi longue ni aussi affectueusement pensée que les autres. Est-ce seulement un caprice de ma chère capricieuse ?

En voici trop, ma garde me gronde de t'avoir écrit, et mademoiselle Athénaïs de l'Estorade veut dîner. Adieu donc, écris-moi de bonnes longues lettres.

XLIII
MADAME DE MACUMER
À LA COMTESSE DE L'ESTORADE

Pour la première fois de ma vie, ma chère Renée, j'ai pleuré seule sous un saule, sur un banc de bois, au bord de mon long étang de Chantepleurs, une délicieuse vue que tu vas venir embellir, car il n'y manque que de joyeux enfants. Ta fécondité m'a fait faire un retour sur moi-même, qui n'ai point d'enfants après bientôt trois ans de mariage. Oh ! pensais-je, quand je devrais souffrir cent fois plus que Renée n'a souffert en accouchant de mon filleul, quand je devrais voir mon enfant en convulsions, faites, mon Dieu, que j'aie une angélique créature comme cette petite Athénaïs que je vois d'ici aussi belle que le jour, car tu ne m'en as rien dit ! J'ai reconnu là ma Renée. Il semble que tu devines mes souffrances. Chaque fois que mes espérances sont déçues, je suis pendant plusieurs jours la proie d'un chagrin noir. Je faisais alors de sombres élégies. Quand broderai-je de petits bonnets ? quand choisirai-je la toile d'une layette ? quand coudrai-je de jolies dentelles pour envelopper une petite tête ? Ne dois-je donc jamais entendre une de ces charmantes créatures m'appeler maman, me tirer par ma robe, me tyranniser ? Ne verrai-je donc pas sur le sable les traces d'une petite voiture ? Ne ramasserai-je pas des joujoux cassés dans ma cour ? N'irai-je pas, comme tant de mères que j'ai vues, chez les bimbelotiers[1] acheter des sabres, des poupées, de petits ménages ? Ne verrai-je point se développer cette vie et cet ange qui sera un autre Felipe plus aimé ? Je voudrais un fils pour savoir comment on peut aimer son amant plus qu'il ne l'est dans un autre lui-même. Mon parc, le château me semblent déserts et froids. Une femme sans enfants est une monstruosité ; nous ne sommes faites que pour être mères. Oh ! docteur en corset[2] que tu es, tu as bien vu la vie. La stérilité d'ailleurs est horrible en toute chose. Ma vie ressemble un peu trop aux bergeries de Gessner et de Florian[3], desquelles

---

1. Marchands de jouets.
2. Voir note 1, p. 205
3. Salomon Gessner est un poète suisse (1730-1788), rénovateur du genre de l'idylle, chantre de la vertu et de la piété.

Rivarol[1] disait qu'on y désirait des loups. Je veux être dévouée aussi, moi ! Je sens en moi des forces que Felipe néglige ; et, si je ne suis pas mère, il faudra que je me passe la fantaisie de quelque malheur. Voilà ce que je viens de dire à mon restant de Maure, à qui ces mots ont fait venir des larmes aux yeux. Il en a été quitte pour être appelé une sublime bête. On ne peut pas le plaisanter sur son amour.

Par moments il me prend envie de faire des neuvaines, d'aller demander la fécondité à certaines madones ou à certaines eaux. L'hiver prochain je consulterai des médecins. Je suis trop furieuse contre moi-même pour t'en dire davantage. Adieu.

XLIV
DE LA MÊME À LA MÊME

Paris, 1829.

Comment, ma chère, un an sans lettre ?... Je suis un peu piquée. Crois-tu que ton Louis, qui m'est venu voir presque tous les deux jours, te remplace ? Il ne me suffit pas de savoir que tu n'es pas malade et que vos affaires vont bien, je veux tes sentiments et tes

Jean-Pierre Claris de Florian (1755-1794) a écrit des fables d'une tonalité sentimentaliste.

1. Antoine Rivaroli, dit Rivarol (1753-1801) était un écrivain et journaliste, qui fréquenta Voltaire et collabora au *Mercure de France*.

idées comme je te livre les miennes, au risque d'être grondée, ou blâmée, ou méconnue, car je t'aime. Ton silence et ta retraite à la campagne, quand tu pourrais jouir ici des triomphes parlementaires du comte de l'Estorade, dont la *parlotterie* et le dévouement lui ont acquis une influence, et qui sera sans doute placé très haut après la session, me donnent de graves inquiétudes. Passes-tu donc ta vie à lui écrire des instructions ? Numa n'était pas si loin de son Égérie[1]. Pourquoi n'as-tu pas saisi l'occasion de voir Paris ? Je jouirais de toi depuis quatre mois. Louis m'a dit hier que tu viendrais le chercher et faire tes troisièmes couches à Paris, affreuse mère Gigogne que tu es ! Après bien des questions, et des hélas, et des plaintes, Louis, quoique diplomate, a fini par me dire que son grand-oncle, le parrain d'Athénaïs, était fort mal. Or, je te suppose, en bonne mère de famille, capable de tirer parti de la gloire et des discours du député pour obtenir un legs avantageux du dernier parent maternel de ton mari. Sois tranquille, ma Renée, les Lenoncourt, les Chaulieu, le salon de madame de Macumer travaillent pour Louis. Martignac[2] le mettra sans doute à

---

1. Ce roi de l'antique Rome prétendait entretenir des relations avec la nymphe Égérie qui lui dictait sa conduite.

2. Le ministère de Jean-Baptiste de Martignac (du 4 janvier 1828 au 8 août 1829) essaya de trouver un compromis avec les libéraux de la Chambre. Il sera remplacé par le ministère de l'ultra-royaliste Jules de Polignac (le fils de la duchesse de Polignac, la favorite de Marie-Antoinette). Ses maladresses contribueront au déclenchement de la révolution de 1830.

la Cour des comptes. Mais, si tu ne me dis pas pourquoi tu restes en province, je me fâche. Est-ce pour ne
pas avoir l'air d'être toute la politique de la maison
de l'Estorade ? est-ce pour la succession de l'oncle ?
as-tu craint d'être moins mère à Paris ? Oh ! comme je
voudrais savoir si c'est pour ne pas t'y faire voir, pour
la première fois, dans ton état de grossesse, coquette !
Adieu.

XLV
RENÉE À LOUISE

Tu te plains de mon silence, tu oublies donc ces deux
petites têtes brunes que je gouverne et qui me gou-
vernent ? Tu as d'ailleurs trouvé quelques-unes des raisons que j'avais pour garder la maison. Outre l'état de
notre précieux oncle, je n'ai pas voulu traîner à Paris un
garçon d'environ quatre ans et une petite fille de trois
ans bientôt quand je suis encore grosse. Je n'ai pas voulu
embarrasser ta vie et ta maison d'un pareil ménage, je
n'ai pas voulu paraître à mon désavantage dans le brillant monde où tu règnes, et j'ai les appartements garnis,
la vie des hôtels en horreur. Le grand-oncle de Louis,
en apprenant la nomination de son petit-neveu, m'a fait
présent de la moitié de ses économies, deux cent mille
francs, pour acheter à Paris une maison, et Louis est
chargé d'en trouver une dans ton quartier. Ma mère me
donne une trentaine de mille francs pour les meubles.
Quand je viendrai m'établir pour la session à Paris, j'y

viendrai chez moi. Enfin, je tâcherai d'être digne de ma chère sœur d'élection, soit dit sans jeu de mots.

Je te remercie d'avoir mis Louis aussi bien en cour qu'il l'est ; mais malgré l'estime que font de lui messieurs de Bourmont[1] et de Polignac, qui veulent l'avoir dans leur ministère, je ne le souhaite point si fort en vue : on est alors trop compromis. Je préfère la Cour des comptes à cause de son inamovibilité. Nos affaires seront ici dans de très bonnes mains ; et, une fois que notre régisseur sera bien au fait, je viendrai seconder Louis, sois tranquille.

Quant à écrire maintenant de longues lettres, le puis-je ? Celle-ci, dans laquelle je voudrais pouvoir te peindre le train ordinaire de mes journées, restera sur ma table pendant huit jours. Peut-être Armand en fera-t-il des cocottes pour ses régiments alignés sur mes tapis ou des vaisseaux pour les flottes qui voguent sur son bain. Un seul de mes jours te suffira d'ailleurs, ils se ressemblent tous et se réduisent à deux événements : les enfants souffrent ou les enfants ne souffrent pas. À la lettre, pour moi, dans cette bastide solitaire, les minutes sont des heures ou les heures sont des minutes, selon l'état des enfants. Si j'ai quelques heures délicieuses, je les rencontre pendant leur sommeil, quand je ne suis pas à bercer l'une et à conter des histoires à l'autre pour les endormir. Quand je les

1. Louis Auguste Victor de Ghaisne, comte de Bourmont et pair de France, qui s'était illustré dans la chouannerie. Il est ministre de la Guerre dans le gouvernement Polignac.

tiens endormis près de moi, je me dis : Je n'ai plus rien à craindre. En effet, mon ange, durant le jour, toutes les mères inventent des dangers. Dès que les enfants ne sont plus sous leurs yeux, c'est des rasoirs volés avec lesquels Armand a voulu jouer, le feu qui prend à sa jaquette[1], un orvet qui peut le mordre[2], une chute en courant qui peut faire un dépôt à la tête, ou les bassins où il peut se noyer. Comme tu le vois, la maternité comporte une suite de poésies douces ou terribles. Pas une heure qui n'ait ses joies et ses craintes. Mais le soir, dans ma chambre, arrive l'heure de ces rêves éveillés pendant laquelle j'arrange leurs destinées. Leur vie est alors éclairée par le sourire des anges que je vois à leur chevet. Quelquefois Armand m'appelle dans son sommeil, je viens à son insu baiser son front et les pieds de sa sœur en les contemplant tous deux dans leur beauté. Voilà mes fêtes ! Hier notre ange gardien, je crois, m'a fait courir au milieu de la nuit, inquiète[3], au berceau d'Athénaïs, qui avait la tête trop bas, et j'ai trouvé notre Armand tout découvert, les pieds violets de froid[4].

« Oh ! petite mère ! » m'a-t-il dit en s'éveillant et en m'embrassant.

---

1. Robe que portent les très jeunes enfants avant d'être autorisés à revêtir la culotte.

2. Lézard sans pattes. Il est inoffensif.

3. « Furne corrigé » : tout inquiète

4. Balzac s'inspire d'un récit de son amie Zulma Carraud (lettre du 25 novembre 1835, *C*, I, p. 155).

Voilà, ma chère, une scène de nuit.

Combien il est utile à une mère d'avoir ses enfants à côté d'elle ! Est-ce une bonne, tant bonne soit-elle, qui peut les prendre, les rassurer et les rendormir quand quelque horrible cauchemar les a réveillés ? car ils ont leurs rêves ; et leur expliquer un de ces terribles rêves est une tâche d'autant plus difficile qu'un enfant écoute alors sa mère d'un œil à la fois endormi, effaré, intelligent et niais. C'est un point d'orgue entre deux sommeils. Aussi mon sommeil est-il devenu si léger que je vois mes deux petits et les entends à travers la gaze de mes paupières. Je m'éveille à un soupir, à un mouvement. Le monstre des convulsions est pour moi toujours accroupi au pied de leurs lits.

Au jour, le ramage de mes deux enfants commence avec les premiers cris des oiseaux. À travers les voiles du dernier sommeil, leurs baragouinages ressemblent aux gazouillements du matin, aux disputes des hirondelles, petits cris joyeux ou plaintifs, que j'entends moins par les oreilles que par le cœur. Pendant que Naïs essaie d'arriver à moi en opérant le passage de son berceau à mon lit en se traînant sur ses mains et faisant des pas mal assurés, Armand grimpe avec l'adresse d'un singe et m'embrasse. Ces deux petits font alors de mon lit le théâtre de leurs jeux, où la mère est à leur discrétion. La petite me tire les cheveux, veut toujours téter, et Armand défend ma poitrine comme si c'était son bien. Je ne résiste pas à certaines poses, à des rires qui partent comme des fusées et qui finissent par chasser le sommeil. On joue alors à l'ogresse, et mère ogresse mange alors de caresses cette jeune chair si blanche et si douce ; elle baise à outrance ces yeux si coquets dans leur malice, ces épaules de rose, et l'on excite de petites jalousies qui sont charmantes. Il y a des jours où j'essaie de mettre mes bas à huit heures, et où je n'en ai pas encore mis un à neuf heures.

Enfin, ma chère, on se lève. Les toilettes commencent. Je passe mon peignoir : on retrousse ses manches, on prend devant soi le tablier ciré ; je baigne et nettoie alors mes deux petites fleurs, assistée de Mary. Moi seule je suis juge du degré de chaleur ou de tiédeur de l'eau, car la température des eaux est pour la moitié dans les cris, dans les pleurs des enfants. Alors s'élèvent les flottes de papier, les petits canards de verre. Il faut amuser les enfants pour pouvoir bien les nettoyer. Si tu savais tout ce qu'il faut inventer de plaisirs à ces rois absolus pour pouvoir passer de douces éponges dans les moindres coins, tu serais effrayée de l'adresse et de l'esprit qu'exige le métier de mère accompli glorieusement. On supplie, on gronde, on promet, on devient d'une charlatanerie d'autant plus supérieure qu'elle doit être admirablement cachée. On ne saurait que devenir si à la finesse de l'enfant, Dieu n'avait opposé la finesse de la mère. Un enfant est un grand politique dont on se rend maître comme du grand politique… par ses passions. Heureusement ces anges rient de tout : une brosse qui tombe, une brique de savon qui glisse, voilà des éclats de joie ! Enfin, si les triomphes sont chèrement achetés, il y a du moins des triomphes. Mais Dieu seul, car le père lui-même ne sait rien de cela, Dieu, toi ou les anges, vous seuls donc pourriez comprendre les regards que j'échange avec Mary quand, après avoir fini d'habiller nos deux petites créatures, nous les voyons propres au milieu des savons, des éponges, des peignes, des cuvettes, des papiers brouillards[1], des flanelles, des mille détails d'une véritable *nursery*. Je suis devenue Anglaise en ce point, je conviens que les femmes de ce pays ont le génie de la *nourriture*. Quoiqu'elles ne considèrent l'enfant qu'au point de vue du bien-être matériel et physique, elles ont raison dans leurs perfectionnements. Aussi mes enfants auront-ils toujours les pieds dans la flanelle et les jambes nues. Ils ne seront ni serrés ni comprimés ; mais aussi jamais ne seront-ils seuls. L'asservissement de l'enfant français dans ses bandelettes est la liberté de la nourrice, voilà le grand mot. Une vraie mère n'est pas libre : voilà pourquoi je ne t'écris pas, ayant sur les bras l'administration du domaine et deux enfants à élever. La science de la mère comporte des mérites silencieux, ignorés de tous, sans parade, une vertu en détail, un dévouement de toutes les heures. Il faut surveiller les soupes qui se font devant le feu. Me crois-tu femme à me dérober à un soin ? Dans le moindre soin, il y a de l'affection à récolter. Oh ! c'est si joli le sourire d'un enfant qui trouve son petit repas excellent. Armand a des hochements de tête qui valent toute une vie d'amour.

---

1. Papier dont « on se sert pour filtrer les liquides ou pour sécher l'écriture fraîche » (Dictionnaire de Littré).

Comment laisser à une autre femme le droit, le soin, le plaisir de souffler sur une cuillerée de soupe que Naïs trouvera trop chaude, elle que j'ai sevrée il y a sept mois, et qui se souvient toujours du sein ? Quand une *bonne* a brûlé la langue et les lèvres d'un enfant avec quelque chose de chaud, elle dit à la mère qui accourt que c'est la faim qui le fait crier. Mais comment une mère dort-elle en paix avec l'idée que des haleines impures peuvent passer sur les cuillerées avalées par son enfant, elle à qui la nature n'a pas permis d'avoir un intermédiaire entre son sein et les lèvres de son nourrisson ! Découper la côtelette de Naïs qui fait ses dernières dents et mélanger cette viande cuite à point avec des pommes de terre est une œuvre de patience, et vraiment il n'y a qu'une mère qui puisse savoir dans certains cas faire manger en entier le repas à un enfant qui s'impatiente. Ni domestiques nombreux ni bonne anglaise ne peuvent donc dispenser une mère de donner en personne sur le champ de bataille où la douceur doit lutter contre les petits chagrins de l'enfance, contre ses douleurs. Tiens, Louise, il faut soigner ces chers innocents avec son âme ; il faut ne croire qu'à ses yeux, qu'au témoignage de la main pour la toilette, pour la nourriture et pour le coucher. En principe, le cri d'un enfant est une raison absolue qui donne tort à sa mère ou à sa bonne quand le cri n'a pas pour cause une souffrance voulue par la nature. Depuis que j'en ai deux et bientôt trois à soigner, je n'ai rien dans l'âme que mes enfants ; et toi-même, que j'aime tant, tu n'es qu'à l'état de souvenir.

Je ne suis pas toujours habillée à deux heures. Aussi ne croyais-je pas aux mères qui ont des appartements rangés et des cols, des robes, des affaires en ordre. Hier, aux premiers jours d'avril, il faisait beau, j'ai voulu les promener avant mes couches dont l'heure tinte ; eh ! bien, pour une mère, c'est tout un poème qu'une sortie, et l'on se le promet la veille pour le lendemain. Armand devait mettre pour la première fois une jaquette de velours noir, une nouvelle collerette que j'avais brodée, une toque écossaise aux couleurs des Stuarts et à plumes de coq ; Naïs allait être en blanc et rose avec les délicieux bonnets des *baby*, car elle est encore un *baby* ; elle va perdre ce joli nom quand viendra le petit qui me donne des coups de pieds et que j'appelle *mon mendiant*, car il sera le cadet. J'ai vu déjà mon enfant en rêve et sais que j'aurai un garçon. Bonnets, collerettes, jaquette, les petits bas, les souliers mignons, les bandelettes roses pour les jambes, la robe en mousseline brodée à dessins en soie, tout était sur mon lit. Quand ces deux oiseaux si gais, et qui s'entendent si bien, ont eu leurs chevelures brunes bouclée chez l'un, doucement amenée sur le front et bordant le bonnet blanc et rose chez l'autre ; quand les souliers ont été agrafés ; quand ces petits mollets nus, ces pieds si bien chaussés ont trotté dans la *nursery* ; quand ces deux faces *cleanes*[1], comme dit Mary, en français limpide ; quand ces yeux pétillants ont

---

1. « *Cleanes* » : adjectif *clean* (propre, en anglais), que Balzac accorde à tort.

dit : Allons ! je palpitais. Oh ! voir des enfants parés par nos mains, voir cette peau si fraîche où brillent les veines bleues quand on les a baignés, étuvés, épongés soi-même, rehaussée par les vives couleurs du velours ou de la soie ; mais c'est mieux qu'un poème ! Avec quelle passion, satisfaite à peine, on les rappelle pour rebaiser ces cous qu'une simple collerette rend plus jolis que celui de la plus belle femme ! Ces tableaux, devant lesquels les plus stupides lithographies colo- riées arrêtent toutes les mères, moi je les fais tous les jours !

Une fois sortis, jouissant de mes travaux, admirant ce petit Armand qui avait l'air du fils d'un prince et qui faisait marcher le *baby* le long de ce petit chemin que tu connais, une voiture est venue, j'ai voulu les ranger, les deux enfants ont roulé dans une flaque de boue, et voilà mes chefs-d'œuvre perdus ! il a fallu les rentrer et les habiller autrement. J'ai pris ma petite dans mes bras, sans voir que je perdais ma robe ; Mary s'est emparée d'Armand et nous voilà rentrés. Quand un *baby* crie et qu'un enfant se mouille, tout est dit : une mère ne pense plus à elle, elle est absorbée.

Le dîner arrive, je n'ai la plupart du temps rien fait ; et comment puis-je suffire à les servir tous deux, à mettre les serviettes, à relever les manches et à les faire manger ? c'est un problème que je résous deux fois par jour. Au milieu de ces soins perpétuels, de ces fêtes ou de ces désastres, il n'y a d'oublié que moi dans la maison. Il m'arrive souvent de rester en papil- lotes quand les enfants ont été méchants. Ma toilette dépend de leur humeur. Pour avoir un moment à moi, pour t'écrire ces six pages, il faut qu'ils découpent les images de mes romances, qu'ils fassent des châteaux avec des livres, avec des échecs ou des jetons de nacre, que Naïs dévide mes soies ou mes laines à sa manière qui, je t'assure, est si compliquée qu'elle y met toute sa petite intelligence et ne souffle mot.

Après tout, je n'ai pas à me plaindre : mes deux enfants sont robustes, libres, et ils s'amusent à moins de frais qu'on ne pense. Ils sont heureux de tout, il leur faut plutôt une liberté surveillée que des joujoux. Quelques cailloux roses, jaunes, violets ou noirs, de petits coquillages, les merveilles du sable font leur bonheur. Posséder beaucoup de petites choses, voilà leur richesse. J'examine Armand, il parle aux fleurs, aux mouches, aux poules, il les imite, il s'entend avec les insectes qui le remplissent d'admiration. Tout ce qui est petit les intéresse. Armand commence à demander le *pourquoi* de toute chose, il est venu voir ce que je disais à sa marraine ; il te prend d'ailleurs pour une fée, et vois comme les enfants ont toujours raison !

Hélas ! mon ange, je ne voulais pas t'attrister en te racontant ces félicités. Voici pour te peindre ton filleul. L'autre jour, un pauvre nous suit, car les pauvres savent qu'aucune mère accompagnée de son enfant ne leur refuse jamais une aumône. Armand ne sait pas encore qu'on peut manquer de pain, il ignore ce qu'est l'argent ; mais comme il venait de désirer une trompette que je lui avais achetée, il la tend d'un air royal au vieillard en lui disant : « Tiens, prends !

— Me permettez-vous de la garder ? » me dit le pauvre.

Quoi sur la terre mettre en balance avec les joies d'un pareil moment ?

« C'est que, madame, moi aussi j'ai eu des enfants », me dit le vieillard en prenant ce que je lui donnais sans y faire attention.

Quand je songe qu'il faudra mettre dans un collège un enfant comme Armand, que je n'ai plus que trois ans et demi à le garder, il me prend des frissons. L'Instruction publique fauchera les fleurs de cette enfance bénie à toute heure, *dénaturalisera* ces grâces et ces adorables franchises ! On coupera cette chevelure frisée que j'ai tant soignée, nettoyée et baisée. Que fera-t-on de cette âme d'Armand ?

Et toi, que deviens-tu ? tu ne m'as rien dit de ta vie. Aimes-tu toujours Felipe ? car je ne suis pas inquiète du Sarrasin. Adieu, Naïs vient de tomber, et si je voulais continuer, cette lettre ferait un volume.

XLVI
MADAME DE MACUMER
À LA COMTESSE DE L'ESTORADE

1829.

Les journaux t'auront appris, ma bonne et tendre Renée, l'horrible malheur qui a fondu sur moi ; je n'ai pu t'écrire un seul mot, je suis restée à son chevet pendant une vingtaine de jours et de nuits, j'ai reçu son dernier soupir, je lui ai fermé les yeux, je l'ai gardé pieusement avec les prêtres et j'ai dit les prières des morts. Je me suis infligé le châtiment de ces épouvantables douleurs, et cependant, en voyant sur ses lèvres sereines le sourire qu'il m'adressait avant de mourir, je n'ai pu croire que mon amour l'ait tué ! Enfin, *il n'est plus*, et moi *je suis* ! À toi qui nous as bien connus, que puis-je dire de plus ? tout est dans ces deux phrases. Oh ! si quelqu'un pouvait me dire qu'on peut le rappeler à la vie, je donnerais ma part du ciel pour entendre cette promesse, car ce serait le revoir !… Et le ressaisir, ne fût-ce que pendant deux secondes, ce serait respirer le poignard hors du cœur ! Ne viendras-tu pas bientôt me dire cela ? ne m'aimes-tu pas assez pour me tromper ?… Mais non ! tu m'as dit à l'avance que je lui faisais de profondes blessures… Est-ce vrai ? Non, je n'ai pas mérité son amour, tu as raison, je l'ai volé. Le bonheur, je l'ai étouffé dans mes étreintes insensées ! Oh ! en t'écrivant, je ne suis plus folle, mais je sens que je suis seule ! Seigneur, qu'est-ce qu'il y aura de plus dans votre enfer que ce mot-là ?

Quand on me l'a enlevé, je me suis couchée dans le même lit, espérant mourir, car il n'y avait qu'une porte entre nous, je me croyais encore assez de force pour la pousser ! Mais, hélas ! j'étais trop jeune, et après une convalescence de quarante jours, pendant lesquels on m'a nourrie avec un art affreux par les inventions d'une triste science, je me vois à la campagne, assise à ma fenêtre au milieu des belles fleurs qu'il faisait soigner pour moi, jouissant de cette vue magnifique sur laquelle ses regards ont tant de fois erré, qu'il s'applaudissait tant d'avoir découverte, puisqu'elle me plaisait. Ah ! chère, la douleur de changer de place est inouïe quand le cœur est mort. La terre humide de mon jardin me fait frissonner, la terre est comme une grande tombe, et je crois marcher sur *lui* ! À ma première sortie, j'ai eu peur et suis restée immobile. C'est bien lugubre de voir *ses* fleurs sans *lui* !

Ma mère et mon père sont en Espagne, tu connais mes frères, et toi tu es obligée d'être à la campagne ; mais sois tranquille : deux anges avaient volé vers moi. Le duc et la duchesse de Soria, ces deux charmants êtres, sont accourus vers leur frère. Les dernières nuits ont vu nos trois douleurs calmes et silencieuses autour de ce lit où mourait l'un de ces hommes vraiment nobles et vraiment grands, qui sont si rares et qui nous sont alors supérieurs en toute chose. La patience de mon Felipe a été divine. La vue de son frère et de Marie a pour un moment rafraîchi son âme et apaisé ses douleurs.

« Chère, m'a-t-il dit avec la simplicité qu'il mettait en toute chose, j'allais mourir en oubliant de donner à Fernand la baronnie de Macumer, il faut refaire mon testament. Mon frère me pardonnera, lui qui sait ce qu'est d'aimer ! »

Je dois la vie aux soins de mon beau-frère et de sa femme, ils veulent m'emmener en Espagne !

Ah ! Renée, ce désastre, je ne puis en dire qu'à toi la portée. Le sentiment de mes fautes m'accable, et c'est une amère consolation que de te les confier, pauvre Cassandre inécoutée[1]. Je l'ai tué par mes exigences, par mes jalousies hors de propos, par mes continuelles tracasseries. Mon amour était d'autant plus terrible que nous avions une exquise et même sensibilité, nous parlions le même langage, il comprenait admirablement tout, et souvent ma plaisanterie allait, sans que je m'en doutasse, au fond de son cœur. Tu ne saurais imaginer jusqu'où ce cher esclave poussait l'obéissance : je lui disais parfois de s'en aller et de me laisser seule, il sortait sans discuter une fantaisie de laquelle peut-être il souffrait. Jusqu'à son dernier soupir il m'a bénie, en me répétant qu'une seule matinée, seul à seule avec moi, valait plus pour lui qu'une longue vie avec une autre femme aimée, fût-ce Marie Hérédia. Je pleure en t'écrivant ces paroles.

Maintenant, je me lève à midi, je me couche à sept heures du soir, je mets un temps ridicule à mes repas, je marche lentement, je reste une heure devant une plante, je regarde les feuillages, je m'occupe avec mesure et gravité de riens, j'adore l'ombre, le silence et la nuit ; enfin je combats les heures et je les ajoute avec un sombre plaisir au passé. La paix de mon parc est la seule compagnie que je veuille ; j'y trouve en toute chose les sublimes images de mon bonheur éteintes, invisibles pour tous, éloquentes et vives pour moi.

---

1. Fille de Priam et d'Hécube, qui avait accepté d'Apollon le don de prophétie mais refusa de céder à ses avances. Le dieu éconduit décida que ses prédictions ne seraient jamais crues.

Ma belle-sœur s'est jetée dans mes bras quand un matin je leur ai dit : « Vous m'êtes insupportables ! Les Espagnols ont quelque chose de plus que nous de grand dans l'âme ! »

Ah ! Renée, si je ne suis pas morte, c'est que Dieu proportionne sans doute le sentiment du malheur à la force des affligés. Il n'y a que nous autres femmes qui sachions l'étendue de nos pertes quand nous perdons un amour sans aucune hypocrisie, un amour de choix, une passion durable dont les plaisirs satisfaisaient à la fois l'âme et la nature. Quand rencontrons-nous un homme si plein de qualités que nous puissions l'aimer sans avilissement ? Le rencontrer est le plus grand bonheur qui nous puisse advenir, et nous ne saurions le rencontrer deux fois. Hommes vraiment forts et grands, chez qui la vertu se cache sous la poésie, dont l'âme possède un charme élevé, faits pour être adorés, gardez-vous d'aimer, vous causeriez le malheur de la femme et le vôtre ! Voilà ce que je crie dans les allées de mes bois ! Et pas d'enfant de lui ! Cet intarissable amour qui me souriait toujours, qui n'avait que des fleurs et des joies à me verser, cet amour fut stérile. Je suis une créature maudite ! L'amour pur et violent comme il est quand il est absolu serait-il donc aussi infécond que l'aversion, de même que l'extrême chaleur des sables du désert et l'extrême froid du pôle empêchent toute existence ? Faut-il se marier avec un Louis de l'Estorade pour avoir une famille ? Dieu serait-il jaloux de l'amour ? Je déraisonne.

Je crois que tu es la seule personne que je puisse souffrir près de moi ; viens donc, toi seule dois être avec une Louise en deuil. Quelle horrible journée que celle où j'ai mis le bonnet des veuves ! Quand je me suis vue en noir, je suis tombée sur un siège et j'ai pleuré jusqu'à la nuit, et je pleure encore en te parlant de ce terrible moment. Adieu, t'écrire me fatigue ; j'ai trop de mes idées, je ne veux plus les exprimer. Amène tes enfants, tu peux nourrir le dernier ici, je ne serai plus jalouse ; *il* n'y est plus, et mon filleul me fera bien plaisir à voir ; car Felipe souhaitait un enfant qui ressemblât à ce petit Armand. Enfin, viens prendre ta part de mes douleurs !...

XLVII
RENÉE À LOUISE

1829.

Ma chérie, quand tu tiendras cette lettre entre les mains, je ne serai pas loin, car je pars quelques instants après te l'avoir envoyée. Nous serons seules. Louis est obligé de rester en Provence à cause des élections qui vont s'y faire[1] ; il veut être réélu, et il y a déjà des intrigues de nouées contre lui par les libéraux.

---

1. Elles auront lieu du 5 au 18 juillet 1830. Les libéraux gagnèrent de nombreux sièges.

Je ne viens pas te consoler, je t'apporte seulement mon cœur pour tenir compagnie au tien et pour t'aider à vivre. Je viens t'ordonner de pleurer : il faut acheter ainsi le bonheur de le rejoindre un jour, car il n'est qu'en voyage vers Dieu ; tu ne feras plus un seul pas qui ne te conduise vers lui. Chaque devoir accompli rompra quelque anneau de la chaîne qui vous sépare. Allons, ma Louise, tu te relèveras dans mes bras et tu iras à lui pure, noble, pardonnée de tes fautes involontaires, et accompagnée des œuvres que tu feras ici-bas en son nom.

Je te trace ces lignes à la hâte au milieu de mes préparatifs, de mes enfants, et d'Armand qui me crie : « Marraine ! marraine ! allons la voir ! » à me rendre jalouse : c'est presque ton fils !

DEUXIÈME PARTIE

XLVIII
DE LA BARONNE DE MACUMER
À LA COMTESSE DE L'ESTORADE

15 octobre 1834[1].

Eh ! bien, oui, Renée, on a raison, on t'a dit vrai.
J'ai vendu mon hôtel, j'ai vendu Chantepleurs et les
fermes de Seine-et-Marne ; mais que je sois folle et
ruinée, ceci est de trop. Comptons ! La cloche fondue[2],
il m'est resté de la fortune de mon pauvre Macumer
environ douze cent mille francs. Je vais te rendre un
compte fidèle en sœur bien apprise. J'ai mis un million
dans le trois pour cent quand il était à cinquante francs,
et me suis fait ainsi soixante mille francs de rentes au
lieu de trente que j'avais en terres. Aller six mois de
l'année en province, y passer des baux, y écouter les
doléances des fermiers, qui paient quand ils veulent,
s'y ennuyer comme un chasseur par un temps de
pluie, avoir des denrées à vendre et les céder à perte ;

---

1. « Furne corrigé » : 1833
2. Fondre la cloche : prendre un parti, une résolution extrême.

habiter à Paris un hôtel qui représentait dix mille livres de rentes, placer des fonds chez des notaires, attendre les intérêts, être obligée de poursuivre les gens pour avoir ses remboursements, étudier la législation hypothécaire ; enfin avoir des affaires en Nivernais, en Seine-et-Marne, à Paris, quel fardeau, quels ennuis, quels mécomptes et quelles pertes pour une veuve de vingt-sept ans[1] ! Maintenant ma fortune est hypothéquée sur le budget. Au lieu de payer des contributions à l'État, je reçois de lui, moi-même, sans frais, trente mille francs tous les six mois au Trésor, d'un joli petit employé qui me donne trente billets de mille francs et qui sourit en me voyant. Si la France fait banqueroute ? me diras-tu. D'abord,

Je ne sais pas prévoir les malheurs de si loin[2].

Mais la France me retrancherait alors tout au plus la moitié de mon revenu ; je serais encore aussi riche que je l'étais avant mon placement ; puis, d'ici la catastrophe, j'aurai touché le double de mon revenu antérieur. La catastrophe n'arrive que de siècle en siècle, on a donc le temps de se faire un capital en économisant. Enfin le comte de l'Estorade n'est-il pas pair de la France semi-républicaine de Juillet ? n'est-il pas un des soutiens de la couronne offerte par le *peuple* au roi des Français ? puis-je avoir des inquiétudes en

---

1. Elle en a en fait vingt-neuf dans cette lettre datée de 1834 dans l'édition Furne (mais de 1832 dans l'édition originale).

2. Vers emprunté à une réplique de Pyrrhus dans *Andromaque* de Racine, acte I, scène 1.

ayant pour ami un président de chambre à la Cour des comptes, un grand financier ? Ose dire que je suis folle ! Je calcule presque aussi bien que ton roi-citoyen. Sais-tu ce qui peut donner cette sagesse algébrique à une femme ? l'amour ! Hélas ! le moment est venu de t'expliquer les mystères de ma conduite, dont les raisons fuyaient ta perspicacité, ta tendresse curieuse et ta finesse. Je me marie dans un village auprès de Paris, secrètement. J'aime, je suis aimée. J'aime autant qu'une femme qui sait bien ce qu'est l'amour peut aimer. Je suis aimée autant qu'un homme doit aimer la femme par laquelle il est adoré. Pardonne-moi, Renée, de m'être cachée de toi, de tout le monde. Si ta Louise trompe tous les regards, déjoue toutes les curiosités, avoue que ma passion pour mon pauvre Macumer exigeait cette tromperie. L'Estorade et toi, vous m'eussiez assassinée de doutes, étourdie de remontrances. Les circonstances auraient pu d'ailleurs vous venir en aide. Toi seule sais à quel point je suis jalouse, et tu m'aurais inutilement tourmentée. Ce que tu vas nommer ma folie, ma Renée, je l'ai voulu faire à moi seule, à ma tête, à mon cœur, en jeune fille qui trompe la surveillance de ses parents. Mon amant a pour toute fortune trente mille francs de dettes que j'ai payées. Quel sujet d'observations ! Vous auriez voulu me prouver que Gaston[1] est un intrigant, et ton mari eût espionné ce cher enfant. J'ai mieux aimé

---

1. Marie Gaston, qui était devenu orphelin dans *La Grenadière* (1832). Sa mère était une mystérieuse lady, réfugiée en Touraine.

l'étudier moi-même. Voici vingt-deux mois qu'il me fait la cour ; j'ai vingt-sept ans, il en a vingt-trois. D'une femme à un homme, cette différence d'âge est énorme. Autre source de malheurs ! Enfin, il est poète, et vivait de son travail ; c'est te dire assez qu'il vivait de fort peu de chose. Ce cher lézard de poète était plus souvent au soleil à bâtir des châteaux en Espagne qu'à l'ombre de son taudis à travailler des poèmes[1]. Or, les écrivains, les artistes, tous ceux qui n'existent que par la pensée, sont assez généralement taxés d'inconstance par les gens positifs. Ils épousent et conçoivent tant de caprices, qu'il est naturel de croire que la tête réagisse sur le cœur. Malgré les dettes payées, malgré la différence d'âge, malgré la poésie, après neuf mois d'une noble défense et sans lui avoir permis de baiser ma main, après les plus chastes et les plus délicieuses amours, dans quelques jours, je ne me livre pas, comme il y a huit ans, inexpériente[2], ignorante et curieuse ; je me donne, et suis attendue avec une si grande soumission, que je pourrais ajourner mon mariage à un an ; mais il n'y a pas la moindre servilité dans ceci : il y a servage et non soumission. Jamais il ne s'est rencontré de plus noble cœur, ni plus d'esprit dans la tendresse, ni plus d'âme dans l'amour que chez mon prétendu. Hélas ! mon ange, il a de qui tenir ! Tu vas savoir son histoire en deux mots.

---

1. Il est à l'opposé de d'Arthez qui travaille courageusement dans sa mansarde (*Illusions perdues*).

2. Néologisme.

Mon ami n'a pas d'autres noms que ceux de Marie Gaston. Il est fils, non pas naturel, mais adultérin de cette belle lady Brandon, de laquelle tu dois avoir entendu parler, et que par vengeance lady Dudley a fait mourir de chagrin, une horrible histoire que ce cher enfant ignore[1]. Marie Gaston a été mis par son frère Louis Gaston au collège de Tours, d'où il est sorti en 1827. Le frère s'est embarqué quelques jours après l'y avoir placé, allant chercher fortune, lui dit une vieille femme qui a été sa Providence, à lui. Ce frère, devenu marin, lui a écrit de loin en loin des lettres vraiment paternelles, et qui sont émanées d'une belle âme ; mais il se débat toujours au loin. Dans sa dernière lettre, il annonçait à Marie Gaston sa nomination au grade de capitaine de vaisseau dans je ne sais quelle république américaine, en lui disant d'espérer. Hélas ! depuis trois ans mon pauvre lézard n'a plus reçu de lettres, et il aime tant ce frère qu'il voulait s'embarquer à sa recherche. Notre grand écrivain Daniel d'Arthez[2] a empêché cette folie et s'est intéressé noblement à Marie Gaston, auquel il a souvent *donné*, comme me l'a dit le poète dans son langage énergique, *la pâtée*

---

1. La destinée de lady Brandon n'est pas vraiment éclairée dans *La Grenadière* (1832) où elle apparaît pour la première fois et meurt mystérieusement, ni dans *Le Père Goriot* qui l'évoque et pas davantage dans *Le Lys dans la vallée* (1836) où apparaît lady Dudley, qui était absente de *La Grenadière*, et qui y est donnée pour responsable de sa mort.

2. Personnage reparaissant d'*Illusions perdues* (1837-1843) et des *Secrets de la princesse de Cadignan* (1839).

et la niche. En effet, juge de la détresse de cet enfant :
il a cru que le génie était le plus rapide des moyens
de fortune, n'est-ce pas à en rire pendant vingt-quatre
heures ? Depuis 1828 jusqu'en 1833 il a donc tâché
de se faire un nom dans les lettres, et naturellement
il a mené la plus effroyable vie d'angoisses, d'espérances, de travail et de privations qui se puisse imaginer. Entraîné par une excessive ambition et malgré
les bons conseils de d'Arthez, il n'a fait que grossir
la boule de neige de ses dettes. Son nom commençait
cependant à percer quand je l'ai rencontré chez la marquise d'Espard. Là, sans qu'il s'en doutât, je me suis
sentie éprise de lui sympathiquement à la première
vue. Comment n'a-t-il pas encore été aimé ? comment
me l'a-t-on laissé ? Oh ! il a du génie et de l'esprit, du
cœur et de la fierté ; les femmes s'effraient toujours de
ces grandeurs complètes. N'a-t-il pas fallu cent victoires pour que Joséphine aperçût Napoléon dans le
petit Bonaparte, son mari ? L'innocente créature croit
savoir combien je l'aime ! Pauvre Gaston ! il ne s'en
doute pas ; mais à toi je vais le dire, il faut que tu le
saches, car il y a, Renée, un peu de testament dans
cette lettre. Médite bien mes paroles.

En ce moment j'ai la certitude d'être aimée autant
qu'une femme peut être aimée sur cette terre, et j'ai
foi dans cette adorable vie conjugale où j'apporte un
amour que je ne connaissais pas… Oui, j'éprouve
enfin le plaisir de la passion ressentie. Ce que toutes
les femmes demandent aujourd'hui à l'amour, le
mariage me le donne. Je sens en moi pour Gaston

l'adoration que j'inspirais à mon pauvre Felipe ! je ne suis pas maîtresse de moi, je tremble devant cet enfant comme l'Abencérage tremblait devant moi. Enfin, j'aime plus que je ne suis aimée ; j'ai peur de toute chose, j'ai les frayeurs les plus ridicules, j'ai peur d'être quittée, je tremble d'être vieille et laide quand Gaston sera toujours jeune et beau, je tremble de ne pas lui plaire assez ! Cependant je crois posséder les facultés, le dévouement, l'esprit nécessaires pour, non pas entretenir, mais faire croître cet amour loin du monde et dans la solitude. Si j'échouais, si le magnifique poème de cet amour secret devait avoir une fin, que dis-je une fin ! si Gaston m'aimait un jour moins que la veille, si je m'en aperçois, Renée, sache-le, ce n'est pas à lui, mais à moi que je m'en prendrai. Ce ne sera pas sa faute, ce sera la mienne. Je me connais, je suis plus amante que mère. Aussi te le dis-je d'avance, je mourrais quand même j'aurais des enfants. Avant de me lier avec moi-même, ma Renée, je te supplie donc, si ce malheur m'atteignait, de servir de mère à mes enfants, je te les aurai légués. Ton fanatisme pour le devoir, tes précieuses qualités, ton amour pour les enfants, ta tendresse pour moi, tout ce que je sais de toi me rendra la mort moins amère, je n'ose dire douce. Ce parti pris avec moi-même ajoute je ne sais quoi de terrible à la solennité de ce mariage ; aussi n'y veux-je point de témoins qui me connaissent ; aussi mon mariage sera-t-il célébré secrètement. Je pourrai trembler à mon aise, je ne verrai pas dans tes chers yeux une inquiétude, et moi seule saurai qu'en signant un nouvel acte de mariage je puis avoir signé mon arrêt de mort.

Je ne reviendrai plus sur ce pacte fait entre moi-même et le moi que je vais devenir ; je te l'ai confié pour que tu connusses l'étendue de tes devoirs. Je me marie séparée de biens, et tout en sachant que je suis assez riche pour que nous puissions vivre à notre aise, Gaston ignore quelle est ma fortune. En vingt-quatre heures je distribuerai ma fortune à mon gré. Comme je ne veux rien d'humiliant, j'ai fait mettre douze mille francs de rente à son nom ; il les trouvera dans son secrétaire la veille de notre mariage ; et s'il ne les acceptait pas, je suspendrais tout. Il a fallu la menace de ne pas l'épouser pour obtenir le droit de payer ses dettes. Je suis lasse de t'avoir écrit ces aveux ; après-demain je t'en dirai davantage, car je suis obligée d'aller demain à la campagne pour toute la journée.

20 octobre.

Voici quelles mesures j'ai prises pour cacher mon bonheur, car je souhaite éviter toute espèce d'occasion à ma jalousie. Je ressemble à cette belle princesse italienne qui courait comme une lionne ronger son amour dans quelque ville de Suisse, après avoir fondu sur sa proie comme une lionne[1]. Aussi ne te parlé-je de mes

---

1. Allusion à la célèbre princesse Belgiojoso, femme de lettres, favorable à l'unification italienne, qui mena une vie politique et amoureuse agitée. Séparée de son mari, elle s'était établie en Suisse.

dispositions que pour te demander une autre grâce, celle de ne jamais venir nous voir sans que je t'en aie priée moi-même, et de respecter la solitude dans laquelle je veux vivre.

J'ai fait acheter, il y a deux ans, au-dessus des étangs de Ville-d'Avray, sur la route de Versailles, une vingtaine d'arpents de prairies, une lisière de bois et un beau jardin fruitier[1]. Au fond des prés, on a creusé le terrain de manière à obtenir un étang d'environ trois arpents de superficie, au milieu duquel on a laissé une île gracieusement découpée. Les deux jolies collines chargées de bois qui encaissent cette petite vallée filtrent des sources ravissantes qui courent dans mon parc, où elles sont savamment distribuées par mon architecte. Ces eaux tombent dans les étangs de la couronne, dont la vue s'aperçoit par échappées. Ce petit parc, admirablement bien dessiné par cet architecte, est, suivant la nature du terrain, entouré de haies, de murs, de sauts-de-loup, en sorte qu'aucun point de vue n'est perdu. À mi-côte, flanqué par les bois de la Ronce, dans une délicieuse exposition et devant une prairie inclinée vers l'étang, on m'a construit un chalet dont l'extérieur est en tout point semblable à celui que les voyageurs admirent

---

Dans « Étude sur M. Beyle », la princesse était qualifiée de panthère. Dans la première moitié du siècle, et dans *La Comédie humaine*, un « lion » est un dandy. Balzac imagine un homologue féminin.

1. Balzac possédait la propriété des Jardies, à Sèvres, près de Ville-d'Avray, et il s'était fait construire un chalet dans son jardin.

sur la route de Sion à Brigg[1], et qui m'a tant séduite à mon retour d'Italie. À l'intérieur, son élégance défie celle des chalets les plus illustres. À cent pas de cette habitation rustique, une charmante maison qui fait fabrique[2] communique au chalet par un souterrain et contient la cuisine, les communs, les écuries et les remises. De toutes ces constructions en briques, l'œil ne voit qu'une façade d'une simplicité gracieuse et entourée de massifs. Le logement des jardiniers forme une autre fabrique et masque l'entrée des vergers et des potagers.

La porte de cette propriété, cachée dans le mur qui sert d'enceinte du côté des bois, est presque introuvable. Les plantations, déjà grandes, dissimuleront complètement les maisons en deux ou trois ans. Le promeneur ne devinera nos habitations qu'en voyant la fumée des cheminées du haut des collines, ou dans l'hiver quand les feuilles seront tombées.

Mon chalet est construit au milieu d'un paysage copié sur ce qu'on appelle le jardin du roi à Versailles[3], mais il a vue sur mon étang et sur mon île. De toutes parts les collines montrent leurs masses de feuillage, leurs beaux arbres si bien soignés par ta nouvelle liste

---

1. Il s'agit d'une route que Balzac a suivie en 1836, en rentrant lui-même d'Italie (22 août 1836, *LH*, I, p. 330).

2. Construction qui orne un jardin.

3. Jardin anglais, aménagé par Louis XVIII dans le parc du château de Versailles, entre la pièce d'eau dite des Suisses et le Grand Canal.

civile[1]. Mes jardiniers ont l'ordre de ne cultiver autour de moi que des fleurs odorantes et par milliers, en sorte que ce coin de terre est une émeraude parfumée. Le Chalet, garni d'une vigne vierge qui court sur le toit, est exactement empaillé de plantes grimpantes, de houblon, de clématite, de jasmin, d'azaléa, de cobéa[2]. Qui distinguera nos fenêtres pourra se vanter d'avoir une bonne vue !

Ce chalet, ma chère, est une belle et bonne maison, avec son calorifère et tous les emménagements qu'a su pratiquer l'architecture moderne, qui fait des palais dans cent pieds carrés. Elle contient un appartement pour Gaston et un appartement pour moi. Le rez-de-chaussée est pris par une antichambre, un parloir et une salle à manger. Au-dessus de nous se trouvent trois chambres destinées à la *nourricerie*[3]. J'ai cinq beaux chevaux, un petit coupé léger et un mylord à deux chevaux[4] ; car nous sommes à quarante minutes de Paris ; quand il nous plaira d'aller entendre un opéra, de voir une pièce nouvelle, nous pourrons partir après le dîner et revenir le soir dans notre nid.

---

1. Allusion au domaine de Saint-Cloud, entretenu grâce au nouveau budget alloué au roi (« liste civile »), sous la monarchie de Juillet.

2. Voir la description que Balzac donne de sa propriété à Zulma Carraud, en août 1838 (C, I, p. 348-350).

3. Néologisme (formé sur l'anglais *nursery*).

4. Voiture à quatre roues et quatre places, dont deux pouvaient être protégées par une capote repliable. Balzac écrit le nom à l'anglaise.

La route est belle et passe sous les ombrages de notre haie de clôture. Mes gens, mon cuisinier, mon cocher, le palefrenier, les jardiniers, ma femme de chambre sont de fort honnêtes personnes que j'ai cherchées pendant ces six derniers mois, et qui seront commandées par mon vieux Philippe. Quoique certaine de leur attachement et de leur discrétion, je les ai prises par leur intérêt ; elles ont des gages peu considérables, mais qui s'accroissent chaque année de ce que nous leur donnerons au jour de l'An. Tous savent que la plus légère faute, un soupçon sur leur discrétion peut leur faire perdre d'immenses avantages. Jamais les amoureux ne tracassent leurs serviteurs, ils sont indulgents par caractère ; ainsi je puis compter sur nos gens.

Tout ce qu'il y avait de précieux, de joli, d'élégant dans ma maison de la rue du Bac, se trouve au Chalet. Le Rembrandt est, ni plus ni moins qu'une croûte, dans l'escalier ; l'Hobbéma[1] se trouve dans son cabinet en face de Rubens ; le Titien, que ma belle-sœur Marie m'a envoyé de Madrid, orne le boudoir ; les beaux meubles trouvés par Felipe sont bien placés dans le parloir, que l'architecte a délicieusement décoré. Tout au Chalet est d'une admirable simplicité, de cette simplicité qui coûte cent mille francs. Construit sur des caves en pierres meulières assises sur du béton, notre rez-de-chaussée, à peine visible sous les fleurs et les arbustes, jouit d'une adorable fraîcheur

---

1. Meindert Hobbema est un paysagiste hollandais.

sans la moindre humidité. Enfin une flotte de cygnes blancs vogue sur l'étang.

Ô Renée ! il règne dans ce vallon un silence à réjouir les morts. On y est éveillé par le chant des oiseaux ou par le frémissement de la brise dans les peupliers. Il descend de la colline une petite source trouvée par l'architecte en creusant les fondations du mur du côté des bois, qui court sur du sable argenté vers l'étang entre deux rives de cresson : je ne sais pas si quelque somme peut la payer. Gaston ne prendra-t-il pas ce bonheur trop complet en haine ? Tout est si beau que je frémis ; les vers se logent dans les bons fruits, les insectes attaquent les fleurs magnifiques. N'est-ce pas toujours l'orgueil de la forêt que ronge cette horrible larve brune dont la voracité ressemble à celle de la mort ? Je sais déjà qu'une puissance invisible et jalouse attaque les félicités complètes. Depuis longtemps tu me l'as écrit, d'ailleurs, et tu t'es trouvée prophète.

Quand, avant-hier, je suis allée voir si mes dernières fantaisies avaient été comprises, j'ai senti des larmes me venir aux yeux, et j'ai mis sur le mémoire de l'architecte, à sa très grande surprise : Bon à payer. « Votre homme d'affaires ne paiera pas, madame, m'a-t-il dit, il s'agit de trois cent mille francs. » J'ai ajouté : « Sans discussion ! » en vraie Chaulieu du dix-septième siècle. « Mais, monsieur, lui dis-je, je mets une condition à ma reconnaissance : ne parlez de ces bâtiments et du parc à qui que ce soit. Que personne ne puisse connaître le nom du propriétaire, promettez-moi sur l'honneur d'observer cette clause de mon paiement. »

Comprends-tu maintenant la raison de mes courses subites, de ces allées et venues secrètes ? vois-tu où se trouvent ces belles choses qu'on croyait vendues ? Saisis-tu la haute raison du changement de ma fortune ? Ma chère, aimer est une grande affaire, et qui veut bien aimer ne doit pas en avoir d'autre. L'argent ne sera plus un souci pour moi ; j'ai rendu la vie facile, et j'ai fait une bonne fois la maîtresse de maison pour ne plus avoir à la faire, excepté pendant dix minutes tous les matins avec mon vieux majordome Philippe. J'ai bien observé la vie et ses tournants dangereux ; un jour, la mort m'a donné de cruels enseignements, et j'en veux profiter. Ma seule occupation sera de *lui* plaire et de l'aimer, de jeter la variété dans ce qui paraît si monotone aux êtres vulgaires.

Gaston ne sait rien encore. À ma demande, il s'est, comme moi, domicilié sur Ville-d'Avray ; nous partons demain pour le Chalet. Notre vie sera là peu coûteuse ; mais si je te disais pour quelle somme je compte ma toilette, tu dirais, et avec raison : Elle est folle ! Je veux me parer pour lui, tous les jours, comme les femmes ont l'habitude de se parer pour le monde. Ma toilette à la campagne, toute l'année, coûtera vingt-quatre mille francs, et celle du jour n'est pas la plus chère. Lui peut se mettre en blouse, s'il le veut ! Ne va pas croire que je veuille faire de cette vie un duel et m'épuiser en combinaisons pour entretenir l'amour : je ne veux pas avoir un reproche à me faire, voilà tout. J'ai treize ans à être jolie femme[1], je veux être aimée le dernier jour de la treizième année encore mieux que je ne le serai le lendemain de mes noces mystérieuses. Cette fois, je serai toujours humble, toujours reconnaissante, sans parole caustique ; et je me fais servante, puisque le commandement m'a perdue une première fois. Ô Renée, si, comme moi, Gaston a compris l'infini de l'amour, je suis certaine de vivre toujours heureuse. La nature est bien belle autour du Chalet, les bois sont ravissants. À chaque pas les plus frais paysages, des points de vue forestiers font plaisir à l'âme en réveillant de charmantes idées. Ces bois sont pleins d'amour. Pourvu que j'aie fait autre chose que de me préparer un magnifique bûcher ! Après-demain, je serai madame Gaston. Mon Dieu, je me demande s'il est bien chrétien d'aimer autant un homme. « Enfin, c'est légal », m'a dit notre homme d'affaires, qui est un de mes témoins, et qui, voyant enfin l'objet de la liquidation de ma fortune, s'est écrié : « J'y perds une cliente. » Toi, ma belle biche, je n'ose plus dire aimée, tu peux dire : « J'y perds une sœur. »

Mon ange, adresse désormais à madame Gaston, poste restante, à Versailles. On ira prendre nos lettres là tous les jours. Je ne veux pas que nous soyons connus dans le pays. Nous enverrons chercher toutes

---

1. Louise est née en 1805, elle a vingt-neuf ans en 1834. Elle imagine que sa carrière de belle femme durera jusqu'à sa quarantaine. Mais elle mourra à trente ans.

nos provisions à Paris. Ainsi, j'espère pouvoir vivre
mystérieusement. Depuis un an que cette retraite est
préparée, on n'y a vu personne, et l'acquisition a été
faite pendant les mouvements qui ont suivi la révolution de juillet[1]. Le seul être qui se soit montré dans le
pays est mon architecte : on ne connaît que lui qui ne
reviendra plus. Adieu. En t'écrivant ce mot, j'ai dans
le cœur autant de peine que de plaisir ; n'est-ce pas te
regretter aussi puissamment que j'aime Gaston ?

XLIX
MARIE GASTON À DANIEL D'ARTHEZ

Octobre 1834[2].

Mon cher Daniel, j'ai besoin de deux témoins pour
mon mariage ; je vous prie de venir chez moi demain
soir en vous faisant accompagner de notre ami, le
bon et grand Joseph Bridau[3]. L'intention de celle qui
sera ma femme est de vivre loin du monde et parfaitement ignorée : elle a pressenti le plus cher de mes
vœux. Vous n'avez rien su de mes amours, vous qui
m'avez adouci les misères d'une vie pauvre ; mais,

---

1. Le changement de vie de Louise s'est préparé en même
temps que le changement politique.
2. « Furne corrigé » : 1833
3. Personnage reparaissant, qui incarne le type de l'artiste inspiré et intègre. Il fait partie, avec d'Arthez, du Cénacle.

vous le devinez, ce secret absolu fut une nécessité. Voilà pourquoi, depuis un an, nous nous sommes si peu vus. Le lendemain de mon mariage, nous serons séparés pour longtemps. Daniel, vous avez l'âme faite à me comprendre : l'amitié subsistera sans l'ami. Peut-être aurai-je parfois besoin de vous ; mais je ne vous verrai point, chez moi du moins. *Elle* est encore allée au-devant de nos souhaits en ceci. Elle m'a fait le sacrifice de l'amitié qu'elle a pour une amie d'enfance qui pour elle est une véritable sœur ; j'ai dû lui immoler mon ami. Ce que je vous dis ici vous fera sans doute deviner non pas une passion, mais un amour entier, complet, divin, fondé sur une intime connaissance entre les deux êtres qui se lient ainsi. Mon bonheur est pur, infini ; mais, comme il est une loi secrète qui nous défend d'avoir une félicité sans mélange, au fond de mon âme et ensevelie dans le dernier repli, je cache une pensée par laquelle je suis atteint tout seul, et qu'elle ignore. Vous avez trop souvent aidé ma constante misère pour ignorer l'horrible situation dans laquelle j'étais. Où puisai-je le courage de vivre lorsque l'espérance s'éteignait si souvent ? dans votre passé, mon ami, chez vous où je trouvais tant de consolations et de secours délicats. Enfin, mon cher, mes écrasantes dettes, elle les a payées. Elle est riche, et je n'ai rien. Combien de fois n'ai-je pas dit dans mes accès de paresse : « Ah ! si quelque femme riche voulait de moi. » Eh ! bien, en présence du fait, les plaisanteries de la jeunesse insouciante, le parti pris des malheureux sans scrupule, tout s'est

évanoui. Je suis humilié, malgré la tendresse la plus
ingénieuse. Je suis humilié, malgré la certitude acquise
de la noblesse de son âme. Je suis humilié, tout en
sachant que mon humiliation est une preuve de mon
amour. Enfin, elle a vu que je n'ai pas reculé devant
cet abaissement. Il est un point où, loin d'être le protecteur, je suis le protégé. Cette douleur, je vous la
confie. Hors ce point, mon cher Daniel, les moindres
choses accomplissent mes rêves. J'ai trouvé le beau
sans tache, le bien sans défaut. Enfin, comme on dit,
la mariée est trop belle : elle a de l'esprit dans la tendresse, elle a ce charme et cette grâce qui mettent de
la variété dans l'amour, elle est instruite et comprend
tout ; elle est jolie, blonde, mince et légèrement grasse,
à faire croire que Raphaël et Rubens se sont entendus
pour composer une femme ! Je ne sais pas s'il m'eût
jamais été possible d'aimer une femme brune autant
qu'une blonde : il m'a toujours semblé que la femme
brune était un garçon manqué. Elle est veuve, elle
n'a point eu d'enfants, elle a vingt-sept ans. Quoique
vive, alerte, infatigable, elle sait néanmoins se plaire
aux méditations de la mélancolie. Ces dons merveilleux n'excluent pas chez elle la dignité ni la noblesse :
elle est imposante. Quoiqu'elle appartienne à l'une
des vieilles familles les plus entichées de noblesse,
elle m'aime assez pour passer par-dessus les malheurs
de ma naissance. Nos amours secrets ont duré longtemps ; nous nous sommes éprouvés l'un l'autre ; nous
sommes également jaloux ; nos pensées sont bien les
deux éclats de la même foudre. Nous aimons tous deux

pour la première fois[1], et ce délicieux printemps a renfermé dans ses joies toutes les scènes que l'imagination a décorées de ses plus riantes, de ses plus douces, de ses plus profondes conceptions. Le sentiment nous a prodigué ses fleurs. Chacune de ces journées a été pleine, et, quand nous nous quittions, nous nous écrivions des poèmes. Je n'ai jamais eu la pensée de ternir cette brillante saison par un désir, quoique mon âme en fût sans cesse troublée. Elle était veuve et libre, elle a merveilleusement compris toutes les flatteries de cette constante retenue ; elle en a souvent été touchée aux larmes. Tu entreverras donc, mon cher Daniel, une créature vraiment supérieure. Il n'y a pas même eu de premier baiser de l'amour : nous nous sommes craints l'un l'autre.

« Nous avons, m'a-t-elle dit, chacun une misère à nous reprocher.

— Je ne vois pas la vôtre.

— Mon mariage », a-t-elle répondu.

Vous qui êtes un grand homme, et qui aimez une des femmes les plus extraordinaires de cette aristocratie[2] où j'ai trouvé mon Armande, ce seul mot vous suffira pour deviner cette âme et quel sera le bonheur de

Votre ami,

MARIE GASTON.

---

1. La rhétorique amoureuse l'emporte et il oublie Macumer.

2. Diane de Maufrigneuse incarne bien le type de la « lionne », grande dame mondaine et audacieuse, qui multiplie les liaisons. Dans *Les Secrets de la princesse de Cadignan* (1839),

L
MADAME DE L'ESTORADE
À MADAME DE MACUMER

Comment, Louise, après tous les malheurs intimes que t'a donnés une passion partagée, au sein même du mariage, tu veux vivre avec un mari dans la solitude ? Après en avoir tué un en vivant dans le monde, tu veux te mettre à l'écart pour en dévorer un autre ? Quels chagrins tu te prépares ! Mais, à la manière dont tu t'y es prise, je vois que tout est irrévocable. Pour qu'un homme t'ait fait revenir de ton aversion pour un second mariage, il doit posséder un esprit angélique, un cœur divin ; il faut donc te laisser à tes illusions : mais as-tu donc oublié ce que tu disais de la jeunesse des hommes, qui tous ont passé par d'ignobles endroits, et dont la candeur s'est perdue aux carrefours les plus horribles du chemin ? Qui a changé, toi ou eux ? Tu es bien heureuse de croire au bonheur : je n'ai pas la force de te blâmer, quoique l'instinct de la tendresse me pousse à te détourner de ce mariage. Oui, cent fois oui, la Nature et la Société s'entendent pour détruire l'existence des félicités entières, parce qu'elles sont à l'encontre de la nature et de la société, parce que le ciel est peut-être jaloux de ses droits. Enfin, mon amitié pressent quelque malheur qu'aucune

---

Diane (qui a changé de nom et de titre après la mort de son beau-père) s'est retirée de la vie mondaine à trente-six ans (en 1833), et elle noue une idylle avec d'Arthez.

prévision ne pourrait m'expliquer ; je ne sais ni d'où il viendra, ni qui l'engendrera ; mais, ma chère, un bonheur immense et sans bornes t'accablera sans doute. On porte encore moins facilement la joie excessive que la peine la plus lourde. Je ne dis rien contre lui : tu l'aimes, et je ne l'ai sans doute jamais vu ; mais tu m'écriras, j'espère, un jour où tu seras oisive, un portrait quelconque de ce bel et curieux animal.

Tu me vois prenant gaiement mon parti, car j'ai la certitude qu'après la lune de miel vous ferez tous deux et d'un commun accord comme tout le monde. Un jour, dans deux ans, en nous promenant, quand nous passerons sur cette route, tu me diras : « Voilà pourtant ce Chalet d'où je ne devais pas sortir ! » Et tu riras de ton bon rire, en montrant tes jolies dents. Je n'ai rien dit encore à Louis, nous lui aurions trop apprêté à rire. Je lui apprendrai tout uniment ton mariage et le désir que tu as de le tenir secret. Tu n'as malheureusement besoin ni de mère ni de sœur pour le coucher de la mariée. Nous sommes en octobre, tu commences par l'hiver, en femme courageuse. S'il ne s'agissait pas de mariage, je dirais que tu attaques le taureau par les cornes. Enfin, tu auras en moi l'amie la plus discrète et la plus intelligente. Le centre mystérieux de l'Afrique a dévoré bien des voyageurs, et il me semble que tu te jettes, en fait de sentiment, dans un voyage semblable à ceux où tant d'explorateurs ont péri, soit par les nègres, soit dans les sables. Ton désert est à deux lieues de Paris, je puis donc te dire gaiement : Bon voyage ! tu nous reviendras.

LI
DE LA COMTESSE DE L'ESTORADE
À MADAME MARIE GASTON

1837[1].

Que deviens-tu, ma chère ? Après un silence de trois[2] années, il est permis à Renée d'être inquiète de Louise. Voilà donc l'amour ! il emporte, il annule une amitié comme la nôtre. Avoue que si j'adore mes enfants plus encore que tu n'aimes ton Gaston, il y a dans le sentiment maternel je ne sais quelle immensité qui permet de ne rien enlever aux autres affections, et qui laisse une femme être encore amie sincère et dévouée. Tes lettres, ta douce et charmante figure me manquent. J'en suis réduite à des conjectures sur toi, ô Louise !

Quant à nous, je vais t'expliquer les choses le plus succinctement possible.

En relisant ton avant-dernière lettre[3], j'ai trouvé quelques mots aigres sur notre situation politique. Tu nous as raillés d'avoir gardé la place de président de chambre à la Cour des comptes, que nous tenions,

---

1. Balzac date cette lettre de 1835 sur son exemplaire « Furne corrigé », mais il ne corrige pas l'âge des enfants de Renée (d'ailleurs déjà faux pour Armand dans Furne), ci-dessous p. 340.

2. « Furne corrigé » : deux

3. Il s'agit en fait de la dernière lettre, Balzac ayant fusionné deux lettres (15 octobre et 20 octobre) en une seule pour l'édition Furne.

ainsi que le titre de comte, de la faveur de Charles X ; mais est-ce avec quarante mille livres de rentes, dont trente appartiennent à un majorat, que je pouvais convenablement établir Athénaïs et ce pauvre petit mendiant de René ? Ne devions-nous pas vivre de notre place, et accumuler sagement les revenus de nos terres ? En vingt ans nous aurons amassé environ six cent mille francs, qui serviront à doter et ma fille et René, que je destine à la marine. Mon petit pauvre aura dix mille livres de rentes, et peut-être pourrons-nous lui laisser en argent une somme qui rende sa part égale à celle de sa sœur[1]. Quand il sera capitaine de vaisseau, mon mendiant se mariera richement, et tiendra dans le monde un rang égal à celui de son aîné.

Ces sages calculs ont déterminé dans notre intérieur l'acceptation du nouvel ordre de choses. Naturellement, la nouvelle dynastie a nommé Louis pair de France et grand-officier de la Légion d'honneur. Du moment où l'Estorade prêtait serment, il ne devait rien faire à demi ; dès lors, il a rendu de grands services dans la Chambre. Le voici maintenant arrivé à une situation où il restera tranquillement

---

1. La loi du 12 mai 1835 avait interdit la constitution de majorats pour l'avenir et indiquait que ceux qui existaient disparaîtraient après deux héritages. Toutefois, il était possible de révoquer plus tôt les majorats sur demande. Renée de l'Estorade, ayant déjà affirmé son attachement à cette institution (p. 263), malgré les difficultés pour l'établissement des cadets, n'envisage pas une demande de suppression. La famille l'Estorade a besoin du nouveau pouvoir pour continuer à prospérer.

jusqu'à la fin de ses jours. Il a de la dextérité dans les affaires ; il est plus parleur agréable qu'orateur, mais cela suffit à ce que nous demandons à la politique. Sa finesse, ses connaissances soit en gouvernement soit en administration sont appréciées, et tous les partis le considèrent comme un homme indispensable. Je puis te dire qu'on lui a dernièrement offert une ambassade, mais je la lui ai fait refuser. L'éducation d'Armand, qui maintenant a treize ans ; celle d'Athénaïs, qui va sur onze ans[1], me retiennent à Paris, et j'y veux demeurer jusqu'à ce que mon petit René ait fini la sienne, qui commence.

Pour rester fidèle à la branche aînée et retourner dans ses terres, il ne fallait pas avoir à élever et à pourvoir trois enfants. Une mère doit, mon ange, ne pas être Décius[2], surtout dans un temps où les Décius sont rares. Dans quinze ans d'ici, l'Estorade pourra se retirer à la Crampade avec une belle retraite, en installant Armand à la Cour des comptes, où il le laissera référendaire. Quant à René, la marine en fera sans doute un diplomate. À sept ans ce petit garçon est déjà fin comme un vieux cardinal.

Ah ! Louise, je suis une bienheureuse mère ! Mes enfants continuent à me donner des joies sans ombre.

---

1. Armand est né en décembre 1825 et Athénaïs au début de 1827.

2. En 340 avant J.-C., Publius Decius Mus mourut au combat après avoir rêvé que la victoire serait accordée à un chef capable de se sacrifier. Il fut imité par ses descendants en 295 et en 279.

(*Senza brama sicura richezza*[1].) Armand est au collège Henri-IV. Je me suis décidée pour l'éducation publique sans pouvoir me décider néanmoins à m'en séparer, et j'ai fait comme faisait le duc d'Orléans avant d'être et peut-être pour devenir Louis-Philippe[2]. Tous les matins, Lucas, ce vieux domestique que tu connais, mène Armand au collège à l'heure de la première étude, et me le ramène à quatre heures et demie. Un vieux et savant répétiteur, qui loge chez moi, le fait travailler le soir et le réveille le matin à l'heure où les collégiens se lèvent. Lucas lui porte une collation à midi pendant la récréation. Ainsi, je le vois pendant le dîner, le soir avant son coucher, et j'assiste le matin à son départ. Armand est toujours le charmant enfant plein de cœur et de dévouement que tu aimes ; son répétiteur est content de lui. J'ai ma Naïs avec moi et le petit qui bourdonnent sans cesse, mais je suis aussi enfant qu'eux. Je n'ai pas pu me résoudre à perdre la douceur des caresses de mes chers enfants. Il y a pour moi dans la possibilité de courir, dès que je le désire, au lit d'Armand, pour le voir pendant son sommeil, ou pour aller prendre, demander, recevoir un baiser de cet ange, une nécessité de mon existence.

Néanmoins, le système de garder les enfants à la maison paternelle a des inconvénients, et je les ai

---

1. Phrase déjà citée dans la lettre XXII de Louise à Felipe et traduite en note par Balzac, p. 208.
2. Au lieu de faire élever ses fils par des précepteurs, le futur roi Louis-Philippe les avait envoyés au collège Henri-IV.

bien reconnus. La Société, comme la Nature, est jalouse, et ne laisse jamais entreprendre sur ses lois, elle ne souffre pas qu'on lui en dérange l'économie. Ainsi dans les familles où l'on conserve les enfants, ils y sont trop tôt exposés au feu du monde, ils en voient les passions, ils en étudient les dissimulations. Incapables de deviner les distinctions qui régissent la conduite des gens faits, ils soumettent le monde à leurs sentiments, à leurs passions, au lieu de soumettre leurs désirs et leurs exigences au monde ; ils adoptent le faux éclat, qui brille plus que les vertus solides, car c'est surtout les apparences que le monde met en dehors et habille de formes menteuses. Quand, dès quinze ans, un enfant a l'assurance d'un homme qui connaît le monde, il est une monstruosité, devient vieillard à vingt-cinq ans, et se rend par cette science précoce, inhabile aux véritables études sur lesquelles reposent les talents réels et sérieux. Le monde est un grand comédien ; et, comme le comédien, il reçoit et renvoie tout, il ne conserve rien. Une mère doit donc, en gardant ses enfants, prendre la ferme résolution de les empêcher de pénétrer dans le monde, avoir le courage de s'opposer à leurs désirs et aux siens, de ne pas les montrer. Cornélie[1] devait serrer ses bijoux. Ainsi ferai-je, car mes enfants sont toute ma vie.

J'ai trente ans, voici le plus fort de la chaleur du jour passé, le plus difficile du chemin fini. Dans quelques

---

1. Cornélie, fille de Scipion l'Africain et mère des Gracques, disait d'eux : « Voilà mes joyaux. »

années, je serai vieille femme, aussi puisé-je une force immense au sentiment des devoirs accomplis. On dirait que ces trois petits êtres connaissent ma pensée et s'y conforment. Il existe entre eux, qui ne m'ont jamais quittée, et moi, des rapports mystérieux. Enfin, ils m'accablent de jouissances, comme s'ils savaient tout ce qu'ils me doivent de dédommagements.

Armand, qui pendant les trois premières années de ses études a été lourd, méditatif, et qui m'inquiétait, est tout à coup parti. Sans doute il a compris le but de ces travaux préparatoires que les enfants n'aper-çoivent pas toujours, et qui est de les accoutumer au travail, d'aiguiser leur intelligence et de les façonner à l'obéissance, le principe des sociétés. Ma chère, il y a quelques jours, j'ai eu l'enivrante sensation de voir au concours général, en pleine Sorbonne, Armand cou-ronné. Ton filleul a eu le premier prix de version. À la distribution des prix du collège Henri-IV, il a obtenu deux premiers prix, celui de vers et celui de thème. Je suis devenue blême en entendant proclamer son nom, et j'avais envie de crier : *Je suis la mère !* Naïs me ser-rait la main à me faire mal, si l'on pouvait sentir une douleur dans un pareil moment. Ah ! Louise, cette fête vaut bien des amours perdues.

Les triomphes du frère ont stimulé mon petit René, qui veut aller au collège comme son aîné. Quelquefois ces trois enfants crient, se remuent dans la maison, et font un tapage à fendre la tête. Je ne sais pas comment j'y résiste, car je suis toujours avec eux ; je ne me suis jamais fiée à personne, pas même à Mary, du soin de surveiller mes enfants. Mais il y a tant de joies à recueillir dans ce beau métier de mère ! Voir un enfant quittant le jeu pour venir m'embrasser comme poussé par un besoin… quelle joie ! Puis on les observe alors bien mieux. Un des devoirs d'une mère est de démêler dès le jeune âge les aptitudes, le caractère, la vocation de ses enfants, ce qu'aucun pédagogue ne saurait faire. Tous les enfants élevés par leurs mères ont de l'usage et du savoir-vivre, deux acquisitions qui suppléent à l'esprit naturel, tandis que l'esprit naturel ne supplée jamais à ce que les hommes apprennent de leurs mères. Je reconnais déjà ces nuances chez les hommes dans les salons, où je distingue aussitôt les traces de la femme dans les manières d'un jeune homme. Comment destituer ses enfants d'un pareil avantage ? Tu le vois, mes devoirs accomplis sont fertiles en trésors, en jouissances.

Armand, j'en ai la certitude, sera le plus excellent magistrat, le plus probe administrateur, le député le plus consciencieux qui puisse jamais se trouver ; tandis que mon René sera le plus hardi, le plus aventureux et en même temps le plus rusé marin du monde. Ce petit drôle a une volonté de fer ; il a tout ce qu'il veut, il prend mille détours pour arriver à son but, et si les mille ne l'y mènent pas, il en trouve un mille et unième. Là où mon cher Armand se résigne avec calme en étudiant la raison des choses, mon René tempête, s'ingénie, combine en parlottant sans cesse, et finit par découvrir un joint ; s'il y peut faire passer une lame de couteau, bientôt il y fait entrer sa petite voiture.

Quant à Naïs, c'est tellement moi, que je ne distingue pas sa chair de la mienne. Ah ! la chérie, la petite fille aimée que je me plais à rendre coquette, de qui je tresse les cheveux et les boucles en y mettant mes pensées d'amour, je la veux heureuse : elle ne sera donnée qu'à celui qui l'aimera et qu'elle aimera. Mais, mon Dieu ! quand je la laisse se pomponner ou quand je lui passe des rubans groseille entre les cheveux, quand je chausse ses petits pieds si mignons, il me saute au cœur et à la tête une idée qui me fait presque défaillir. Est-on maîtresse du sort de sa fille ? Peut-être aimera-t-elle un homme indigne d'elle, peut-être ne sera-t-elle pas aimée de celui qu'elle aimera. Souvent, quand je la contemple, il me vient des pleurs dans les yeux. Quitter une charmante créature, une fleur, une rose qui a vécu dans notre sein comme un bouton sur le rosier, et la donner à un homme qui nous ravit tout ! C'est toi qui, dans deux ans, ne m'as pas écrit ces trois mots : Je suis heureuse ! c'est toi qui m'as rappelé le drame du mariage, horrible pour une mère aussi mère que je le suis. Adieu, car je ne sais pas comment je t'écris, tu ne mérites pas mon amitié. Oh ! réponds-moi, ma Louise.

LII
MADAME GASTON
À MADAME DE L'ESTORADE

Au Chalet.

Un silence de trois[1] années a piqué ta curiosité, tu me demandes pourquoi je ne t'ai pas écrit ; mais, ma chère Renée, il n'y a ni phrases, ni mots, ni langage pour exprimer mon bonheur : nos âmes ont la force de le soutenir, voilà tout en deux mots. Nous n'avons point le moindre effort à faire pour être heureux, nous nous entendons en toutes choses. En trois ans, il n'y a pas eu la moindre dissonance dans ce concert, le moindre désaccord d'expression dans nos sentiments, la moindre différence dans les moindres vouloirs. Enfin, ma chère, il n'est pas une de ces mille journées qui n'ait porté son fruit particulier, pas un moment que la fantaisie n'ait rendu délicieux. Non seulement notre vie, nous en avons la certitude, ne sera jamais monotone, mais encore elle ne sera peut-être jamais assez étendue pour contenir les poésies de notre amour, fécond comme la nature, varié comme elle. Non, pas un mécompte ! Nous nous plaisons encore bien mieux qu'au premier jour, et nous découvrons de moments en moments de nouvelles raisons de nous aimer. Nous nous promettons tous les soirs, en nous promenant après le dîner, d'aller à Paris par curiosité, comme on dit : J'irai voir la Suisse.

---

1. « Furne corrigé » : deux

« Comment ! s'écrie Gaston, mais on arrange tel boulevard, la Madeleine est finie[1]. Il faut cependant aller examiner cela. »

Bah ! le lendemain nous restons au lit, nous déjeunons dans notre chambre ; midi vient, il fait chaud, on se permet une petite sieste ; puis il me demande de me laisser regarder, et il me regarde absolument comme si j'étais un tableau ; il s'abîme en cette contemplation, qui, tu le devines, est réciproque. Il nous vient alors l'un à l'autre des larmes aux yeux, nous pensons à notre bonheur et nous tremblons. Je suis toujours sa maîtresse, c'est-à-dire que je parais aimer moins que je ne suis aimée. Cette tromperie est délicieuse. Il y a tant de charme pour nous autres femmes à voir le sentiment l'emporter sur le désir, à voir le maître encore timide s'arrêter là où nous souhaitons qu'il reste ! Tu m'as demandé de te dire comment il est ; mais, ma Renée, il est impossible de faire le portrait d'un homme qu'on aime, on ne saurait être dans le vrai. Puis, entre nous, avouons-nous sans pruderie un singulier et triste effet de nos mœurs : il n'y a rien de si différent que l'homme du monde et l'homme de l'amour ; la différence est si grande que l'un peut ne ressembler en rien à l'autre. Celui qui prend les poses les plus gracieuses du plus gracieux danseur pour nous dire au coin d'une cheminée, le soir, une parole d'amour, peut n'avoir aucune des grâces secrètes que veut une femme. Au rebours, un homme

---

1. La Madeleine est ouverte au culte en 1842.

qui paraît laid, sans manières, mal enveloppé de drap
noir, cache un amant qui possède l'esprit de l'amour,
et qui ne sera ridicule dans aucune de ces positions
où nous-mêmes nous pouvons périr avec toutes nos
grâces extérieures. Rencontrer chez un homme un
accord mystérieux entre ce qu'il paraît être et ce qu'il
est, en trouver un qui dans la vie secrète du mariage
ait cette grâce innée qui ne se donne pas, qui ne s'ac-
quiert point, que la statuaire antique a déployée dans
les mariages voluptueux et chastes de ses statues, cette
innocence du laisser-aller que les anciens ont mise
dans leurs poèmes, et qui dans le déshabillé paraît
avoir encore des vêtements pour les âmes, tout cet
idéal qui ressort de nous-mêmes et qui tient au monde
des harmonies, qui sans doute est le génie des choses ;
enfin cet immense problème cherché par l'imagination de toutes les femmes, eh ! bien, Gaston en est la
vivante solution. Ah ! chère, je ne savais pas ce que
c'était que l'amour, la jeunesse, l'esprit et la beauté
réunis. Mon Gaston n'est jamais affecté, sa grâce est
instinctive, elle se développe sans efforts. Quand nous
marchons seuls dans les bois, sa main passée autour de
ma taille, la mienne sur son épaule, son corps tenant
au mien, nos têtes se touchant, nous allons d'un pas
égal, par un mouvement uniforme et si doux, si bien
le même, que pour des gens qui nous verraient passer, nous paraîtrions un même être glissant sur le sable
des allées, à la façon des immortels d'Homère. Cette
harmonie est dans le désir, dans la pensée, dans la
parole. Quelquefois, sous la feuillée encore humide

d'une pluie passagère, alors qu'au soir les herbes sont d'un vert lustré par l'eau, nous avons fait des promenades entières sans nous dire un seul mot, écoutant le bruit des gouttes qui tombaient, jouissant des couleurs rouges que le couchant étalait aux cimes ou broyait sur les écorces grises. Certes alors nos pensées étaient une prière secrète, confuse, qui montait au ciel comme une excuse de notre bonheur. Quelquefois nous nous écrions ensemble, au même moment, en voyant un bout d'allée qui tourne brusquement, et qui, de loin, nous offre de délicieuses images. Si tu savais ce qu'il y a de miel et de profondeur dans un baiser presque timide qui se donne au milieu de cette sainte nature… c'est à croire que Dieu ne nous a faits que pour le prier ainsi. Et nous rentrons toujours plus amoureux l'un de l'autre. Cet amour entre deux époux semblerait une insulte à la société dans Paris, il faut s'y livrer comme des amants, au fond des bois.

Gaston, ma chère, a cette taille moyenne qui a été celle de tous les hommes d'énergie ; il n'est ni gras ni maigre, et très bien fait ; ses proportions ont de la rondeur ; il a de l'adresse dans ses mouvements, il saute un fossé avec la légèreté d'une bête fauve. En quelque position qu'il soit, il y a chez lui comme un sens qui lui fait trouver son équilibre, et ceci est rare chez les hommes qui ont l'habitude de la méditation. Quoique brun, il est d'une grande blancheur. Ses cheveux sont d'un noir de jais et produisent de vigoureux contrastes avec les tons mats de son cou et de son front. Il a la tête mélancolique de Louis XIII. Il a laissé pousser ses moustaches et sa royale, mais je lui ai fait couper ses favoris et sa barbe : c'est devenu commun. Sa sainte misère me l'a conservé pur de toutes ces souillures qui gâtent tant de jeunes gens. Il a des dents magnifiques, il est d'une santé de fer. Son regard bleu si vif, mais pour moi d'une douceur magnétique, s'allume et brille comme un éclair quand son âme est agitée. Semblable à tous les gens forts et d'une puissante intelligence, il est d'une égalité de caractère qui te surprendrait comme elle m'a surprise. J'ai entendu bien des femmes me confier les chagrins de leur intérieur ; mais ces variations de vouloir, ces inquiétudes des hommes mécontents d'eux-mêmes, qui ne veulent pas ou ne savent pas vieillir, qui ont je ne sais quels reproches éternels de leur folle jeunesse, et dont les veines charrient des poisons, dont le regard a toujours un fond de tristesse, qui se font taquins pour cacher leurs défiances, qui vous vendent une heure de tranquillité pour des matinées mauvaises, qui se vengent sur nous de ne pouvoir être aimables, et qui prennent nos beautés en une haine secrète, toutes ces douleurs la jeunesse ne les connaît point, elles sont l'attribut des mariages disproportionnés. Oh ! ma chère, ne marie Athénaïs qu'avec un jeune homme. Si tu savais combien je me repais de ce sourire constant que varie sans cesse un esprit fin et délicat, de ce sourire qui parle, qui dans le coin des lèvres renferme des pensées d'amour, de muets remerciements, et qui relie toujours les joies passées aux présentes ! Il n'y a jamais rien d'oublié entre nous. Nous avons fait des moindres choses de la nature des complices de nos félicités : tout est vivant, tout nous parle de nous dans ces bois ravissants. Un vieux chêne moussu, près de la maison du garde sur la route, nous dit que nous nous sommes assis fatigués sous son ombre, et que Gaston m'a expliqué là les mousses qui étaient à nos pieds, m'a fait leur histoire, et que de ces mousses nous avons monté, de science en science, jusqu'aux fins du monde. Nos deux esprits ont quelque chose de si fraternel, que je crois que c'est deux éditions du même ouvrage. Tu le vois, je suis devenue littéraire. Nous avons tous deux l'habitude ou le don de voir chaque chose dans son étendue, d'y tout apercevoir, et la preuve que nous nous donnons constamment à nous-mêmes de cette pureté du sens intérieur, est un plaisir toujours nouveau. Nous en sommes arrivés à regarder cette entente de l'esprit comme un témoignage d'amour ; et si jamais elle nous manquait, ce serait pour nous ce qu'est une infidélité pour les autres ménages.

Ma vie, pleine de plaisirs, te paraîtrait d'ailleurs excessivement laborieuse. D'abord, ma chère, apprends que Louise-Armande-Marie de Chaulieu fait elle-même sa chambre. Je ne souffrirais jamais que des soins mercenaires, qu'une femme ou une fille étrangère s'initiassent (femme littéraire !) aux secrets de ma chambre. Ma religion embrasse les moindres choses nécessaires à son culte. Ce n'est pas jalousie, mais bien respect de soi-même[1]. Aussi ma chambre

---

1. Un folio manuscrit (fonds Lovenjoul, A 147, f° 2) conserve quelques annotations (ou titres possibles) qui vont dans le sens d'une

est-elle faite avec le soin qu'une jeune amoureuse peut prendre de ses atours. Je suis méticuleuse comme une vieille fille. Mon cabinet de toilette, au lieu d'être un tohu-bohu, est un délicieux boudoir. Mes recherches ont tout prévu. Le maître, le souverain peut y entrer en tout temps ; son regard ne sera point affligé, étonné ni désenchanté : fleurs, parfums, élégance, tout y charme la vue. Pendant qu'il dort encore, le matin, au jour, sans qu'il s'en soit encore douté, je me lève, je passe dans ce cabinet où, rendue savante par les expériences de ma mère, j'enlève les traces du sommeil avec des lotions d'eau froide. Pendant que nous dormons, la peau, moins excitée, fait mal ses fonctions ; elle devient chaude, elle a comme un brouillard visible à l'œil des cirons, une sorte d'atmosphère. Sous l'éponge qui ruisselle, une femme sort jeune fille. Là peut-être est l'explication du mythe de Vénus sortant des eaux. L'eau me donne alors les grâces piquantes de l'aurore ; je me peigne, me parfume les cheveux ; et, après cette toilette minutieuse, je me glisse comme une couleuvre, afin qu'à son réveil le maître me trouve pimpante comme une matinée de printemps. Il est charmé par cette fraîcheur de fleur nouvellement éclose, sans pouvoir s'expliquer le pourquoi. Plus tard, la toilette de la journée regarde alors ma femme de chambre, et a lieu dans un salon d'habillement. Il y a, comme tu le penses, la toilette du coucher. Ainsi,

---

religiosité amoureuse : « Les amants religieux / L'amour crucifié / Serafina ».

j'en fais trois pour monsieur mon époux, quelquefois quatre ; mais ceci, ma chère, tient à d'autres mythes de l'antiquité.

Nous avons aussi nos travaux. Nous nous intéressons beaucoup à nos fleurs, aux belles créatures de notre serre et à nos arbres. Nous sommes sérieusement botanistes, nous aimons passionnément les fleurs, le Chalet en est encombré. Nos gazons sont toujours verts, nos massifs sont soignés autant que ceux des jardins du plus riche banquier. Aussi rien n'est-il beau comme notre enclos. Nous sommes excessivement gourmands de fruits, nous surveillons nos montreuils, nos couches, nos espaliers, nos quenouilles. Mais, dans le cas où ces occupations champêtres ne satisferaient pas l'esprit de mon adoré, je lui ai donné le conseil d'achever dans le silence et la solitude quelques-unes des pièces de théâtre qu'il a commencées pendant ses jours de misère, et qui sont vraiment belles. Ce genre de travail est le seul dans les Lettres qui se puisse quitter et reprendre, car il demande de longues réflexions, et n'exige pas la ciselure que veut le style. On ne peut pas toujours faire du dialogue, il y faut du trait, des résumés, des saillies que l'esprit porte comme les plantes donnent leurs fleurs, et qu'on trouve plus en les attendant qu'en les cherchant. Cette chasse aux idées me va. Je suis le collaborateur de mon Gaston, et ne le quitte ainsi jamais, pas même quand il voyage dans les vastes champs de l'imagination. Devines-tu maintenant comment je me tire des soirées d'hiver ? Notre service est si doux, que nous n'avons pas eu depuis

notre mariage un mot de reproche, pas une observation à faire à nos gens. Quand ils ont été questionnés
sur nous, ils ont eu l'esprit de fourber, ils nous ont fait
passer pour la dame de compagnie et le secrétaire de
leurs maîtres censés en voyage ; certains de ne jamais
éprouver le moindre refus, ils ne sortent point sans en
demander la permission ; d'ailleurs ils sont heureux,
et voient bien que leur condition ne peut être changée
que par leur faute. Nous laissons les jardiniers vendre
le surplus de nos fruits et de nos légumes. La vachère
qui gouverne la laiterie en fait autant pour le lait, la
crème et le beurre frais. Seulement les plus beaux produits nous sont réservés. Ces gens sont très contents de
leurs profits, et nous sommes enchantés de cette abon-
dance qu'aucune fortune ne peut ou ne sait se procurer
dans ce terrible Paris, où les belles pêches coûtent chacune le revenu de cent francs. Tout cela, ma chère, a
un sens : je veux être le monde pour Gaston ; le monde
est amusant, mon mari ne doit donc pas s'ennuyer
dans cette solitude. Je croyais être jalouse quand j'étais
aimée et que je me laissais aimer ; mais j'éprouve
aujourd'hui la jalousie des femmes qui aiment, enfin
la vraie jalousie. Aussi celui de ses regards qui me
semble indifférent me fait-il trembler. De temps en
temps je me dis : S'il allait ne plus m'aimer ?... et je
frémis. Oh ! je suis bien devant lui comme l'âme chrétienne est devant Dieu.

Hélas ! ma Renée, je n'ai toujours point d'enfants. Un moment viendra sans doute où il faudra les
sentiments du père et de la mère pour animer cette

retraite, où nous aurons besoin l'un et l'autre de voir des petites robes, des pèlerines, des têtes brunes ou blondes, sautant, courant à travers ces massifs et nos sentiers fleuris. Oh ! quelle monstruosité que des fleurs sans fruits. Le souvenir de ta belle famille est poignant pour moi. Ma vie, à moi, s'est restreinte, tandis que la tienne a grandi, a rayonné. L'amour est profondément égoïste, tandis que la maternité tend à multiplier nos sentiments. J'ai bien senti cette différence en lisant ta bonne, ta tendre lettre. Ton bonheur m'a fait envie en te voyant vivre dans trois cœurs ! Oui, tu es heureuse : tu as sagement accompli les lois de la vie sociale, tandis que je suis en dehors de tout. Il n'y a que des enfants aimants et aimés qui puissent consoler une femme de la perte de sa beauté. J'ai trente ans bientôt, et à cet âge une femme commence de terribles lamentations intérieures. Si je suis belle encore, j'aperçois les limites de la vie féminine ; après, que deviendrai-je ? Quand j'aurai quarante ans, *il* ne les aura pas, *il* sera jeune encore, et je serai vieille. Lorsque cette pensée pénètre dans mon cœur, je reste à ses pieds une heure, en lui faisant jurer, quand il sentira moins d'amour pour moi, de me le dire à l'instant. Mais c'est un enfant, il me le jure comme si son amour ne devait jamais diminuer, et il est si beau que… tu comprends ! je le crois. Adieu, cher ange, serons-nous encore pendant des années sans nous écrire ? Le bonheur est monotone dans ses expressions ; aussi peut-être est-ce à cause de cette difficulté que Dante paraît plus grand aux âmes aimantes dans son Paradis que dans son Enfer. Je ne suis pas Dante, je ne suis que ton amie, et tiens à ne pas t'ennuyer. Toi, tu peux m'écrire, car tu as dans tes enfants un bonheur varié qui va croissant, tandis que le mien… Ne parlons plus de ceci, je t'envoie mille tendresses.

LIII
DE MADAME DE L'ESTORADE
À MADAME GASTON

Ma chère Louise, j'ai lu, relu ta lettre, et plus je m'en suis pénétrée, plus j'ai vu en toi moins une femme qu'un enfant ; tu n'as pas changé, tu oublies ce que je t'ai dit mille fois : l'Amour est un vol fait par l'état social à l'état naturel ; il est si passager dans la nature, que les ressources de la société ne peuvent changer sa condition primitive ; aussi toutes les nobles âmes essaient-elles de faire un homme de cet enfant ; mais alors l'Amour devient, selon toi-même, une monstruosité. La société, ma chère, a voulu être féconde. En substituant des sentiments durables à la fugitive folie de la nature, elle a créé la plus grande chose humaine : la Famille, éternelle base des Sociétés. Elle a sacrifié l'homme aussi bien que la femme à son œuvre ; car, ne nous abusons pas, le père de famille donne son activité, ses forces, toutes ses fortunes à sa femme. N'est-ce pas la femme qui jouit de tous les sacrifices ? le luxe, la richesse, tout n'est-il pas à peu près pour elle ? pour elle la gloire et l'élégance, la douceur et la fleur de la maison. Oh ! mon ange, tu prends encore une fois très mal la vie. Être adorée est un thème de jeune fille bon pour quelques printemps, mais qui ne saurait être celui d'une femme épouse et mère. Peut-être suffit-il à la vanité d'une femme de savoir qu'elle peut se faire adorer. Si tu veux être épouse et mère, reviens à Paris. Laisse-moi te répéter que tu te perdras par le bonheur comme d'autres se perdent par le malheur. Les choses qui ne nous fatiguent point, le silence, le pain, l'air, sont sans reproche parce qu'elles sont sans goût ; tandis que les choses pleines de saveur, en irritant nos désirs, finissent par les lasser. Écoute-moi, mon enfant ! Maintenant, quand même je pourrais être aimée par un homme pour qui je sentirais naître en moi l'amour que tu portes à Gaston, je saurais rester fidèle à mes chers devoirs et à ma douce famille. La maternité, mon ange, est pour le cœur de la femme une de ces choses simples, naturelles, fertiles, inépuisables comme celles qui sont les éléments de la vie. Je me souviens d'avoir un jour, il y a bientôt quatorze ans, embrassé le dévouement comme un naufragé s'attache au mât de son vaisseau par désespoir ; mais aujourd'hui, quand j'évoque par le souvenir toute ma vie devant moi, je choisirais encore ce sentiment comme le principe de ma vie, car il est le plus sûr et le plus fécond de tous. L'exemple de ta vie, assise sur un égoïsme féroce, quoique caché par les poésies du cœur, a fortifié ma résolution. Je ne te dirai plus jamais ces choses, mais je devais te les dire encore une dernière fois en apprenant que ton bonheur résiste à la plus terrible des épreuves.

Ta vie à la campagne, objet de mes méditations, m'a suggéré cette autre observation que je dois te soumettre. Notre vie est composée, pour le corps comme pour le cœur, de certains mouvements réguliers. Tout excès apporté dans ce mécanisme est une cause de plaisir ou de douleur ; or, le plaisir ou la douleur est une fièvre d'âme essentiellement passagère, parce qu'elle n'est pas longtemps supportable. Faire de l'excès sa vie même, n'est-ce pas vivre malade ! Tu vis malade, en maintenant à l'état de passion un sentiment qui doit devenir dans le mariage une force égale et pure. Oui, mon ange, aujourd'hui je le reconnais : la gloire du ménage est précisément dans ce calme, dans cette profonde connaissance mutuelle, dans cet échange de biens et de maux que les plaisanteries vulgaires lui reprochent. Oh ! combien il est grand ce mot de la duchesse de Sully, la femme du grand Sully enfin, à qui l'on disait que son mari, quelque grave qu'il parût, ne se faisait pas scrupule d'avoir une maîtresse : « C'est tout simple, a-t-elle répondu, je suis l'honneur de la maison, et serais fort chagrine d'y jouer le rôle d'une courtisane. » Plus voluptueuse que tendre, tu veux être et la femme et la maîtresse. Avec l'âme d'Héloïse et les sens de sainte Thérèse, tu te livres à des égarements sanctionnés par les lois ; en un mot, tu dépraves l'institution du mariage. Oui, toi qui me jugeais si sévèrement quand je paraissais immorale en acceptant, dès la veille de mon mariage, les moyens du bonheur ; en pliant tout à ton usage, tu mérites aujourd'hui les reproches que tu m'adressais.

Eh ! quoi, tu veux asservir et la nature et la société à ton caprice ? Tu restes toi-même, tu ne te transformes point en ce que doit être une femme ; tu gardes les volontés, les exigences de la jeune fille, et tu portes dans ta passion les calculs les plus exacts, les plus mercantiles ; ne vends-tu pas très cher tes parures ? Je te trouve bien défiante avec toutes tes précautions. Oh ! chère Louise, si tu pouvais connaître les douceurs du travail que les mères font sur elles-mêmes pour être bonnes et tendres à toute leur famille ! L'indépendance et la fierté de mon caractère se sont fondues dans une mélancolie douce, et que les plaisirs maternels ont dissipée en la récompensant. Si la matinée fut difficile, le soir sera pur et serein. J'ai peur que ce soit tout le contraire pour ta vie.

En finissant ta lettre j'ai supplié Dieu de te faire passer une journée au milieu de nous pour te convertir à la famille, à ces joies indicibles, constantes, éternelles, parce qu'elles sont vraies, simples et dans la nature. Mais, hélas ! que peut ma raison contre une faute qui te rend heureuse ? J'ai les larmes aux yeux en t'écrivant ces derniers mots. J'ai cru franchement que plusieurs mois accordés à cet amour conjugal te rendraient la raison par la satiété ; mais je te vois insatiable, et après avoir tué un amant, tu en arriveras à tuer l'amour. Adieu, chère égarée, je désespère, puisque la lettre où j'espérais te rendre à la vie sociale par la peinture de mon bonheur n'a servi qu'à la glorification de ton égoïsme. Oui, il n'y a que toi dans ton amour, et tu aimes Gaston bien plus pour toi que pour lui-même.

LIV
DE MADAME GASTON
À LA COMTESSE DE L'ESTORADE

20 mai.

Renée, le malheur est venu ; non, il a fondu sur ta pauvre Louise avec la rapidité de la foudre, et tu me comprends : le malheur pour moi, c'est le doute. La conviction, ce serait la mort. Avant-hier, après ma première toilette, en cherchant partout Gaston pour faire une petite promenade avant le déjeuner, je ne l'ai point trouvé. Je suis entrée à l'écurie, j'y ai vu sa jument trempée de sueur, et à laquelle le groom enlevait, à l'aide d'un couteau, des flocons d'écume avant de l'essuyer. « Qui donc a pu mettre Fedelta[1] dans un pareil état ? ai-je dit. — Monsieur », a répondu l'enfant. J'ai reconnu sur les jarrets de la jument la boue de Paris, qui ne ressemble point à la boue de la campagne. « Il est allé à Paris », ai-je pensé. Cette pensée en a fait jaillir mille autres dans mon cœur, et y a attiré tout mon sang. Aller à Paris sans me le dire, prendre l'heure où je le laisse seul, y courir et en revenir avec tant de rapidité que Fedelta soit presque fourbue !... Le soupçon m'a serrée de sa terrible ceinture à m'en faire perdre la respiration. Je suis allée à quelques pas de là, sur un banc, pour tâcher de reprendre mon sang-froid. Gaston m'a surprise ainsi, blême, effrayante à

—————
1. Fidélité, en italien.

ce qu'il paraît, car il m'a dit : « Qu'as-tu ? » si précipitamment et d'un son de voix si plein d'inquiétude, que je me suis levée et lui ai pris le bras ; mais j'avais les articulations sans force, et j'ai bien été contrainte de me rasseoir ; il m'a prise alors dans ses bras et m'a emportée à deux pas de là dans le parloir, où tous nos gens effrayés nous ont suivis ; mais Gaston les a renvoyés par un geste. Quand nous avons été seuls, j'ai pu, sans vouloir rien dire, gagner notre chambre, où je me suis enfermée pour pouvoir pleurer à mon aise. Gaston s'est tenu pendant deux heures environ écoutant mes sanglots, interrogeant avec une patience d'ange sa créature, qui ne lui répondait point. « Je vous reverrai quand mes yeux ne seront plus rouges et quand ma voix ne tremblera plus », lui ai-je dit enfin. Le *vous* l'a fait bondir hors de la maison. J'ai pris de l'eau glacée pour baigner mes yeux, j'ai rafraîchi ma figure, la porte de notre chambre s'est ouverte, je l'ai trouvé là, revenu sans que j'eusse entendu le bruit de ses pas. « Qu'as-tu ? m'a-t-il demandé. — Rien, lui dis-je. J'ai reconnu la boue de Paris aux jarrets fatigués de Fedelta, je n'ai pas compris que tu y allasses sans m'en prévenir ; mais tu es libre. — Ta punition pour tes doutes si criminels sera de n'apprendre mes motifs que demain », a-t-il répondu.

« Regarde-moi », lui ai-je dit. J'ai plongé mes yeux dans les siens : l'infini a pénétré l'infini. Non, je n'ai pas aperçu ce nuage que l'infidélité répand dans l'âme et qui doit altérer la pureté des prunelles. J'ai fait la rassurée, encore que je restasse inquiète. Les hommes savent, aussi bien que nous, tromper, mentir ! Nous ne nous sommes plus quittés. Oh ! chère, combien par moments, en le regardant, je me suis trouvée indissolublement attachée à lui. Quels tremblements intérieurs m'agitèrent quand il reparut après m'avoir laissée seule pendant un moment ! Ma vie est en lui, et non en moi. J'ai donné de cruels démentis à ta cruelle lettre. Ai-je jamais senti cette dépendance avec ce divin Espagnol, pour qui j'étais ce que cet atroce bambin est pour moi ? Combien je hais cette jument ! Quelle niaiserie à moi d'avoir eu des chevaux. Mais il faudrait aussi couper les pieds à Gaston, ou le détenir dans le cottage. Ces pensées stupides m'ont occupée, juge par là de ma déraison ? Si l'amour ne lui a pas construit une cage, aucun pouvoir ne saurait retenir un homme qui s'ennuie. « T'ennuyé-je ? lui ai-je dit à brûle-pourpoint. — Comme tu te tourmentes sans raison, m'a-t-il répondu les yeux pleins d'une douce pitié. Je ne t'ai jamais tant aimée. — Si c'est vrai, mon ange adoré, lui ai-je répliqué, laisse-moi faire vendre Fedelta. — Vends ! » a-t-il dit. Ce mot m'a comme écrasée, Gaston a eu l'air de me dire : Toi seule es riche ici, je ne suis rien, ma volonté n'existe pas. S'il ne l'a pas pensé, j'ai cru qu'il le pensait, et de nouveau je l'ai quitté pour m'aller coucher : la nuit était venue.

Oh ! Renée, dans la solitude, une pensée ravageuse vous conduit au suicide. Ces délicieux jardins, cette nuit étoilée, cette fraîcheur qui m'envoyait par bouffées l'encens de toutes nos fleurs, notre vallée, nos collines, tout me semblait sombre, noir et désert. J'étais comme au fond d'un précipice au milieu des serpents, des plantes vénéneuses ; je ne voyais plus de Dieu dans le ciel. Après une nuit pareille une femme a vieilli.

« Prends Fedelta, cours à Paris, lui ai-je dit le lendemain matin : ne la vendons point ; je l'aime, elle te porte ! » Il ne s'est pas trompé, néanmoins, à mon accent, où perçait la rage intérieure que j'essayais de cacher. « Confiance ! a-t-il répondu en me tendant la main par un mouvement si noble et en me lançant un si noble regard que je me suis sentie aplatie. — Nous sommes bien petites, me suis-je écriée. — Non, tu m'aimes, et voilà tout, a-t-il dit en me pressant sur lui. — Va à Paris sans moi », lui ai-je dit en lui faisant comprendre que je me désarmais de mes soupçons. Il est parti, je croyais qu'il allait rester. Je renonce à te peindre mes souffrances. Il y avait en moi-même une autre moi que je ne savais pas pouvoir exister. D'abord, ces sortes de scènes, ma chère, ont une solennité tragique pour une femme qui aime, que rien ne saurait exprimer ; toute la vie vous apparaît dans le moment où elles se passent, et l'œil n'y aperçoit aucun horizon ; le rien est tout, le regard est un livre, la parole charrie des glaçons, et dans un mouvement de lèvres on lit un arrêt de mort. Je m'attendais à du retour, car m'étais-je montrée assez noble et grande ? J'ai monté jusqu'en haut du Chalet et l'ai suivi des yeux sur la route. Ah ! ma chère Renée, je l'ai vu disparaître avec une affreuse rapidité. « Comme il y court ! » pensai-je involontairement. Puis, une fois seule, je suis retombée dans l'enfer des hypothèses, dans le tumulte des soupçons. Par moments, la certitude d'être trahie me semblait être un baume, comparée aux horreurs du doute ! Le doute est notre duel avec nous-mêmes, et nous nous y faisons de terribles blessures. J'allais, je tournais dans les allées, je revenais au Chalet, j'en sortais comme une folle. Parti sur les sept heures, Gaston ne revint qu'à onze heures ; et comme, par le parc de Saint-Cloud et le bois de Boulogne, une demi-heure suffit pour aller à Paris, il est clair qu'il avait passé trois heures dans Paris. Il entra triomphant en m'apportant une cravache en caoutchouc dont la poignée est en or. Depuis quinze jours j'étais sans cravache ; la mienne, usée et vieille, s'était brisée. « Voilà pourquoi tu m'as torturée ? » lui ai-je dit en admirant le travail de ce bijou qui contient une cassolette au bout. Puis je compris que ce présent cachait une nouvelle tromperie ; mais je lui sautai promptement au cou, non sans lui faire de doux reproches pour m'avoir imposé de si grands tourments pour une bagatelle. Il se crut bien fin. Je vis alors dans son maintien, dans son regard, cette espèce de joie intérieure qu'on éprouve en faisant réussir une tromperie ; il s'échappe comme une lueur de notre âme, comme un rayon de notre esprit qui se reflète dans les traits, qui se dégage avec les mouvements du corps. En admirant cette jolie chose, je lui demandai dans un moment où nous nous regardions bien : « Qui t'a fait cette œuvre d'art ? — Un artiste de mes amis. — Ah ! Verdier[1] l'a montée », ajoutai-je

---

1. Marchand de cannes réputé, 95, rue de Richelieu.

en lisant le nom du marchand, imprimé sur la cravache. Gaston est resté très enfant, il a rougi. Je l'ai comblé de caresses pour le récompenser d'avoir eu honte de me tromper. Je fis l'innocente, et il a pu croire tout fini.

25 mai.

Le lendemain, vers six heures, je mis mon habit de cheval, et je tombai à sept heures chez Verdier, où je vis plusieurs cravaches de ce modèle. Un commis reconnut la mienne, que je lui montrai. « Nous l'avons vendue hier à un jeune homme, me dit-il. Et sur la description que je lui fis de mon fourbe de Gaston, il n'y eut plus de doute. Je te fais grâce des palpitations de cœur qui me brisaient la poitrine en allant à Paris, et pendant cette petite scène où se décidait ma vie. Revenue à sept heures et demie, Gaston me trouva pimpante, en toilette du matin, me promenant avec une trompeuse insouciance, et sûre que rien ne trahirait mon absence, dans le secret de laquelle je n'avais mis que mon vieux Philippe. « Gaston, lui dis-je en tournant autour de notre étang, je connais assez la différence qui existe entre une œuvre d'art unique, faite avec amour pour une seule personne, et celle qui sort d'un moule. » Gaston devint pâle et me regarda lui présenter[1] la terrible pièce à conviction. « Mon ami, lui dis-je, ce n'est pas une cravache, c'est un paravent derrière lequel vous abritez un secret. »

---

1. « Furne corrigé » : présentant

Là-dessus, ma chère, je me suis donné le plaisir de le voir s'entortillant dans les charmilles du mensonge et les labyrinthes de la tromperie sans en pouvoir sortir, et déployant[1] un art prodigieux pour essayer de trouver un mur à escalader, mais contraint de rester sur le terrain devant un adversaire qui consentit enfin à se laisser abuser. Cette complaisance est venue trop tard, comme toujours dans ces sortes de scènes. D'ailleurs, j'avais commis la faute contre laquelle ma mère avait essayé de me prémunir. Ma jalousie s'était montrée à découvert et établissait[2] la guerre et ses stratagèmes entre Gaston et moi. Ma chère, la jalousie est essentiellement bête et brutale. Je me suis alors promis de souffrir en silence, de tout espionner, d'acquérir une certitude, et d'en finir alors avec Gaston, ou de consentir à mon malheur ; il n'y a pas d'autre conduite à tenir pour les femmes bien élevées. Que me cache-t-il ? car il me cache un secret. Ce secret concerne une femme. Est-ce une aventure de jeunesse de laquelle il rougisse ? Quoi ? Ce *quoi ?* ma chère, est gravé en quatre lettres de feu sur toutes choses. Je lis ce fatal mot en regardant le miroir de mon étang, à travers mes massifs, aux nuages du ciel, aux plafonds, à table, dans les fleurs de mes tapis. Au milieu de mon sommeil, une voix me crie : « Quoi ? » À compter de cette matinée, il y eut dans notre vie un cruel intérêt, et j'ai connu la plus âcre des pensées qui puissent corroder

---

1. « Furne corrigé » : suppression de « et » avant « déployant ».
2. « Furne corrigé » : En se montrant à nu, ma jalousie établissait

notre cœur : être à un homme que l'on croit infidèle. Oh ! ma chère, cette vie tient à la fois à l'enfer et au paradis. Je n'avais pas encore posé le pied dans cette fournaise, moi jusqu'alors si saintement adorée.

« Ah ! tu souhaitais un jour de pénétrer dans les sombres et ardents palais de la souffrance ? me disais-je. Eh ! bien, les démons ont entendu ton fatal souhait : marche, malheureuse ! »

30 mai.

Depuis ce jour, Gaston, au lieu de travailler mollement et avec le laisser-aller de l'artiste riche qui caresse son œuvre, se donne des tâches comme l'écrivain qui vit de sa plume. Il emploie quatre heures tous les jours à finir deux pièces de théâtre.

« Il lui faut de l'argent ! » Cette pensée me fut soufflée par une voix intérieure. Il ne dépense presque rien ; et comme nous vivons[1] dans une absolue confiance, il n'est pas un coin de son cabinet où mes yeux et mes doigts ne puissent fouiller. Sa dépense par an ne se monte pas à deux mille francs. Je lui sais trente mille francs moins amassés que mis dans un tiroir[2]. Au milieu de la nuit, je suis allée pendant son sommeil voir si la somme y était toujours. Quel frisson glacial m'a saisie en trouvant le tiroir vide ! Dans

---

1. « Furne corrigé » : Il ne dépense presque rien : nous vivons
2. Balzac ajoute une phrase sur le « Furne corrigé » : Tu me devines.

la même semaine, j'ai découvert qu'il va chercher des lettres à Sèvres ; il doit les déchirer aussitôt après les avoir lues, car malgré mes inventions de Figaro je n'en ai point trouvé de vestige. Hélas ! mon ange, malgré mes promesses et tous les beaux serments que je m'étais faits à moi-même à propos de la cravache, un mouvement d'âme qu'il faut appeler folie m'a poussée, et je l'ai suivi dans une de ses courses rapides au bureau de la poste. Gaston fut terrifié d'être surpris à cheval, payant le port d'une lettre qu'il tenait à la main. Après m'avoir regardée fixement, il a mis Fedelta au galop par un mouvement si rapide que je me sentis brisée en arrivant à la porte du bois dans un moment où je croyais ne pouvoir sentir aucune fatigue corporelle, tant mon âme souffrait ! Là, Gaston ne me dit rien, il sonne et attend, sans me parler. J'étais plus morte que vive. Ou j'avais raison ou j'avais tort ; mais, dans les deux cas, mon espionnage était indigne d'Armande-Louise-Marie de Chaulieu. Je roulais dans la fange sociale au-dessous de la grisette, de la fille mal élevée, côte à côte avec les courtisanes, les actrices, les créatures sans éducation. Quelles souffrances ! Enfin la porte s'ouvre, il remet son cheval à son groom, et je descends alors aussi, mais dans ses bras ; il me les tend ; je relève mon amazone sur mon bras gauche, je lui donne le bras droit, et nous allons… toujours silencieux. Les cent pas que nous avons faits ainsi peuvent me compter pour cent ans de purgatoire. À chaque pas des milliers de pensées, presque visibles, voltigeant en langues de feu sous mes yeux, me sautaient à l'âme,

ayant chacune un dard, une épingle[1], un venin différent ! Quand le groom et les chevaux furent loin, j'arrête Gaston, je le regarde, et, avec un mouvement que
tu dois voir, je lui dis, en lui montrant la fatale lettre
qu'il tenait toujours dans sa main droite : « Laisse-la-
moi lire. » Il me la donne, je la décachette, et lis une
lettre par laquelle Nathan, l'auteur dramatique[2], lui
disait que l'une de nos pièces, reçue, apprise et mise
en répétition, allait être jouée samedi prochain. La
lettre contenait un coupon de loge. Quoique pour moi
ce fût aller du martyre au ciel, le démon me criait toujours, pour troubler ma joie : « Où sont les trente mille
francs ? » Et la dignité, l'honneur, tout mon ancien
moi m'empêchaient de faire une question ; je l'avais
sur les lèvres ; je savais que si ma pensée devenait une
parole, il fallait me jeter dans mon étang, et je résistais
à peine au désir de parler ; ne souffrais-je pas[3] alors
au-dessus des forces de la femme ? « Tu t'ennuies,
mon pauvre Gaston, lui dis-je en lui rendant la lettre.
Si tu veux, nous reviendrons à Paris. — À Paris, pourquoi ? dit-il. J'ai voulu savoir si j'avais du talent, et
goûter au punch du succès ! »

Au moment où il travaillera, je pourrais bien faire
l'étonnée en fouillant dans le tiroir et n'y trouvant
pas ses trente mille francs ; mais n'est-ce pas aller

---

1. « Furne corrigé » : Balzac supprime « une épingle ».

2. Personnage reparaissant, Raoul Nathan a été créé dans *Une
fille d'Ève* (1838-1839).

3. « Furne corrigé » : au désir de parler. Chère, ne souffrais-je pas

chercher cette réponse : « J'ai obligé tel ou tel ami »
qu'un homme d'esprit comme Gaston ne manquerait
pas de faire ?

Ma chère, la morale de ceci est que le beau succès
de la pièce à laquelle tout Paris court en ce moment
nous est dû, quoique Nathan en ait toute la gloire. Je
suis une des deux étoiles de ce mot : ET MM**. J'ai
vu la première représentation, cachée au fond d'une
loge d'avant-scène au rez-de-chaussée.

1er juillet.

Gaston travaille toujours et va toujours à Paris ; il
travaille à de nouvelles pièces pour avoir le prétexte
d'aller à Paris et pour se faire de l'argent. Nous avons
trois pièces reçues et deux de demandées. Oh ! ma
chère, je suis perdue, je marche dans les ténèbres ; je
brûlerai ma maison pour y voir clair. Que signifie une
pareille conduite ? A-t-il honte d'avoir reçu de moi la
fortune ? Il a l'âme trop grande pour se préoccuper
d'une pareille niaiserie. D'ailleurs, quand un homme
commence à concevoir de ces scrupules, ils lui sont
inspirés par un intérêt de cœur. On accepte tout de
sa femme, mais l'on ne veut rien avoir de la femme
que l'on pense quitter ou qu'on n'aime plus. S'il veut
tant d'argent, il a sans doute à le dépenser pour une
femme. S'il s'agissait de lui, ne prendrait-il pas dans
ma bourse sans façon ? nous avons cent mille francs
d'économies ! Enfin, ma belle biche, j'ai parcouru le
monde entier des suppositions, et, tout bien calculé, je

suis certaine d'avoir une rivale. Il me laisse, pour qui ?
je veux *la* voir…

10 juillet.

J'ai vu clair : je suis perdue. Oui, Renée, à trente
ans, dans toute la gloire de la beauté, riche des ressources de mon esprit, parée des séductions de la toilette, toujours fraîche, élégante, je suis trahie, et pour
qui ? pour une Anglaise qui a de gros pieds, de gros
os, une grosse poitrine, quelque vache britannique. Je
n'en puis plus douter. Voici ce qui m'est arrivé dans
ces derniers jours.

Fatiguée de douter, pensant que s'il avait secouru
l'un de ses amis, Gaston pouvait me le dire, le voyant
accusé par son silence, et le trouvant convié par une
continuelle soif d'argent au travail ; jalouse de son travail, inquiète de ses perpétuelles courses à Paris, j'ai
pris mes mesures, et ces mesures m'ont fait descendre
alors si bas que je ne puis t'en rien dire. Il y a trois
jours, j'ai su que Gaston se rend, quand il va à Paris,
rue de la Ville-l'Évêque[1], dans une maison où ses
amours sont gardés par une discrétion sans exemple à
Paris. Le portier, peu causeur, a dit peu de chose, mais

---

1. Cette rue de la rive droite est située dans un quartier d'hôtels particuliers, qui s'est développé au XVIIIe siècle, et qui attirait
particulièrement les riches financiers. Mais c'est le faubourg Saint-
Germain, rive gauche, qui reste au XIXe siècle le quartier par excellence de l'aristocratie.

assez pour me désespérer. J'ai fait alors le sacrifice
de ma vie, et j'ai seulement voulu tout savoir. Je suis
allée à Paris, j'ai pris un appartement dans la maison
qui se trouve en face de celle où se rend Gaston, et
je l'ai pu voir de mes yeux entrant à cheval dans la
cour. Oh ! j'ai eu trop tôt une horrible et affreuse révélation. Cette Anglaise, qui me paraît avoir trente-six
ans, se fait appeler madame Gaston. Cette découverte
a été pour moi le coup de la mort. Enfin, je l'ai vue
allant aux Tuileries avec deux enfants !... oh ! ma
chère, deux enfants qui sont les vivantes miniatures de
Gaston. Il est impossible de ne pas être frappée d'une
si scandaleuse ressemblance... Et quels jolis enfants !
ils sont habillés fastueusement, comme les Anglaises
savent les arranger. Elle lui a donné des enfants :
tout s'explique. Cette Anglaise est une espèce de statue grecque descendue de quelque monument ; elle
a la blancheur et la froideur du marbre, elle marche
solennellement en mère heureuse ; elle est belle, il
faut en convenir, mais c'est lourd comme un vaisseau de guerre. Elle n'a rien de fin ni de distingué :
certes, elle n'est pas *lady*, c'est la fille de quelque
fermier d'un méchant village dans un lointain comté,
ou la onzième fille de quelque pauvre ministre. Je
suis revenue de Paris mourante. En route, mille pensées m'ont assaillie comme autant de démons. Serait-
elle mariée ? la connaissait-il avant de m'épouser ?
A-t-elle été la maîtresse de quelque homme riche qui
l'aurait laissée, et n'est-elle pas soudain retombée à la
charge de Gaston ? J'ai fait des suppositions à l'infini,

comme s'il y avait besoin d'hypothèses en présence des enfants. Le lendemain, je suis retournée à Paris, et j'ai donné assez d'argent au portier de la maison pour qu'à cette question : « Madame Gaston est-elle mariée légalement ? » il me répondît : « Oui, *mademoiselle*. »

15 juillet.

Ma chère, depuis cette matinée, j'ai redoublé d'amour pour Gaston, et je l'ai trouvé plus amoureux que jamais ; il est si jeune ! Vingt fois, à notre lever, je suis près de lui dire : « Tu m'aimes donc plus que celle de la rue de la Ville-l'Évêque ? » Mais je n'ose m'expliquer le mystère de mon abnégation. « Tu aimes bien les enfants ? lui ai-je demandé. — Oh ! oui, m'a-t-il répondu ; mais nous en aurons ! — Et comment ? — J'ai consulté les médecins les plus savants, et tous m'ont conseillé de faire un voyage de deux mois. — Gaston, lui ai-je dit, si j'avais pu aimer un absent, je serais restée au couvent pour le reste de mes jours. » Il s'est mis à rire, et moi, ma chère, le mot voyage m'a tuée. Oh ! certes, j'aime mieux sauter par la fenêtre que de me laisser rouler dans les escaliers en me retenant de marche en marche. Adieu, mon ange, j'ai rendu ma mort douce, élégante, mais infaillible. Mon testament est écrit d'hier ; tu peux maintenant me venir voir, la consigne est levée. Accours recevoir mes adieux. Ma mort sera, comme ma vie, empreinte de distinction et de grâce : je mourrai tout entière.

Adieu, cher esprit de sœur, toi dont l'affection n'a eu ni dégoûts, ni hauts, ni bas, et qui, semblable à l'égale clarté de la lune, as toujours caressé mon cœur ; nous n'avons point connu les vivacités, mais nous n'avons pas goûté non plus à la vénéneuse amertume de l'amour. Tu as vu sagement la vie. Adieu !

LV
LA COMTESSE DE L'ESTORADE
À MADAME GASTON

16 juillet.

Ma chère Louise, je t'envoie cette lettre par un exprès avant de courir au Chalet moi-même. Calme-toi. Ton dernier mot m'a paru si insensé que j'ai cru pouvoir, en de pareilles circonstances, tout confier à Louis : il s'agissait de te sauver de toi-même. Si, comme toi, nous avons employé d'horribles moyens, le résultat est si heureux que je suis certaine de ton approbation. Je suis descendue jusqu'à faire marcher la police ; mais c'est un secret entre le préfet, nous et toi. Gaston est un ange ! Voici les faits : son frère Louis Gaston est mort à Calcutta, au service d'une compagnie marchande, au moment où il allait revenir en France riche, heureux et marié. La veuve d'un négociant anglais lui avait donné la plus brillante fortune. Après dix ans de travaux entrepris pour envoyer de quoi vivre à son frère, qu'il adorait et à qui jamais il ne parlait de ses mécomptes dans ses lettres pour ne pas l'affliger, il a été surpris par la faillite du fameux Halmer[1]. La veuve a été ruinée. Le coup fut si violent que Louis Gaston en a eu la tête perdue. Le moral, en faiblissant, a laissé la maladie maîtresse du corps, et il a succombé dans le Bengale, où il était allé réaliser les restes de la fortune de sa pauvre femme. Ce cher capitaine avait remis chez un banquier une première somme de trois cent mille francs pour l'envoyer à son frère ; mais ce banquier, entraîné par la maison Halmer, leur a enlevé cette dernière ressource. La veuve de Louis Gaston, cette belle femme que tu prends pour ta rivale, est arrivée à Paris avec deux enfants qui sont tes neveux, et sans un sou. Les bijoux de la mère ont à peine suffi à payer le passage de sa famille. Les renseignements que Louis Gaston avait donnés au banquier pour envoyer l'argent à Marie Gaston ont servi à la veuve pour trouver l'ancien domicile de ton mari. Comme ton Gaston a disparu sans dire où il allait, on a envoyé madame Louis Gaston chez d'Arthez, la seule personne qui pût donner des renseignements sur Marie Gaston. D'Arthez a d'autant plus généreusement pourvu aux premiers besoins de cette jeune femme que Louis Gaston s'était, il y a quatre ans, au moment de son mariage, enquis de son frère auprès de notre célèbre écrivain, en le sachant l'ami de Marie. Le capitaine avait demandé à d'Arthez le moyen de faire parvenir sûrement cette somme à Marie Gaston. D'Arthez avait répondu que Marie Gaston était devenu

---

1. Ce banquier inventé par Balzac ne paraît dans aucun autre roman.

riche par son mariage avec la baronne de Macumer. La beauté, ce magnifique présent de leur mère, avait sauvé, dans les Indes comme à Paris, les deux frères de tout malheur. N'est-ce pas une touchante histoire ? D'Arthez a naturellement fini par écrire à ton mari l'état où se trouvaient sa belle-sœur et ses neveux, en l'instruisant des généreuses intentions que le hasard avait fait avorter, mais que le Gaston des Indes avait eues pour le Gaston de Paris. Ton cher Gaston, comme tu dois l'imaginer, est accouru précipitamment à Paris. Voilà l'histoire de sa première course. Depuis cinq ans, il a mis de côté cinquante mille francs sur le revenu que tu l'as forcé de prendre, et il les a employés à deux inscriptions de chacune douze cents francs de rente au nom de ses neveux ; puis il a fait meubler cet appartement où demeure ta belle-sœur, en lui promettant trois mille francs tous les trois mois. Voilà l'histoire de ses travaux au théâtre et du plaisir que lui a causé le succès de sa première pièce. Ainsi madame Gaston n'est point ta rivale, et porte ton nom très légitimement. Un homme noble et délicat comme Gaston a dû te cacher cette aventure en redoutant ta générosité. Ton mari ne regarde point comme à lui ce que tu lui as donné. D'Arthez m'a lu la lettre qu'il lui a écrite pour le prier d'être un des témoins de votre mariage : Marie Gaston y dit que son bonheur serait entier s'il n'avait pas eu de dettes à te laisser payer et s'il eût été riche. Une âme vierge n'est pas maîtresse de ne pas avoir de tels sentiments : ils sont ou ne sont pas ; et quand ils sont, leur délicatesse, leurs exigences se conçoivent. Il est tout simple que Gaston ait voulu lui-même en secret donner une existence convenable à la veuve de son frère, quand cette femme lui envoyait cent mille écus de sa propre fortune. Elle est belle, elle a du cœur, des manières distinguées, mais pas d'esprit. Cette femme est mère : n'est-ce pas dire que je m'y suis attachée aussitôt que je l'ai vue, en la trouvant un enfant au bras et l'autre habillé comme le *baby* d'un lord. Tout pour les enfants ! est écrit chez elle dans les moindres choses. Ainsi, loin d'en vouloir à ton adoré Gaston, tu n'as que de nouvelles raisons de l'aimer ! Je l'ai entrevu, il est le plus charmant jeune homme de Paris. Oh ! oui, chère enfant, j'ai bien compris en l'apercevant qu'une femme pouvait en être folle : il a la physionomie de son âme. À ta place, je prendrais au Chalet la veuve et les deux enfants, en leur faisant construire quelque délicieux cottage, et j'en ferais mes enfants ! Calme-toi donc, et prépare à ton tour cette surprise à Gaston.

LVI
DE MADAME GASTON
À LA COMTESSE DE L'ESTORADE

Ah ! ma bien-aimée, entends le terrible, le fatal, l'insolent mot de l'imbécile La Fayette à son maître, à son roi : *Il est trop tard*[1] *!* Ô ! ma vie, ma belle vie !

---

1. Phrase que La Fayette aurait prononcée le 30 juillet 1830, à l'hôtel de ville de Paris, en recevant l'envoyé du roi, venu lui annoncer la révocation des ordonnances de Saint-Cloud (25 juillet

quel médecin me la rendra ? Je me suis frappée à mort. Hélas ! n'étais-je pas un feu follet de femme destiné à s'éteindre après avoir brillé ? Mes yeux sont deux torrents de larmes, et… je ne peux pleurer que loin de lui… Je le fuis et il me cherche. Mon désespoir est tout intérieur. Dante a oublié mon supplice dans son Enfer. Viens me voir mourir ?

LVII
DE LA COMTESSE DE L'ESTORADE
AU COMTE DE L'ESTORADE

Au Chalet, 7 août.

Mon ami, emmène les enfants et fais le voyage de Provence sans moi ; je reste auprès de Louise qui n'a plus que quelques jours à vivre : je me dois à elle et à son mari, qui deviendra fou, je crois.

Depuis le petit mot que tu connais et qui m'a fait voler, accompagnée de médecins, à Ville-d'Avray, je n'ai pas quitté cette charmante femme et n'ai pu t'écrire, car voici la quinzième nuit que je passe.

En arrivant, je l'ai trouvée avec Gaston, belle et parée, le visage riant, heureuse. Quel sublime mensonge ! Ces deux beaux enfants s'étaient expliqués.

1830) qui avaient déclenché la révolution, car le roi s'y attribuait le droit de décider seul des moyens d'appliquer les lois et de veiller à la sûreté de l'État.

Pendant un moment j'ai, comme Gaston, été la dupe de cette audace ; mais Louise m'a serré la main et m'a dit à l'oreille : « Il faut le tromper, je suis mourante. » Un froid glacial m'a enveloppée en lui trouvant la main brûlante et du rouge aux joues. Je me suis applaudie de ma prudence. J'avais eu l'idée, pour n'effrayer personne, de dire aux médecins de se promener dans le bois en attendant que je les fisse demander.

« Laisse-nous, dit-elle à Gaston. Deux femmes qui se revoient après cinq ans de séparation ont bien des secrets à se confier, et Renée a sans doute quelque confidence à me faire. »

Une fois seule, elle s'est jetée dans mes bras sans pouvoir contenir ses larmes. « Qu'y a-t-il donc ? lui ai-je dit. Je t'amène, en tout cas, le premier chirurgien et le premier médecin de l'Hôtel-Dieu, avec Bianchon[1] ; enfin ils sont quatre.

— Oh ! s'ils peuvent me sauver, s'il est temps, qu'ils viennent ! s'est-elle écriée. Le même sentiment qui me portait à mourir me porte à vivre.

— Mais qu'as-tu fait ?

---

1. Le médecin Horace Bianchon est un personnage secondaire, qui apparaît dans de nombreux romans sans que sa biographie soit très précise. Il fait partie, avec Bridau et d'Arthez, du Cénacle, qui regroupe les hommes de talent de *La Comédie humaine*, et qui est comme le pendant de la Société des Treize, qui réunit des aristocrates. Dans *Le Père Goriot* (1834), il est l'un des pensionnaires de la pension Vauquer avec Eugène de Rastignac et il soigne le père Goriot mourant.

— Je me suis rendue poitrinaire au plus haut degré en quelques jours.

— Et comment ?

— Je me mettais en sueur la nuit et courais me placer au bord de l'étang, dans la rosée. Gaston me croit enrhumée, et je meurs.

— Envoie-le donc à Paris, je vais chercher moi-même les médecins », ai-je dit en courant comme une insensée à l'endroit où je les avais laissés.

Hélas ! mon ami, la consultation faite, aucun de ces savants ne m'a donné le moindre espoir, ils pensent tous qu'à la chute des feuilles, Louise mourra. La constitution de cette chère créature a singulièrement servi son dessein ; elle avait des dispositions à la maladie qu'elle a développée ; elle aurait pu vivre longtemps ; mais en quelques jours elle a rendu tout irréparable. Je ne te dirai pas mes impressions en entendant cet arrêt parfaitement motivé. Tu sais que j'ai tout autant vécu par Louise que par moi. Je suis restée anéantie, et n'ai point reconduit ces cruels docteurs. Le visage baigné de larmes, j'ai passé je ne sais combien de temps dans une douloureuse méditation. Une céleste voix m'a tirée de mon engourdissement par ces mots : « Eh ! bien, je suis condamnée », que Louise m'a dits en posant sa main sur mon épaule. Elle m'a fait lever et m'a emmenée dans son petit salon. « Ne me quitte plus, m'a-t-elle demandé par un regard suppliant, je ne veux pas voir de désespoir autour de moi ; je veux surtout *le* tromper, j'en aurai la force. Je suis pleine d'énergie, de jeunesse, et je saurai mourir debout. Quant à moi, je ne me plains pas, je meurs comme je l'ai souhaité souvent : à trente ans, jeune, belle, tout entière. Quant à lui, je l'aurais rendu malheureux, je le vois. Je me suis prise dans les lacs de mes amours, comme une biche qui s'étrangle en s'impatientant d'être prise ; de nous deux, je suis la biche… et bien sauvage. Mes jalousies à faux frappaient déjà sur son cœur de manière à le faire souffrir. Le jour où mes soupçons auraient rencontré l'indifférence, le loyer qui attend la jalousie, eh ! bien… je serais morte. J'ai mon compte de la vie. Il y a des êtres qui ont soixante ans de service sur les contrôles du monde et qui, en effet, n'ont pas vécu deux ans ; au rebours, je parais n'avoir que trente ans, mais, en réalité, j'ai eu soixante années d'amours. Ainsi, pour moi, pour lui, ce dénouement est heureux. Quant à nous deux, c'est autre chose : tu perds une sœur qui t'aime, et cette perte est irréparable. Toi seule, ici, tu dois pleurer ma mort. Ma mort, reprit-elle après une longue pause pendant laquelle je ne l'ai vue qu'à travers le voile de mes larmes, porte avec elle un cruel enseignement. Mon cher docteur en corset a raison : le mariage ne saurait avoir pour base la passion, ni même l'amour. Ta vie est une belle et noble vie, tu as marché dans ta voie, aimant toujours de plus en plus ton Louis ; tandis qu'en commençant la vie conjugale par une ardeur extrême, elle ne peut que décroître. J'ai eu deux fois tort, et deux fois la Mort sera venue souffleter mon bonheur de sa main décharnée. Elle m'a enlevé le plus noble et le plus dévoué des hommes ;

aujourd'hui, la camarde m'enlève au plus beau, au plus charmant, au plus poétique époux du monde. Mais j'aurai tour à tour connu le beau idéal de l'âme et celui de la forme. Chez Felipe, l'âme domptait le corps et le transformait ; chez Gaston, le cœur, l'esprit et la beauté rivalisent. Je meurs adorée, que puis-je vouloir de plus ?... me réconcilier avec Dieu que j'ai négligé peut-être, et vers qui je m'élancerai pleine d'amour en lui demandant de me rendre un jour ces deux anges dans le ciel. Sans eux, le paradis serait désert pour moi. Mon exemple serait fatal : je suis une exception. Comme il est impossible de rencontrer des Felipe ou des Gaston, la loi sociale est en ceci d'accord avec la loi naturelle. Oui, la femme est un être faible qui doit, en se mariant, faire un entier sacrifice de sa volonté à l'homme, qui lui doit en retour le sacrifice de son égoïsme. Les révoltes et les pleurs que notre sexe a élevés et jetés dans ces derniers temps avec tant d'éclat sont des niaiseries qui nous méritent le nom d'enfants que tant de philosophes nous ont donné. »

Elle a continué de parler ainsi de sa voix douce que tu connais, en disant les choses les plus sensées de la manière la plus élégante, jusqu'à ce que Gaston entrât, amenant de Paris sa belle-sœur, les deux enfants et la bonne anglaise que Louise l'avait prié d'aller chercher.

« Voilà mes jolis bourreaux, a-t-elle dit en voyant ses deux neveux. Ne pouvais-je pas m'y tromper ? Comme ils ressemblent à leur oncle ! »

Elle a été charmante pour madame Gaston l'aînée, qu'elle a priée de se regarder au Chalet comme chez elle, et elle lui en a fait les honneurs avec ces façons à la Chaulieu qu'elle possède au plus haut degré.

J'ai sur-le-champ écrit à la duchesse et au duc de Chaulieu, au duc de Rhétoré et au duc de Lenoncourt-Chaulieu, ainsi qu'à Madeleine. J'ai bien fait. Le lendemain, fatiguée de tant d'efforts, Louise n'a pu se promener ; elle ne s'est même levée que pour assister au dîner. Madeleine de Lenoncourt, ses deux frères et sa mère sont venus dans la soirée. Le froid que le mariage de Louise avait mis entre elle et sa famille s'est dissipé. Depuis cette soirée, les deux frères et le père de Louise sont venus à cheval tous les matins, et les deux duchesses passent au Chalet toutes leurs soirées. La mort rapproche autant qu'elle sépare, elle fait taire les passions mesquines. Louise est sublime de grâce, de raison, de charme, d'esprit et de sensibilité. Jusqu'au dernier moment elle montre ce goût qui l'a rendue si célèbre, et nous dispense les trésors de cet esprit qui faisait d'elle une des reines de Paris.

« Je veux être jolie jusque dans mon cercueil », m'a-t-elle dit avec ce sourire qui n'est qu'à elle, en se mettant au lit pour y languir ces quinze jours-ci.

Dans sa chambre il n'y a pas trace de maladie : les boissons, les gommes, tout l'appareil médical est caché.

« N'est-ce pas que je fais une belle mort ? » disait-elle hier au curé de Sèvres, à qui elle a donné sa confiance.

Nous jouissons tous d'elle en avares. Gaston, que tant d'inquiétudes, tant de clartés affreuses ont préparé, ne manque pas de courage, mais il est atteint : je ne m'étonnerais pas de le voir suivre naturellement sa femme. Hier il m'a dit en tournant autour de la pièce d'eau : « Je dois être le père de ces deux enfants… » Et il me montrait sa belle-sœur qui promenait ses neveux. « Mais, quoique je ne veuille rien faire pour m'en aller de ce monde, promettez-moi d'être une seconde mère pour eux et de laisser votre mari accepter la tutelle officieuse que je lui confierai conjointement avec ma belle-sœur. » Il a dit cela sans la moindre emphase et comme un homme qui se sent perdu. Sa figure répond par des sourires aux sourires de Louise, et il n'y a que moi qui ne m'y trompe pas. Il déploie un courage égal au sien. Louise a désiré voir son filleul ; mais je ne suis pas fâchée qu'il soit en Provence, elle aurait pu lui faire quelques libéralités qui m'auraient fort embarrassée.

Adieu, mon ami.

25 août (le jour de sa fête).

Hier au soir Louise a eu pendant quelques moments le délire ; mais ce fut un délire vraiment élégant, qui prouve que les gens d'esprit ne deviennent pas fous comme les bourgeois ou comme les sots. Elle a chanté d'une voix éteinte quelques airs italiens des *Puritani*, de la *Sonnambula* et de *Mosè*[1]. Nous étions tous silen-

---

1. Les deux premiers opéras, créés à Paris en 1835 et 1831, sont de Bellini et le troisième, *Mosè in Egitto* de Rossini, avait été donné en 1827.

cieux autour du lit, et nous avons tous eu, même son frère Rhétoré, des larmes dans les yeux, tant il était clair que son âme s'échappait ainsi. Elle ne nous voyait plus ! Il y avait encore toute sa grâce dans les agréments de ce chant faible et d'une douceur divine. L'agonie a commencé dans la nuit. Je viens, à sept heures du matin, de la lever moi-même ; elle a retrouvé quelque force, elle a voulu s'asseoir à sa croisée, elle a demandé la main de Gaston… Puis, mon ami, l'ange le plus charmant que nous pourrons voir jamais sur cette terre ne nous a plus laissé que sa dépouille. Administrée la veille à l'insu de Gaston, qui, pendant la terrible cérémonie, a pris un peu de sommeil, elle avait exigé de moi que je lui lusse en français le *De profundis*[1], pendant qu'elle serait ainsi face à face avec la belle nature qu'elle s'était créée. Elle répétait mentalement les paroles et serrait les mains de son mari, agenouillé de l'autre côté de la bergère.

26 août.

J'ai le cœur brisé. Je viens d'aller la voir dans son linceul, elle y est devenue pâle avec des teintes violettes. Oh ! je veux voir mes enfants ! mes enfants ! Amène mes enfants au-devant de moi !

Paris, 1841.

---

1. *De profundis clamavi ad te, Domine* (« Des profondeurs, je criai vers toi, Seigneur ») : psaume de la Bible, qui faisait partie de la liturgie des défunts.

DOSSIER

GENÈSE ET HISTOIRE DU ROMAN

Vers 1832, Balzac note un projet intitulé *La Religieuse*[1], mais on ne sait pas s'il avait un rapport avec *Sœur Marie des Anges*, un roman évoqué à partir de 1835[2]. Dans la publication en feuilleton des *Mémoires de deux jeunes mariées*, Louise de Chaulieu évoquera son retour possible au couvent sous ce nom. La genèse du roman a été longue et complexe. Ce n'est que vers 1840 que le sujet est fixé, après de multiples hésitations et transformations. Le roman ne sera achevé et publié qu'en 1841 dans *La Presse*, puis en volume chez H. Souverain en janvier 1842, et enfin, la même année, dans *La Comédie humaine*[3] (édition Furne).

---

1. Album, *Pensées, sujets, fragments*, fonds Lovenjoul, dossier A 182, publié en 1910 par Jacques Crépet, et réédité par Maurice Bardèche dans les *Œuvres complètes* de Balzac, Paris, Club de l'honnête homme, t. XXIV, 1956, p. 678.

2. Lettre à Mme Hanska, 16 janvier 1835 (*LH*, I, p. 224).

3. Il en a établi la structure en 1834, en 1840 il a trouvé le titre, qu'il rappelle dans sa lettre à Mme Hanska du 1er juin 1841 (*LH*, I, p. 531).

Le manuscrit et les épreuves des *Mémoires de deux jeunes mariées* n'ont pas été retrouvés. Il est donc difficile de suivre pas à pas la genèse de ce roman dont seules quelques ébauches sont conservées dans le fonds Lovenjoul[1]. Bien que peu disertes sur le projet, les lettres de Balzac montrent toutefois que le romancier a hésité pendant plusieurs années sur l'orientation et la forme du roman. C'est à la fois son travail sur d'autres œuvres, ses discussions avec des femmes et le contexte social (les revendications féministes et l'essor des valeurs bourgeoises) qui stimulent progressivement le désir d'écrire un roman sur le mariage et de confronter deux destinées.

Balzac à l'œuvre (1834-1841)

En 1834, pour la première fois, dans un plan provisoire des « Scènes de la vie privée » qui font partie des *Études de mœurs* négociées avec l'éditeur Spachmann, Balzac note : « 4e volume Histoire d'un ménage… Mémoire d'une jeune mariée[2] ». Il promet sa publication à François Buloz pour la *Revue de Paris*[3]. Une autre note, sur le manuscrit *Pensées, sujets, fragments*, indique qu'il envisageait une sorte de diptyque : « À faire […] en suite des *Mémoires d'une jeune*

---

1. Voir Documents, p. 450-462.
2. *Pensées, sujets, fragments*, Lov. A 182, f° 26.
3. *C*, II, p. 588.

femme, *Un mauvais ménage* (voir dans *Obermann* une ou deux pages où se trouve en germe le sujet de gens médiocres qui ne s'entendent pas)[1]. »

Mais quelques mois plus tard, dans une lettre du 16 janvier 1835, adressée à Mme Hanska, apparaît une autre idée :

> *Sœur Marie des Anges* est un *Louis Lambert* femelle. […] C'est une de mes moins mauvaises idées. Ce sont les abymes du cloître révélés ; un beau cœur de femme, une imagination exaltée, brûlante, tout ce qu'il y a de grand rapetissé par les pratiques monastiques, et l'amour divin le plus intense tué de manière que sœur Marie arrive à ne plus comprendre Dieu dont le goût et l'adoration l'ont amenée là (*LH*, I, p. 224).

Le manuscrit A 203, conservé dans le fonds Lovenjoul, présente, sous le titre *Sœur Marie des Anges*, deux fragments distincts d'un projet qui fait apparaître un étrange vieillard, autrefois débauché (f° 23). Dans la seconde esquisse (f° 24), il a l'air d'un « Lucifer à l'agonie », et il évoque pour ses interlocuteurs « une sainte, une femme adorée » qu'il dépeint « en quelques phrases avec une si suave poésie, dessinée rapidement en traits de feu, de façon à éblouir, à rendre idolâtre de l'inconnu[2] ». Il est toutefois difficile

---

1. Lovenjoul, A 182.
2. Roger Pierrot a transcrit les deux fragments dans le dernier volume de *La Comédie humaine* (*CH*, XII, p. 341-344).

de dire si ces fragments correspondent au projet cité le 16 janvier 1835 et si la sainte évoquée est sœur Marie des Anges.

Le 26 janvier 1835, Balzac évoque les *Mémoires d'une jeune mariée*, qui montreront « les derniers linéaments du cœur humain » (*LH*, I, p. 227), mais en mars, dans la préface de la seconde édition du *Père Goriot*, c'est le titre *Sœur Marie des Anges* qui réapparait : Balzac annonce sa parution dans les *Études philosophiques*, chez Werdet au mois d'octobre, et il indique même que ce roman occupera trois volumes ! Puis en août 1836, le projet initial reparaît et Balzac est bien décidé à écrire le premier volume de ce roman, du moins anticipe-t-il, comme il le fait souvent : « Pour pouvoir voyager, j'ai vendu et touché le prix des *Mémoires d'une jeune mariée* » (*LH*, I, p. 332). Il oscille donc pendant quelques mois entre les deux titres ou les deux projets, sans rien indiquer qui nous permette de préciser le lien entre les deux.

En juillet 1837, il trouve un nouveau souffle et l'idée d'un autre sujet : « J'ai conçu hier – écrit-il à Mme Hanska – un grand ouvrage par sa pensée, et petit par le volume, c'est un livre que je vais faire au plus tôt. Il sera intitulé d'un nom d'homme quelconque, comme *Jules ou le Nouvel Abeilard*. Ce sera les lettres de deux amants conduits à la vie religieuse par l'amour, un vrai roman héroïque à la Scudéry[1]. »

_____

1. Lettre à Mme Hanska, 8 juillet 1837 (*LH*, I, p. 519).

En septembre, il choisit un autre titre qui, cette fois, indique le choix de l'épistolarité : *Lettres de deux amants ou le Nouvel Abeilard* (*LH*, I, p. 403)[1]. Quelques jours plus tard, il précise son idée : « je prépare un ouvrage où les deux amants sont conduits par l'amour vers la vie religieuse[2]. » Le projet de 1837 rappelle la leçon de Séraphîtus-Séraphîta qui utilise l'amour pour engager Wilfrid et Minna sur la voie de Dieu. Le futur roman pouvait donc avoir sa place à côté de *Séraphîta* (paru en 1834). De fait, dans un nouveau plan pour les *Études philosophiques*, Balzac cite « Le nouvel abeilard / ou / sœur marie des anges[3] ». De ce projet, il ne subsistera en définitive dans *Mémoires de deux jeunes mariées* qu'une brève allusion au Paraclet fondé par Héloïse et Abélard.

L'année suivante, le 20 janvier 1838, Balzac revient en arrière et annonce à Mme Hanska : « Je vais me mettre à mes pièces de théâtre, et aux *Mémoires de deux jeunes mariées* ou à *Sœur Marie des Anges*, voilà pour le moment les deux sujets de prédilection » (*LH*, I, p. 434). Il s'agit donc de deux romans distincts mais qui constituent peut-être toujours un diptyque dans l'esprit de l'écrivain. Cette année-là,

---

1. De nombreuses traductions des lettres d'Abélard et Héloïse paraissent dans la première moitié du siècle, et Victor Cousin vient même de traduire des œuvres du philosophe (*Ouvrages inédits d'Abélard : pour servir à l'histoire de la philosophie scolastique en France*, 1836).

2. Lettre à Mme Hanska du 19 juillet 1837 (*LH*, I, p. 398).

3. Fonds Lovenjoul, A 39, f° 13.

le projet prend un tour de plus en plus mystique. En pensant à Héloïse, Balzac s'exalte et le 5 juin 1838, il confie à Mme Hanska le projet d'un livre mystique sur l'amour :

> [...] nul n'a décrit les jalousies hors de propos, les craintes insensées, ni la sublimité du don de soi-même ; enfin je veux terminer ma jeunesse par toute ma jeunesse, par une œuvre en dehors de toutes mes œuvres, par un livre à part, qui reste dans toutes les mains, sur toutes les tables, ardent et innocent, avec une faute pour qu'il y ait un retour violent, mondain et religieux, plein de consolations, plein de larmes et de plaisirs ; et je veux que ce livre soit sans nom, comme *L'Imitation [de Jésus-Christ]* (*LH*, I, p. 453).

Le 8 août 1838, il développe un peu plus son projet :

> Je suis en ce moment en train de faire une portion de mon livre d'amour qui sera détachée, je veux bien peindre une âme de jeune personne avant l'invasion de cet amour qui la conduira au couvent, j'ai trouvé juste de lui faire abhorrer les Carmélites où elle reviendra, au commencement de sa vie où elle désire le monde et ses fêtes (*LH*, I, p. 462).

Il est enthousiasmé à l'idée d'écrire l'histoire d'une passion qui tourne à la religion et, en novembre 1839, le roman a encore cette orientation : « Enfin, épuisé par tant de luttes, je vais me livrer à cette délicieuse composition de Sœur Marie-des-Anges, *l'amour humain conduisant à l'amour divin*[1]. »

Mais le roman réalisé est bien loin de ce livre mystique. Toutefois, l'étape de 1838-1839 est déjà un tournant : ce n'est plus le couple mystique qui intéresse Balzac, mais la femme exaltée au milieu d'un monde conquis par l'esprit positif. Ce sera une histoire unique mais à deux temps : l'héroïne quitte les Carmélites car elle désire le monde, puis elle y reviendra, conduite par un amour profond qui ne peut se satisfaire dans la société.

Balzac en vient alors tout doucement, à partir d'août 1838, à imaginer une nouvelle forme de roman, parce que la jeune fille innocente, sortant du couvent, peut porter un regard neuf sur la société : « Comme elle a été 8 ans au couvent, elle arrive à Paris comme le Persan de Montesquieu, et je lui ferai juger et dépeindre le Paris Moderne par la puissance de l'idée au lieu de se servir de la méthode dramatique de nos romans[2]. » L'héroïne sera un témoin privilégié et ce sera sa vision du monde qui sera exposée dans ses mémoires. Balzac se détourne alors du roman philosophique pour tenter une nouvelle scène de la vie privée, sans narrateur omniscient cette fois, mais avec le point de vue original de la novice dans le monde. L'étude philosophique vire à l'étude de mœurs.

Le 15 octobre 1838, il annonce à Mme Hanska qu'il a écrit vingt-cinq pages de son « livre d'amour ».

---

1. Lettre à Mme Hanska, 2 novembre 1839 (*LH*, I, p. 494).
2. Lettre à Mme Hanska du 8 août 1838 (*LH*, I, p. 462).

Au mois de novembre, il vend son roman à l'éditeur Hippolyte Souverain, et il estime que la parution peut être envisagée pour la fin du mois de mai 1839. Cependant, comme c'est souvent le cas après la vente de ses romans, Balzac tarde à remettre son travail et son éditeur le relance. Il réclame *Sœur Marie des Anges* le 3 septembre 1839 (*C*, II, p. 557). Balzac remet à l'imprimeur quelques pages au début de 1840, et le 20 janvier il annonce par anticipation qu'il « termine » *Sœur Marie des Anges* (*LH*, I, p. 501).

Mais la maturation du roman n'est pas achevée. On le voit dans la lettre qu'il adresse à Mme Hanska, moins d'un mois plus tard, le 14 février 1840 : « J'ai aussi sous presse un roman par lettres que j'intitulerai je ne sais comment, car *Sœur Marie-des-Anges* est trop long, et ce ne serait que la première partie » (*LH*, I, p. 506). Il est question d'épistolarité, mais Balzac n'en dit pas davantage. Le 27 février, Hippolyte Souverain parle, quant à lui, des *Mémoires d'une jeune fille* (*C*, I, p. 683). Sans doute Balzac abandonne-t-il, en ce début d'année 1840, l'idée d'un retour de sa jeune fille au couvent où elle devait devenir (dans un second temps) sœur Marie des Anges. Les premières pages de l'œuvre étant déjà parties à l'imprimerie vers l'été 1839[1], l'allusion à sœur Marie

---

1. Voir la sommation d'huissier à Souverain, à la demande de Balzac, datée du 8 août 1840. Elle indique que l'éditeur tarde à faire paraître *Béatrix* et *Pierrette*, et que de surcroît il « existe, depuis un an, chez Porthmann, imprimeur, environ

des Anges, au début de l'œuvre, subsistera dans l'édition originale[1].

Quoi qu'il en soit, cette fois, en 1840, l'histoire est définitivement recentrée sur la vie de l'héroïne dans le siècle et sur un amour hors normes. C'est peut-être parce qu'il a déjà traité de l'amour mystique, à la fois dans une étude philosophique (*Séraphîta*) et dans une scène de la vie privée (*Le Lys dans la vallée*), que Balzac préfère analyser un autre type d'amour : un sentiment qui serait en lui-même un absolu. Louise sera une sorte de Balthazar Claës de l'amour, une fanatique de la passion. Elle mourra de son exigence folle, sans retour au couvent, contrairement à ce qui était prévu pour sœur Marie des Anges. Balzac hésite désormais entre deux titres, qui tous deux manifestent bien la réorientation du projet : *Mémoires d'une jeune fille*, ou *Mademoiselle de Chaulieu*[2].

Mais un dernier rebondissement important intervient encore un peu plus tard, lorsque Balzac introduit la seconde narratrice, Renée, avec la lettre V. En effet dans la préface datée de mai 1840 (voir p. 464), le romancier envisageait de ne donner que plus tard « toutes les réponses de Renée ». Le roman

---

huit feuilles, sans que le sieur Souverain les ait fait imprimer » (*C*, I, p. 798).

1. « Dis-moi plutôt, me demanderas-tu, comment tu es sortie de ce couvent où tu devais faire ta profession sous le nom charmant de *sœur Marie des Anges* ! » (*CH*, I, p. 20). Balzac corrige dans l'édition Furne : voir note 2, p. 59.

2. Fonds Lovenjoul, dossier A 159, f° 2.

d'abord centré sur Louise ne devient donc que tardivement un roman vraiment bicéphale, avec son titre définitif, *Mémoires de deux jeunes mariées*, qui fait son apparition en octobre 1840, dans une lettre à Hippolyte Souverain, au moment où celui-ci réclame « les bonnes feuilles […] 5, 6, 7 des *Mémoires de deux jeunes mariées* » (*C*, I, p. 837). Malgré toutes ces transformations, Balzac continue toutefois, pendant quelques mois, à désigner encore son roman par son ancien titre : *Sœur Marie des Anges*.

Enfin, pour créer un crescendo dans la folie d'amour de Louise, Balzac introduit une seconde idylle, à une étape avancée de son travail, en 1841, ce qui explique qu'elle soit peu développée et aboutisse un peu brusquement au dénouement dramatique.

La publication (1841-1842)

La préparation du roman a beaucoup tardé à cause des hésitations de Balzac, mais aussi de sa manière de travailler sur plusieurs projets à la fois : les années 1834-1841 sont très fécondes. Le retard tient aussi à ses relations tendues avec Hippolyte Souverain. Le romancier et l'éditeur s'accusent mutuellement de retard, Balzac envoie même l'huissier à Souverain en août 1840[1], avant de trouver un accord. Le roman est finalement prêt à la fin de 1841, et le 10 novembre,

_____

1. Voir note 1, p. 396.

Hippolyte Souverain autorise sa publication en feuilleton dans le quotidien *La Presse* d'Émile de Girardin. Celui-ci avait lancé, en 1836, la mode des romans publiés en plusieurs livraisons, en donnant par tranches, entre octobre et novembre, *La Vieille Fille* de Balzac, non pas en « feuilleton » (c'est-à-dire en bas de page) mais en page 3 sous le titre « Variétés ». Dès lors, Balzac publiera ses romans à la fois en feuilleton et en volume. L'habitude est déjà bien établie lorsque paraissent de la sorte les *Mémoires de deux jeunes mariées*.

Par souci de bienséance, *La Presse* fait subir au texte de Balzac quelques corrections pour éviter des termes trop sensuels ou prosaïques (téter, jouissance, volupté…). Le roman paraît en trois livraisons : la première partie (lettres I à XXV) du 26 novembre au 6 décembre 1841 ; la seconde partie (lettres XXVI à XLVII) du 27 décembre au 3 janvier 1842 ; la troisième partie (lettres XLVIII à LIX) du 9 au 15 janvier. L'œuvre n'a alors ni préface, ni dédicace, ni date finale.

L'édition originale en deux volumes sort en janvier 1842. Elle ne suit pas les censures de *La Presse*. Balzac ajoute une préface avec l'indication « Aux Jardies, mai 1840 ». Il respecte la tradition du roman épistolaire qui s'était développée au XVIIIe siècle : dans sa préface, il feint de n'être qu'un intermédiaire qui révèle des lettres retrouvées dont il n'est pas l'auteur. Il ajoute aussi une dédicace à George Sand avec l'indication « Paris, juin 1840 ». La romancière reçoit son exemplaire dédicacé qui porte la date manuscrite du

20 janvier 1842[1], preuve de la sortie du livre avant la fin de ce mois alors que la *Bibliographie de la France* ne l'enregistre qu'en mai 1842.

La seconde édition du roman est celle du 3 septembre 1842, dans *La Comédie humaine*, chez l'éditeur-libraire Charles Furne, chargé de la publication des *Œuvres complètes* de Balzac. Le roman est placé en tête du tome II, dans les « Scènes de la vie privée » qui ouvrent les *Études de mœurs* (l'une des trois principales divisions de la *Comédie humaine*, avec les *Études philosophiques* et les *Études analytiques*). Balzac a modifié pour cette édition la composition de son roman, passant de trois parties à deux. La seconde partie (qui correspond à l'idylle de Louise avec Marie Gaston) est nettement plus courte (un quart du roman) que la première. Balzac ôte la préface, mais conserve la dédicace datée. Il ajoute à la fin du roman une date, absente de l'édition originale : « Paris, 1841 ».

Sur son exemplaire de l'édition Furne (conservé dans le fonds Lovenjoul sous la cote A 18, et publié en fac-similé en 1965), Balzac effectue encore quelques modifications pour une réédition ultérieure qui ne verra pas le jour de son vivant. C'est alors qu'il remplace l'amant de la duchesse de Chaulieu, Saint-Héreen par le poète Canalis, un personnage secondaire qui reparaît dans plusieurs romans. C'est le poète à la mode dans *Illusions perdues*, où on le voit courtiser la duchesse de Chaulieu.

---

1. Exemplaire conservé dans le fonds Lovenjoul, B 988-989.

UNE HISTOIRE DE FEMMES

Balzac avait deux sœurs dont les unions connurent des fortunes diverses. Il était resté particulièrement lié à Laure, au-delà de son mariage avec Eugène Surville : il lui dédie *Les Proscrits* (à l'« Alma sorori ») en 1835 et *Un début dans la vie*, en 1844 ; elle collabore brièvement aux *Mémoires de deux jeunes mariées*[1]. Balzac avait été initié aux arcanes du cœur féminin par Mme de Berny, la Dilecta[2], qui inspira en partie le personnage d'Henriette de Mortsauf, et il avait par ailleurs de nombreuses amies mariées ou séparées. La plupart d'entre elles n'étaient pas du tout des femmes dociles dans le mariage, et elles avaient plutôt le tempérament audacieux de Louise que celui de la prudente Renée. Citons le cas de la fougueuse et passionnée duchesse d'Abrantès, une Merveilleuse sous la Révolution, épouse très éprise du général Junot, qui n'hésitait pas à tenir tête à l'Empereur, à

---

1. Sur ce point, voir Documents, p. 450.
2. Il noue avec elle une liaison en 1822 et elle restera sa conseillère jusqu'à la fin de sa vie en juillet 1836.

recevoir des ennemis puis à devenir la maîtresse de
Metternich. Citons encore la duchesse de Castries
qui défraya la chronique par sa liaison avec le jeune
Victor de Metternich dans les années 1820. Balzac,
qui ne détestait pas les insoumises, avait noué une liaison platonique avec elle en 1832. Mme Hanska n'était
pas moins audacieuse que les autres. C'est dire que
Balzac avait dans son entourage, sans qu'il soit possible d'y trouver le modèle de Louise, bon nombre de
femmes résolues et passionnées. Quant à la question
du mariage, lui-même se l'était posée, déjà deux fois,
en 1832, jetant son dévolu sur deux de ses connaissances, Éléonore de Trumilly et Caroline Deurbroucq[1].
Mais il avait échoué.

Parmi ses amies, deux femmes eurent un rôle plus
particulier dans la genèse du roman : George Sand,
bien connue pour son féminisme depuis la parution
d'*Indiana* (1832) et de *Lélia* (1833), et qui commen-
cera la rédaction de *Consuelo* en décembre 1841 ;
Zulma Carraud, une amie d'enfance.

---

1. Mme Balzac ainsi que Mme de Berny avaient tout particulièrement encouragé le mariage avec la seconde fille du baron
de Trumilly, un émigré récompensé par Louis XVIII, ami de la
famille de surcroît, et dont la fille pouvait apporter à Balzac une
fortune confortable.

La visite de 1838 à George Sand

Pendant un séjour près d'Issoudun, au château de Frapesle, où résident les Carraud, Balzac rend visite au « camarade » Sand à Nohant, où il séjourne du 24 février au 2 mars 1838. Il s'était rapproché de la romancière après avoir rompu lui-même avec Jules Sandeau, dont elle avait été l'amante et la collaboratrice. Balzac l'avait rencontrée lorsqu'elle était venue vivre à Paris avec lui. Mais elle avait finalement congédié Sandeau, et l'écrivain avait recueilli rue Cassini le jeune homme éploré, qui était devenu son secrétaire. Il lui fallut bientôt reconnaître à son tour la paresse de Sandeau qui, prenant peur devant sa puissance de travail, avait préféré s'enfuir en 1836, en laissant ses dettes à son protecteur. Dans *Mémoires de deux jeunes mariées*, Louise s'accommodera fort bien et des dettes et de la paresse de Marie Gaston, ainsi plus disponible pour son épouse et bienfaitrice.

George était républicaine, Balzac monarchiste, tout aurait dû les séparer. Mais l'échange est d'autant plus stimulant. Le récit de sa visite, que Balzac fait à Mme Hanska[1], le 2 mars, dès son retour à Frapesle, montre tout l'intérêt qu'il a pris aux discussions avec la romancière féministe, dont il n'avait pourtant pas apprécié le roman épistolaire *Jacques*[2]. La lettre éclaire

---

1. Lettre du 2 mars 1838 (*LH*, I, p. 440-442 ; voir Documents, p. 447-450).

2. Voir Préface, p. 35.

l'importance de cette visite dans la genèse du roman ainsi que le choix, plusieurs années après, de dédicacer l'œuvre à George Sand[1]. En effet, avec cette femme, qu'il trouve très « garçon » et « artiste », Balzac peut discuter librement : « elle a les traits de l'homme, *ergo* elle n'est pas femme. » Et la lettre à Mme Hanska indique qu'ils discutèrent « avec un sérieux, une bonne foi, une candeur, une conscience, dignes des grands bergers qui mènent les troupeaux d'hommes, les grandes questions du mariage et de la liberté ». Deux ans plus tard, Balzac avouera à Mme Hanska s'être inspiré de George Sand pour le personnage de la romancière aux mœurs libres, Camille Maupin, dans *Béatrix* (1839)[2]. Louise de Chaulieu en a aussi quelque peu le tempérament, et elle finira d'ailleurs par écrire avec le jeune Marie Gaston, sans avoir le talent toutefois d'une Camille Maupin ou de George Sand, s'étant plutôt illustrée jusqu'à ce point du roman sur le champ de bataille de l'amour.

Après la *Physiologie du mariage* (1829), la conversion légitimiste de Balzac n'avait pas diminué l'intérêt du romancier pour la question du mariage, bien au contraire, elle devient tout à fait centrale dans sa pensée sociale, et bon nombre de romans rédigés dans les années où il réfléchit sur les futurs *Mémoires de deux jeunes mariées* relatent les difficultés du mariage et des couples désunis ou mal unis. *Le Contrat*

---

1. Voir Documents, p. 447-450.
2. Lettre à Mme Hanska, février 1840 (*LH*, I, p. 502).

de mariage (1835) raconte l'échec d'une union dominée par deux femmes (la mère et la fille), et *Le Lys
dans la vallée* (1836) les conséquences terribles d'un
mariage mal équilibré, qui laisse à la femme le rôle
de l'homme, la charge d'un domaine aristocratique
et la conduite de sa famille. Dans sa lettre du 2 mars
1838 à Mme Hanska, Balzac résume la conception
du mariage qu'il a exposée à George Sand pendant
son séjour : « nous avons causé toute une nuit sur ce
grand problème. Je suis tout à fait pour la liberté de
la jeune fille et l'esclavage de la femme, c'est-à-dire
que je veux qu'avant le mariage, elle sache à quoi
elle s'engage, qu'elle ait étudié tout, puis que, quand
elle a signé le contrat, après en avoir expérimenté les
chances, elle y soit fidèle [...]. »

Pour sa part, séparée de son mari, échaudée par sa
liaison avec Sandeau et encore plus par son aventure
avec Musset (1833-1835), George vit dans sa retraite,
« condamnant à la fois le mariage et l'amour parce
que dans l'un et l'autre état, elle n'a eu que des déceptions ». Sans doute aurait-elle renvoyé dos à dos Louise
et Renée. Balzac a donc bien choisi le roman-débat qu'il
décide de lui dédicacer, trois ans plus tard, et peut-être
la romancière y est-elle pour quelque chose lorsqu'il
décide de réinventer l'épistolarité en un sens totalement
critique et de confronter les deux points de vue.

Zulma Carraud et la maternité

Parmi les amitiés féminines de Balzac, Zulma, une amie de sa sœur Laure, occupait une place bien à part. Elle correspondait à un tout autre modèle de femme, en contrepoint par rapport aux Parisiennes que fréquentait le romancier. Zulma avait des talents d'enseignante, qu'elle exerçait auprès des enfants, elle écrira par la suite pour eux des livres. Elle était cultivée et donnait souvent à Balzac son avis sur ses œuvres, échangeant avec lui une abondante correspondance. Le romancier séjourna plusieurs fois dans la famille Carraud, en particulier au château de Frapesle (en 1834, 1835 et 1838). Zulma menait dans ces années-là une vie tranquille en province, avec le commandant François-Michel Carraud, qui avait été prisonnier six ans des Anglais (Louis de l'Estorade a été aussi prisonnier), et dont la carrière s'était ensuite déroulée sans éclat. Elle se consacrait entièrement à ses enfants. Il n'est donc pas impossible qu'elle ait fourni quelques traits au personnage de Renée, bien que sa condition sociale fût assez différente. En effet, le mariage de Renée, du fait de son appartenance à une petite noblesse, lui impose des devoirs plus stricts : il ne s'agit pas simplement de construire une famille heureuse et harmonieuse, mais d'assurer son ascension sociale jusqu'aux sphères les plus élevées, en constituant en particulier un majorat. Cependant, les confidences attendrissantes de Zulma sur ses enfants, en particulier dans sa lettre du 21 novembre 1835 (voir p. 445), ont sans doute aidé Balzac à inventer la passion maternelle de Renée, et les détails précis des soins donnés aux enfants.

Toutefois, malgré les emprunts à des personnes réelles qu'on peut soupçonner, Balzac n'écrit jamais de roman à clés. Souvenons-nous de ses confidences sur le processus de création, dans la préface du *Cabinet des Antiques* (1839) : « La littérature se sert du procédé de la peinture, qui pour faire une belle figure prend les mains de tel modèle, le pied de tel autre, la poitrine à celui-là. L'affaire du peintre est de donner la vie à ces membres choisis et de la rendre probable. S'il vous copiait une femme vraie, vous détourneriez la tête » (*CH*, IV, p. 562).

Balzac et le féminisme

Si le mot « féminisme » n'existe pas encore à l'époque où Balzac écrit, toutefois la condition des femmes est devenue une question d'actualité. Depuis la Révolution les revendications des femmes se sont fait entendre dans l'espace public. Des révolutionnaires célèbres ont réclamé l'égalité juridique des femmes et des hommes, comme Olympe de Gouges et Théroigne de Méricourt. Des femmes comme Mme Roland et Charlotte Corday ont laissé leur nom dans l'histoire, d'autres comme Mme de Staël, Marceline Desbordes-Valmore puis George Sand ont conquis une place dans le monde des lettres. Il devient de plus en plus difficile d'occulter leur rôle dans la vie sociale et même dans la vie politique, qu'elles animent grâce aux salons comme le fit Mme Roland. Si les révolutionnaires, effarouchés par l'ardeur de certaines d'entre elles, n'ont pas voulu les admettre dans l'arène politique (la Convention interdira même les clubs de femmes), toutefois la Constituante leur a accordé l'émancipation civile en décrétant l'égalité des droits aux successions. La Constitution de 1791 a fixé de la même manière la majorité civile des hommes et des femmes et les filles sont libérées de la tutelle paternelle (elles peuvent se marier ou non à leur guise) et de la tutelle maritale. Les lois de septembre 1792 sur l'état civil et le divorce traitent à égalité les deux conjoints, et de surcroît le divorce peut être prononcé pour simple incompatibilité d'humeur et par consentement mutuel.

Malheureusement, en 1804, le code Napoléon est revenu sur ces avancées. Si la jeune fille peut se marier sans le consentement de son père à sa majorité, par contre l'article 1124 affirme sans ambiguïté l'infériorité juridique de la femme mariée : « Les personnes privées de droits juridiques sont les mineurs, les femmes mariées, les criminels et les débiles mentaux. » En 1816, la Restauration supprime le divorce[1]. Balzac dénonce souvent le sort fait aux femmes, à une époque où le mariage (indissoluble) est une affaire d'argent (la jeune fille apporte une dot) et ne laisse d'autre issue aux femmes mal mariées que l'adultère.

---

1. Il ne sera rétabli qu'en 1886.

Balzac écrit dans un contexte où de plus en plus de voix s'élèvent pour condamner le mariage tel qu'il est pratiqué : dans *De l'amour*, Stendhal, un écrivain qu'il admire, dénonce « cette prostitution légale », qui amène la jeune fille à se mettre au lit avec un homme qu'elle n'a vu que deux ou trois fois, ce qui offense plus la pudeur que de céder à un amant bien-aimé[1]. Profitant des revendications saint-simoniennes et du nouvel élan donné au féminisme par la révolution de 1830, la journaliste et écrivaine Claire Démar lance l'*Appel d'une femme au peuple sur l'affranchissement de la femme*, en 1833, l'année même de la parution de *Lélia*, et un an après la publication de *Valentine*, où on lit cet anathème : « Ô abominable violation des droits les plus sacrés ! infâme tyrannie de l'homme sur la femme ! Mariage, institutions, haine à vous ! haine à mort[2] ! »

Balzac est parfaitement informé de la montée du féminisme ; il est bien conscient aussi que la situation des femmes s'est nettement dégradée au XIXe siècle, comme il le montre dans *Mémoires de deux jeunes mariées*, parce que la liberté des mœurs aristocratiques n'est plus concevable dans une société embourgeoisée. Le temps de la princesse de Vaurémont, qui fera encore rêver les écrivains de la seconde moitié

---

1. Stendhal, *De l'amour*, Librairie universelle de P. Mongie, Paris, 1822, livre I, chap. XXI, p. 79.

2. George Sand, *Valentine*, Paris, Henry Dupuis imprimeur-éditeur, 1832, II, chap. XXII, p. 35.

du siècle[1], n'est plus : « les duchesses s'en vont, et les marquises aussi ! » écrit Balzac en 1840, dans *La femme comme il faut*. De fait Louise meurt et Renée devient comtesse. « Quant à la grande dame, ajoute Balzac dans son article, elle est morte avec l'entourage grandiose du dernier siècle[2]. » La femme élégante et souveraine, capable à la fois de tenir son rôle familial et social et de mener une vie amoureuse indépendante, est inconcevable à une époque où on attend surtout d'elle qu'elle soit *convenable*. Une simple voiture aux armoiries visibles stationnant devant l'hôtel particulier d'un homme suffit à faire un scandale épouvantable dans *La Duchesse de Langeais*. Dans *Mémoires de deux jeunes mariées*, on ne rejoint surtout pas son amoureux lorsqu'il pleut !

Que reste-t-il aux femmes mal mariées ? La souffrance d'une Henriette de Mortsauf ou l'adultère et ses drames comme dans *La Femme de trente ans*, et bien sûr la soumission complète, la sublimation dans la maternité. Renée en fait l'expérience mais elle ne peut pas toujours s'empêcher de crier sa douleur : « Pourquoi la Société prend-elle pour loi suprême de sacrifier la Femme à la Famille en créant ainsi

---

1. Voir Barbey d'Aurevilly, dans *Une vieille maîtresse* (1851), où la marquise de Flers, grand-mère d'Hermangarde de Polastron, semble inspirée de Mme de Vaurémont ; Edmond et Jules de Goncourt, *La Femme au xviiie siècle* (1862) ; Arsène Houssaye, *Les Femmes du temps passé* (1863).

2. Article publié dans *Les Français peints par eux-mêmes*, Ernest Meissonnier (dir.), Paris, L. Curmer, 1840, t. I, p. 30.

nécessairement une lutte sourde au sein du mariage ?
[...] Les lois ont été faites par des vieillards [...] ;
ils ont bien sagement décrété que l'amour conjugal
exempt de passion ne nous avilissait point, et qu'une
femme devait se donner sans amour une fois que la loi
permettait à un homme de la faire sienne » (p. 194).

Peu de femmes tirent leur épingle du jeu dans *La
Comédie humaine*, comme la duchesse de Chaulieu,
fidèle à une seule liaison – avec un poète – ou Diane
de Maufrigneuse, qui significativement bénéficie
d'une sorte de rédemption sociale, grâce à un auteur
célèbre (d'Arthez, double de Balzac dans *La Comédie
humaine*), l'écrivain faisant partie des nouvelles légiti-
mités du siècle (dans l'esprit du romancier). Par contre,
dans *Béatrix*, l'écrivaine aux mœurs libres, Félicité
des Touches (alias Camille Maupin), qui a quelques
traits de George Sand et qui n'est sous la protection
d'aucun grand écrivain, ne réussit pas sa vie, elle finit
dans un couvent et elle est obligée de constater que la
femme « n'est égale à l'homme qu'en faisant de sa vie
une continuelle offrande, comme celle de l'homme est
une perpétuelle action » (*CH*, II, p. 841). On ne saurait mieux dire. La femme doit faire don de soi dans
le mariage. Elle n'a droit au bonheur que par procuration, ce qu'accepte Renée. C'est dans ce contexte
d'un retour en arrière de la condition féminine, sous
la Restauration, qu'il faut situer l'histoire de Louise :
elle passe par-dessus toutes les lois et les règles qui
depuis 1804, de l'Empire au règne de Louis XVIII,
ont corseté la vie des femmes. Dans un siècle qui veut

oublier la Révolution, elle semble refaire 1792 dans sa vie privée, surtout lorsqu'elle choisit Marie Gaston, ce que n'aurait vraisemblablement pas fait une Mme de Vaurémont. Louis-Philippe *replâtre* la société[1] pour éviter une subversion, en mêlant un peu de monarchie et un peu d'idées nouvelles ; Louise s'insurge contre toutes les contraintes. La passion apparaît alors comme un sentiment antisocial, et c'est ce point qui gêne généralement Balzac dans les excès de l'amour, non l'amour en lui-même.

Ainsi en 1836, *Le Lys dans la vallée* montre les effets positifs que peut avoir un amour bien orienté. La passion de Félix pour Mme de Mortsauf le soutient dans sa conquête sociale (comme Mme de Berny avait soutenu Balzac), non seulement parce qu'il profite des relations de sa bien-aimée et bénéficie des leçons politiques qu'elle lui prodigue, mais aussi parce qu'elle lui insuffle une énergie, le désir de se réaliser pour lui rendre hommage, comme autrefois un chevalier à sa dame. Même du côté féminin, la sublimation de l'amour en mystique du sentiment pur procure d'abord à Mme de Mortsauf un véritable épanouissement de sa féminité. Frustrée des jouissances de la sensualité par un mari malade et une foi religieuse, la sainte de Clochegourde apparaît davantage comme une pauvre martyre (dès lors que Félix s'éloigne d'elle) que comme une pécheresse aux désirs coupables. Balzac

---

1. Dans *Béatrix*, Balzac parle du « replâtrage social de 1830 » (*CH*, II, p. 905).

avait même imaginé, dans une première version de la fin, une mort fort peu chrétienne de Mme de Mortsauf, criant dans son agonie son droit à la jouissance[1]. Si le dénouement du *Lys dans la vallée* est finalement modifié en un sens plus moral, et paraît montrer que la passion (qui conduit à la mort) met en péril la belle réussite de la famille et du domaine des Mortsauf, il n'en reste pas moins que toute la destinée d'Henriette ressemble à un plaidoyer contre l'injustice faite aux femmes. Elle est sacrifiée inutilement à cause des malheurs voire des erreurs d'un émigré aigri, d'un Mortsauf dont la syphilis, contractée dans sa jeunesse, condamne définitivement ses enfants à la maladie, sa famille au malheur. Dans *Mémoires de deux jeunes mariées*, un père égoïste (bien différent de la figure aimante esquissée dans un brouillon par Laure Surville, sans doute à la demande de Balzac[2]) fait le malheur de sa fille, vendue aux l'Estorade, contre la promesse que ceux-ci non seulement ne demanderont pas sa dot mais la porteront à son crédit par contrat.

Les critiques qui ont parfois attaqué avec virulence Balzac à la parution du roman pour son immoralité, comme le catholique et légitimiste Paul de Molènes[3],

---

1. Il modifie finalement le dénouement sur les conseils de Mme de Berny, sa première égérie et protectrice, qui avait rempli auprès de lui un rôle similaire à celui de l'héroïne romanesque auprès de Félix (voir *Le Lys dans la vallée*, éd. cit., p. 548 à 549).
2. Documents, p. 450-454.
3. Documents, p. 468-476.

ne s'y sont pas trompés. Le roman n'est pas orthodoxe par rapport aux idées catholiques, et que Bonald y soit cité ne change rien à sa dimension critique, d'autant qu'il est cité par Renée qui en détourne totalement le sens. L'idéal de Balzac, ce n'est ni Louise, ni Renée[1]. Ces deux femmes sont comme les deux côtés malencontreusement séparés d'une même médaille. Amour et famille, maternité et épanouissement personnel, défense de l'individualisme et action sociale devraient se concilier et se tempérer mutuellement. Même si elle peut étonner voire déranger les féministes de notre temps, la position de Balzac – et je ne dis pas « le féminisme » de Balzac – est pragmatique et adaptée à son époque.

Mais cette position, dans *Mémoires de deux jeunes mariées*, on ne peut la déduire que des échecs relatés, qui sont tantôt dus à un excès de passion égoïste, tantôt à un excès d'arrivisme social. Balzac n'introduit pas dans son roman un modèle idéal qu'il proposerait à l'imitation. Romancier des drames, sociologue avant la lettre, il crée des fictions qui interrogent le réel et non des utopies. Dans sa vie privée, il lui arrive d'énoncer sans nuance son opinion[2]. Éducation par l'expérience de la jeune fille, puis soumission car

---

1. Ye Young Chung considère leur dialogue épistolaire « comme une espèce de tâtonnement vers un discours au féminin » (*L'Année balzacienne*, 2005, p. 324).

2. Lettre à Mme Hanska, 2 mars 1838 (*LH*, I, p. 586). Citée ci-dessous, p. 447.

l'harmonie sociale nécessite la hiérarchie : cette pensée n'empêche toutefois pas Balzac de déplorer la situation de la femme lorsque la hiérarchie ne joue pas son rôle et la brise au lieu de l'élever, ce qui est le cas le plus courant dans *La Comédie humaine*, à cause de mariages mal conçus. Arlette Michel résume ainsi les opinions de Balzac : « Contre le mariage moderne, dérisoire et tyrannique, contre les hasards de l'émancipation, il proteste au nom d'un idéal : d'une liberté conquise dans le mariage qui serait vécu par la femme comme un état de perfection[1]. »

Il a été souvent attaqué pour immoralité parce qu'il paraît compatissant avec les femmes adultères, avec les femmes libres qui se heurtent à la société, ou avec les femmes qui rusent avec les lois et les règles, comme Renée retournant habilement la soumission en domination : « Mon mariage ne sera pas une servitude, mais un commandement perpétuel » (p. 152). Dans ses candidatures à l'Académie française, bien-pensante, Balzac n'a jamais recueilli beaucoup de voix. Inversement les femmes de son temps ont été plus sensibles à son attention bienveillante qu'à son esprit conservateur qui refuse absolument l'égalité entre les deux sexes. Ainsi dès 1832, Zulma Carraud lui écrit : « Vous avez une intelligence du cœur de la femme qui jamais ne fut donnée à aucun autre homme[2]. »

---

1. *Le Mariage chez Honoré de Balzac*, Paris, Les Belles Lettres, 1978, p. 131.

2. Lettre de Zulma Carraud, 16 juin 1832 (*C*, I, p. 543).

LE « REPLÂTRAGE SOCIAL DE 1830 »

À quelques rares exceptions près, toutes les œuvres qui composent *La Comédie humaine* ont été écrites après la révolution de 1830 et portent tantôt sur la Restauration, tantôt sur la monarchie de Juillet. Les *Mémoires de deux jeunes mariées* débutent en septembre 1823, à la fin du règne de Louis XVIII (juillet 1815-septembre 1824), et se terminent sous le règne de Louis-Philippe. À partir de la lettre IX (décembre 1824), dans laquelle Renée annonce son mariage, le roman se déroule sous le règne de Charles X (16 septembre 1824-2 août 1830). Macumer meurt en 1829 (lettre XLVI), puis le roman franchit plusieurs années, la révolution de 1830, dont rien n'est dit, et la deuxième partie commence en 1834. Il s'achève en 1841, après la loi qui programme la disparition des majorats (1835). Or, dans l'esprit de Balzac, le majorat, malgré les difficultés qu'il pose pour l'établissement des cadets et le mariage des filles, est le fondement de la famille noble. Celle-ci, pour subsister, doit réfréner en son sein l'individualisme et assurer financièrement son assise sociale.

La famille de l'Estorade retourne sa veste et se rallie au nouveau pouvoir par intérêt. Or, Renée détourne l'institution du majorat dans un esprit bourgeois. Son seul souci est d'assurer l'avenir matériel de sa famille : elle compte beaucoup et souvent, jusque dans sa dernière lettre à Louise. Quant à Louise, son individualisme s'exacerbe. Elle s'isole pour vivre égoïstement son amour, à l'écart de la vie sociale.

La mystique théocrate de Bonald (défendue dans l'Avant-propos de *La Comédie humaine*) s'accorde mal avec des mœurs bourgeoises ! Renée s'en réclame tout en la trahissant au profit d'un enrichissement platement matérialiste, et l'individualisme ayant gagné l'aristocratie la plus haute, Louise préfère à Bonald d'autres lectures plus modernes.

1789 et 1830 : les droits de l'Envie

Balzac appartient à une France nouvelle, issue de la Révolution, où chacun se lance vers une condition meilleure, stimulé en cela par l'individualisme triomphant. De nombreux romans de *La Comédie humaine* – comme *Le Père Goriot* ou *Illusions perdues*, pour ne citer que les plus connus – racontent les désirs d'enrichissement et d'ascension sociale qui partent parfois du plus bas de la société. L'aristocratie aussi participe à ce mouvement. Dans *Mémoires de deux jeunes mariées*, ce sont deux familles nobles qui luttent, l'une pour récupérer sa position et sa fortune (les Chaulieu), l'autre pour s'élever (les l'Estorade). Toutes deux sont issues de l'aristocratie d'Ancien Régime mais n'y occupaient pas la même position. Les Chaulieu appartiennent au faubourg Saint-Germain : ils ont leur hôtel dans l'actuel VIIe arrondissement de Paris, très prisé de l'aristocratie au XIXe siècle, et ils seront bénéficiaires du « million des émigrés », cette loi de 1825 qui accorde un dédommagement aux nobles spoliés par la Révolution. Louise regagne l'hôtel familial, en 1823, à un moment où le duc attend avec impatience cet argent pour restaurer la demeure. Le couple de l'Estorade vit bien plus modestement en province et Louis, ayant pris part aux guerres napoléoniennes au lieu d'émigrer, n'attend rien de la loi de 1825.

Si le roman porte en partie sur la Restauration, le temps de l'écriture explique sa tonalité désenchantée : Balzac écrit à un moment où la monarchie de Juillet est suffisamment avancée pour que les effets de ce régime, héritier de 1789, soient sensibles. Dans *Béatrix*, il affirme que la Révolution – hormis l'intermède de l'Empire – ne s'est jamais arrêtée :

> Dès qu'une nation a très impolitiquement abattu les supériorités sociales reconnues, elle ouvre des écluses par où se précipite un torrent d'ambitions secondaires dont la moindre veut encore primer [...]. En proclamant l'égalité de tous, on a promulgué la *déclaration des droits de l'Envie*. Nous jouissons aujourd'hui des saturnales de la Révolution transportées dans le domaine paisible en apparence de l'esprit, de l'industrie et de la politique [...] (*CH*, II, p. 906).

Balzac a les accents de Tocqueville, bien qu'il n'ait guère apprécié ce penseur d'origine monarchiste qui affirmait que le mouvement démocratique serait inéluctable. L'un des grands ressorts du phénomène démocratique qu'étudiait l'historien dans les années 1835-1840, c'était le rôle de l'envie : il « anime les classes inférieures de France contre les supérieures[1] ». Tocqueville estime que l'esprit démocratique révolutionne les comportements privés et sociaux même si le régime politique ne manifeste pas encore ouvertement sa prédominance. Sous la plume de Balzac, l'Envie devient une allégorie révolutionnaire qui agit dans les mentalités et les mœurs.

Dans *La Vieille Fille* (1837), le narrateur soulignait le lien entre 1789 et 1830 en évoquant les espoirs révolutionnaires de Du Bousquier : « Pour lui l'avènement de la branche cadette était le triomphe de la Révolution. Pour lui, le triomphe du drapeau tricolore était la résurrection de la Montagne, qui, cette fois, allait abattre les gentilshommes » (*CH*, IV, p. 928). 1830 n'est pas une nouvelle révolution mais un achèvement : elle « a consommé l'œuvre de 1793 », écrira encore Balzac, en 1846, dans *La Cousine Bette* (*CH*, VII, p. 151). De fait, à ses yeux, la monarchie de Juillet a légitimé la primauté de l'argent et des intérêts privés sur la distinction aristocratique. La vie privée – qui est le sujet de l'étude de mœurs – manifeste les effets d'une histoire dégradée, qui n'a plus

---

1. *De la démocratie en Amérique*, t. 2, Paris, Gosselin, 1835.

de dimension collective. Balzac regrettait déjà cette évolution en 1834, dans *La Duchesse de Langeais* : tête du corps social autrefois, selon la métaphore de ce roman, l'aristocratie se referme sur ses intérêts et se laisse ainsi décapiter car elle renonce à affirmer sa prééminence par des actions au profit du pays. Les l'Estorade, qui capitalisent pour eux-mêmes, illustrent bien ce repli d'une aristocratie qui oublie ses devoirs nationaux et son rôle moteur.

La Révolution et l'histoire des mœurs

Dans l'Avant-propos de *La Comédie humaine*, Balzac dénigre l'histoire événementielle, ses « sèches et rebutantes nomenclatures de faits » (*CH*, I, p. 13), anecdotiques et en quelque sorte muettes. Il cherche *dans* la société la « raison de son mouvement », « le moteur social » (*CH*, I, p. 14). Il veut penser les constances, les régularités, dégager des lois historiques qui définissent une époque. Dans une moyenne durée, il cherche des connexions entre plusieurs sphères (l'économique, le social, le juridique, le politique) pour en saisir l'unité. C'est ainsi qu'un problème juridique – la loi sur les majorats – peut devenir le ressort d'une action au sein de la vie privée qui dévoile une dégradation socio-politique d'ensemble. Par leur exemplarité signifiante, les luttes de la vie privée acquièrent la dignité et la valeur de l'historique. Dans *Mémoires de deux jeunes mariées*, l'épistolarité permet d'entrer plus profondément dans les raisons qui motivent l'action des personnages et qui dévoilent l'évolution sociale.

Dans les sciences naturelles, la théorie de Geoffroy Saint-Hilaire – l'unité de plan et de composition – permettait d'expliquer la cohérence et la diversité de la nature ainsi que son évolution. Dans l'Avant-propos, Balzac en fait un modèle à la fois esthétique et épistémologique. En effet, s'il cherche, comme il le dit, « le sens caché » de l'immense « assemblage de figures, de passions et d'événements » (*CH*, I, p. 11), c'est pour *faire parler* l'époque, et trouver la loi de ses transformations. Ainsi peut-il pallier le « défaut de liaison » (observé dans l'œuvre de Scott), en créant, pour sa part, des personnages conçus comme de véritables figures du temps, dont il suggère la dimension allégorique : un sens, une philosophie se « cache » ou « se remue sous leur enveloppe » (*CH*, I, p. 21). Louise et Renée incarnent toutes deux, bien que de manière différente, le triomphe de l'individualisme. Leur histoire pose un problème de philosophie politique : quel est le meilleur principe qui puisse fonder le pouvoir politique ? Balzac réfléchit aussi à cette question dans la longue introduction qu'il rédige en 1842 pour *Catherine de Médicis*, l'une des études philosophiques de *La Comédie humaine* : « Le pouvoir est une *action*, et le principe électif est une *discussion*. Il n'y a pas de pouvoir électif possible avec la discussion en permanence » (*CH*, XI, p. 174). C'est sur ce point que pèche à ses yeux la monarchie de Juillet, qui a consacré le principe électif contre le principe d'autorité. Louis-Philippe est le descendant de la branche cadette des Bourbons, de Philippe Égalité, le régicide. Il est un oxymore vivant : le « roi-citoyen » (p. 319). Non seulement le « roi des Français » n'est pas issu de la branche légitime des Bourbons, mais de surcroît il est porté au pouvoir par une révolution, investi par la volonté nationale et populaire. La structure patriarcale de la société semble en être ébranlée jusque dans les familles. « Les peuples – écrivait Balzac dans *La Duchesse de Langeais* – aiment la force en quiconque les gouverne [...]. Une aristocratie mésestimée est comme un roi fainéant, un mari en jupon » (*CH*, V, p. 927). Dans les *Mémoires de deux jeunes mariées*, la défaillance de l'autorité se manifeste par des mariages mal assortis qui laissent le pouvoir entre les mains des femmes. L'égalité s'est introduite dans les couples et les femmes en profitent, même si certaines, comme Renée de l'Estorade ou Henriette de Mortsauf, savent diriger tout en gardant les apparences d'une soumission. Or, l'inégalité, du point de vue de Balzac, est un facteur de cohésion aussi bien dans le domaine social que dans les relations entre les sexes.

La défense de la famille :
majorats et contrats de mariage

Balzac a été clerc à dix-sept ans chez l'avoué Guillonnet-Merville, avant de passer dans l'étude du notaire Passez, et il s'est inscrit à la faculté de droit de Paris en 1816. Il a donc une connaissance de première main du droit, et la conscience de son importance dans la vie des familles, à une époque où le prestige social est davantage lié à la fortune qu'aux faveurs royales, même si le souverain peut reconnaître en dernier ressort une position sociale acquise, par l'octroi de fonctions : les postes obtenus par Louis de l'Estorade sanctionnent une évolution sociale et la confortent dans une dynamique en double sens qui associe étroitement l'argent et le pouvoir. Le droit est source de péripéties dans les romans balzaciens parce qu'il est révélateur de l'état social. C'est le cas de la constitution des majorats au centre de l'effort des familles Chaulieu et l'Estorade. Même si le droit est moins présent dans *Mémoires de deux jeunes mariées* que dans certains autres romans qui montrent la complexité des rouages juridiques (*Le Contrat de mariage* par exemple), la législation en vigueur sur les majorats n'en est pas moins l'un des ressorts majeurs de ce roman sur l'institution de la famille.

Un noble qui souhaitait perpétuer son nom, transmettre ses armes et assurer la notoriété de sa famille dans un temps long érigeait en « majorat » ses biens ou une partie de ses biens (une fortune foncière ou immobilière), pour qu'ils soient transmis dans les générations suivantes à l'aîné le plus proche. Cette disposition ancienne, défavorable aux cadets, était tombée en désuétude à la fin de l'Ancien Régime et elle fut totalement abolie par le décret du 8 avril 1791 qui établit l'égalité des héritiers. Napoléon rétablit cette institution (1808), pour rectifier les effets de l'égalité et favoriser à nouveau les aînés. À vingt-cinq ans, Balzac avait publié anonymement une brochure sur le droit d'aînesse. C'est dire que le sujet lui tenait à cœur. Or la révolution de 1830, abolissant l'hérédité de la pairie, diminua l'intérêt des titres et des majorats. La loi du 12 mai 1835 ne laissa subsister que les majorats en cours et programma leur extinction dans l'avenir, revenant ainsi aux règles d'égalité révolutionnaires. La question du majorat qui préoccupe les Chaulieu et les l'Estorade est donc au cœur de la réflexion de Balzac sur l'aristocratie et la hiérarchie sociale.

Balzac s'était aussi souvent intéressé aux contrats de mariage qui permettent à certaines familles d'unir leur petite fortune pour se lancer plus haut (c'est le cas des Maucombe et des l'Estorade), à d'autres de redorer leur blason (comme on le voit lorsque M. de Restaud épouse une fille Goriot), ou inversement de marier une fille en réservant tout l'héritage aux garçons, comme dans le cas du mariage de Louise, qui consent à ce sacrifice comme pour mieux jeter à la face de sa famille son indépendance. Les questions juridiques permettent à Balzac d'éclairer les luttes d'une révolution sans guillotine[1] et sans héros, mais qui transforment néanmoins les rapports entre les êtres

---

1. 1830, écrit Balzac dans *La Vieille Fille*, « allait abattre les gentilshommes par des procédés plus sûrs que celui de la guillotine » (*CH*, IV, p. 928).

et qui peuvent les tuer. La vie privée est le miroir de la vie sociale et politique. Il s'y joue des tragédies dont le destin se noue ailleurs, au plus profond de l'histoire. Balzac invente un nouveau tragique, un tragique sans dieu, social et politique, qui renvoie à un péché originel historique : 1789. Louise en est la victime.

La voix de son siècle : Balzac pontife ou Cassandre ?

Dans une *Lettre adressée aux écrivains français du XIXe siècle*, en 1834, Balzac définissait la mission de l'écrivain comme un devoir de parole : « La civilisation n'est rien sans son expansion. Nous sommes, nous savants, nous écrivains, nous artistes, nous poètes, chargés de l'exprimer. Nous sommes les nouveaux pontifes d'un avenir inconnu dont nous préparons l'œuvre[1]. » Le romancier est donc en quelque sorte la voix de l'Histoire ou, dira Balzac, dans la préface d'*Illusions perdues*, en 1843, la « voix de son siècle ». Il assigne à l'écrivain un rôle supérieur et une fonction politique : il est « au-dessus » des « quatre cents législateurs dont jouit la France[2] ». Dans la préface du

---

1. *Lettre adressée aux écrivains français du XIXe siècle*, publiée dans la *Revue de Paris*, le 2 novembre 1834, *Œuvres diverses* de Balzac, édition établie par Roland Chollet, Gallimard, coll. « Bibliothèque de la Pléiade », II, p. 1235-1256.
2. Préface de l'édition Dumont d'*Illusions perdues* (1843), *CH*, V, p. 120.

Père Goriot, il le définissait comme un « divin coor-
donnateur », qui jette des ponts sur le vide, relie tous
les faits entre eux. Barbey d'Aurevilly fera l'éloge de
cette poétique balzacienne : un « art inouï qui bâtit des
Alhambras aux mille labyrinthes sur la pointe de deux
aiguilles, avec une truelle enchantée[1] ! » On peut comprendre que Balzac, soucieux de la portée de sa voix
et de l'unité de son œuvre, n'ait jamais vraiment pratiqué, du moins dans *La Comédie humaine*, le roman
par lettres, genre peut-être trop propice à la disconti-
nuité et à la polyphonie.

Alors pourquoi publier un roman épistolaire en
1841-1842 ? Pourquoi le placer bien en vue dans *La
Comédie humaine*, à peu de distance de l'Avant-propos ?

Des échanges de Renée et de Louise il ne sort qu'incertitude : on lit dans ce roman le trouble d'une époque
qui court vers un bouleversement social. L'effacement
du duc de Chaulieu, après le premier mariage, est comme
un démenti apporté à ses espoirs restaurateurs. Pour le
reste, la dualité du roman épistolaire[2] montre un conflit
idéologique sans solution, qui mine la société. Pas de
Montriveau, pas de médecin de campagne[3] pour secouer

---

1. Article sur Balzac, publié dans le journal *Le Pays*, en 1853,
et repris dans *Romanciers d'hier et d'avant-hier*, Genève, Slatkine
reprints, 1968.

2. Préface, p. 49-55.

3. Dans *Le Médecin de campagne* (1833), Bénassis appliquait
à une région déshéritée une réforme audacieuse, à laquelle faisait pendant le programme politique de *La Duchesse de Langeais*
(1834) dans la sphère aristocratique.

l'aristocratie ou sauver la société : il est trop tard, l'esprit de Napoléon[1], qui avait refait l'unité de la France après la Révolution, ne souffle pas dans ce roman. Dans les années 1834-1836, Balzac qui avait été tenté par la politique croyait encore les réformes possibles et ses romans en proposaient. Les *Mémoires de deux jeunes mariées* appartiennent à une autre époque. Les droits de l'Envie ont définitivement prévalu, déclenchant des luttes (par exemple dans *Illusions perdues*) et une course aux distinctions, dans le cas de Renée. La hiérarchie sociale a cédé la place à la mobilité sociale et à l'individualisme conquérant. Les droits de l'Envie consacrent une certaine médiocrité : chacun est comparable à tous les autres, et le triomphe de l'habit noir est emblématique de cette égalisation. C'est le constat que faisait déjà Charles de Vandenesse, dans *La Femme de trente ans*, en regardant la masse confuse des hommes dans un salon. La préface aux *Études de mœurs*, rédigée en 1835 par Félix Davin, sous la direction de Balzac, déplorait aussi ce nivellement d'une société « où rien ne différencie les positions [...] où rien n'est plus tranché [...] où les individualités disparaissent » (*CH*, I, p. 1153).

Ne voulant jouer les Cassandre, l'écrivain pontife placé devant un avenir inquiétant semble préférer l'esquive. Mais le roman laisse deviner en creux un avenir difficile : la conversion de l'aristocratie aux

---

1. Sur l'inspiration napoléonienne de Balzac et le mythe, voir Gisèle Séginger, édition du *Lys dans la vallée*, Le Livre de Poche, 1995, p. 571-575.

valeurs bourgeoises semble définitive et n'augure rien
de bon. La forme épistolaire, la dualité sans solution
dialectique s'accordent aux incertitudes. Le romancier
croyait encore les réformes possibles dix ans plus tôt, à
l'époque de ses grands articles politiques. Mais désormais, au beau milieu de la monarchie de Juillet, le
mouvement de 1789 dans les mœurs semble trop bien
lancé pour être arrêté par une action quelconque. La
société a pris goût à un air d'égalité et le joug familial
devient plus difficile à supporter. Louise est une figure
de l'individualisme montant, et il n'est pas anodin que
Balzac l'ait choisie dans la plus haute aristocratie.
À l'horizon du siècle se profile un avenir inquiétant :
l'atomisation sociale dont le ménage indépendant et
stérile de Louise est l'image, la fin des « classes supérieures », l'envahissement par « les flots de la bourgeoisie », enfin le choc entre cette grande « masse »
et celle encore plus terrible des barbares de l'intérieur,
les hommes qui n'ont rien d'autre que la « force brutale » (p. 141) de leur *envie* démocratique.

LA RELIGION DE L'AMOUR

Dans l'Avant-propos, Balzac définit politiquement le catholicisme : « c'est un système complet de
répression des tendances dépravées de l'homme »
et le « plus grand élément de l'ordre social » (*CH*, I,
p. 12). Mais, dans le privé, en 1840, il déclare réso-
lument : « Je ne suis point orthodoxe et ne crois point
à l'Église romaine[1]. » Deux ans après, dans une lettre
à Mme Hanska, du 12 juillet 1842, qui fait allusion
à la mise à l'Index de son œuvre, il explique que
Séraphîta et *Louis Lambert* lui ont attiré l'hostilité
de l'Église, par leur mysticisme. Il affirme son indépendance et une position double : « *Politiquement*,
je suis de la religion catholique, je suis du côté de
Bossuet et de Bonald, et ne dévierai jamais. *Devant
Dieu*, je suis de la religion de Saint-Jean, de l'Église
mystique, la seule qui ait conservé la vraie doctrine.
Ceci est le fond de mon cœur. On saura, dans quelque
temps, combien l'œuvre que j'ai entreprise est profondément catholique et monarchique » (*LH*, I, p. 589).

1. Lettre à Mme Hanska du 21 juin 1840 (*LH*, I, p. 541).

De fait, il s'était intéressé à Swedenborg à l'époque où il écrivait *Séraphîta* (1835) et, à peu près à la même époque aussi, à Louis-Claude de Saint-Martin, l'auteur de *L'Homme de désir* (1790), qui inspire le mysticisme d'Henriette de Mortsauf dans *Le Lys dans la vallée* (1836). Les deux philosophes mystiques estimaient que l'amour a un rôle dans l'initiation spirituelle : selon Saint-Martin, il « prépare doucement les voies[1] ». Henriette de Mortsauf, abandonnée par Félix de Vandenesse, se tourne « vers un amour qui ne trompera point[2] », suivant en cela à la fois l'enseignement de Saint-Martin et l'exemple d'Abélard et Héloïse. Dans les années 1832-1839, pendant la genèse des projets d'où sortiront les *Mémoires de deux jeunes mariées*, on a vu que Balzac évoque des idées religieuses et en particulier celle d'un amour insatisfait, à l'origine d'une vocation religieuse. Finalement c'est Félicité des Touches, à la fin de la première partie de *Béatrix*, publiée en 1839, qui réalise ce modèle de conversion.

Un mysticisme sans religion

Balzac ne renonce toutefois pas à la tonalité religieuse dans les *Mémoires de deux jeunes mariées*, mais il explore d'autres potentialités du sentiment

---

1. Louis-Claude de Saint-Martin, *L'Homme de désir*, chant 15.
2. *Le Lys dans la vallée*, éd. citée, p. 407.

religieux. La conversion de l'amour en religion ne laisse que quelques traces dans le roman final. Toutefois, l'« imagination exaltée, brûlante » de *Sœur Marie des Anges* est bien encore celle de Renée et de Louise au couvent : « l'essor de notre esprit ne connaissait point de bornes, la fantaisie nous avait donné la clef de ses royaumes, nous étions tour à tour l'une pour l'autre un charmant hippogriffe, la plus alerte réveillait la plus endormie, et nos âmes folâtraient à l'envi en s'emparant de ce monde qui nous était interdit. Il n'y avait pas jusqu'à la Vie des Saints qui ne nous aidât à comprendre les choses les plus cachées » (p. 62). Mais les deux jeunes filles ne s'élèvent pas vers Dieu, elles folâtrent. Restée seule, sans Renée, Louise se sent au couvent comme une « Danaïde moderne », qui ne puise au couvent que des seaux vides. La petite duchesse de Chaulieu porte le prénom de Louise de La Vallière. Mais au couvent, elle redoute plutôt d'avoir sa destinée « sans la préface » (p. 61).

Contrairement à Félicité des Touches, qui après avoir vécu de grandes passions et des déceptions, se réfugie avec humilité dans un couvent de l'ordre de Saint-François-de-Sales, Louise ne se tourne jamais vers Dieu, même au plus fort de ses souffrances. On a vu que ce sont Héloïse et Abélard qui ont d'abord inspiré à Balzac l'idée d'une correspondance amoureuse avant que le roman ne soit recentré sur l'échange entre deux femmes. Louise ne peut s'empêcher de chercher un Abélard, même après le décès d'un époux pourtant adoré. Elle ne peut concevoir l'amour que comme une fusion, mais contrairement aux amants célèbres elle ne le sublime jamais dans la foi religieuse. L'exemple d'Abélard et d'Héloïse, imité par la Julie de Rousseau, l'agace même profondément, car pour elle l'amour est tout, il doit donner accès à l'infini et non pas à Dieu : « il y aurait quelque chose de sinistre à recommencer la Nouvelle-Héloïse de Jean-Jacques Rousseau, que je viens de lire, et qui m'a fait prendre l'amour en haine » (p. 134).

Louise ne prononce guère le nom de Dieu, si ce n'est métaphoriquement (comme c'était souvent encore l'usage à l'époque) lorsqu'elle écrit à Renée et imagine le paysage provençal et les teintes de la lumière, « tout cet infini, varié par Dieu et qui [l']entoure » (p. 133). Ou encore dans des expressions toutes faites – « Mon Dieu ! », « Dieu sait… » » – dont l'usage ne souligne que mieux l'absence de Dieu par ailleurs dans les pensées de Louise, alors que Renée prie Dieu, pense à Dieu, invoque Dieu dans ses calculs. Elle voulait même initialement « avoir le mariage sans le mari » afin de garder « à l'âme sa virginité » (p. 153). Enceinte, elle ne réalise pas bien ce qui lui arrive, comme si son état provenait d'une conception virginale : « Louis a été aussi surpris que moi-même d'apprendre ma grossesse » (p. 244). Et elle explique à Louise : « Dieu donne les enfants » (p. 256), et elle rejoint sur ce point le très catholique Felipe : « le désir d'une mère est […] un contrat passé entre elle et Dieu » (p. 116). Renée ressemble à la mère exemplaire de *La Grenadière*,

Mme Willemsens (lady Brandon), qui déclare : « Dieu a mis les enfants au sein de la mère » (*CH*, II, p. 430). Une fois mère, Renée apprécie avant tout les moments de l'allaitement, et le père biologique est exclu, remplacé par Dieu : le plaisir « n'est qu'entre nous, l'enfant et Dieu », explique-t-elle à Louise (p. 257). Le seul moment où quelque chose se passe dans son corps, pendant sa grossesse, est étrange, et comme merveilleux (mais ironique à la fois), annonciateur de quelque chose d'inouï, de surnaturel : prise d'un désir irrépressible, Renée quitte sa demeure, se rend dans une rue sordide de Marseille pour acheter des oranges pourries qu'elle dévore avec délectation.

Ce n'est qu'après l'accouchement qu'elle réalise tout à coup qu'elle est mère : « Le petit monstre a pris mon sein et a tété : voilà le *fiat lux* ! J'ai soudain été mère » (p. 257). Louis de l'Estorade semble ne compter pour rien. Dieu est son compagnon de tous les instants, et Renée le considère comme le seul auteur de la vie car, selon elle, il « n'y a rien de visible, ni de perceptible dans la conception, ni même dans la grossesse » (p. 259). Les rapports charnels avec les enfants (caresses et allaitement) sont alors des moments de communion mystique, très sensuels. Et Renée évoque même avec une subtile jouissance les « tortures » de la crevasse au sein, compensées par « la joie de voir la bouche de l'enfant barbouillée de lait » (p. 259) et par le bonheur d'être en communion avec un Dieu féminisé, qu'elle se figure comme la mère du monde (p. 259). L'exclusion du masculin ne fait que renforcer l'ultra-mysticisme de Renée, sainte extatique de la maternité, qui réconcilie la chair et le spirituel, dans des élans pour le moins hétérodoxes par rapport au catholicisme et qui scandalisèrent certains critiques[1].

Dans ce roman, la maternité donne en effet accès à un monde spirituel, sans prêtre. Le nom de Dieu est omniprésent dans les lettres de Renée, mais la religion catholique est absente. Renée paraphrase les textes religieux mais n'a besoin à aucun moment d'un prêtre : « J'ai fini par traverser mon désert » (p. 263). D'étape en étape, elle transforme la soumission en dévouement consenti, et le dévouement en plénitude mystique, par-delà tous les dogmes et les symboles : « Dévouement ! me suis-je dit à moi-même, n'es-tu pas plus que l'amour ? n'es-tu pas la volupté la plus profonde, parce que tu es une abstraite volupté, la volupté génératrice ? N'es-tu pas, ô Dévouement ! la faculté supérieure à l'effet ? » (p. 243). L'élan mystique se suffit à lui-même et son objet quel qu'il soit est supprimé. C'est l'élan qui compte et l'énergie personnelle qui le propulse. Renée invente une mystique sans prêtre. Elle conserve Dieu, mais elle se passe de la religion, privilégiant un accès direct au divin.

---

1. Balzac rêvera lui-même de nourrir son fils : « Encore pendant ton voyage d'Ukraine t'accompagnerai-je jusqu'à la dernière limite possible, et je t'y attendrai, soignant mon Victor, et le nourrissant au biberon avec du bon lait de vache » (lettre à Mme Hanska, 1er octobre 1846, *LH*, II, p. 354).

L'amour de l'infini

De son côté, Louise se construit une religion profane, sans Dieu. Ce n'est pas une adepte de la philosophie de Swedenborg et de Saint-Martin. C'est une
mystique athée, qui pourrait adhérer à cette définition,
que l'on trouve dans *Un prince de la bohème* : l'amour
est « une combinaison du sentiment de l'infini qui est
en nous et du beau idéal qui se révèle sous une forme
sensible » (*CH*, VII, p. 818).

Louise ne ressemble donc guère à Henriette de
Mortsauf. Si celle-ci, comme elle, est bien morte
d'amour et de jalousie, elle n'a pas connu du tout la
sensualité qui occupe Louise tout entière. Alors que le
roman de 1836 tournait l'amour vers l'action politique
et le service de Louis XVIII, Louise, sous Charles X
et encore plus sous Louis-Philippe, détourne l'amour
vers son service personnel. C'est elle la reine et la
déesse. Elle a une conception très narcissique de la
passion, qui se manifeste dès sa relation avec Felipe :
« L'amour est, je crois, un poème entièrement personnel » (p. 135). On apprend par Renée que les deux
jeunes filles au couvent lançaient « sur la mer de l'infini » des embarcations (p. 130). Renée se cantonne
finalement dans la « vie ordinaire » tandis que Louise
cherche l'infini dans l'amour. Elle commence par
s'aimer elle-même, en se découvrant jeune fille métamorphosée pour entrer dans le monde : « J'ai eu des
plaisirs infinis en faisant ma connaissance » (p. 87).
Elle se révolte contre le mariage ordinaire de Renée,

contre tout ce qui l'ancre dans la banalité : « Je hais
d'avance les enfants que tu auras ; ils seront mal faits.
Tout est prévu dans ta vie : tu n'as ni à espérer, ni à
craindre, ni à souffrir » (p. 132). Ce sera une vie sans
vie. Tandis que Renée raisonne pour justifier son attitude, Louise ne reconnaît qu'une seule loi : « L'amour
est à mes yeux le principe de toutes les vertus rapportées à une image de la divinité ! » (p. 166).

À la foi catholique, Balzac lui-même préfère le
mysticisme et le sentiment de l'infini, si vivace chez
les romantiques. Dans *Séraphîta*, l'être mystérieux
explique que c'est « la perception de l'infini » qui
« vous fait concevoir un monde purement spirituel »
(*CH*, XI, p. 808). La religion en paraîtrait presque étriquée, avec ses dogmes et ses églises qui enferment
l'infini. Dans la préface du *Livre mystique* (1835),
l'infini est la véritable transcendance, une manifes-
tation authentique de Dieu. Louise et Felipe, quant à
eux, réinventent l'infini. C'est un infini à deux, sans
transcendance, c'est le « bonheur entier, complet,
infini » d'aimer, explique Felipe, qui a placé Louise
« entre la Vierge et Dieu » (p. 190). Il est espagnol, la rhétorique amoureuse s'en ressent un peu.
Ainsi, justifiant son respect pour la jeune fille lors
d'un rendez-vous en tête-à-tête, il explique : « nous
sommes toujours devant Dieu » (p. 201). Et il dérape
sur une comparaison un peu sacrilège : « Le respect
que j'ai pour vous ne peut se comparer qu'à celui
que j'ai pour Dieu » (p. 201). Reprenant les mêmes
métaphores dans l'une de ses crises de jalousie, Louise

le menace de se venger d'une manière comparable à l'« éternelle vengeance de Dieu » (p. 208). Souvent, elle n'a même plus besoin de métaphores religieuses, car son horizon n'est pas du côté du ciel et de la dévotion. Ainsi, dans l'une de ses lettres à Renée, quand elle décrit le plaisir d'être regardée par Macumer, elle ne va pas chercher très haut ses comparaisons : ses yeux « brillaient comme deux escarboucles dans un coin obscur de l'orchestre » ; ils « lançaient des regards qui faisaient une lumière plus vive que celle des lustres » (p. 192). Et, ainsi regardée, Louise sent l'infini se manifester dans son corps par des sensations chaudes : « j'étais intérieurement en proie à une joie voluptueuse dans laquelle il me semblait que mon âme se baignait » (p. 192). La jeune fille éprouve alors « le plus violent désir de lui voir franchir tous les obstacles » (p. 193). Elle joue avec le feu et l'invite alors au rendez-vous nocturne. La répression du désir fait aussi partie des plaisirs que Louise, en experte de la jouissance, prolonge pour profiter plus longtemps des avances de Macumer et de ses craintes.

En effet, si elle est conquise par l'« amour infini » de Macumer, par son adoration (il lui explique son amour « par une adorable comparaison avec l'amour divin »), c'est qu'elle se voit elle-même dans le regard de son amoureux comme si elle était l'infini. Elle aime un homme sublime par la laideur. Elle aime l'amour même qu'elle lui porte, un amour sublime qui n'a rien de comparable dans le monde : il est contre nature, c'est une création pure du désir, inattendue,

invraisemblable. Louise semble être une adepte de
Burke et de Hugo[1]. La laideur est le voile du divin, la
laideur est sublime à ses yeux. Au milieu de jeunes
nobles, brillants et beaux, elle préfère l'Abencérage
repoussant[2]. Une fois mariée, elle exulte, et elle n'a
pas le triomphe modeste lorsqu'elle écrit à Renée :
« Tu restes sur la terre, je suis dans le ciel ! Tu es dans
la sphère humaine, et je suis dans la sphère divine. Je
règne par l'amour » (p. 238).

Quant à Felipe, lorsqu'il regarde le portrait en
miniature de la jeune fille, il tombe en extase « dans
l'infini de cette contemplation » (p. 213) comme un
religieux convaincu de la divinité d'une icône. Les
moindres faits et gestes de Louise sont pour lui de
petits infinis dont il veut tout savoir (p. 172-174).
Felipe est un mystique qui vit dans la béatitude, son
cœur « si parfaitement absorbé » par celui de Louise
qu'il ne s'appartient plus, et en mourra, en quelque
sorte vampirisé par ce terrible amour qui le dépos-
sède, tandis que l'existence de Louise est toujours
plus avide de sensations et en pleine expansion. On ne
nous raconte pas la maladie de Macumer, mais le tempérament de feu de Louise, ses exigences, sa jalousie

---

1. Dans *Recherche philosophique sur l'origine de nos idées du
sublime et du beau*, Burke a redéfini en 1757 l'idée du sublime, et
il a en particulier insisté sur le lien possible du sublime avec la laideur. Hugo dans la Préface de *Cromwell* a voulu donner à celle-ci
une place dans la littérature.

2. Balzac était lui-même assez laid et bedonnant, mais son
regard était perçant et c'est aussi ce trait qu'il donne à Macumer.

maladive suffisent à laisser le lecteur imaginer que le pauvre esclave est mort de son incapacité à combler le désir infini de Louise.

La recherche de l'Absolu

Contrairement aux autres « lionnes » que sont Mmes d'Espard et de Maufrigneuse, ce n'est pas sur la société que Louise veut régner mais sur le cœur d'un seul homme, ce qu'elle réussit en asservissant un grand d'Espagne, prêt à abjurer le catholicisme pour une nouvelle religion : « Apprenez donc, idole placée par moi au plus haut des cieux, qu'il est dans le monde un rejeton de la race sarrasine dont la vie vous appartient, à qui vous pouvez tout demander comme à un esclave » (p. 172). Macumer s'offre en holocauste.

Mais Louise n'est pas satisfaite. Depuis sa jeunesse elle avait imaginé la complémentarité de deux expériences : être adorée et adorer. Peut-être, se disait-elle, serait-il utile de connaître ces deux formes d'amour. Ses deux mariages le lui permettront. Elle cherche un absolu, une expérience totale. Macumer n'a pas pu la combler. Elle inverse les rôles avec Marie Gaston, ou plus exactement elle tente de maîtriser les deux pôles, se constituant elle-même en *idole adorante*. Elle veut être la reine et l'esclave, et faire de l'adoration sa seule activité. Comme une mystique, elle se retire de la société. La durée du silence de Louise, après son mariage avec Marie Gaston, est significative. Que pouvait-il être dit de ce néant social ? Balzac n'est pas le romancier des promenades solitaires, des effusions à deux dans la nature. D'ailleurs, à ses yeux l'individu coupé de la société ne peut que se consumer, s'autodétruire.

Marie Gaston ne renvoie à Louise que sa propre image adulée. Louise a conçu son couple comme un dispositif narcissique, et cette fois elle exclut à la fois la société et son amie Renée, à qui elle se garde bien de présenter Marie Gaston. Elle vit dans sa retraite une existence faite de rituels. Elle mène une vie « laborieuse » (p. 351), entièrement dédiée à l'Amour : « Ma religion embrasse les moindres choses nécessaires à son culte » (p. 351). Elle se pare pendant des heures pour être parfaite et son cabinet de toilette est un véritable tabernacle toujours prêt à s'ouvrir pour le dévot, à la révéler dans un intérieur impeccable, sans le moindre désordre. La communion doit être parfaite, aussi tout en se disant son esclave, Louise ne supporte aucune ombre secrète, aucun mouvement d'indépendance de la part de Marie Gaston. Elle cherche un amour fusionnel, une expérience mystique, paradoxalement profane. Le paradis est terrestre. Significativement, Balzac le place aux Jardies, la propriété bien-aimée qu'il avait occupée lui-même à partir de 1837 et dont il a dû se séparer à regret en 1840 à cause de ses créanciers. L'une des principales occupations du couple est d'arranger esthétiquement ce jardin-écrin.

Le reniement de Dieu

Dès la fin de la première partie, lorsque Louise désespérée après la mort de Macumer a manqué mourir elle-même, elle semble prendre conscience que l'excès de son amour était un détournement de l'adoration qui seule peut s'adresser à Dieu. Pourtant, elle oublie bien vite cette pensée et réitère son erreur avec Marie Gaston. Dans la dernière lettre qu'elle écrit à Renée pour l'appeler à son chevet, elle éprouve à nouveau le sentiment d'être maudite, et de vivre un supplice plus terrible que tous ceux que Dante avait imaginés. Pour autant elle ne se repent toujours pas et ne remet pas son âme à Dieu. Balzac évite la mort chrétienne, qu'il avait accordée à Mme de Mortsauf dans l'édition du *Lys dans la vallée* remaniée en 1839, sur les conseils de Mme de Berny[1]. En définitive, si Louise reconnaît au moment de sa mort que les principes de Renée sont les meilleurs pour réussir sa vie en société, qu'il vaut mieux abjurer le féminisme, toutefois elle ne parvient pas à regretter ses propres choix.

Nous découvrons l'agonie de Louise racontée par Renée. Elle rapporte les paroles terribles de Louise, dont l'athéisme est résolu et provocant. Du paradis, elle n'en veut pas ! Se réconcilier avec Dieu,

---

1. Voir Gisèle Séginger, *Le Lys dans la vallée*, éd. citée, p. 548. Dans l'édition de 1839, Balzac transforme l'agonie d'Henriette de Mortsauf, qui se repent et fait une mort chrétienne (ce qui n'était pas le cas dans l'édition originale).

c'est inutile, car il ne peut pas lui accorder ce qu'elle veut : retrouver ses deux maris, « ces deux anges dans le ciel », mais en chair et en os (p. 382) ! Elle reconnaît qu'elle a négligé Dieu, car elle n'est pas intéressée par ce qu'il peut offrir : « Sans eux, le paradis serait désert pour moi » (p. 382). Et elle va même jusqu'à estimer que son « exemple serait fatal » en ce lieu, ajoutant « je suis une exception », comme si le paradis devait trembler sur ses bases, être remis en cause par sa seule exception. Elle n'y retrouverait que les âmes de ses bien-aimés, elle qui a connu sur terre « le beau idéal de l'âme et celui de la forme » (p. 382). Sur le seuil de la mort, Louise ne renie pas la sensualité, elle aime la chair, la matière, ce qu'elle peut toucher, et ne rêve vraiment pas de devenir une belle âme. Elle va jusqu'à dévaloriser l'au-delà par rapport à ici-bas. Dieu ne l'impressionne pas, elle ne semble pas croire aux châtiments promis par la religion. Elle ne s'adresse au curé de Sèvres, très discret à son chevet, que pour évoquer sa « belle mort » (p. 384). Son souci impénitent d'esthétique et de perfection nous ferait presque oublier qu'elle reçoit tout de même l'extrême-onction dans les dernières lignes du roman. Elle se dit pleinement satisfaite de sa vie remplie d'amour et consolée de mourir en pleine beauté : « ce dénouement est heureux » (p. 381). Elle a déjà eu le paradis : « Je meurs adorée, que puis-je vouloir de plus ? » (p. 382).

De quoi se préoccupe-t-elle dans ses derniers jours ? De beauté, encore : « Je veux être jolie jusque dans mon cercueil » (p. 383). Et dans sa chambre elle fait enlever toute trace de maladie. Balzac détourne le modèle de la mort-spectacle édifiante, devant toute la famille. Entourée des siens, Louise meurt en duchesse, « sublime de grâce, de raison, de charme », et montre jusqu'à la fin « ce goût qui l'a rendue si célèbre, et nous dispense les trésors de cet esprit qui faisait d'elle une des reines de Paris » (p. 383). Elle reste préoccupée de perfection, d'un idéal humain, et presque antichrétien par son refus de la spiritualité éthérée. Dans ses derniers jours, elle est surtout soucieuse d'elle-même et de l'image qu'elle va laisser à Marie Gaston, le prêtre de sa beauté.

Lorsque Balzac, au milieu de cette belle mort, glisse une leçon et lui fait dire que les révoltes des femmes sont des « niaiseries », que la femme doit faire un « entier sacrifice de sa volonté à l'homme », on a du mal à croire qu'elle s'applique rétrospectivement à elle-même cette vérité générale. Aucun repentir ne la taraude dans son agonie et elle affirme hautement avoir réussi sa vie ! Héroïne de l'amour, « exception », selon son propre terme, Louise veut être une sainte de la passion, non pour s'y anéantir mais au contraire pour s'y affirmer jusque dans la mort. Elle est une figure de l'énergie, cette valeur si chère à Balzac.

DOCUMENTS

LETTRES

*Lettre de Zulma Carraud à Balzac : le métier
de mère*

Frapesle, 21 novembre 1835

Soyez indulgent mon cher Honoré ; depuis long-temps j'aurais dû vous écrire, mais l'ai-je pu, ai-je vécu depuis quelque temps ? Ma vie se complique chaque jour et j'ai beau faire pour abolir l'être phy-sique, j'ai bien peur que ma faiblesse ne me trahisse et ne me rende totalement incapable. Vous savez que mon *dada*, c'est l'éducation. J'ai approfondi cette question autant que femme le peut, et je me suis per-suadée que le temps où cette éducation est le plus importante, c'est dans les premiers temps de l'exis-tence. Ma probité m'impose l'application de mes prin-cipes et, partant, j'ai horreur des bonnes d'enfants.

Trop incomplète pour avoir pu nourrir mes enfants, je les prends au sortir des bras de leur nourrice et alors ils m'appartiennent. Yorick est sevré et ne marche pas encore ; c'est vous dire que je n'ai plus un instant de liberté, si ce n'est de neuf à dix heures du soir, mais quand, aux irritations que vous savez s'est jointe cette fatigue de tous les membres, je ne suis pas bonne à grand-chose à cette heure de liberté. Je mets tout en question alors, même la vie, et mes solutions ne sont pas couleur de rose. Ce soir, le petit coquin s'est réveillé et je l'ai pris sur mes genoux où il a été long-temps à se rendormir ; quand je l'ai eu posé dans son lit, j'avais presque envie de pleurer, tant mes pauvres nerfs avaient souffert. Puis, j'ai pensé à vous, à votre bonne lettre si longue, à vos deux livres que je ne puis lire que par dix pages et j'ai mieux aimé vous faire une lettre toute fiévreuse, pleine des petits événements de ma vie obscure que de rester si longtemps sans vous dire que je vous aime bien. Qui sait si demain je pour-rai le faire ? Je ne puis plus répondre de l'heure qui suit. J'espère que j'aurai ce bénéfice que la nature accorde à tout être surchargé, l'accroissement de mes forces en raison directe de mes besoins.

[...] C'est une année d'épreuve ; autrefois Carraud me tenait un peu au courant, mais à présent, le temps que maître Yorick ne dévore pas appartient à Ivan. Je n'ai pas même celui de ma toilette pour moi : c'est alors que je fais réciter Ivan, et que je fais mettre l'ana-lyse. Que diraient vos grandes dames, si elles savaient qu'une femme, jalouse tout comme elles d'être admise dans votre catégorie privilégiée, en est réduite là ? Et pourtant je ne sens pas que mon âme perde rien à cette matérialisation apparente. J'ai une idée profonde vers laquelle convergent toutes les autres, une idée mère ; n'est-ce pas assez pour éviter la trop grande vulgarité ? [...]

Votre amie, Z.

Lettre de Balzac à Mme Hanska : le séjour chez George Sand[1]

Frapesle, vendredi 2 mars 1838

J'ai abordé le château de Nohant le samedi gras vers 7 heures et demie du soir, et j'ai trouvé le camarade Sand dans sa robe de chambre, fumant un cigare après le dîner, au coin de son feu, dans une immense chambre solitaire. Elle avait de jolies pantoufles jaunes ornées d'effilés, des bas coquets et un pantalon rouge. Voilà pour le moral ; au physique, elle a doublé son menton, comme un chanoine, elle n'a pas un seul cheveu blanc, malgré ses effroyables malheurs, son teint bistré n'a pas varié, ses beaux yeux sont tout aussi éclatants, elle a l'air tout aussi bête quand elle pense, car, comme je le lui ai dit après l'avoir étudiée, toute sa physionomie est dans l'œil. Elle est à Nohant depuis

---

1. Balzac séjourna à Nohant du 24 février au 2 mars 1838.

un an, fort triste, et travaillant énormément. Elle mène
à peu près ma vie. Elle se couche à six heures du matin
et se lève à midi, moi je me couche à six heures du
soir et me lève à minuit ; mais naturellement je me
suis conformé à ses habitudes, et nous avons pendant
3 jours bavardé depuis 5 heures du soir après le dîner
jusqu'à cinq heures du matin, en sorte que je l'ai plus
connue, et réciproquement, dans ces 3 causeries, que
pendant les 4 années précédentes où elle venait chez
moi, quand elle aimait Jules et que quand elle a été
liée avec Musset elle me rencontrait ou que j'allais
chez elle de loin en loin.

Il était assez utile que je la visse, car nous nous
sommes fait nos mutuelles confidences sur Jules
Sandeau. Moi le dernier de ceux qui la blâmaient sur
cet abandon, aujourd'hui je n'ai que la plus profonde
compassion pour elle, comme vous en aurez une profonde pour moi quand vous saurez à qui nous avons
eu affaire, elle en amour, moi en amitié. Elle a cependant été encore plus malheureuse avec Musset, et la
voilà dans une profonde retraite, condamnant à la fois
le mariage et l'amour, parce que, dans l'un et l'autre
état, elle n'a eu que déceptions. Son mâle était rare,
voilà tout. Il le sera d'autant plus qu'elle n'est point
aimable, et, par conséquent, elle ne sera que très difficilement aimée. Elle est garçon, elle est artiste, elle
est grande, généreuse, dévouée, *chaste* ; elle a les
grands traits de l'homme, *ergo*, elle n'est pas femme.
Je ne me suis pas plus senti qu'autrefois près d'elle,
en causant pendant 3 jours à cœur ouvert, atteint de

cette galanterie d'épiderme que l'on doit déployer, en France et en Pologne, pour toute espèce de femme. Je causais avec un camarade. Elle a de hautes vertus, de ces vertus que la société prend au rebours. Nous avons discuté avec un sérieux, une bonne foi, une candeur, une conscience, dignes des grands bergers qui mènent les troupeaux d'hommes, les grandes questions du mariage et de la liberté.

Car, comme elle le disait avec une immense fierté (je n'aurais pas osé le penser de moi-même) « Puisque par nos écrits nous préparons une révolution pour les mœurs futures, je suis non moins frappée des inconvénients de l'un que de ceux de l'autre. » Et nous avons causé toute une nuit sur ce grand problème. Je suis tout à fait pour la liberté de la jeune fille et l'esclavage de la femme, c'est-à-dire que je veux qu'avant le mariage, elle sache à quoi elle s'engage, qu'elle ait étudié tout, puis que quand elle a signé le contrat, après en avoir expérimenté les chances, elle y soit fidèle, j'ai beaucoup gagné en faisant reconnaître à Mme Dudevant la nécessité du mariage, mais elle y croira, j'en suis sûr, et je crois avoir fait du bien en le lui prouvant.

Elle est excellent mère, adorée de ses enfants; mais elle met sa fille Solange en petit garçon, et ce n'est pas bien. Elle a laissé son fils Maurice goûter de trop bonne heure aux dissipations de Paris, il a une maladie de langueur à 12 ans et son épine dorsale est malade, il est comme un homme de vingt ans *moralement*, car elle [*sic*] est intimement *chaste*, *prude*, et n'est artiste qu'à l'extérieur. Elle fume démesurément,

elle joue peut-être un peu trop à la princesse, et je suis
convaincu qu'elle s'est peinte fidèlement dans la princesse du *Secrétaire intime*.

FRAGMENTS MANUSCRITS

*Ils sont conservés dans le fonds Spoelberch de
Lovenjoul, à la bibliothèque de l'Institut de France.*

La lettre de Renée rédigée par Laure Surville

*Dans le manuscrit Lov. A 384 (f° 2), une note du
vicomte de Lovenjoul indique que Balzac aurait sol-
licité la collaboration de Mme de Valette et de la
comtesse Guibodoni-Visconti. Hélène-Marie-Félicité
de Valette a eu une liaison avec Balzac dans les
années 1835-1838. Il a parcouru avec elle les alentours de Guérande et logé à Batz. Si aucune trace dans
les manuscrits ne vient corroborer l'affirmation du
vicomte de Lovenjoul, on peut toutefois remarquer que
la première lettre du roman, dont Balzac avait confié
la rédaction à sa sœur Laure Surville, fait de Renée
de Maucombe une Bretonne qui retrouve sa région à
la sortie du couvent. Balzac ne l'utilisera finalement
pas et fera débuter son roman par plusieurs lettres de*

Louise. C'est Béatrix *(1839) qui fera une bonne place à la Bretagne.*

Pendant que tu me regrettes au couvent, ma Louise, mon père me conduit à sa demeure.

Nous côtoyons pour y arriver les rives de la Loire, j'ai revu Amboise, Tours, Saumur, Angers, d'où je t'écris. Demain, je prends la route de notre Bretagne par Le Mans, Château-Gonthier, Laval et Fougères.

Un soleil d'août argente ou dore selon les heures les villes et les villages si coquettement assis aux pieds ou sur le sommet des collines ; de jolies maisons blanches, des haies d'aubépine et de sureau, des peupliers qui s'élancent et bruissent dans les airs s'offrent partout à nos regards ! Et les belles campagnes qui sourient au voyageur, cette liberté qui m'est rendue, l'affection de mon père que je ne connaissais pas, tout m'enivre de joie ; il me semble que la terre, le soleil, le bonheur, *tout* est à moi !...

Cependant mon père est alternativement joyeux et triste, joyeux quand il me regarde ou m'écoute, triste quand il pense... Pourquoi cela, Louise ? Quand il est dans ses préoccupations, ta Renée qui ne sait ni le passé ni le présent, va s'asseoir près de sa chère Louise sur le banc que nous aimions, où tu es seule maintenant hélas ! et je revois nos beaux rosiers qui si longtemps faisaient assez d'ombre pour nous, les pivoines en fleurs et les bordures d'œillets qui embaumaient notre air ; et le sable de l'allée crie encore sous mes pieds, et j'entends encore ta voix, ma Louise aimée, j'écoute encore tes gracieuses tristesses toujours voilées par l'Espérance ! Ah ! chère Louise, combien les souvenirs de notre amitié parfument mon cœur et combien c'est bon d'aimer.

Mon père me rappelle bientôt près de lui par des paroles de doux reproches. « Vous êtes encore loin de moi, Renée ? » me dit-il. Je te quitte alors, ma Louise, et j'ose lui demander comment il avait pu si longtemps se passer d'une fille qu'il aime. « Votre avenir valait mieux que mon bonheur, je voulus au moins pour vous l'Éducation que les filles nobles recevaient jadis, et je vous éloignai de moi sans me souvenir que j'étais vieux ! » Ces paroles m'ont fait pleurer, j'ai baisé la main de mon père avec une sainte reconnaissance, il m'a ouvert ses bras ! Voilà comment ta Renée a pris possession de son père, car il est à moi maintenant et je le rendrai heureux ! [...]

Dans sa longue lettre qui se poursuit à Laval le 28 août puis à Fougères le 29 août, Renée prie à la cathédrale d'Angers pour que Dieu fasse sortir Louise du couvent, et elle entraîne son père dans des visites touristiques, profitant de sa liberté retrouvée. Elle médite sur le changement des lieux devant le château des ducs d'Anjou, où une vieille femme gardienne de moutons, des enfants et un homme qui lit la gazette ont remplacé les chevaliers et les dames du Moyen Âge. Le château n'a conservé aucun souvenir de ses hôtes illustres : « Qu'est-ce que la gloire et qu'est-ce donc ce que l'on appelle la puissance des hommes ? » Son père devinant ses pensées lui dit ces mots : « Pareils spectacles confondent l'orgueil de nos plaintes, Renée... ! » Et il se montre « triste et rêveur » tandis que la jeune fille retrouve vite sa joie : « je m'en voulais de sentir mes dix-huit ans rire et chanter en mon cœur malgré la tristesse de mon père. » Mais elle déchante vite lorsque son père lui dévoile les raisons de sa tristesse.

Nous approchions du but de notre voyage. Mon père devenait de plus en plus triste et silencieux.

« Vous n'êtes donc pas heureux, mon père, lui dis-je, avec affection.

— Vous étiez née pour habiter la montagne, ma pauvre Renée, et il faut vivre dans la vallée ! Quand je vous vois si joyeuse, si charmante, je songe à ma chaumière, et mon cœur souffre. Nous sommes pauvres, Renée ! »

Il paraît que c'est le grand malheur, ma chère !

Alors mon père m'expliqua son existence. Voici les détails qu'il me donna. Le roi lui fait mille écus de pension sur sa cassette pour ses services dans la guerre de Vendée, où il perdit toute sa fortune pour lui ! Mais, comme j'allais accuser la reconnaissance des rois, il m'a fait taire en disant que les rois aujourd'hui n'étaient plus libres ! Cette pension et un petit manoir au-delà de Fougères, conservé par une sœur aînée de mon père qui ne quitta jamais cette habitation doivent nous faire vivre tous.

Cette vieille tante, me dit mon père, et une bonne créature appelée *Perrotte*, fermière intelligente qui s'entend à tous les détails de la basse-cour, un garçon nommé *Michel* qui cultive la terre, voilà les habitants du manoir. Quant au mobilier, je le crois tout simple. Ne sachant ce qu'est la richesse, tout cela ne m'effraie pas.

Mon père ajoute à ce personnel, pour ta chère Renée, la fille de Perrotte, élevée au couvent de Laval, qui sait lire, compter, travailler, et paraît très intelligente. Nous l'avons prise à Laval, elle s'appelle Françoise, du nom de ma marraine.

— Après moi, ajouta mon père, la pension s'éteint, et le manoir ne saura plus nourrir six personnes. Qui vous protègera alors, quand je ne serai plus ? Qui vous épousera, vous, noble, faible, et pauvre ?

Ces détails m'atteignirent au cœur ; moi si joyeuse hier, moi qui m'élançais dans l'avenir comme l'hirondelle aux cieux, me voilà abattue dans l'herbe, dans ce petit monde de la prairie, où la pâquerette est reine !

Ah ! Chère Louise, sors du couvent, sois brillante, heureuse, aimée, pour que ton bonheur me chauffe et m'éclaire. Louise ! Les joies humaines ont-elles toutes si peu de durée ?

Deux fragments d'une lettre à la supérieure du couvent[1]

Balzac a envisagé de commencer le roman par une lettre de Louise à sa tante, alors que dans le roman elle évoquera la supérieure dans une lettre à Renée sans jamais lui écrire.

LETTRE I
À MADAME VICTOIRE, SUPÉRIEURE DES CARMÉLITES À BLOIS

Ma chère et vénérée Mère en Dieu pardonnez-moi toujours ces naïvetés qui vous plaisaient tant au couvent, mais le monde est bien beau, bien séduisant, il réalise mes rêves. Les jeunes gens sont tous jolis, ils ont des visages d'ange, ils me disent à l'oreille au bal des propos les plus gracieux, je ne vois que fleurs, sourires, fêtes.

LETTRE I
À MADAME VICTOIRE, SUPÉRIEURE DES CARMÉLITES, À BLOIS

Ma chère et vénérée Mère en Dieu, je sais aujourd'hui par une indiscrétion de mon frère aîné que c'est à vous seule que je dois d'être sortie de votre couvent, et sans vos instances, j'y serais encore.

---

1. Lov. A 203 (recueil de fragments de manuscrits autographes), f°s 26-27.

Quelle adorable bonté, car si vous êtes une bonne et véritable mère pour moi, je suis aussi pour vous une fille, un enfant bien-aimé, vous faisiez un sacrifice sans compensations, tandis que mon peu de vocation pour la vie religieuse vous prouvait que j'en trouverais dans le monde. En effet, chère tante, le monde est bien beau. Je vous ai promis de vous raconter toutes mes impressions, de ne vous rien cacher, vous trembliez sans doute pour votre petite folle et vous avez voulu toujours tenir la bride que je vous ai confiée pour toujours, eh bien si j'ai tardé de vous écrire, c'est que j'avais

Fragment d'une lettre de Louise à Renée : première rencontre avec sa famille[1]

La jeune fille qui vient de sortir du couvent retrouve ses parents, le duc et la duchesse de Vernon[2], et son frère, Alphonse de Rhétoré.

---

1. Lov. A 147, f° 3 r°. Ce brouillon est biffé. Il avait été numéroté « 4 » par Balzac. Dans les pages qui suivent, les paragraphes biffés par Balzac sont entre crochets.

2. Dans *Delphine*, de Mme de Staël, romancière adulée par Louise, on trouve une Matilde de Vernon, parente de Delphine qui arrange son mariage.

[en restant chez moi, simplement mise avec de petites étoffes et ménageant ma toilette du soir. La première entrevue a eu lieu de six heures à six heures et demie avant un dîner de cérémonie. Le duc de Vernon a eu pour moi les apparences de la tendresse, il a si parfaitement joué son rôle de père que, dans le premier moment, je lui en ai cru le cœur. Vous voilà donc, fille rebelle, m'a-t-il dit, en entrant, me prenant par la taille et me pressant sur lui pour m'embrasser au front, vous aimez mieux mourir que d'être religieuse, eh bien nous verrons à trouver un mari, mon enfant. Ma mère est entrée, et il lui a dit d'un ton de fine raillerie : je vous présente notre fille, madame de Vernon ; elle vous rendra fière, rendez-la heureuse. Je me suis jetée dans les bras de ma mère, elle ne m'a pas précisément repoussée, nous nous sommes embrassées ; mais quand nous nous sommes séparées, elle a remis en ordre le haut de ses manches froissées, en me disant :
— Votre bonheur, ma fille dépend de vous-même. Un grand beau jeune homme a tiré ma mère d'embarras par son entrée, elle commençait à me trouver encore plus belle qu'elle ne l'imaginait et ne savait plus que me dire. Voici votre frère, Alphonse de Rhétoré, Alphonse voici votre sœur la religieuse. Mon frère aîné m'a regardée avec surprise, m'a saisie et embrassée avec une bien grosse démonstration de plaisir que j'ai crue sincère. J'ai remercié mon père et ma mère de mon changement de condition, on a bientôt annoncé quelques personnes et j'ai fait, suivant l'expression, mon entrée dans le monde. À la manière dont mon père

me présentait, il était facile de voir que je flattais sa vanité ; mais le lendemain je devais être oubliée, il ne se souviendra de sa fille qu'au moment où je deviendrais la pièce nécessaire au succès d'une partie sur son échiquier. Mon père est encore un homme charmant, malgré ses cinquante ans, il a une taille jeune, il est bien fait, sa tournure a des grâces exquises, il a la figure fine, à la fois parlante et muette des diplomates, il cause bien, ne dit que ce qu'il veut dire, il est galant, on le dit très habile, aimé du Roi, mais beaucoup plus d'une belle dame, Madame de Brascatane qui est venue dîner accompagnée d'une comtesse qui est pour le Roi ce que Madame de Brascatane est pour mon père, une Égérie de ces deux Numa constitutionnels. Ces deux dames sont en effet éminemment spirituelles et gracieuses, mais moins que la duchesse car je ne saurais l'appeler ma mère, qui est d'une rare causticité. Ces deux Comtesses m'ont vantée et cajolée, sans aucune affectation, précisément comme il le fallait pour poignarder ma mère qui est encore belle, à la mode et à qui l'on ne donnerait pas plus de trente ans, quoiqu'elle en ait trente-huit ; elle a reçu ces égratignures en souriant[1]]

---

1. Le fragment s'interrompt brusquement.

Fragment d'une lettre à Renée :
Louise à l'hôtel de Chaulieu[1]

[Pourras être dans Paris dont tu ne connais que ce que nous en rêvions comme moi je serai au sein de cette belle nature dont je ne sais que ce que tu m'en as dit.

Je ne te parlerai point des dix jours pendant lesquels je suis restée comme hébétée de douleur, je n'entendais et ne voyais que ma tante effrayée. Je recevais ses soins avec tendresse mais avec une indifférence et comme je délirais, elle s'épouvantait de plus en plus. Par une matinée qui restera marquée en rose dans le livre de ma vie, il est arrivé de Paris une femme de chambre et un domestique de confiance envoyés pour m'emmener. Ma mère de qui je n'ai reçu que deux lettres en huit ans était au bois de Boulogne quand je suis arrivée, mon père assistait à un Conseil aux Tuileries, mon frère aîné le duc de Rhétoré était je ne sais où. Sortie à neuf ans de l'hôtel de Chaulieu pour aller recevoir dans le couvent de ma tante une éducation spéciale, je ne me rappelais de cette habitation que son grand jardin et son magnifique escalier. Je suis montée à mon appartement conduite par ma femme de chambre et je l'ai trouvé d'une élégance qui m'a surprise, mais j'ai su plus tard que son ameublement a été

---

1. Lov. A 147, f° 4 r°. Ce brouillon est biffé. Il avait été numéroté « 4 » par Balzac. On trouve dans la marge une liste d'idées.

pris sur la petite fortune que m'a laissée mon oncle, le Cardinal et qui doit servir à mon entretien ; mon père me donne une voiture, mon appartement et sa table ; je dois payer ma femme de chambre, toute ma toilette, et j'ai quinze cents francs pour faire face à mes dépenses, il me reste à peine cinquante louis pour mes robes, mon linge, mes chapeaux, mes gants, mes souliers, mon blanchissage, je me nomme Mademoiselle de Chaulieu, tout est grand, somptueux, autour de moi, ma première robe a coûté deux louis. Il est clair que ma mère veut me prendre par famine, la richesse de mon appartement qui m'enchantait est une cruauté calculée, et cachée sous les apparences les plus gracieuses. Je suis une étrangère, ou pour dire crûment la vérité, je suis une ennemie, sous le toit paternel. Mais je suis Chaulieu, ils s'en apercevront. Mon plan a été bientôt combiné, la religieuse a sauvé la jeune fille mondaine.]

Idées esquissées dans la marge du folio :

« je ne veux rien de médiocre dans ma destinée »

« il y a dans mon âme des profondeurs où je n'ose descendre et où je renvoie mille idées fantasques »

« je me fatigue à désirer une chose, je m'excite, elle prend à mes yeux des proportions gigantesques, j'ai la fièvre, puis tout tombe, je défaille »

« épanouissement du cœur qui jette les premiers bouillons de la nubilité »

« la nature me doit un amour »

« je saurai deviner celui qui »

« je ne vais pas jouer la comédie virginale et dirai »

« les désirs que j'ai ne reviendront plus, c'est la fusée qui jaillit sans source »

Esquisse d'une lettre mélancolique de Felipe[1]

Elle sera utilisée dans la lettre VI.

[Maintenant que je ne suis plus rien, je puis contempler le moi détruit, me demander pourquoi la vie y est venue ? pourquoi la race chevaleresque par excellence a jeté dans son dernier rejeton ses premières vertus, sa bouillante ardeur, sa luxuriante poésie, son amour africain, si toutes ces fleurs devaient y être contenues sans que le soleil les fît éclore, si la greffe devait conserver sa rugueuse enveloppe sans effeuiller ses mille parfums du haut de la superbe tige ? Quel crime ai-je commis ? malgré ma fortune et ma naissance avant de naître pour n'avoir inspiré d'amour à personne ? Si le monde a refusé mes nobles offrandes, Dieu ce grand pis-aller des malheureux les acceptera sans doute, et peut-être est-ce pour les chrétiens] issus de l'Orient qu'il a mis à sa gauche une Ève céleste, une Marie qui console des amours fugitifs par d'éternelles amours.

---

1. Lov. A 147, f° 2. Nous donnons le texte sans tenir compte de tous les repentirs (qui peuvent être consultés dans la transcription de Thierry Bodin, *L'Année balzacienne*, 1974, p. 41).

[Je n'ai fait du mal à personne, car tu considéreras bientôt comme dû ce que je t'ai donné (*1 mot ill.*) ? et ma vie passée n'a point de souvenir]

Figure grave, austère mais dorée par les lointaines clartés d'une méditation rêveuse – le front d'un ton chaud exprime une résignation sans espérance, sa douleur muette a le prestige d'un abyme, le regard veut en pénétrer le fond, le regard entraîne la tête, le cœur et la femme si elle demeure un instant de plus à le contempler

Les 3 portraits de Felipe

Les amants religieux
L'amour crucifié
Serafina[1]

Reste orgueilleux d'une race déchue, force inutile, amour perdu, vieux jeune homme, j'attendrai la dernière faveur de la mort ici mieux qu'ailleurs, car sous ce ciel brumeux il est impossible qu'une étincelle tombe sur ces cendres.

---

1. Trois titres notés en marge du paragraphe précédent.

ANNONCE DE LA PARUTION DU ROMAN
La Presse, 19 novembre 1841

Les *Mémoires de deux jeunes mariées*, auxquels M. de Balzac a consacré plusieurs années, n'offrent, malgré leur titre, rien qui ne soit en harmonie avec ce qu'on est en droit d'attendre de l'auteur d'*Ursule Mirouët*. Des jeunes filles, sorties du même couvent dans l'état d'ignorance où les a maintenues l'éducation du cloître, mais riches de leurs propres observations et de leurs pensées mises en commun, s'élancent toutes les deux dans la vie du monde, l'une en faisant un mariage d'inclination, l'autre un mariage de convenance, et de la comparaison de leurs destinées, il résulte que le mariage, dans notre société, se fonde bien plus sur la maternité que sur la passion. C'est, en un mot, un éclatant démenti donné à toutes les théories nouvelles sur l'indépendance de la femme, et un ouvrage écrit dans un but essentiellement moral, avec toutes les finesses du style qu'exigeait le sujet, car il s'agissait de rendre toutes les délicatesses de la femme. M. de Balzac s'est tiré de ces difficultés avec son éminente supériorité habituelle ; nos lecteurs pourront en juger sous quelques jours.

PRÉFACE DE L'ÉDITION ORIGINALE

Cette préface, absente de la prépublication dans La Presse, *a été écrite pour la première édition en deux volumes chez H. Souverain, en 1842. Balzac la supprime au moment de la réédition du roman dans* La Comédie humaine *(Furne, 1842). Conformément à la tradition du roman épistolaire, elle crée l'illusion d'une correspondance trouvée et publiée avec des « arrangements » limités.*

Chacune de ces lettres se composait de fragments. Si quelques-unes, faciles d'ailleurs à reconnaître, sont sorties d'un seul jet et comme une flamme, de cœurs oppressés ou heureux, les autres sont écrites à diverses reprises. Ces dernières étaient alors ou le résultat des observations faites pendant quelques jours, ou l'histoire d'une semaine. Le livre, cette chose plus ou moins littéraire qui doit passer sous les yeux du public, a exigé la fusion de ces éléments. Peut-être fut-ce un tort. La critique ou la louange, d'indulgentes amitiés, des inimitiés tout aussi fidèles le diront à celui qui mit en ordre cette succession curieuse, à lui léguée par une main amie et sans aucune circonstance romanesque. Si le succès le voulait ainsi, en recourant aux originaux on pourra rétablir les lettres dans leur première expression. Nous donnerons alors toutes les réponses de Renée parmi lesquelles nous avons dû faire un choix, uniquement pour éviter les longueurs. La publication d'une correspondance, chose assez inusitée depuis bientôt quarante ans, ce mode si vrai de la pensée sur lequel ont reposé la plupart des fictions littéraires du dix-huitième siècle, exigeait aujourd'hui les plus grandes précautions. Le cœur est prolixe.

Tout le monde approuvera le changement des noms, déférence due à des personnes qui sortent de maisons historiques dans deux pays.

Cette correspondance, en désaccord avec les vives et attachantes compositions de notre époque si amoureuse de drame, et qui fait momentanément bon marché du style, pourvu qu'on l'émeuve, demande une certaine indulgence. Elle se place naturellement sous la protection des lecteurs choisis, rares aujourd'hui, et dont les tendances d'esprit sont en quelque sorte contraires à celles de leur temps.

Si l'éditeur avait voulu faire un livre au lieu de publier une des grandes actions privées de ce siècle, il s'y fût pris autrement : on doit le croire. Cependant il ne renie point la part qu'il a dans la correction, dans l'arrangement, dans le choix de ces lettres ; mais son travail ne va pas au-delà de celui du metteur en œuvre.

De Balzac
Aux Jardies, mai 1840

RÉCEPTION

Réponse de George Sand à la dédicace du roman

Paris, février 1842

Mon ami, je suis bien touchée de votre dédicace et bien enchantée de votre livre. M. Souverain me l'a fait attendre plusieurs jours, et j'ai passé les deux dernières nuits à le lire. Je suis fière aussi de cette dédicace, car le livre est une des plus belles choses que vous ayez écrites. Je n'arrive pas à vos conclusions, et il me semble au contraire que vous prouvez tout l'opposé de ce que vous voulez prouver. C'est le propre de toutes les grandes intelligences de sentir si vivement et si naïvement le *pour* et le *contre* (ces deux faces de la vérité, que la science sociale et philosophique saura concilier un jour), qu'elles laissent après elles deux sillons lumineux par lesquels les hommes marchent à leur gré, aimant le poète pour des raisons fort diverses et fort bien fondées de part et d'autre.

Il y a longtemps que je rêve de faire sur vous un long article de discussion sérieuse où vous seriez peut-être plus contredit en mille choses que vous ne l'avez jamais été, et où vous seriez cependant placé à une hauteur où personne n'a su vous mettre. Je trouve qu'on ne vous a jamais compris, et il me semble que moi je vous comprends bien. Je ne ferai pourtant jamais ce travail sans votre assentiment, et ne le publierai pas non plus sans vous le soumettre. Juger ses amis malgré eux, ne m'a jamais semblé de bonne foi, ni de bonne amitié.

À laisser à part toute discussion de *fond*, et à ne voir que le talent, vous en avez eu dans ce livre sous une face nouvelle. Outre mille choses exquises de noblesse et de chasteté voluptueuse, il y a une peinture du sentiment maternel, puéril quelques fois (je vous admire trop pour vous cacher rien de mon impression) mais sublime presque toujours. Ainsi je trouve que vous lavez trop ces enfants devant nous ! et cependant avec quel art prodigieux et quelle charmante poésie, vous nous faites malgré tout accepter toutes ces éponges et tous ces savons ! Mais la lettre sur l'enfant malade est si vraie, si énergique, si sublime qu'il faut, mon cher, que vous ayez, suivant nos idées de Leroux, un souvenir d'existence antérieure où vous auriez été femme et mère. Après tout vous savez tant de choses que personne ne sait. Vous vous assimilez tant de mystères du *non moi* (n'allez pas rire !) que je trouve en vous la plus victorieuse confirmation du système pythagoricien de notre philosophe. Vous êtes un *moi* exceptionnel, infiniment puissant, et doué de la mémoire que les autres pauvres diables de *moi* ont perdue. [...]

Gaschon de Molènes sur les Mémoires
de deux jeunes mariées, *janvier 1842*[1]

Enfin, quand M. Sue n'aurait pas eu d'autre mérite, nous devons lui savoir bon gré de nous avoir tirés un instant du labyrinthe obscur, sinueux, inextricable, où M. de Balzac nous ramène avec les deux gros volumes d'analyse philosophique et morale qu'il a appelés *Mémoires de deux jeunes mariées*.

Tout ce que je disais tout à l'heure sur la forêt que nous décrit M. Sue, appliquez-le au roman de M. de Balzac. Des rameaux échevelés, des plantes exubé-rantes, une végétation monstrueuse, un fouillis de choses mauvaises, des herbes parasites et des bêtes rampantes, figurez-vous tout cela moins la majesté des grands arbres, le ciel qu'on voit à travers les branches, et vous aurez une idée de l'impression que ce livre laisse dans l'esprit. L'auteur de la *Physiologie du mariage* donne à ses œuvres une sorte d'immora-lité qui lui est particulière, et dont je le croirais volon-tiers l'inventeur. Ce n'est pas cette immoralité légère, toute dans l'image, toute à la surface, que présentent La Fontaine et Parny, libertinage railleur qui s'accuse lui-même et qu'on se surprend sans cesse à excuser ;

---

1. Légitimiste et catholique fervent, Gaschon de Molènes était un militaire et en même temps un romancier et critique reconnu. Il consacre au roman de Balzac un passage de son article « Poètes et romanciers modernes de la France », dans la *Revue des Deux Mondes*, janvier 1842, p. 979-986.

ce n'est pas non plus cette immoralité passionnée des disciples de Jean-Jacques dont les sources profondes jaillissent des parties les plus reculées du cœur, entraînement aveugle dont l'ardeur subjugue quelquefois et que sa sincérité fait toujours absoudre ; non, c'est une immoralité pédante, érudite, presque inconnue aux gens du monde, celle que les goûts malsains des écoliers leur font déterrer au fond des traités de médecine. [...] Son histoire commence au dernier jour que ses deux héroïnes passent dans leur couvent ; il n'a pas voulu qu'un seul événement de la vie des femmes, une seule de leurs impressions, échappât à son analyse. Louise de Chaulieu et Renée de Maucombe sont deux pensionnaires unies entre elles par une de ces ardentes et enthousiastes amitiés dont les grands jardins des couvents ont tous caché sous leurs ombrages les épanchements romanesques. [...] À l'une les jouissances savamment ménagées, le plaisir pris par doses prudentes, enfin, comme le dit M. de Balzac, *le bonheur en coupes réglées* ; à l'autre tous les emportements, toutes les violences, tout le délire de la passion. Ce qui achève de mettre entre ces deux existences une différence plus profonde encore, c'est la réalisation de l'espérance de Renée. Mme de l'Estorade devient mère ; alors, tandis que d'un côté le rôle de mari est élevé à de telles proportions, qu'il n'est point d'homme capable d'être à sa hauteur, de l'autre, il est tellement abaissé, qu'il suffit pour le remplir d'un *animal* [...] pourvu que ce soit un animal bien dressé. Pour Louise, Felipe est tout, elle souhaite presque de ne pas avoir d'enfants, dans la crainte d'avoir à partager son amour ; pour Renée, l'Estorade n'est rien, elle s'écrie quelque part qu'elle le tuerait volontiers s'il s'avisait de troubler le sommeil de son fils. Certes, l'amour maternel a inspiré de notre temps bien des tirades ampoulées. Je ne sais quel caprice éprouvé en même temps par tous les écrivains de notre époque a fait de ce sentiment sacré qu'on ne saurait traiter avec trop de réserve et couvrir de trop de voiles, le texte des disser-tations les plus étendues et des plus bruyantes déclama-tions. Eh bien ! jamais poète dramatique ou romancier n'avait encore exprimé l'enthousiasme maternel avec une fougue d'expression semblable à celle que déploie M. de Balzac. C'est une ivresse, c'est un délire, une violence de caresses, une fureur d'épanchements, qui ont quelque chose de répugnant et de pénible en ce qu'ils offensent une sorte de pudeur, celle que la mère sait si bien allier, dans la divine expression de son amour, aux marques de la sensibilité la plus vive et de la plus ineffable tendresse. M. de Balzac, qui a tâché quelquefois, au milieu de toutes les incohérences de ses pensées et de son style, d'emprunter à la religion catholique quelques-unes de ses inspirations, M. de Balzac doit savoir que la mère par excellence est celle qui est au-dessus de l'autel ; celle-là ne se roule jamais aux pieds de son enfant, quelque cet enfant soit en même temps son Dieu. À vouloir expliquer le divin regard plein de foi sincère et d'ardente espérance que la mère attache sur son fils, à le traduire par une série de phrases remplies d'une passion désordonnée, il y a la même profanation qu'à vouloir interpréter en désirs impurs, formuler d'une façon précise le regard plein de curiosité et d'admiration naïve que la jeune fille, devant une glace, attache sur sa beauté. Il n'est pas de mystère que M. de Balzac respecte, ceux-là même que la pudeur du corps et celle de l'âme s'unissent pour protéger. Rien de plus hideux que le récit d'accouchement qui est contenu dans un des passages de son livre. Là où la souffrance étend comme un triple voile, là où le corps de la femme, purifié par les divines tortures du martyre, devient quelque chose de plus chaste que celui de la jeune fille, là où l'on doit détourner les yeux avec tremblement, M. de Balzac n'abaisse pas un instant son regard. Il y a dans une lettre de Renée une horrible analyse de toutes les impressions de la femme pendant que la douleur est dans ses entrailles et l'auréole sur son front. Cette analyse ne m'a même point paru exacte ; mais Dieu me préserve de la discuter !

Cependant l'action continue. Renée, après les premières frénésies de sa passion maternelle, est ramenée par cette passion même à s'occuper de son mari. Pour que ses enfants aient un jour l'avenir qu'elle veut leur préparer dès le berceau, il faut que leur père suive une carrière brillante. Elle travaille avec une activité, que le succès couronne, à la fortune de M. de l'Estorade. Elle en fait un député, elle sollicite pour lui des décorations et des titres ; enfin, sauf le vertige que lui donnent par instants ses accès d'enthousiasme lyrique, lorsqu'elle parle biberon ou maillot, elle marche dans la vie de ce pas prudent et sûr qui mène infailliblement à un but.

Mais que devient Louise ? Son amie nous l'apprend (je m'empresse de copier le texte, il y aurait trop de péril à vouloir chercher des expressions pour la pensée qu'il contient) : « Avec l'âme d'Héloïse et les sens de sainte Thérèse, tu te livres à des égarements sanctionnés par les lois ; en un mot, tu dépraves le mariage. » Aussi la catastrophe qu'amènent tous les excès ne se fait pas longtemps attendre pour la baronne de Macumer ; elle est bizarre, imprévue ; il faut relire plusieurs fois les incroyables lettres qui l'annoncent pour être sûr de ne pas s'être trompé. Felipe meurt. Pourquoi meurt-il ? C'est ce que j'ai cru comprendre seulement à l'endroit où Renée dit à Louise, prête à contracter un nouveau mariage et à s'enfuir avec son second mari dans la retraite : « Comment ! Louise, après tous les malheurs intimes que t'a donnés une passion partagée, tu veux vivre avec un mari dans la solitude ? Après en avoir tué un en vivant dans le monde, tu veux te mettre à l'écart pour en dévorer un autre ? » [...] Voilà une femme qui mériterait bien plus le nom de Barbe-Bleue que la jolie héroïne du *Morne-au-Diable*. Heureusement pour l'époux menacé que le ciel le protège. Cette fois, c'est la femme qui succombe dans l'horrible duel sans témoins qu'elle soutenait sous le couvert de la loi. Celui que Louise appelait sa proie était un homme plus jeune qu'elle de six ans, aussi beau que Felipe était laid. Tous les déchirements de la passion, ses transports qui épuisent, ses inquiétudes qui tuent, étaient du côté de l'ancienne baronne de Macumer. Un soupçon jaloux la frappe mortellement au cœur. Il était temps pour le second époux qu'elle sortît de ce monde.

Tel est le dénouement de ce drame ; mais, avant de s'abaisser sur le cadavre de Louise, la toile nous laisse voir Renée heureuse, ses enfants couronnés des lauriers du concours, et son mari endormi dans un fauteuil de pair de France.

Quand on vient de lire un pareil livre, on se demande quelle pensée l'a produit, quel sens il peut vouloir cacher. M. de Balzac a-t-il cru réellement qu'il nous offrait de fidèles peintures, qu'il faisait une œuvre propre à produire illusion, comme *La Nouvelle Héloïse* ? ou bien a-t-il voulu simplement continuer, sous une forme nouvelle, ce fameux traité plein d'érudition graveleuse qui a commencé sa réputation[1] ? Quoi qu'il en soit, l'impression définitive que laisse cet ouvrage est celle-ci : un sentiment de répulsion et de dégoût causé par le spectacle d'une science corrompue qui cherche, dans ses honteux mystères, l'explication des choses les plus belles, les plus simples et les plus pures de la vie. En retranchant du roman de M. de Balzac les réflexions cyniques, les interprétations flétrissantes, les faux et ridicules systèmes qu'il bâtit sur chaque fait, que se dégage-t-il ? l'histoire de deux jeunes femmes qui cherchent toutes deux le bonheur, l'une dans les jouissances de l'amour, l'autre dans celles de la maternité. Certes, il fallait une singulière adresse et une façon toute particulière d'envisager

---

1. Allusion à la *Physiologie du mariage* de 1829.

la vie, pour tirer une œuvre immorale de cette donnée. L'analyse de M. de Balzac corrompt et dégrade
tous les sentiments auxquels elle s'attaque. Dans le
magnifique abandon de l'amour, dans ses divins épanchements, dans ses inénarrables voluptés, il trouve
matière à l'application de tous les axiomes dépravés
d'un libertinage pédantesque. Dans le bonheur austère
de la maternité, dans ses chastes effusions, dans ses
joies bénies, il trouve matière à des observations qui
révoltent les sens et blessent la pudeur. Un seul mot,
celui que nous avons cité déjà, *la savante virginité* suffit à montrer tout l'esprit de ce livre. Une savante virginité ! Est-il une expression plus monstrueuse ? [...]
Unir virginité et savante, c'est le plus barbare, le plus
affreux, le plus absurde accouplement de pensées et de
mots qu'on ait jamais pu inventer.

Le roman de M. de Balzac aurait été mille fois
moins immoral s'il avait placé dans la vie de ses
héroïnes ces passions qui fondent sur le cœur comme
un orage et y déracinent tous les principes. La grande
immoralité de cet ouvrage consiste en ce qu'il y a de
régulier, de sanctionné par les lois dans les actions
qu'il explique. Moins il y a de drame et d'événements
dans ce livre, plus il se rapproche de la vie ordinaire,
plus cette immoralité augmente, parce qu'alors il
prend tout à fait la forme d'un traité pratique. Au reste,
l'idée que l'auteur a voulu effectivement y renfer-
mer un traité de la vie conjugale, est l'hypothèse pour
laquelle je penche le plus volontiers ; c'est le même
ton doctoral que dans la *Physiologie du mariage*, les

mêmes remarques minutieuses sur les phénomènes les plus intimes de la vie animale. Un pareil livre pourrait être annoté par un docteur en médecine.

Quant au style, il est diffus, violent et désordonné, plein d'expressions fabriquées et d'images incohérentes. Tous ses procédés sont empruntés à la langue intempérante et passionnée des derniers temps de notre littérature, à cette langue qui, possédée du désir de tout rendre, entasse tantôt des métaphores qui s'excluent, et tantôt fait subir aux mots le travail de décomposition que la pensée fait subir aux sentiments. À présent, c'est un langage dont nous pouvons nous rendre compte, parce qu'il répond à des préoccupations, à des inquiétudes contre lesquelles nous avons tous à nous défendre quand nous prenons la plume. Je ne connais pas un seul écrivain dont l'esprit n'ait eu à souffrir de ce besoin irrésistible de combinaisons nouvelles qui rend le style d'aujourd'hui impétueux et tourmenté. [...]

Au reste, si l'on veut formuler sur M. de Balzac un jugement qui atteigne à la fois le fond et la forme de son ouvrage, rien ne peut mieux rendre les instincts auxquels il obéit, le genre d'attraits qui le captive, et, il faut bien le dire aussi sans hypocrite détour, le genre d'intérêt qu'il excite quelquefois, qu'une comparaison dont il se sert lui-même et que nous copions mot pour mot : « Mon mari (c'est Renée de l'Estorade qui écrit) va me chercher à Marseille les plus belles oranges du monde, il en a demandé de Malte, de Portugal, de Corse ; mais ces oranges, je les laisse, je cours à

Marseille, quelquefois à pied, y dévorer de méchantes oranges à un liard, quasi pourries, dans une petite rue qui descend au port ; leurs moisissures bleuâtres ou verdâtres brillent à mes yeux comme des diamants : j'y vois des fleurs, je n'ai nul souci de leur odeur cadavéreuse, et leur trouve une saveur irritante, une chaleur vineuse, un goût délicieux. »

*Eugène Poitou, « M. De Balzac, ses œuvres,
et son influence sur la littérature contemporaine*[1] *»*

Dans ceux mêmes de ses écrits où le ton est le plus sérieux, où il parle du mariage avec le plus de respect apparent, il lui arrive à chaque instant de jeter de ces aphorismes ou de ces détails répugnants qu'il emprunte à sa science favorite, et qui blessent alors l'oreille comme une note aigre dans une mélodie. Dans la *Recherche de l'Absolu* par exemple, au milieu du portrait gracieux de Mme Claës on tombe tout à coup dans des allusions fâcheuses aux mystères de l'alcôve et du lit conjugal. Dans *Ursule Mirouët*, livre dédié à une jeune fille, écrit pour les jeunes filles, il dissertera touchant « le phénomène inexplicable de la génération ». Celui de ses livres où ce défaut est le plus marqué peut-être, ce sont les *Mémoires de deux jeunes*

---

1. Extrait d'un article publié dans la *Revue des Deux Mondes*, 15 décembre 1856, p. 713-767.

mariées. Peindre cette phase charmante de la vie de la femme où la jeune fille se transforme en épouse et en jeune mère, analyser les mystérieux et confus sentiments qu'éveille dans des âmes vierges cette fraîche saison des chastes amours, soulever sans le déchirer le voile pudique qui couvre toutes ces choses intimes et saintes, – pour une telle tâche il fallait une main légère, délicate et discrète ; il fallait, disons-le, toutes les qualités qui manquaient à M. de Balzac. Aussi ce poème aimable de la jeune maternité, comme il le déflore et le souille ! Ce tableau, à la fois austère et gracieux de l'amour légitime, comme il le revêt d'une teinte de matérialisme ! Les sentiments, sous son pinceau, deviennent des appétits ; les affections de l'âme se changent en brutales convoitises, l'amour n'est plus que le plaisir des sens et le mariage qu'une source de voluptés légales. On assiste au plus triste de tous les spectacles, celui de jeunes cœurs gâtés par une science honteuse et atteints d'une corruption précoce. On entend des lèvres roses, où devrait s'épanouir le sourire de la candeur, débiter des maximes dépravées et mêler aux doux rêves du cœur les déplorables calculs d'un sensualisme raffiné. Ici c'est une fiancée qui se vante d'apporter en dot à son mari *sa savante virginité*, et qui, pédante raisonneuse, stipule avec lui à quelles conditions elle aliénera sa liberté et livrera son cœur. Ailleurs c'est l'épouse philosophe, « ayant étudié le code dans ses rapports avec l'amour conjugal », qui développe à son amie l'application qu'elle sait faire dans son ménage des théories de Malthus.

Plus loin l'une des amies reproche à son amie, qui a, dit-elle, « l'âme d'Héloïse et les sens de sainte Thérèse, de se livrer à des égarements sanctionnés par les lois et de dépraver l'institution du mariage », ajoutant que, « après avoir tué un premier amant, elle est arrivée à tuer l'amour. » Enfin, et ceci explique comment le livre est dédié à Mme Sand, çà et là sont semés quelques-uns de ces pitoyables sophismes du roman contemporain contre le mariage, institution tyrannique, incompatible avec l'amour et le bonheur dans l'amour, où la femme est sacrifiée à la famille, et, d'être moral qu'elle était auparavant, devient une chose. On trouve aussi des invocations au culte des sens du genre de celle-ci : « Oh Renée il y a cela d'admirable que le plaisir n'a pas besoin de religion, d'appareil ni de grands mots ; il est tout par lui-même, tandis que, pour justifier les atroces combinaisons de notre esclavage et de notre vassalité, les hommes ont accumulé les théories et les maximes. »

M. de Balzac ne comprend pas l'amour dans le mariage. Lors même qu'il s'efforce le plus de l'idéaliser, ou bien il le fausse, ou bien il le rabaisse ; il en fait ou un rêve lascif, ou un sentiment grossier.

CHRONOLOGIE

1799 : Le 20 mai, naissance d'Honoré Balzac à Tours, fils de Bernard-François Balzac et d'Anne-Charlotte-Laure Sallambier. Il est placé en nourrice à Saint-Cyr-sur-Loire jusqu'à l'âge de quatre ans. Il aura deux sœurs, Laure (née en 1800), Laurence (née en 1802) et un frère, Henry (né en 1807), fils adultérin de Jean de Margonne, châtelain de Saché, ami de la famille Balzac.

1804 : Pension Le Guay à Tours.

1807 : Il est envoyé à l'internat du collège des Oratoriens de Vendôme où il demeurera pendant six ans.

1813 : Pendant l'été, il est placé à l'institution Ganser, à Paris.

1814 : Collège à Tours, puis, son père ayant été nommé directeur des vivres, il part avec sa famille pour Paris, rue du Temple.

1815-1816 : Il entre comme clerc chez l'avoué Guillonnet-Merville. Il suit des cours au Muséum d'histoire naturelle et à la Sorbonne. En novembre 1816, il s'inscrit à la faculté de droit.

1818 : En avril, il rejoint l'étude d'un notaire, maître Passez, qui habite dans la même maison, rue du Temple. Il rédige des notes sur l'immortalité de l'âme.

1819 : Retraité de l'administration militaire, Bernard-François Balzac se retire à Villeparisis avec sa famille. Bachelier en droit depuis janvier, Balzac souhaite devenir écrivain. Il reste à Paris dans une mansarde rue Lesdiguières pour écrire une tragédie, *Cromwell*, qui sera un échec.

1820 : Il commence *Falthurne*, un récit qui restera inachevé. Ses parents mettent fin à la location de la mansarde. 18 mai : mariage de sa sœur Laure avec Eugène Surville.

1821 : *Sténie*, récit inachevé. 1er septembre : mariage de sa sœur Laurence avec M. de Montzaigle.

1822 : Début de la liaison de Balzac avec Laure de Berny, la Dilecta, qui a déjà quarante-cinq ans. La liaison durera jusqu'à la mort de celle-ci, en 1836. Il habite à Paris, dans le Marais, avec sa famille, rue du Roi-Doré. Il publie des récits sous le pseudonyme de lord R'Hoone, et signe *Le Centenaire* et *Le Vicaire des Ardennes* Horace de Saint-Aubin.

1823 : Séjour en Touraine et publication de *La Dernière Fée* sous le nom d'Horace de Saint-Aubin.

1824 : Balzac s'installe rue de Tournon et publie sous le nom Horace de Saint-Aubin *Annette et le criminel*, ainsi que sous anonymat *Du droit d'aînesse*.

1825 : Il s'associe avec Urbain Canel pour la réédition des œuvres de Molière et de La Fontaine. Début de la liaison avec la fantasque duchesse d'Abrantès, qu'il aidera à rédiger ses mémoires. Leur liaison se transformera en amitié durable. Publie en mars *Code des gens honnêtes*.

1825-1828 : Il obtient un brevet d'imprimeur et exploite une fonderie de caractères d'imprimerie, qui fait faillite. Balzac se retrouve lourdement endetté.

1828 : Il s'installe au printemps rue Cassini, près de l'Observatoire (où se promènera Lousteau dans *Illusions perdues*). Il revient alors à la littérature et séjourne à Fougères, chez le général de Pommereul, pour préparer *Les Chouans*. Projet de l'*Histoire de France pittoresque*.

1829 : Il est introduit dans plusieurs salons : chez Sophie Gay, chez le baron Gérard, chez Mme Récamier… Il débute une correspondance avec Zulma Carraud, qui lui fera des confidences sur son rôle de mère, utiles pour la rédaction des lettres de Renée dans *Mémoires de deux jeunes mariées*. Mort du père de Balzac le 19 juin. En mars, il a publié sous son nom « Honoré Balzac » *Le Dernier Chouan*, premier roman qui aura sa place, bien plus tard, dans *La Comédie humaine*. En décembre est publiée la *Physiologie du mariage*, « par un jeune célibataire ».

1830 : Balzac collabore à deux revues connues, la *Revue de Paris* et la *Revue des Deux Mondes*, ainsi qu'à des journaux : *Le Feuilleton des Journaux politiques*, *La Mode*, *La Silhouette*, *Le Voleur*, *La Caricature*. Il signe désormais « Honoré de Balzac ». Il voyage avec Mme de Berny sur la Loire pendant l'été et à l'automne il fréquente le salon de Charles Nodier. Il publie plusieurs des « Scènes de la vie privée », dont *Le Bal de Sceaux* et *La Maison du Chat-qui-pelote*, sur le mariage.

1831 : Reconnu comme écrivain, il mène une vie mondaine. Il a des ambitions politiques et publie l'*Enquête sur la politique des deux ministères* (avril). En librairie : *La Peau de chagrin*, sous la rubrique *Romans et contes philosophiques*, avec *Sarrasine*, *La Comédie du Diable*, *El Verdugo*, *L'Enfant maudit*, *L'Élixir de longue vie*, *Les Proscrits*, *Le Chef-d'œuvre inconnu*, *Le Réquisitionnaire*, *Étude de femme*, *Les Deux Rêves*, *Jésus-Christ en Flandre*, *L'Église*.

1832 : Première lettre de l'Étrangère (Mme Hanska). Il se lie avec la marquise de Castries, et par son intermédiaire il rejoint le parti légitimiste. Il publie dans cette période plusieurs articles politiques. Il rejoint Mme de Castries en août à Aix-les-Bains puis en octobre à Genève. Mais il est éconduit. Il se rend alors auprès de Mme de Berny. Il publie des « Scènes de la vie privée » : *La Bourse*, *Adieu*, *Le Curé de Tours*, plusieurs nouvelles qui formeront *La Femme de trente ans*, *Madame Firmiani*, *L'Auberge rouge*, *Louis Lambert*, *La Transaction* (*Le Colonel Chabert*). En marge des « Scènes de la vie privée », il compose les *Contes drolatiques*.

1833 : La correspondance avec Mme Hanska devient régulière et il la retrouve pour la première fois, en septembre, à Neuchâtel puis à Genève pour Noël. Idylle secrète avec Marie Daminois. Il signe avec Mme Béchet le contrat pour la publication des *Études de mœurs au xixe siècle*, qui paraîtront entre 1833 et 1837 en douze volumes. Il publie *Le Médecin de campagne*, *Eugénie Grandet*, *La Femme abandonnée*, *La Grenadière*, *L'Illustre Gaudissart*.

1834 : Naissance de Maria du Fresnay, fille de Balzac et de Marie Daminois. Il rencontre la comtesse Guibodoni-Visconti, d'origine anglaise. Elle a épousé un comte milanais qui chargera Balzac de diverses missions en Italie. Jules Sandeau est son secrétaire. Il publie *Les Marana*, *Ferragus*, *La Duchesse de Langeais*, *La Recherche de l'Absolu*, *Même histoire (La Femme de trente ans)*, *Un drame au bord de la mer*.

1835 : Balzac déménage une nouvelle fois, à Chaillot. Liaison avec la comtesse Guibodoni-Visconti, qui deviendra une amie fidèle et l'aidera parfois financièrement. Début de la publication des *Études philosophiques* chez Werdet. En mai, il rejoint la famille Hanska à Vienne et en Autriche. Il ne reverra Mme Hanska que huit ans plus tard. Parution du *Père Goriot*, de *La Fleur des pois* (*Le Contrat de mariage*) et de *Séraphîta*. À la fin de l'année, Balzac prend une participation majoritaire dans *La Chronique de Paris*, un journal littéraire et politique. Déçu par Sandeau, Balzac choisit deux autres secrétaires. Il publie *Le Père Goriot*, *La Fille aux yeux d'or*, *Melmoth réconcilié*, *Le Contrat de mariage*, *Séraphîta*.

1836 : Naissance de Lionel-Richard Guibodoni-Visconti, son fils naturel supposé. En juillet, il doit liquider *La Chronique de Paris*, dont la faillite augmente sa dette. Il séjourne à Turin lorsque Mme de Berny décède le 27 juillet. Parution de *L'Interdiction* (l'histoire de Mme d'Espard). En mars, le début du *Cabinet des Antiques* est paru dans *La Chronique de Paris* (la suite sera publiée en 1838) et *La Vieille Fille* paraît en feuilleton dans *La Presse* (en octobre-novembre). Publication en librairie du *Lys dans la vallée* et de *L'Interdiction*.

1837 : Voyage en Italie (février-mai). Publication en librairie de *La Vieille Fille*, *Illusions perdues* (la première partie), *La Messe de l'athée*, *La Grande Bretèche*, *Facino Cane* et *César Birotteau*.

1838 : Séjour à Frapesle (près d'Issoudun) chez les Carraud, coupé d'un voyage à Nohant chez George Sand. Voyage en Sardaigne (mars-avril) où il espérait exploiter des mines argentifères. Séjour au nord de l'Italie en mai. En juillet, installation aux Jardies, à la lisière de Ville-d'Avray, qui sera aussi la retraite de Louise après son mariage avec Marie Gaston. En librairie : *La Femme supérieure*, *La Maison Nucingen*, *La Torpille* (début de *Splendeurs et misères des courtisanes*).

1839 : En avril, Balzac devient président de la Société des gens de lettres. Première candidature à l'Académie française. Trois autres suivront sans succès en 1842 et en 1848. Il publie *L'École des ménages*, *Le Cabinet des Antiques*, *Gambara*, *Une fille d'Ève*, *Massimilla Doni*, *Béatrix* (deux parties).

1840 : En octobre, il s'installe à Passy, rue Basse (aujourd'hui Maison de Balzac, 47, rue Raynouard). Publications : *Pierrette*, *Pierre Grassou*, *Les Secrets de la princesse de Cadignan*.

1841 : Échec de *Vautrin* au théâtre. Le 2 octobre, il signe un traité avec Charles Furne et un groupe de libraires pour la publication de *La Comédie humaine* (dix-sept volumes de 1842 à 1848 et un volume posthume en 1855). Mort du comte Hanski le 10 novembre. Publications : *Le Curé de village*, *La Fausse Maîtresse* (dans *Le Siècle*). Début de la publication des *Mémoires de deux jeunes mariées* en décembre dans *La Presse*.

1842 : Brouille avec Mme Hanska et réconciliation en juin. Publication en librairie des *Mémoires de deux jeunes mariées* en janvier, *Ursule Mirouët*, *La Rabouilleuse*. Début de la parution de *La Comédie humaine*.

1843 : De juillet à octobre, séjour à Saint-Pétersbourg où il retrouve Mme Hanska après huit ans de séparation, et retour par l'Allemagne et la Belgique. Le 26 septembre, création à l'Odéon de *Paméla Giraud*. Publications : *Une ténébreuse affaire*, *La Muse du département*, *Honorine*, *Illusions perdues* (les trois parties : *Les Deux Poètes*, 1837 ; *Un grand homme de province à Paris*, 1839 ; *Les Souffrances de l'inventeur*, 1843).

1844 : 19 mars, création à l'Odéon des *Ressources de Quinola*. Publications : *Albert Savarus*, *Autre étude de femme*, *Ursule Mirouët*, *Un début dans la vie*, *Les Deux Frères* (*La Rabouilleuse*), *Modeste Mignon*, *Les Paysans* (début), *Béatrix* (2e partie), *Gaudissart II*.

1845 : Mai-août : voyage à Dresde avec Mme Hanska, sa fille Anna et son fiancé le comte Mniszech. Mme Hanska vient en France et Balzac part avec elle en Allemagne et en Italie. Publications : *Un homme d'affaires*, *Les Comédiens sans le savoir*, *Splendeurs et misères des courtisanes* (3e partie).

1846 : Fin mars, voyage avec Mme Hanska à Rome, en Suisse et en Allemagne. Le 13 octobre, à Wiesbaden, Balzac est le témoin d'Anna Hanska qui épouse le comte Mniszech. Au début du mois de novembre, Mme Hanska accouche d'un enfant mort-né. *Petites scènes de la vie conjugale*. *L'Envers de l'histoire contemporaine* (première partie). *La Cousine Bette*.

1847 : De février à mars, Mme Hanska demeure avec Balzac, qui a déménagé rue Fortunée à Paris (aujourd'hui rue Balzac). Elle devient sa légataire universelle. Il la rejoint à Wierzchownia, dans sa résidence ukrainienne, en septembre. *Le Cousin Pons*. *La Dernière Incarnation de Vautrin* (dernière partie de *Splendeurs et misères des courtisanes*).

1848 : Il regagne Paris le 15 février. Il assiste à la révolution et envisage une candidature aux élections législatives, mais il repart finalement pour l'Ukraine à l'automne où il reste jusqu'au printemps suivant.

1849 : Deux candidatures sans succès à l'Académie française, le 11 et le 18 janvier. Balzac séjourne en Ukraine toute l'année. Sa santé se dégrade.

1850 : Le 14 mars, il épouse Mme Hanska à Berditcheff. Mais il rentre malade à Paris le 20 mai et meurt le 18 août. Enterrement au cimetière du Père-Lachaise.

1855 : Publication posthume des *Paysans*, achevés par Mme Hanska. Édition (débutée en 1853) des *Œuvres complètes* en vingt volumes par Houssiaux.

1856-1857 : Publication posthume des *Petits Bourgeois*, roman terminé par Charles Rabou.

1869-1876 : Édition définitive des *Œuvres complètes* de Balzac en vingt-quatre volumes chez Michel Lévy, puis Calmann-Lévy. Dans les *Scènes de la vie parisienne*, *Splendeurs et misères des courtisanes* (les quatre parties).

BIBLIOGRAPHIE SÉLECTIVE

Manuscrits

Manuscrits du fonds Lovenjoul de l'Institut (A 203, A 147 et A 384) : fragments manuscrits pour *Sœur Marie des Anges.*

Album, *Pensées, sujets, fragments*, fonds Lovenjoul, A 182.

Principales éditions des Mémoires
de deux jeunes mariées

Publication dans *La Presse* (1841-1842), sans préface, ni dédicace, ni date finale :
1) 26 novembre 1841 : les lettres I à XXV (première partie).
2) 27, 28, 30, 31 décembre 1841, 1er et 3 janvier 1842 : lettres XXVI à XLVII (deuxième partie)
3) 9, 10, 11, 14 janvier 1842 : lettres XLVIII à LIX (troisième partie).

Mémoires de deux jeunes mariées, Paris, H. Souverain, 1842, 2 volumes. Le roman est divisé en trois parties comme dans *La Presse*. Il est publié avec une préface datée (« Aux Jardies, mai 1840 ») et une dédicace à George Sand datée (« Paris, juin 1840 »).

Mémoires de deux jeunes mariées, *La Comédie humaine*, Paris, Furne, t. II, 1842. Balzac a supprimé la préface, mais a conservé la dédicace, il a indiqué la date « Paris, 1841 ». Le roman est divisé en deux parties ; le nombre de lettres est réduit à cinquante-sept.

Mémoires de deux jeunes mariées dans l'édition de *La Comédie humaine*, dite du « Furne corrigé », en fac-similé, Paris, Les Bibliophiles de l'originale, 1965-1976.

Mémoires de deux jeunes mariées, édition établie par Pierre Citron dans *La Comédie humaine*, Paris, Éditions du Seuil, t. I, 1965.

Mémoires de deux jeunes mariées, édition de Maurice Bardèche, *La Comédie humaine*, Paris, Club de l'honnête homme, t. I, 1956.

Mémoires de deux jeunes mariées, édition établie et annotée par Samuel S. de Sacy, préface de Bernard Pingaud, Paris, Gallimard, « Folio », 1969 et 1981 (pour la préface).

Mémoires de deux jeunes mariées, édition de Roger Pierrot, Paris, Gallimard, « Bibliothèque de la Pléiade », *La Comédie humaine*, t. I, 1976.

Mémoires de deux jeunes mariées, édition d'Arlette Michel, Garnier-Flammarion, 1979.

Œuvres complètes et correspondance de Balzac

Œuvres complètes, La Comédie humaine, Paris, Furne, 1842-1848, 17 volumes, et un volume posthume en 1855.

La Comédie humaine, sous la direction de Pierre-Georges Castex, Paris, Gallimard, « Bibliothèque de la Pléiade », 1976-1981.

Œuvres diverses, sous la direction de Pierre-Georges Castex, Paris, Gallimard, « Bibliothèque de la Pléiade », 1990-1996, 2 volumes.

Lettres à Madame Hanska, édition établie par Roger Pierrot, Paris, Robert Laffont, « Bouquins », 1990, 2 volumes.

Correspondance, édition établie, présentée et annotée par Roger Pierrot et Hervé Yon, Paris, Gallimard, « Bibliothèque de la Pléiade », 2006-2017, 3 volumes.

Balzac. La Comédie humaine. Édition critique en ligne, Groupe international de recherches balzaciennes, Groupe ARTFL (université de Chicago), Maison de Balzac (Paris), maisondebalzac.paris.fr

eBalzac, édition génétique hypertexte, sous la direction d'Andrea Del Lungo, Jean-Gabriel Ganascia et Pierre Glaudes.

Études sur Balzac et son œuvre

Basset, Nathalie, « Le type de l'émigré dans *La Comédie humaine* : un type sans histoire ? », *L'Année balzacienne*, 1990, p. 99-109.

Bellemin-Noël, Jean, « Avance à l'interprétation, (Balzac, *Mémoires de deux jeunes mariées*) », *Semen* [en ligne], n° 11, 1999.

Bertault, Philippe, *Balzac et la religion*, Genève, Slatkine Reprints, 1980.

Bodin, Thierry, « Du côté de chez Sand. De *La Duchesse de Langeais* à *La Muse du département*, musique, couvent et destinée », *L'Année balzacienne*, 1972, p. 239-256.

Bolster, Richard, *Stendhal, Balzac et le féminisme*, Paris, Lettres modernes Minard, 1970.

Borderie, Régine, *Balzac peintre de corps. La Comédie humaine ou le sens du détail*, Paris, SEDES, 2002.

Couleau-Maixent, Christèle, *Balzac. Le roman de l'autorité*, Paris, Honoré Champion, 2007.

Courteix, René-Alexandre, *Balzac et la Révolution française : aspects idéologiques et politiques*, Paris, Presses universitaires de France, 1997.

Danger, Pierre, *L'Éros balzacien*, Paris, Éditions Corti, 1989.

Del Lungo, Andrea, et Glaudes, Pierre, *Balzac, l'invention de la sociologie*, Paris, Classiques Garnier, 2019.

Diaz, José-Luis, « Balzac-oxymore : logiques balzaciennes de la contradiction », *Honoré de Balzac*,

Revue des Sciences Humaines de l'université Lille III, 1979, n° 3.

Diaz, José-Luis, *Balzac et l'homme social*, Lille, Presses universitaires du Septentrion, 2016.

Donnard, Jean-Hervé, *Les Réalités économiques et sociales dans La Comédie humaine*, Paris, Armand Colin, 1961.

Duchet, Claude, et Tournier, Isabelle (dir.), *Le « Moment » de La Comédie humaine*, Saint-Denis, Presses universitaires de Vincennes, 1993.

Ebguy, Jacques-David, *Le Héros balzacien Balzac et la question de l'héroïsme*, Saint-Cyr-sur-Loire, Christian Pirot, 2010.

Frappier-Mazur, Lucienne, *Genèses du roman. Balzac et Sand*, Amsterdam, Rodopi, 2004.

Gengembre, Gérard, « Balzac, Bonald et/ou la Révolution bien comprise ? », *L'Année balzacienne*, 1990, p. 189-202.

Gengembre, Gérard, « Pour lire Balzac. De la famille et de la propriété selon Bonald », dans Del Lungo, Andrea, et Glaudes, Pierre (dir.), *Balzac, l'invention de la sociologie*, Paris, Classiques Garnier, 2018, p. 37-52.

Labouret, Mireille, « À propos des personnages reparaissants. Constitution du personnage et "sens de la mémoire" », *L'Année balzacienne*, 2005, p. 125-142.

Labouret, Mireille, *Balzac, la duchesse et l'idole*, Paris, Honoré Champion, 2002.

Le Yaouanc, Moïse, « Le plaisir dans les récits de Balzac », *L'Année balzacienne*, 1972, p. 275-308.

Lorant, André, « Balzac et le plaisir », *L'Année balza-cienne*, 1996, p. 287-304.

Lyon-Caen, Boris, et Thérenty, Marie-Ève (dir.), *Balzac et le politique*, Saint-Cyr-sur-Loire, Christian Pirot, 2007.

Mahieu, Raymond, et Schuerewegen, Franc, *Balzac ou la Tentation de l'impossible*, Paris, SEDES, 1998.

Michel, Arlette, *Le Mariage chez Honoré de Balzac*, Paris, Les Belles Lettres, 1978.

Milcent, Bénédicte, « Liberté intérieure et destinée féminine chez Balzac », *L'Année balzacienne*, 2001, p. 247-266.

Mozet, Nicole, et Petitier, Paule (dir.), *Balzac dans l'Histoire*, Paris, SEDES, 2001.

Nesci, Catherine, *La Femme, mode d'emploi. Balzac, de la Physiologie du mariage à La Comédie humaine*, Lexington, French Forum Publishers, 1992.

Perrod, Pierre-Antoine, « Balzac et les majorats. De la brochure sur "Le droit d'aînesse" au *Contrat de mariage* », *L'Année balzacienne*, 1968, p. 211-240.

Preiss, Nathalie, *Honoré de Balzac*, Paris, PUF, 2009.

Rousset, Jean, *Forme et signification. Essai sur les structures littéraires de Corneille à Claudel*, Paris, Librairie José Corti, 1962, p. 99-108.

Séginger, Gisèle, « Religion et mysticisme », dans *Le Lys dans la vallée*, Le Livre de Poche « Classiques », 1995 et 2021.

Vachon, Stéphane (éd.), *Honoré de Balzac*, Paris, Presses de l'université de Paris-Sorbonne, « Mémoire de la critique », 1999.

Études sur Mémoires de deux jeunes mariées

Andréoli, Max, « Un roman épistolaire : les *Mémoires de deux jeunes mariées* », *L'Année balzacienne*, 1987, p. 255-295.

Bodin, Thierry, « De *Sœur Marie des Anges* aux *Mémoires de deux jeunes mariées* », *L'Année balzacienne*, 1974, p. 35-66.

Chung, Ye Young, « *Mémoires de deux jeunes mariées* : paroles au féminin », *L'Année balzacienne*, 2005, p. 323-346.

James, Henry, préface à la première traduction anglaise du roman, *The Two Young Brides*, London, William Heinemann, 1902. Première traduction intégrale de la préface par Chantal de Biasi, dans James, Henry, *Du roman considéré comme un des beaux-arts,* Paris, Christian Bourgois, 1987, p. 85-121.

Labouret, Mireille, « Romanesque et romantique dans le roman balzacien », *L'Année balzacienne*, 2000, p. 43-64.

Lebrun, Myriam, « Le souvenir de la duchesse d'Abrantès dans les *Mémoires de deux jeunes mariées* », *L'Année balzacienne*, 1988, p. 219-232.

McCall-Saint-Saëns, Anne E., « Pour une esthétique du père porteur : les *Mémoires de deux jeunes mariées* », dans Vachon, Stéphane (dir.), *Balzac, une poétique du roman*, Saint-Denis, Presses universitaires de Vincennes, p. 295-306.

Michel, Arlette, « Balzac, juge du féminisme. Des *Mémoires de deux jeunes mariées* à *Honorine* », *L'Année balzacienne*, 1973, p. 183-200.

Seybert, Gislinde, « Les stratégies narratives dans les romans épistolaires de Balzac et de George Sand », dans *George Sand. L'écriture du roman*, Montréal, université de Montréal, p. 399-403.

Table

PREMIÈRE PARTIE

Table 499

DEUXIÈME PARTIE

Table 501

DOSSIER

Le Livre de Poche s'engage pour
l'environnement en réduisant
l'empreinte carbone de ses livres.
Celle de cet exemplaire est de :

500 g éq. CO_2
Rendez-vous sur
www.livredepoche-durable.fr

PAPIER À BASE DE
FIBRES CERTIFIÉES

Composition réalisée par PCA

Achevé d'imprimer en France par
CPI BRODARD & TAUPIN (72200 La Flèche)
en mai 2022
N° d'impression : 3048005
Dépôt légal 1re publication : juin 2022
Librairie Générale Française
21, rue du Montparnasse – 75298 Paris Cedex 06

50/8262/2